本书荣获中国人民大学 985 工程资金资助

比较文学基本范畴与经典文献丛书
顾问 杨慧林
主编 高旭东

陈倩 著

东方之诗与他者之思
海外中国文学研究

北京大学出版社
PEKING UNIVERSITY PRESS

图书在版编目（CIP）数据

东方之诗与他者之思：海外中国文学研究 / 陈倩著 . — 北京：北京大学出版社，2017.9

（比较文学基本范畴与经典文献丛书）

ISBN 978-7-301-28515-2

Ⅰ.①东… Ⅱ.①陈… Ⅲ.①中国文学 — 文学研究 Ⅳ.① I206

中国版本图书馆 CIP 数据核字 (2017) 第 167908 号

书　　名	东方之诗与他者之思：海外中国文学研究 DONGFANG ZHI SHI YU TAZHE ZHI SI
著作责任者	陈倩 著
责任编辑	于海冰
标准书号	ISBN 978-7-301-28515-2
出版发行	北京大学出版社
地　　址	北京市海淀区成府路 205 号　100871
网　　址	http://www.pup.cn　新浪微博：@北京大学出版社 @培文图书
电子信箱	pkupw@qq.com
电　　话	邮购部 62752015　发行部 62750672　编辑部 62766820
印刷者	三河市国新印装有限公司
经销者	新华书店
	660 毫米 ×960 毫米　16 开本　25.25 印张　320 千字 2017 年 9 月第 1 版　2017 年 9 月第 1 次印刷
定　　价	56.00 元

未经许可，不得以任何方式复制或抄袭本书之部分或全部内容。
版权所有，侵权必究
举报电话：010-62752024　电子信箱：fd@pup.pku.edu.cn
图书如有印装质量问题，请与出版部联系，电话：010-62756370

目 录

第一部分　绪论　001

绪　论　003

第一章　海外中国文学研究的历史与现状　013

　　第一节　日本的中国文学研究　013

　　第二节　欧洲的中国文学研究　023

　　第三节　美国的中国文学研究　042

　　第四节　其他地区的中国文学研究　074

第二章　海外中国文学研究的主要机构和期刊　085

第二部分　经典案例　109

人文学的社会科学转向：葛兰言的古典研究　111

文学与思想史的融汇：史华慈的先秦典籍与近代译介研究　132

经由"他者"而思：于连论东西方美学　164

"文学的自觉"：铃木虎雄的古典文学探源　192

"迷宫"中的求索：宇文所安与经典重释　212

从"名物学"到俗文学：青木正儿中国考　239

明清白话小说的现代阐释：以韩南、浦安迪为中心　260

"抒情"与"史诗"：普实克的"历史意识"　284

从古典到现代：顾彬的文学史观　305

第三部分　结语　335

结　语　337

第一章　域外中国文学研究的新趋向　340

第二章　"汉学主义"：思考与论争　348

第三章　超越"中国中心观"　354

附录　海外中国文学研究的代表作品　359

参考文献　389

1

第一部分 绪论

绪 论

世界与中国一直在彼此"观望",自中外有交通史开始,国外已有了零散的中国研究。如果以意大利传教士利玛窦(Matteo Ricci,1552—1610)1599年来华,并在若干年后写出他的《天主实义》(*The Meaning of the Lord of Heaven*)作为起点,欧洲的中国研究已有四百多年的历史;日本的中国研究则更早。不过,直至1814年,法兰西学院增设中国语言文学教席,才标志着海外的中国研究正式进入学院体系,真正成为一门学科。20世纪初,又有大批国外学者来华,带走大量中国文物与文献,引发世界研究中国的高潮。

究其本源,海外中国学是以西方为主的文明体系对世界进行"区域研究"的一个分支,伴随着认识"他者"的问题意识而确立起来。于是便有了两种对中国的研究,其一为"内省"的,其二为"旁观"的。两者不仅并行不悖,反而时时互为补充参照。所谓"旁观者清",海外中国学在拓展我们对异文化认知的同时,也通过"镜像效应"反照自身。缘此,1925年,刚刚从德国游学归来的陈寅恪即在清华开设"西人之东方学"的课程。尤其上世纪80年代以来,中国学界对海外中国研究成果的翻译、引介越来越多,与之对话、砥砺亦日益频繁。① 从"观望"到

---

① 比如乐黛云早在1996年和1998年主编了《北美中国古典文学研究名家十年文选》和《欧洲中国古典文学研究名家十年文选》。

"触摸",借助"他者之思",古老的"东方之诗"焕发出新的魅力。

域外中国学曾被称为海外"汉学",指传统欧洲对中国语言和文化的研究,即"Sinology"的译名。"Sina"(汉)原是半拉丁语半希腊语的词根,最初是"秦"(朝)的音译,另一说指代"丝",因中国盛产丝绸。逐渐定型后,古代西欧人大多称中国为"汉"(Sina),而东欧和中东地区一般称中国为"契丹"(Cathy)。又有的史学家认为,"Sina"指中国南方,而"Cathy"指中国北方。元代以后,"Cathy"亦代称整个中国。① "China"的流传取自"Sina",直译为"支那",明治维新前后的日本人大多采纳此说。总而言之,"Sinology"的原意实为"中国学"。

学界早已对用"汉学"来习惯性地指称域外的中国研究提出许多异议。原因之一是它容易与中国传统"国学"中那个和"宋学"相区分的"汉学"概念混淆。更重要的是,二战前后海外的中国研究在对象、方法、视角上相对于海外传统的中国学发生了根本性的变化:传统海外汉学相对来说更关注古代文化,而现代中国学更重视中国的现当代国情;传统汉学更多采用了与中国自身研究方法相近的人文学思路,而现代中国学善于将社会科学、人文学甚至自然科学的手段综合起来;传统汉学时代,汉学家往往自成体系,树一家之言,现代中国学则很容易激发群体效应,形成某种"范式"。

这些"范式"具有不可忽略的地域性特征。通常认为,海外中国学呈现三大个性鲜明的区域形态:日本的中国研究、欧洲的中国研究、美国的中国研究。尽管在全球化背景下,国际学术共同体的边界日益模糊,三者的差异似乎日渐缩小,且澳大利亚、加拿大、东南亚等地

---

① [法] 伯希和:《支那名称之起源》,冯承钧译,见冯承钧《西域南海史地考证译丛》,第一卷第一编,北京:商务印书馆,1995年。

中国学也开始发出声音,但总体而言,欧、美、日仍然代表了海外中国学的三种经典路径。日本因其与中国的历史渊源,比西方人更"贴近"中国,却又曾比西方更"拒斥"中国。明治维新以来,缱绻于文化母体与"脱亚入欧"的两难之间,日本中国研究意外地获得了成熟的契机:以往日本的中国学很难与传统中国的"国学"相区别,此时却随着日本文化独立意识的增强而清晰起来。欧洲中国学最能代表西方的中国镜像。中国曾一度是西方的文化乌托邦,在伏尔泰(François-Marie Arouet,1694—1778)等18世纪启蒙思想家的笔下,中国人文繁盛、知礼守节。当时欧洲的各种艺术形式中均盛行中国风。可是随着19世纪殖民历史的全面展开,加之中国文化过于理性,缺乏宗教式的超越力量,因而在由古典向现代社会转化的过程中,显得文化动力不足,[①]欧洲人眼中的中国从天堂沦为了积贫积弱、肮脏愚昧的地狱。欧洲汉学不得不脱离想象,并借助斯坦因(Marc Aurel Stein,1862—1943)等人带回欧洲的第一手材料进入了全面、现实的中国研究。美国的中国学起步最晚,在19世纪,美国传教士、商人和外交官来中国考察、传教,尚未形成系统的中国学。直至二战以后,美国取代欧洲成为世界的中心,中美关系也变得日益重要。与战后的日本研究、伊斯兰研究类似,中国学成为当代美国功用性最强的学科之一。大量资金的投入,使得美国后来者居上,在许多大学里都建立了东亚系,成为当今世界最活跃的中国学重镇。

国人在面对域外中国研究的成果时很容易困于两种心态:"汉学无学"与"汉学主义"。前者认为外国人看中国,终究不过是隔岸观火、难

---

① [美]杜维明:《谈中西文化比较研究》,参见《杜维明文集》第一卷,武汉:武汉出版社,2002年,第390页。

得要领，反而因其自身的文化预设而产生"路径依赖"。后者则坚称海外中国学在中国的兴起与近代中国思想界西化的过程虽表面不同，却实质相似，是理论与方法的再一次被殖民化，中国对于他们而言只是"东方学"意义上的"东方"而已。后文将对这两种心态进行进一步的剖析和反思，此处要强调的是，无论海外中国学是非功过如何，它已事实上构成了中国研究不可或缺的一部分。近现代中国的学术领袖们很早就关注域外中国学的动态。钱玄同曾以高本汉（Bernhard Karlgren，1889—1978）的汉语音韵学著作作为北京大学汉语课程的教本。陈寅恪也广为结交海外同行，曾到伯希和（Paul Pelliot，1878—1945）家中查阅韩本《元秘史》等，[①] 甚至曾被聘为牛津大学教授。师从福兰阁（Otto Franke，1863—1946）的姚从吾，也撰写过多篇论文，推动当时中国人对德国汉学的了解。

进一步说，汉学家们对待中国并非我们想象地那般"西方中心"、鲁莽草率。当明明怀疑自己"只知其一，不知其二"的时候，态度反而可能变得更为专注而审慎。事实上，大部分海外中国学家对于他们的研究对象是真诚、严肃的，这里不妨举两个例子。

法国汉学家伯希和对 20 世纪初欧洲的中国研究做出过巨大贡献。傅斯年曾评价他：

> 伯先生之治中国学，有几点绝不与西洋治中国学者相同：第一，伯先生之目录学知识真可惊人，旧的新的无所不知；第二，伯先生最敏于利用新见材料，如有此样材料，他绝不漠视；第三，他最能了解中国学人之成绩，而接受人，不若其他不少西洋汉学家，每但

---

① 陈智超编著：《陈垣来往书信集》，上海：上海古籍出版社，1990 年，第 378 页。

以西洋的汉学为全个范域。"①

同时,作为对中国文化感情深厚的汉学家,伯希和与近代中国主流学者交往频繁,也对中国本土学术产生了深远的影响。1909年前后,他秉持"学问乃天下公器"的公心,将大量敦煌文书的影印件提供给中国学者王国维、罗振玉、陈垣、吴昌绶、缪荃孙等人欣赏、研究。王国维据其于1913年首次向国人介绍了《望江南》2首、《菩萨蛮》1首;1924年,罗振玉也根据敦煌写本《云谣集》残卷,编印了《敦煌拾零》。②同时,伯希和对当时在法国的中国留学生(如吴勤训)和赴法求览敦煌文献的中国学者(如陈寅恪、刘半农)颇为"慷慨"。刘半农上世纪20年代游学巴黎,得阅伯希和所获文献,抄录了一部分回国,于1925年辑成《敦煌掇琐》。古文献学家王重民甚至在伯希和的支持下,在法国访学数年,整理、辑录敦煌遗书,伯希和还将自己记载的未能带回法国而在敦煌藏经洞现场所作的文物笔记给王重民阅读。③1954年,王重民出版了他摘选出来的《敦煌曲子词集》共一百六十一首,为国内了解"唐传古乐谱"提供了珍贵的第一手材料。相比对中国学人的厚待,西方学者,即使通过伯希和的导师沙畹(Emmanuel-Edouard Chavannes,1865—1918年)引荐,也很难看到这批秘籍,因为伯希和亲自掌管钥匙。为此,西方人十分不满,而中国近代学界对他的感情则十分复杂:他当然是名副其实的文物贩子,但若没有他,敦煌宝库实难保证不受战

---

① 转引自桑兵:《伯希和与中国近代学术界》,《国学与汉学》,杭州:浙江人民出版社,1999年,第118页。

② 刘尊明:《二十世纪敦煌曲子词整理研究的回顾与反思》,《文学评论》,1999年第4期,第50页。

③ 桑兵:《伯希和与中国近代学术界》,《国学与汉学》,杭州:浙江人民出版社,1999年,第125页。

火之毁损，近代敦煌学亦很难建立。

和老一辈汉学家相比，当代海外的中国学家受过更为严格的学院化训练。他们均是各自国家的学术精英，完全可以选择热门的医学、法律、金融等学科，却自讨苦吃专研中国文化。语言这一关就很难逾越，有的拿博士至少要10年，而且毕业出来就将面临失业的危险。杜维明1971年至1981年间是加州大学历史系奖学金甄选委员会的成员，该系每年获奖学金的十名学生中至少有三四名是研究中国的。这些学生非常刻苦，有些学中文就得花费好几年。他有个学生研究中国哲学十分艰难，五年还没摸到门径，最终不得不改行，却迅速成为美国有名的律师。[1] 尽管有些中国研究成果，如颇存争议的夏志清《中国现代小说史》，被指受政府资助而表现出反共的政治倾向。[2] 然而，更多的汉学家从事的只是纯粹的学术研究，他们始终抱有对研究对象的无比热忱，试将自己融为中国文化的一因子，既能入乎其中，又天然地出乎其外。如果我们仅仅看到海外中国学的短弊，而无视其洞见，显然会画地为牢、作茧自缚。

事实上，海外中国学家中的相当一批人比我们自身更关心中国的传统。他们对中国文化怀有列文森（Joseph R. Levenson，1920—1969）式的情感与现实的矛盾。一方面，他们或许终究难以避免"他者"的立场，总是有意无意地用自己的语言、方法、价值评判来看待中国；另一方面，他们又怀着巨大的使命感，对中国传统的"消亡"感到焦虑，觉得自

---

[1] [美] 杜维明：《谈中西文化比较研究》，参见《杜维明文集》第一卷，武汉：武汉出版社，2002年，第391页。

[2] 张宽：《欧美人眼中的"非我族类"——从"东方主义"到"西方主义"》，《读书》，1993年9月。

身作为汉学家的身份也在不断被边缘化。周蕾曾批评宇文所安（Stephen Owen，1946— ）：宇文所安指责北岛的诗歌已经不具有中国传统诗歌的审美特质而变得过于"西方化"，说北岛是为了"自身利益而屈从于跨国文化商业化倾向"固然有一定的道理，但他却没有反省使用这种苛刻评价时的态度和话语霸权。作为西方社会的汉学家，他对当代中国诗人"不忠诚"于传统的控诉正来自于一种焦虑：对中国文化流失的担心、他本人作为汉学家的地位也面临着被抛弃。①

尽管域外的中国研究不断深入、专业化，国人对它的认识仍然十分不足：首先，基本上还停留在"汉学史"层面的介绍和梳理，既没有较好地提炼出海外中国研究的特色、话语、核心方法与问题（近十年已有少量论文涉及），也缺乏清晰、完整的文献整理，缺乏对某些重要期刊、研究机构的讨论与介绍，尚未形成系统的"知识图谱"，导致后续研究的零散、失序。其次，缺乏对海外中国研究经典书目和案例的细致解剖、研读，尤其是中国学者针对这些研究的评述、回应之考察。事实上，探讨国内外学术界关于同一主题的论争，从中归纳不同文化背景下学者们的对话语境和思维差异，不是被动接受而是形成互动，才能从根本上避免误入"汉学主义"的陷阱。最后，海外中国研究从最初浅显的经典翻译和文献整理到后来形成自己的独立学问，从西方中心主义色彩浓重的"东方学"到提倡"中国中心观"的范式转移，再到超越"中国中心观"，其本身经历了一个动态的、自我更新的过程。其间不同学派、不同立场的学者结论和视角也可能完全不同。这就要求我们对海外中国学的看法也应该是多元而动态的，而目前国内对该领

---

① 周蕾：《写在家国以外》，香港：牛津大学出版社，1995年，第6—8页。

域的理解仍显得过于简单、粗糙。

　　为了弥补以上不足，本书尝试以域外中国文学研究为核心，"点"、"面"结合地勾勒海外中国学的图景。所谓"点"，即选取有代表性的个案和该领域经典文献进行细读，尽量客观展现海外中国学的基本路向、观念创新与得失利弊。所谓"面"，即整理、介绍、评述域外中国学的发展历史、总体特色与理论方法、相关文献与研究机构，以及中外学者的对话，希望为此后比较文学等专业的教学和研究提供有实用价值的参考。

　　海外中国学涵盖了中国政治、经济、历史、文化的方方面面，它们之间相互交叉，跨学科性极强。在本书有限的篇幅中，将选取最经典，也最有代表性的中国文学研究为坐标。当两种相异文明遭遇之时，语言与文学便是最初亦为最后的屏障，理解它才可能真正走近对方。中华悠久历史、璀璨文明在国外的传播与接受、中国形象在他者镜子中的嬗变、中外历史的碰撞与离合，均尽显于海外中国文学研究之中。

　　本书拟从四个部分考察这一领域。第一部分将从宏观的层面归纳、评述海外中国文学研究的历史与现状、欧美日中国文学研究的各自传统与主要学派、其他地区的中国文学研究以及相关期刊与主要研究机构。第二部分将以实例，分专题细剖中国文学研究的经典个案，涉及汉学家们对中国上古文献、汉赋唐诗、戏曲小说、现当代作品的代表性释读，从中了解海外中国文学研究的特色。第三部分将总结、反思海外中国文学研究的理论与方法、发展趋向，考察国内外关于中国文学的对话与互诠，探讨我们如何理性对待海外中国学。最后，本书将列出海外中国文学研究的代表性成果，帮助广大读者按图索骥、研读置评。

　　行文至此，无论传统"国学"抑或域外"汉学"，似乎都指向了一个明确的内核,即"中国"。实际上,"中国"从来不是一个笃定、恒一的存在。如果按照"传统的发明"之逻辑,所谓"中国性"也是不断漂移和流动的,中国从古至今存在于文明的不断融合和改造中。如此说来,"内观"的或"外省"的中国研究是否都终将缘木求鱼呢?对于当代中国而言,汉学知识的大规模引入,实则在逼问我们这样一个问题:中国或作为一个既定事实,或被视为以往文化经验的综合体,还有没有最基本的规定性,还有没有其相对可以把握的结构与意义?

两种现实加深了本来就具有身份尴尬的海外中国研究者们的困惑以及中国学界对他们的质疑:一是海外中国研究的考察对象大多集中在"帝制晚期"、近代之后。不仅因为这个时段的第一手材料更方便获得,文献解读隔离感更小,而且它更容易迎合西方社会研究异文明的功利化需求。然而晚清、近代以来的中国相比于上古时代的中国还能算是"中国"吗?在这一时期的大多数小说、戏曲中,已融入太多外来的"现代性"在其中。二是19世纪以来,随着西方社会科学的理论方法大量渗透到人文学领域,海外中国学也未能免俗,它为中国研究带来新方法、新视角的同时,势必招来过于西化的嫌疑。不同于中国传统研究方法的宏观、感性,西方社会科学的方法更强调微观、精准,从而中国的历史、文学往往被解剖得只见树木不见森林,"中国性"似乎成了零散甚至虚构的幻影。

然而,无论政治、历史上的中国如何变迁,其边缘曾经历了怎样的分合、被模糊化,作为一个具有自身核心价值的"文化中国"却始终是真实的。安德森(Benedict Anderson,1936—2015)写作《想象的共同体》的本意并非解构民族认同,而是在于如何使民族认同"历史化"、"丰富化"与"相对化"。任何一个民族的延续,不可能没有自身文明的传承。因此，作为一个研究对象，"中国性"并非不可捉摸甚至子虚乌有。① 以海外中国文学研究为代表的域外中国学，其涵纳的中华文明和外部话语之碰撞无疑仍是文明交流史中最经典，也最有价值的领域之一。

---

① 参见拙著:《区域中国与文化中国：文明对话中的施坚雅模式》，北京：人民出版社，2013年8月，第四、五章。

第一章
海外中国文学研究的历史与现状

中国文学作为中国文化的重要载体,是海外中国学的核心领域之一。从汉学史的角度来说,要将所有域外的中国文学研究成果合在一起描述是不现实的,因为中国研究的三大重镇日本、欧洲、美国的中国学无论产生时间、动机,还是研究方法和发展道路均大相径庭。

第一节 日本的中国文学研究

日本与中国一衣带水,其中国文学研究较之西方,历史悠久得多。美国中国研究的历史只有一二百年的时间,欧洲汉学史若从耶稣会士来华算起,也就四、五百年,而日本中国学已有一千五百年的历史。日本中国文学研究经历了古代汉学、近代支那学和现代中国学时期。

日本很早就开始吸收中国文化,比如在绳文时代(距今一千多年)至弥生时代,现代考古发现,日本已经存在用来占卜的甲骨记载,和中国的甲骨文内容和形式都非常接近。日本早期的神话和宗教传说中也吸收了不少中国文化成分。① 这一切都可算作是最早的日本中国文学研究。不过，比较成形的传统日本汉学是从公元6世纪到明治维新之前，主要包括奈良时代、镰仓时代。由于这个古代汉学时期的中国研究还只是对中国文化比较笼统的接收，而且日本文化自身尚缺乏自觉，没有形成专门的所谓中国文学研究。当时中国文学研究首先是儒学研究，如"朱子学派"（林罗山）、"阳明学派"（江藤树）和"古学派"（伊藤仁斋）等。其次是对中日文学关系的研究，中国文学实为日本文学的母源，早期日本中国文学研究基本上都建立在对中国文学的简单译介基础上，尤其在江户时代，达到一个顶峰。17—18世纪江户时代最有影响力的儒学家之一荻生徂徕（おぎゅうそらい，1666—1728）毕生致力于诠解中国古代圣贤之书，他的处女作《译文筌蹄》，主张废除训读而取音读法。② 简单地说，"训读"是指用汉字的字形字意，而不用其发音的一种表达方式，"音读"则是日本人从古代中国学习了中文的发音之后，字形、音、意均模仿汉语的方式。"训读"法解读中国经典时，往往会在汉字旁边注以标记（训点）提示阅读者改变语法顺序以及读音，这种方式不仅易使中文失去自己的语音语法而"变味"，时间长了后世的文本中也容易把训点掺入经典原文中而产生错谬。废除训读法旨在恢复中国典籍的"中国特色"，在中文的语境中用中文的方式去阅读。可见，对于古汉学时期的日本人来说，汉文化是一种异域文化，却不是一种异己文化。

然而，17世纪中叶，江户的儒学者中也逐渐产生了一种把"中国"符号化的倾向。他们认为清朝入主中原是夷狄掌握了中国，甚至有人主张把日本称作"中国"。在此，"中国"不再是国家实体的名称，而是文

---

① 张世响：《日本对中国文化的接受——从绳文时代后期到平安时代前期》，山东大学博士论文，2006年，第96—97页。

② 孙歌：《日本汉学的临界点》，《世界汉学》，1998年第1期。

化正统的代名词。到了明治时代，日本国力进一步增强，日本人对中国的态度更和过去不同，从而进入近代支那学阶段。当时有两位重要的思想家福泽谕吉（ふくざわゆきち，1835—1901）和冈仓天心（おかくらてんしん，1863—1913）最能代表日本对待中国文化的立场转变。1885年，福泽谕吉在《脱亚论》中说：

> 我日本国地处亚洲之东陲，……然不幸之有邻国，一曰支那，一曰朝鲜，……此二国者，不知改进之道，其恋古风旧俗，千百年无异。在此文明日进之活舞台上，论教育则云儒教主义，论教旨则曰仁义礼智，由一至于十，仅义虚饰为其事。其余实际，则不唯无视真理原则，且极不廉耻，傲然而不自省。以吾辈视此二国，在文明东渐之风潮中，此非维护独立之道。……如上所述，为今之谋，与其待邻国开明而兴亚洲之不可得，则宁可脱其伍而与西洋文明国共进退。亲恶友者不能免其恶名，吾之心则谢绝亚洲之恶友。①

在这一思想基础上，1902年，冈仓天心在其《东洋的理想》一书中，提出"亚洲一体论"，认为相对于西洋文化的竞争与自由，东洋文化的特色是爱与和平。他主张东洋各国应该自觉意识到东洋传统文化的价值，联合起来，组成一个"文化共同体"抵御西洋文化。已经觉醒的日本有义务担任这一文化共同体领导人的角色。

"脱亚论"和"亚洲一体论"看似角度不同，实则本质无异，都体现了近代日本在西化的同时不断背离自身文化母体的过程。这种青春期似的叛逆和盲目，伴随着日本在甲午战争前后由两国政治和军事力量逆转而产生的优越感，也深深影响了日本中国学界。日本著名汉学家、京都

---

① 转引自钱婉约《内藤湖南研究》，北京：中华书局，2004年，第192页。

学派创始人之一的内藤湖南（ないとう こなん，1866—1934）也曾提出"文化中心移动"说：

> 今文明之中心，又将有大移动，识者实早已了解其间要领，此乃日本将接受大使命之际也。（日本）成就东方之新极致，以取代欧洲而兴起，岂不在反掌之间耳？……支那论者特别是近来的论者，总以为外来民族的侵略是对支那人民的不幸，其实，支那之所以能维持这么长久的民族历史，全靠了这屡次袭来的外来民族的侵入。这对于支那人民不能不说是非常幸福的事。①

尽管内藤湖南后来认识到自己思想之大谬，并后悔年轻时的鲁莽言论，但支那学时期日本学界的背景可见一斑。

从古代汉学向近代支那学的转变过程中，一方面，日本传统汉学的巨大影响仍在发酵，包括中国古典文学在内的中国文化典籍仍是日本文化的主流，但批判中国文化的暗流已开始涌动，体现日本人审美价值的日本"国学"已开始萌生，并逐步创造了独特的"和歌"和日语文章理论。明治时期，汉学家开始分化：一部分转变知识结构，学习用西方文艺观来进行阅读和创作，要将"汉学"改变成体现日本民族意识和美学观的"东洋学"；另一部分固守传统文艺观，被称为"腐儒"，从而导致激烈的思想冲突。在这一阶段，日本汉学研究初具规模，形成了以狩野直喜、内藤湖南、铃木虎雄与"支那学社"（成立于1920年，主办刊物《支那学》）为代表的实证主义学派，即"京都学派"的主体，另有青木正儿、武内义雄、本田成之、吉川幸次郎等均毕业于京都帝国大学；以白鸟库吉、津田左右吉为代表的"批判主义"学派，亦即"东京（文献）

---

① 转引自钱婉约《内藤湖南研究》，北京：中华书局，2004年，第138—139页。

学派"之代表；以服部宇之吉、宇野哲人和"斯文会"为代表的新儒家学派（"东京学派"另一分支）以及其他非主流的中国研究。学界通常认为，"京都学派"以东洋史、哲学为研究重心，也十分关注中国古典文学（献），尤其是戏曲、小说。其时王国维亡命京都，狩野直喜、青木正儿等人受其影响，形成风气。"东京学派"相对来说更亲近于西学，更有变革意识，擅长中国现当代的文学、经济史、社会学和政治研究；"京都学派"坚持将中国作为"中国"来理解，即承认中国历史发展和文明形态的主体性，重视实料和与中国学者的交流；"东京学派"则希望将中国纳入到对世界史的总体考察中；受德国近代史学的影响，"疑古"成为它最主要的特征，由此对中国文献和历史传说展开批判。

值得强调的是，任何学派都并非铁板一块，不同学派之间的差别未必有表面上归纳起来那么大。"京都学派"和"东京学派"共同构成了近代日本思想史领域"国民文化"的表述形态，它们首先是"日本文化"的一个类型，也都深受西方学说的影响。反过来，在我们习惯上称之为"东京学派"的内部，存在着对"中国文化"很不同的阐述。① 这一学派中的一支，从井上哲次郎开始，经服部宇之吉到宇野哲人等，构成了"日本中国学"中的儒学派。井上哲次郎最先把儒学所主张的"孝、悌、忠、信"阐释为具有现代价值的"爱国主义"；服部宇之吉创导"儒学原教旨主义"，主张将对儒学各派的追崇转向对孔子的追崇，树立原儒在新时代的权威。但几乎与此同时，"东京学派"内部也形成了对中国古代文化进行激烈批判的"批判主义"潮流。先期有白鸟库吉的"尧舜禹三代抹煞论"，扩展为对中国上古文献的全面怀疑；继而津田左右吉等人将中国文化斥为"表面仁义道德、否定欲望，事实上充满人的肉体性和物质欲求"，把"神"的替代物"帝王"放置于崇拜中心，把民众视为

---

① 严绍璗：《对海外中国学研究的反思》，《探索与争鸣》，2007年第2期，第33页。

禽兽……①

尽管"东京学派"内部形成过如此大的分歧，它和"京都学派"却都曾受惠于德国近代政治、哲学理论。因为这两个学派的许多学者都在德国学习过。我国有学者在阐释"京都学派"的"实证主义"特征时，大多把这种"考据法"归为日本江户时代"古义学派"的主张，或者追溯到清代朴学的影响。实际上，以"实证"回归古典儒学的趋势首先是在欧洲孔德"实证主义"学说浸染下萌芽的。②孔德学说亦为欧洲自然主义文学的重要基础，19世纪80年代曾风靡日本，出现了田山花袋等一批日本自然主义作家。同样，"京都学派"和"东京学派"对黑格尔、迪尔凯姆、斯宾塞等近代哲学家、社会学家的理论之接受都是十分主动的。

总体而言，这个时期日本汉学家们受西学的启迪，也深感西方汉学的不足，因此比以往的日本汉学体现出更多的主动性。吉川幸次郎（よしかわ こうじろう，1904—1980）称：

> 明治以后的日本文明，展示了一些新的成果。其大者之一是在东方的，特别是中国文明历史的研究上，从江户时代汉学的偏狭、独断与散漫中摆脱出来，树立了新的体系以及正确的认识。这些业绩的取得每每先于中国本土或西洋。③

"支那学"的创立者之一狩野直喜，1895年毕业于东京帝国大学汉学科，1900年至1903年在中国留学，他受过严格的传统汉学训练，又精通英文、法文。在他关于建立"支那学"的两篇著名论文《关于支那

---

① 严绍璗：《对海外中国学研究的反思》，《探索与争鸣》，2007年第2期，第34页。
② 同上文，第35页。
③ [日]吉川幸次郎：《〈东洋学创始者〉序》，《吉川幸次郎全集》第25卷，东京：筑摩书房，1984年，第250页。

学的研究目的》和《关于支那研究》中，他一方面批评传统汉学只攻经史子集而无视中国社会的通病，意识到传统日本汉学的局限而力主以"支那学"取而代之；另一方面，他毕竟是在传统汉学教养中长大的，对传统汉学的古典修养乃至"训读"均持温和态度。这种过渡性的特征反映着"支那学"或"东方学"的创造者们试图通过革新改良将传统汉学引入近代轨道，这是他们回应西方文明的一种独特方式。①他的两个学生盐谷温和青木正儿即对应这两种典型：盐谷温代表着狩野直喜与传统汉学难以割舍的一面，他在译本上耗费的心血占去他学术生涯的主要部分。青木正儿则代表狩野直喜"支那学"的变革思想。

　　支那学时期日本中国文学研究最明显的成绩是文学史的著述。一般人认为世界上最早的中国文学史是英国人翟理斯（Herbert A. Giles）在1901年出版的《中国文学史》（*A History of Chinese Literatre*），但事实上，早在1882年，日本学者松谦澄就出版了《支那古文学史略》，开创了中国文学研究的新领域，中国自己当时尚未有"文学史"这个概念。其后十五年，古城贞吉出版了《支那文学史》（《中国五千年文学史》，1897年），是一本真正意义上的近代文学史专著。此后，笹川临风的《支那小说戏曲小史》（1897年）与《支那文学史》（1898年）、藤田丰八等五人合撰的《支那文学史大纲》十六卷（1897—1904）、儿岛献吉郎的《支那文学史（古代篇）》（1905年）与《支那文学史纲》（1912年）、盐谷温的《支那文学概论讲话》（1919年）等，不下十种。除了传统的诗文之外，这些文学史都十分重视戏曲小说等俗文学形式。②

　　进入大正（1912—1926年）以后，日本中国文学研究不但在理论方

---

① 陈友冰：《日本近百年来中国古典文学研究历程及相关特征》，《汕头大学学报》，2007年第3期，第42—43页。
② 郑清茂：《他山之石：日本汉学对华人的意义》，杨儒宾、张宝三编《日本汉学研究初探》，上海：华东师范大学出版社，2008年，第4页。

法上继续推陈出新,而且在范围上也愈加广泛。青木正儿于 1943 年出版《支那文学思想史》,全书分为内外两篇。内篇探讨中国各时期的文学思想及发展关联,属于思想史的范畴;外篇涉及支那文学与伦理学、书法、绘画以及清谈之间的关系,完全是一种跨学科研究。儿岛献吉郎的《支那文学史考》(1920 年)、狩野直喜的《支那学文薮》(1928 年)、青木正儿《支那近世戏曲史》(1930 年)、铃木虎雄《赋史大要》(1936 年)均是其中代表。

从昭和初年(1926 年)至二战结束,日本不仅在政治上,而且在思想文化上已完全倒向了西方。从二战前后开始,日本汉学进入"现代中国学"时期,以 1949 年成立的"中国学会"和 1951 年成立的"现代中国学会"为标志。而在此之前的 1934 年,年轻学者竹内好、增田涉、松枝茂夫、武田泰淳等组成的"中国文学研究会"已具有鲜明的"现代"特征。

这一时期的日本中国文学研究首先是力图彰显自身的民族性,刻意将日本文学同"汉学"的关系分离开来。比如太田青丘(1909—1996)的《日本歌学与中国诗学》,就非常强调"日本歌学在摄取那一时代的中国诗学,化为自己血肉"的过程中,"日本人并没有抹煞自己的本质而汲汲于学习他人"。他举日本第一部歌谣集《万叶集》为例,指出它虽受中国辞赋的影响,但并不像中国辞赋流于铺陈、文饰;平安时代的歌人礼重李杜,但并未学李白的飘逸和杜甫的沉郁,而更偏爱白居易的浅显流丽。其次,二战以后日本的中国文学研究也更加系统化和规模化。以白居易研究为例,早在平安时代日本就形成了"白居易热",但日本学界对《白氏文集》的推崇,仅限于阅读和创作借鉴,并没有真正意义上的研究。直到二战以后,1962 年,平冈武夫《白氏文集的成书》可以说是日本白居易研究的第一篇专论,文章分析了白居易由讽喻诗转向感伤诗的创作，即由"表现天下的世界观"转为"表现内心情感的矛盾"的思想变化过程。花房英树的《白居易研究》则是日本学者第一部研究白居易的专著，其中对白居易文学观的转换，即由对"经"的信仰及"史"的倾倒转向佛教传入后"非正统"的文学观，值得注意。下定雅雄的《日本的白居易研究》系统总结了二战以后日本学者对白居易研究的特点和发展过程，实际上是一篇接受史。[①] 再次，受西学影响，二战后日本的中国文学研究的跨学科性增强，并且注重薄弱时段、类别的边缘性研究。比如后文将以专题详细讨论的葛兰言人类学文学研究法在日本的传播就是典型的例子。最后，日本的"现代中国学"时期，研究中国现代文学的成果也越来越多。日本进入研究中国现代文学，大都从鲁迅入手，自1920年青木正儿首次向日本读者介绍鲁迅的《狂人日记》以来，鲁迅一直受到日本人尊崇。1953年起，鲁迅的《故乡》甚至进入日本的教科书。1935年，"中国文学研究会"刊行了会刊《中国文学月报》，开始有系统地介绍、评说以鲁迅为中心的中国现代文学。也因为鲁迅，日本的中国现代文学研究界难免对左翼更有好感，这与欧美学界非常不同。一批年轻学者，如丸山昇、伊藤虎丸、木山英雄等，都是战后进入大学，在竹内好等人的影响下，开始与鲁迅进行精神对话。他们比西方学者更能体会鲁迅在那样一个危机四伏时代中的心境。

总体而言，日本中国文学研究具有不同于欧美等地中国学的特色。比如，它相当重视文献的搜集和整理。据严绍璗先生考证，至19世纪初，汉籍总量的70%—80%已输入日本；明代及明代以前的汉籍散落于日本各地者，不少于7500种，此数约占日藏汉籍善本总数的80%以

---

① 陈友冰：《日本近百年来中国古典文学研究历程及相关特征》，《汕头大学学报》，2007年第3期，第46页。

上。①甲骨文出土后不久,内藤湖南于1902年在北京刘铁云家中目睹了"铁云藏龟",非常兴奋。其后的1910年,内藤湖南、狩野直喜、小川琢志三位教授专程在华北考察了近两个月,追踪斯坦因、伯希和劫后的敦煌文献。1965年,根据日本文部省的指令,日本人文科学研究所内建立"东洋学文献中心",进一步加大了东洋学文献、资料之收集与整理的力度。由于近代中国战乱频仍,图书大量流失,而日本又保存了大量的中国古代文献,因此就产生了典籍"逆向传输"的问题,特别表现在过去不受重视的"说部",如在中国本土已经失传的小说《游仙窟》《大唐三藏取经诗话》、"元至治刊平话五种"以及明刊"三言"(《古今小说》《警世通言》《醒世恒言》)"两拍"(《拍案惊奇》《二刻拍案惊奇》)等都在日本发现。近代以来,通过王国维、吉川幸次郎等中日学者陆续传回中国国内。②

日本中国文学研究还特别注重文本细读和考据。比如狩野直喜的《清朝学术》(1908年)、《清朝经学》(1910年)、《清朝文学》(1912年)、《两汉学术考》(1924年)、《魏晋学术考》(1926年)等,均是考据学的代表之作。他不仅局限于文献的训诂,而且对实地发现的新材料也倾注了巨大热情。

日本自近代以来成为了西方与中国学术交流的中转站。现代汉语中大量词汇,比如"民族"、"社会"、"美学"等均是从日本转译过来的西语。日本文学研究的理念和方法创新也多来源于西方。比如20世纪80年代之后,日本采用宗教学、民俗学、考古学等新方法来解读《楚辞》蔚然成风。藤野岩友的《巫系文学论》从巫这一原始宗教现象上展开,在他看来中国早期文学的产生、发展、甚至连分类都和巫术有着密不可

---

① 严绍璗:《日本中国学史稿》,北京:学苑出版社,2009年,第241—371页。
② 同上。

分的关联，楚辞也是如此。石川三佐男的《楚辞新研究》和传统的文献学研究方法不同，大量运用同时代的考古学和民俗学方法，结合马王堆汉墓出土的"帛画"，与《楚辞》诸篇进行比较研究。再比如茂木信之在《陶渊明诗的构成原型》《陶渊明序论》等论文中，运用结构主义方法对陶诗作分析，归纳出了几种基本"类型"、运用生活和创作综合分析等方法；松浦友久在1982年提出"表现机能"说，尝试从各体所含有"表现机能"的视角考察乐府、歌行的异同……这些都使中国文学得以突破传统文献释读的局限，大大拓宽了研究视野。

第二节　欧洲的中国文学研究

13世纪时，意大利商人旅行家马可波罗（Marco Polo，1254—1324）来华，在中国游历17年，回国后出版《马可波罗游记》（《东方见闻录》），激起了欧洲人对中国的强烈向往。欧洲的中国文学研究与日本相似，同样可以分为三个阶段：传教士汉学阶段、学院化汉学建立与发展阶段、现代中国学阶段。不过，这三个阶段并不单纯取决于时间，而更多以研究的初衷与方法来区分。比如，英国汉学家马礼逊（Robert Morisson，1782—1834）、法国汉学家顾赛芬（Seraphin Couvreur，1835—1919）生活的年代早已进入欧洲系统的学院化中国学时期，但他们的成果仍属于传教士汉学的产物，同样处于学院化汉学阶段的法国传教士钱德明（Joseph-Marie Amiot，1718—1793）、英国传教士理雅各（James Legge，1815—1897）和德国传教士卫礼贤（Richaid Wilhelm，1873—1930）却已脱离传教士汉学的随意性和零散化，不仅仅致力于中外经典的互译，而开始了更为专业的中国研究。

传教士时期的欧洲开始初步了解中国的语言文字并翻译中国典籍。16世纪40年代，罗马教廷组建了专门在东方传教的"耶稣会"。1582年，意大利耶稣会士罗明坚（Michael Ruggieri，1543—1607）来华，其后，意大利人利玛窦（Matthoeus Ricci，1552—1610）、西班牙人门多萨（Gonzales de Mendoza，1540—1617）纷纷来华。为了结合中国的国情传教，研究中国的语言和文学是当时每个来华耶稣会士的必修课。他们做了许多初期的工作，比如罗明坚和利玛窦编了《葡汉字典》，金尼阁（Nicolaus Trigault，1577—1628）编了《西儒耳目资》，卫匡国（Martinus Martint，1614—1661）编了《中国文法》。另有华罗（Franciscus Varo）的《官话简易读本》，白晋（Joachim Bouver，1656—1730）的《中法字典》《中文研究法》，马若瑟（Joseph de Premare，1666—1736）的《中文札记》等。如果说这些还都是一些语言方面的研究，那么卫匡国的《中国哲学家孔子》于1687年在巴黎出版，使大家接触到中国儒家的经典。随后，耶稣会士柏应理（Philippus Couplet，1624—1692）等人将《大学》《中庸》《论语》等书译成拉丁语，因为拉丁语是当时西方权威的"学术语言"。

英国人马礼逊是西方派到中国的第一位基督新教传教士，他1807年来华，在广州、澳门一带生活了25年。他首次把《圣经》全译为中文出版，使基督教经典得以完整地介绍到中国；他编纂了第一部《华英字典》，成为以后汉英字典编撰之圭臬；他创办《察世俗每月统记传》，为第一份中文月刊，在中国报刊发展史上位居首尊；他开办"英华书院"，开传教士创办教会学校之先河。

法国人顾赛芬（Seraphin Couvreur，1835—1919）1870年来华，先在北京学习汉语，后在直隶省河间府传教多年。他于1884年编写了《包括最常用的官话表现方式的法汉字典》，随后又在1890年将该书改编为《汉法字典》。后来的法国汉学家马伯乐（Henri Maspéro，1883—

1945）把这部字典誉为关于汉语古文的同类字典中最好的一种。顾赛芬还大量翻译了中国儒家经典，包括《四书》（1895年）、《诗经》（1896年）、《书经》（1897年）、《礼记》（1899年）等。

18世纪是欧洲汉学的草创期，许多启蒙思想家向往中国，但真正研究型汉学的建立是在19世纪。1814年，法兰西学院增设中国语言、文学的教授席位，开设"汉语言文学课程"，标志欧洲汉学正式进入学院化阶段。这个学院最早的中文教授叫雷慕沙（Jean Pierre Abel Rémusat，1788—1832）。此人初习中医，1813年对中国的语言和文学产生了兴趣。由于外国人学满语比学汉语容易得多，所以他当时给学生上课常借助满文来解释汉语，自己编了一本教材《中国语文启蒙》（*Essai sur la Langue et La Littérature Chinoises*，1811）。他最重要的著作是死后1836年才出版的译作《佛国记》（*Foe Koue Ki*，ou，*Relation des Royaumes Bouddhiques*，1836；亦称《法显佛国游记》，法显是东晋时代的僧人，曾和友人一起从陆路到天竺，又从海路回国）。雷慕沙对这本书加了大量的注释，主要是对中国和印度文化的说明，它于当时对中国、印度知之甚少的欧洲人来说具有相当的文献价值。

可惜雷慕沙在40多岁时死于流行性霍乱，他的得意门生儒莲（Stanislas Aignan Julien，1797—1873）承其衣钵。儒莲最初研究中国语言，后转向文学，尤其关注俗文学。他翻译了元杂剧《赵氏孤儿》《灰阑记》《西厢记》等，还译出他所喜爱的小说《白蛇传》《平山冷燕》《玉娇梨》。儒莲在法国汉学界获得崇高的地位，成为法兰西学院的教授，多年主持行政工作，又是东方语言学校的教授和国家图书馆的副馆长。不过此人心胸狭隘、专断、排挤人才，退休之后，选择将教职传给他的弟子德尼侯爵，但此人在汉学界没有什么声望，直到汉学家沙畹（Édouard Émmannuel Chavannes，1865—1918）出现。沙畹曾经以外交官的身份来过中国,他最大的成就是对《史记》的翻译和研究。法国在这一阶段还有一个专门的汉学研究机构叫"巴黎东方语言文化学院"。它由路易十四在1669年为培养近东翻译人才而创立,在1843年开始了汉语教学,使法国成为世界上最早教授汉语的国家。第一任主管是儒莲的学生巴赞(Antoine Bazin,1799—1863),他没有到过中国,但是他学会了汉语,在中国白话和通俗文学领域成绩卓著,还著有《官话语法》(*Grammaire Mandarine*,1856)。他精译了四部元曲《鸳梅香》《合汗衫》《货郎担》《窦娥冤》(合集为《中国戏剧》,*Théâtre Chinois*,1838)和《琵琶记》,撰写了关于元代文学之概论《元朝一世纪》。

沙畹去世后,法国出现三位杰出的汉学家:伯希和、马伯乐(Henri Maspero,1883—1945)和葛兰言(Marcel Granet,1884—1940)。伯希和是个天才的文献学家,在语言方面也有天赋。1908年,他被派往中国,与英国汉学家斯坦因一起获得了珍贵的敦煌文献,成为法国国家博物馆的核心展品,他借此开始了专业的中国研究。马伯乐最初考察唐代的历史地理,但后来对中文的语音学产生强烈兴趣,自己创立了一套"中古汉语"的复原系统(《唐代长安方言考》,*Le dialecte de Tch'ang-ngan sous les T'ang*),表示要进行古汉语音位学研究。他曾给瑞典汉学家高本汉以极大启发。高本汉的《中国音韵学研究》于1915—1924年间出版,此前他们曾围绕这些问题讨论过很长时间。[①] 在20年代,马伯乐多次来到中国,接触到下层民众,写了介绍中国民间宗教的《现代中国神话》。他于1927年出版了代表作《古代中国》(*La Chine Antique*)。沙畹的第三位弟子是葛兰言(Marcel Granet,1884—1940),他在《诗经》《楚辞》等传统人文学领域引入宗教人类学和社会史的研究方法,下文

---

① [瑞]马悦然:《我的老师高本汉——一位学者的肖像》,李之义译,长春:吉林出版集团,2009年,第205页。

将以专题讨论。

特别值得一提的是法国传教士钱德明,作为传教士汉学时期比较专业的学者,他的著作很多:《中国古代宗教舞蹈》《孔子传》(*Abrégé Historique des Principaux Traits de La Vie de Confucius*,1785)等。其中最有名的是他对中国古代音乐的研究。1754 年他把清朝内阁大臣李光地写的《古乐经传》译成法文,让西方世界第一次真正了解中国古乐。然而,《古乐经传》法译版曾被严重歪曲、篡改。① 为了让西方人真正听懂中国古乐,1779 年,他又写出《中国古今音乐考》(*Mémoire de La Musique des Chinois tant Anciens que Modernes*)。1788 年,他完成了《中国古代宗教舞》,俗称《大舞》;一年后又出版《中国古代宗教、政治和民间舞》,俗称《小舞》。这些关于中国礼仪舞的成果经现代学者钟鸣旦、勒诺阿(Yves Lenoir)等人整理,于 2005 年以《钱德明眼中的中国礼仪舞蹈》为名在布鲁塞尔出版。②

20 世纪的现代中国学阶段,法国的中国文学研究界也涌现出不少优秀学者,比如侯思孟(Donald Holzman,1926—)、桀溺(Diény Jean-Pierre,1927—)、于连(Francois Jullien,1951—)。侯思孟是美国人,在耶鲁大学取得中国文学的博士学位后又拜投在法国汉学大师戴密微(Paul Demiéville,1894—1979)门下。侯思孟思慕"陶渊明",可是戴密微认为要懂陶渊明,先得了解魏晋名士清淡之风,于是建议他在阮籍和嵇康中选一人进行专攻。最终,侯思孟以《嵇康的生平和思想》(*La vie et La Pensée de Hi K'ang*,1957 年)拿到第二个博士学位。此书是法国汉学界研究中国古代诗人的第一本专论。其后,他又出版了另一本重要作品《诗歌与政治:阮籍生活与作品》(*Poetry and Politics:*

---

① [法]陈艳霞:《华乐西传法兰西》,耿升译,北京:商务印书馆,1998 年,第 56—64 页。
② 龙云:《钱德明研究——18 世纪一位处于中法文化交汇处的传教士》,北京:北京大学博士学位论文,2010 年,第 109—110 页。

The Life and Works of Juan Chi，1976年），并于1980年将嵇康的诗全部译成法文，逐一加以评析。1960—1968年，侯思孟任法国《汉学书评》(*Revue Bibliographique de Sinologie*) 的主编；1980年代初期，他又任巴黎高等汉学研究所属下第586组即中国文学与历史研究组的主任。该组当时有研究人员18名，为中国文学研究，尤其是明清白话小说研究做出了巨大贡献。

桀溺供职于法国汉学高等研究院，主攻上古及中古文学，精通中文和日语。1963年，他翻译了《中国古诗19首》；1968年出版了代表作《中国古典诗歌之起源：汉代抒情诗研究》；1971年《通报》第57卷1—4期上连载了他有影响力的论文《日本人论述中国文学的一些见解》；1977年又出版了一部更重要的专著《牧女与蚕娘：中国文学研究》(*Pastourelles et Magnanarelles—Essai sur un Thème Littéraire Chinois*)。

于连是一位存在争议的学者。许多汉学家不把他视为同行，而多数哲学家也不承认他的研究属于严肃的哲学。相对于法国的汉学传统，他的中国研究被认为是另类的：不做实证性考察，尽管他可以熟练阅读中文典籍。他把中国学看作与欧洲哲学互为参照的研究方法，而不是对象。于连毕业于巴黎高等师范学校希腊文专业，1975至1977年赴中国游历，兴趣由此转向中国，并凭借《含蓄的价值》一书获得博士学位。他现为法国第七大学哲学系教授、法国当代思想研究中心主任，研究领域涉及中国古典思想，中国传统文学和美学理论等。关于他的研究及由他引起的学术争论后文将专题讨论。

荷兰是继法国之后另一个有着古老传统的欧洲中国研究重镇。1875年，莱顿大学设立汉学教授席位，1930年成立了汉学研究院。1890年，法国汉学家考狄（Henri Cordier，1849—1925）与荷兰汉学家薛力赫（Gustaaf Schlegel，1840—1903）共同创办了西方第一种汉学杂志——

《通报》(*T'oung Pao*)，直至今天，这份刊物仍然是最权威的中国学期刊之一。薛力赫原是东印度公司的中国事务官员，后来在福建等地做过实地考察，成为莱顿大学汉学研究院的首任教授，为荷兰中国研究奠定了坚实的基础。他退休后，将职位传给了学生高延（J. J. M. de Groot，1854—1921，又译为格鲁特）。高延在中国人的日常风俗、宗教和宇宙论等领域均有建树。之后，治中国古代哲学、文学和中西关系史的戴闻达（Jan Jul. Duyvendak，1889—1954）接替了高延。

20世纪荷兰现代中国学阶段最不可忽略的汉学家当属高罗佩（Robert Hans van Gulik，1910—1967）。在普通读者眼中，高罗佩应该算"狐狸型"天才。他一生通晓15种语言，中学时已习梵文，16岁在阿姆斯特丹的唐人街里遇上一个中国留学生，又开始学汉语，18岁便在荷华文化协会主办的会刊《中国》上发表研究《诗经》的文章，后来又发表了关于中国《古诗源》《赤壁赋》、神怪小说等论文，并为《荷兰大百科全书》撰写了有关中国的条目。高罗佩年轻时在莱顿大学受过专业的汉学训练，硕士论文专注于米芾的英译和研究；25岁便以对中日印藏诸民族的"拜马教"的考证而取得博士学位。中国的琴棋书画他无不擅长，20来岁习书法，独创"高体"，别有韵致。1935年，因其对东方语言和文化的熟知，被荷兰外交部派往东京，开始长达30多年的外交官生涯。1943年，高罗佩担任荷兰政府驻重庆使馆的秘书。当时的重庆是中国文人学者的聚集地，高罗佩有机会接触到大量文化精英，他和齐白石、沈尹默等人都是至交，并娶了张之洞的外孙女水世芳，过着中国名士般的生活。他喜欢搜集古董字玩和奇文异籍，这些藏品在他身后全部捐给了莱顿大学图书馆。高罗佩的成果是多方面的：他对中国古琴十分痴迷，著有代表作《琴道》(*The Lore of the Chinese Lute: An Essay in Ch'in Ideology*，1940)，又将嵇康的《琴赋》翻译成英文，名之曰《嵇康及其〈琴赋〉》(*Hsi K'ang and His Poetic Essay on the Lute*)。他还十分喜欢中国版画，进而激发了研究中国两性关系的兴趣。他搜集了绝大多数中国人都不曾见过的资料，整理成《秘戏图考》，1951年在日本出版，引起轰动，后来干脆写成《中国古代房内考》，在荷兰出版。高罗佩的中国文学研究主要集中在公案小说，把《武则天四大奇案》翻译成英文。当时的西方人对中国此类作品完全不了解，他便花费十五年时间，以狄仁杰为主人公，自己模仿写了一些公案小说，取名为《大唐狄公案》。①全书有十六个长篇和八个短篇，附有高罗佩手绘插图，翻译成中文后约140万字。20世纪50年代，此书英文版一经面世，即在欧美引起热议。书中狄仁杰断案如神，被西方读者称为中国的福尔摩斯，而传统公案小说也在高罗佩笔下完成了向现代侦探小说的转型，这亦为文化融合的一个典型实例。

荷兰现代中国学时期还有位值得重视的汉学家伊维德（Wilt L. Idema，1944— ）。伊维德是荷兰皇家艺术和科学院院士。1968年毕业于莱顿大学，之后到日本访学，1970年返回莱顿大学执教，1974年获得博士学位，曾两度出任人文学院院长、非西方研究中心主任。1993至1999年任《通报》主编，2000年开始受聘于哈佛大学，2008年任哈佛东亚系主任。伊维德的主攻方向为中国传统戏剧，尤其是元杂剧，确是一位功底扎实的学者。他曾将《西厢记》《窦娥冤》《汉宫秋》《倩女离魂》等元剧翻译成英文并加以评注，被认为是当代欧美中国文学研究的最高成就之一。

19世纪英国的学院化汉学也逐渐走上正轨。这一时期的最重要代表人是理雅各（James Legge，1815—1897）。他曾任香港英华书院

---

① [荷] 巴克曼、德弗里斯：《大汉学家高罗佩传》，施辉业译，海口：海南出版社，2011年，第69—81页。

校长，虽是伦敦布道会传教士，但后来转为较为专业的汉学研究，曾任教于牛津大学。从1861年到1886年的25年间，他将"四书"、"五经"等中国主要典籍全部译出，称为《中国经典》(The Chinese Classics, 1893—1895)，共计28卷。他的专著《中国的宗教：儒教、道教与基督教的对比》(The Religions of China: Confucianism and Taoism Described and Compared with Christianity, 1881)、《法显行传》《中国编年史》等可以说是后来的西方学者研究中国的必读参考书。

德庇时（John Francis Davis，1795—1890）也是当时较为著名的外交官汉学家。他曾经担任东印度公司驻广州及英国政府驻华总监，并于1844年出任第二任香港总督。1836年，他出版了《中国概览》(Sketches of China, 1841)，资料详尽，是19世纪对中国较为全面的报道。此人对中国戏剧和小说十分感兴趣，译有元剧《老生儿》（1817年）、《汉宫秋》（1829年）。1822年又编辑了一本《中国小说选》(Chinese Novels, 1882)，收录《好逑传》等篇目。1829年出版专著《中国诗歌评论》(Poeseos Sinicae Commentarii: The Poetry of the Chinese, 1870)，算是19世纪英国学院化汉学形成期的代表作。

理雅各之后，英国外交家威妥玛（Thomas Francis Wade，1818—1895）和翟理斯（Herbert Allen Giles，1845—1935）为了让西方人更方便地掌握汉语，发明了威妥玛—翟理斯记音法，又称"韦氏记音法"。直到今天，国外仍然通行这套记音法，1958年汉语拼音方案发布前，中国也使用这套记音法。其中，翟理斯同德庇时一样，是外交官出身。他对中国的姓氏、绘画史均有研究，所撰《汉英字典》广为流传，还选译了《聊斋志异》160余篇（1880年），尤其是他1901年出版的《中国文学史》，被认为是欧洲汉学界最早的文学史。

进入现代中国学阶段之后，英国还出了一大批从事中国文学研究的优秀学者，比如韦利（Arthur Waley，1889—1966）、霍克斯（David

Hawkes,1923—2009)、鲁惟一(Michael Loewe,1922—)、杜德桥(Glen Dudbridge,1938—)、葛瑞汉(Angus Charles Graham,1919—1991)等。韦利毕业于剑桥大学,他的两位导师都非常有名,一位是英国功利主义哲学家穆勒(G. E. Moore,1873—1958),另一位是汉学家、英国新儒学派代表耿更生(G. L. Dickinson,1862—1932)。这两位学者毕生对东方文化颇为倾心,韦利深受熏陶。他受过一流的学术训练,通晓汉、满、蒙、梵、日文。毕业以后,他在大英博物馆东方部任职,接触了大量的中国和日本的典籍,负责整理斯坦因20世纪初带回英国的大批敦煌文献。① 1930年以后,他任伦敦东方与非洲研究学院讲师。韦利所在的20世纪初叶,英国有一个精英文化圈,史称"布鲁姆斯伯里集团"(Bloomsbury Group),韦利是其中的一员。这个圈子里的许多人,如罗素(Bertrand Russell,1872—1970)、伍尔夫(Virginia Woolf,1882—1941)、庞德(Ezra Pound,1885—1972)均与中国有着紧密的联系,也为韦利的中国研究提供了便利。② 韦利的译作非常多,包括《论语》《诗经》和《金瓶梅》《西游记》,整理并翻译过敦煌谣曲③。1917年又出版了《英译中国诗170首》(*A hundred and Seventy Chinese Poems*,1918),其中的许多译诗翻译时间实际上在意象派诗人庞德的《神州集》(*The Cathy*,1915)出版之前。学界对于韦利的译诗方法褒贬不一,并常常拿他的译诗与庞德比较,认为他的译法是学者型的,而庞

---

① [日]宫本昭三郎:《源氏物语ニ魅セワネヌ男—アーサー・ウエイソー云》,东京:东洋印刷株式会社,1993年3月,第54页。
② Ivan Morris, *Madly Singing in the Mountains: An Appreciation and Anthology of Arthur Waley,* New York: Walker and Company, 1970, pp.30—32, pp.380—385.
③ Waley, Arthur ed and trans., *Ballads and Stories from Tun-huang: An Anthology*, London: G. Allen & Unwin, 1960.

德的译诗自由发挥之处较多，偏于诗人型。① 韦利还专门研究过《道德经》，在伦敦出版了自己的译本，题为《道与德：〈道德经〉及其在中国思想中的地位研究》（The Way and Its Power: A Study of the Tao Tê Ching and Its Place in Chinese Thought, 1934），这个译本在英语地区影响较大，至 1968 年已经再版八次。在《中国古代的三种思维方式》（Three Ways of Thought in Ancient China, 1940）的长篇论文中，他详细比较了儒释道三家思想，尤其重视佛道对中国古代文化的影响，并由此展开了关于《楚辞》的系列研究。对于中国古典诗词，韦利最为偏爱的是白居易、李白和袁枚三家。同韦利本人严谨、不苟言笑的性格迥异，他喜欢的这些中国作家都属于"缘情"派。

霍克斯是继韦利之后英国的中国文学研究界较有代表性的学者，他毕业于牛津大学，1948 年至 1951 年曾来华，在北京大学攻读硕士，后回牛津获得博士学位，1959 年开始留校执教，曾任牛津大学中文系主任。霍克斯是一个藏书家，1980 年代，他将自己收藏的约 4500 册图书，捐赠给国立威尔斯图书馆。他年轻时翻译过《楚辞》，研究过杜甫，之后在中国红学家吴世昌的建议下，将目光锁定在《红楼梦》上。他花费十年的时间，首次将《红楼梦》前 80 回译为英文，于 1973—1980 年陆续出版。后 40 回，则由他的女婿、汉学家闵福德（John Minford, 1946— ）译出。至此，全本《红楼梦》才得以为西方读者所识，目前这个译本在西方的地位仍不可取代。

当代汉学家鲁惟一曾先后就读于剑桥和牛津。1951 年凭借对中国汉代历史的杰出研究获得了伦敦大学亚非学院的最高荣誉奖，1963 年获得

---

① Eugene Chen Ouyang, "A Catalyst and Excavator: Pound and Waley as translators of Chinese poetry", The Transparent Eye: Reflections on Translation, Chinese Literature, and Comparative Poetics. Honolulu: University of Hawaii press, c1993, pp.191—209.

了伦敦大学的博士学位。同年他进入剑桥大学执教,直到 1990 年退休,曾任剑桥大学中文系主任。鲁惟一在中国的历史、政治、文学研究领域均有出色贡献,是《剑桥中国秦汉史》《剑桥中国先秦史》的主编和撰写人,并且主编过《中国古代典籍导读》。鲁惟一的专攻领域在汉代,是目前西欧惟一立足于简牍开展研究的学者。他的代表作有《汉代的信仰、神话和理性》(*Chinese Ideas of Life and Death—Faith, Myth, and Reason in the Han Period*,1982)、《董仲舒:一个儒生的文化遗产和〈春秋繁露〉》(*Dong Zhongshu, A "Confucian" Heritage and the Chunqiu Fanlu*,2011)。

杜德桥 1967 年于牛津大学获得博士学位,1989 年起任牛津大学教授,曾为牛津大学中文系主任。他的主攻方向为中国古典小说,代表作有《唐代的宗教体验与世俗社会——读戴孚〈广异记〉》(*Religious Experience and Lay Society in T'ang China—A Reading of Tai Fu's Kuang-i chi*,1995)、《〈西游记〉:16 世纪小说的成书研究》(*The Hsi-yu chi; A Study of Antecedents to the Sixteenth-century Chinese Novel*,1970)等。杜德桥十分关注民间宗教、神话传说与笔记野史对文学的影响,将中唐作为官方宗教与民间信仰互动交融最活跃的转折期。他提倡人文学的材料考证及细读等方法,避免自己的研究被淹没在西方人类学、社会学的前理解中。[1]

葛瑞汉是当代英国治中国思想史、早期文学、新儒学的杰出学者。他 1945 年进入伦敦大学的东方及非洲研究院学习汉语,1953 年取得哲学博士学位。他认为中国思想最鼎盛的时代一是先秦,一是宋代。他的《中国的两位哲学家——二程兄弟的新儒学》(*Two Chinese Philosophers: The Metaphysics of the Brothers Ch'eng*,1992)对新儒学领域最核心的

---

[1] Glen Dudbridge, *Religious Experience and Lay Society in T'ang China: A Reading of Tai Fu's Kuang-i chi*, Cambridge: Cambridge University press, 1995.

两位哲学家的思想作了全面系统的论述：分疏了程颐与程颢理学的不同体系，考究了程颐与程颢哲学的源流，比较了中国与欧洲哲学之异同。葛瑞汉翻译过《老子》《庄子》和晚唐诗，并对先秦散文有所探讨。他的《论道者》（*Disputers of the Tao: Philosophical Argument in Ancient China*, 1989）已成为国内外最为畅销的中国先秦思想史之一。其中对墨家的论断尤为精彩，作者以悲悯的情怀还原了墨家的价值乌托邦以及它的道德洁癖在那个时代的无奈。

进入学院化汉学阶段之后，德国的中国语言、文学研究也有显著发展。不过相对于法国和荷兰，德国系统汉学起步较晚。著名哲学家、社会学家韦伯（Max Weber，1864—1920）可算是德国最早从事专业化中国研究的学者，其《儒教与道教》（*The Religion of China: Confucianism and Taoism*, 1915）被认为是比较社会学的开山之作，详细讨论了中国的思想、文化与信仰。1871年，德国建立了今洪堡大学汉学系的前身"东方语言研究院"；1909年，洪堡大学汉学系正式建立，第一位主任为历史学家福兰阁（Otto Franke，1863—1946），他曾在德国驻北京大使馆担任翻译，多次到中国南方和蒙古旅行。其子傅吾康（Wolfgang Franke，1912—2007）也是位汉学家，主治明史和近代史。洪堡大学之后，1912年，柏林大学也设立了汉学系，其第一位系主任是上文提到的荷兰汉学家高延。1925年，德国法兰克福大学建立中国研究所，第一任所长是卫礼贤（Richard Wilhelm，1873—1930）。他是魏玛差会的传教士，从事《论语》《道德经》《庄子》和《列子》《吕氏春秋》《韩非子》《礼记》《中庸》等典籍的翻译与诠释。卫礼贤的研究性著作主要有《老子与道教》（*Lao-tse und der Taoismus*, 1925）、《中国文化史》（*A Short History of Chinese Civilization*, 1929）。

在学院化汉学的初创阶段，德国有三位汉学家功不可没。第一位是晓特(Wilhelm Schott, 1862—1889),他虽主攻中国语言和塞外民族及佛教史,也关注中国文学。他的《中国文学论纲》(*Entwurf einer Beschreibung der Chinesischen Litteratur*, 1854)被有些学者认为是世界"第一部"中国文学史,①比学界公认最早的欧洲中国文学史,即翟理斯的《中国文学史》(1901年)还早许多年。第二位是甲柏连(Hans Georg Conon von der Gabelentz, 1840—1893),此人是语言学家,出身贵族,在莱比锡大学以编外教授之职教东亚语言。他精通满语,以满语译四书五经,其《中国文言语法》(*Anfangsgründe der Chinesischen Grammatik*, 1881)享有盛誉,并著有《满德辞典》《汉文典》等。第三位是葛鲁贝(Wilhelm Grube, 1855—1908),此人原本是俄国人,后入德国服务于柏林人种博物馆东亚部,最初研究中国少数民族(如女真)的语言和文化,后来亦转向文学研究,著有《中国文学史》(*Geschichte der Chinesischen Litteratur*, 1902),此书比晓特的《中国文学论纲》资料更翔实、论述更专业,并注意将中国作家与西方作家相比较,因此视野也更为开阔。

20世纪以来,德国中国文学研究进入到现代中国学阶段。代表学者有瓦格纳(Rudolf G. Wagner, 1941—)、顾彬(Wolfgang Kubin, 1945—)、施寒微(Helwig Schmidt-Glintzer, 1948—)。瓦格纳是德国海德堡大学汉学系教授,美国哈佛大学费正清东亚研究中心研究员。他曾任欧洲汉学学会主席,海德堡大学汉学研究所所长。他以对王弼《〈老子〉注》的专门研究蜚声海外中国学界。他兴趣广泛,涉及佛教经典、魏晋玄学、太平天国运动及现代中国的社会与文化。主要著作包括《注疏家的技艺:王弼的"老子注"》(*Wang Bi's Commentary on the Laozi with Critical Text and Translation*, 2003)、《中国当代新编历史

---

① 方维规:《西方"文学"概念考略及订误》,《读书》,2014年第5期。

剧——四个实例研究》(*The Contemporary Chinese Historical Drama—Four Studies*,1990)等。顾彬是位诗人,同时在波恩大学汉学系任教,在创作、翻译、研究领域均有建树。他对中国的兴趣最初始于唐诗,后来才转向中国现当代文学。其代表作有《中国诗歌史》(*Die Chinesische Dichtkunst*,2002)、《二十世纪中国文学史》(*Die Chinesische Literatur im 20. Jahrhundert*,2005)等。顾彬近年来与中国学术界的互动频繁,其大胆言论也引来不少争议。下文将对他进行专题讨论。施寒微早年师从蒙古史专家傅海波(Herbert Franke,1914—),主要钻研中国古代文学和佛学,曾任德国慕尼黑大学汉学教授、德国巴伐利亚国家图书馆馆长、哥廷根大学汉学教授、汉堡大学教授。主要著作有《中国文学史》(*Geschichte der Chinesischen Literatur*,1990)、《弘明集》《墨翟著作集》等。

瑞典的中国文学研究也是欧洲中国学不可或缺的一部分。其学科建立始于高本汉(Klas Bernhard Johannes Karlgren,1889—1978)。他曾任歌德堡大学校长、远东考古博物馆的馆长。斯德哥尔摩大学的汉语课程也是由高本汉初设。1911年,在中国帝制崩溃、政局不稳的时期,他来到中国游学,收集了二十四种方言资料。1912年返回欧洲后到伦敦探访斯坦因掠回的敦煌文物,随后又到巴黎师从伯希和与马伯乐研读了两年。他的研究范围广泛涉及音韵学、文献学、考古学、文学、宗教,尤以运用比较语言学的方法探讨中国古代音韵和汉字演变而著称。瑞典汉学在他的影响下,一直侧重于中国古典文化,直至70年代,才开始对现代中国有所关注。

1975年,瑞典出版了《近代中国文学与社会》的文集,其中收录了很多有影响力的研究现当代中国的文章,标志着其中国研究由传统汉学向现代中国学发展。这册书的编辑为马悦然(Goran Malmqvist,

1924— ）。马悦然是高本汉的学生，曾任斯德哥尔摩大学东方语言学院中文系主任、欧洲汉学协会会长。他还是瑞典文学院院士，诺贝尔文学奖18位终身评委之一。马悦然用瑞典语翻译了大量从古到今的中国文学作品，包括《诗经》选译、唐诗宋词、《西游记》《水浒传》、沈从文《边城》、高行健《灵山》等。他的治学领域和高本汉一样广泛，既有语言研究，如《中国语言学的问题和方法》（Problems and Methods in Chinese Linguistics，1964）；也有关于《春秋》《史记》等古代典籍的讨论；同时编有《现代中国文学及其社会背景》（Modern Chinese Literature and Its Social Context，1977）、《中国现代文学选》（A Selective Guide to Chinese Literature，1900—1949，1997）等。①

瑞典过去一直只设立一个汉学教授席位。大约从1990年起才有所变化。马悦然退休后，他的学生罗多弼（Torbjorn Loden，1947— ）接替其在斯德哥尔摩大学的职位。与此同时又增设了两个教授席位，一位设在南部的隆德大学，由罗斯（Lars Ragvald）担任；另一位则授予了在首都一所中学执教的林西莉（Cecilia Lindqvist）。他们均长期从事中文教学和汉学研究。罗多弼年青时是个左派，向往中国的左翼运动和文化大革命。1973至1976年他曾任驻中国大使馆的文化专员，从而有机会深入了解中国，回国后完成了博士论文《1928—1929年期间中国无产阶级文学的争论》（Debatten om Proletär Litteratur i Kina 1928—1929，1980）。80年代初开始，他将关注点转移到中国古代思想史，以戴震为核心，翻译、介绍了一些重要作品，代表作有论文《戴震与儒家思想的社会作用》（1987年）、《戴震哲学中"情"字的内涵》（1992年）等。

---

① ［瑞］罗多弼：《瑞典汉学：过去、现在和未来》，《跨文化对话》，第21辑，南京：凤凰出版集团，2007年6月。

俄国汉学的发展和西欧各国相对应，也大致可以分为三个阶段：溯源期（9—18世纪）、比丘林（19世纪上半叶）和瓦西里耶夫（19世纪下半叶）时期、现代中国学时期（包括苏联时期与当代俄罗斯时期）。俄国系统化汉学肇始于18世纪，1700年，彼得大帝打算向中国传教，西欧的"中国风"也吹到俄国。圣彼得堡皇家科学院通过俄罗斯东正教驻中国的传教使团培养了一大批掌握汉语、满语和日语的早期东方学家，以罗索欣（1717—1761）、列昂季耶夫（1716—1786）为代表。传教士团是俄国人在北京建立的第一个中国研究基地，成员每10年左右轮换一届，到1917年俄国共派遣了18届。罗索欣便是18世纪俄国最早来华的传教士团成员之一，被誉为俄国汉学第一人。他毕生从事中国文化典籍的译介和满汉语教学。他的许多译著，如《三字经》《千字文》《二十四孝》《大清一统志》《异域录》《名贤集》都成了俄罗斯和欧洲学者研究中亚、东亚历史、地理的工具书。列昂季耶夫在俄国汉学的形成期也作出了重要贡献。18世纪俄国出版的关于中国的专著和论文共120种，他的译著就占了其中的五分之一，包括《大学》《中庸》《大清律例》等。

19世纪，俄国学院化的中国研究进一步发展。1837年，喀山大学东方系汉语教研室的建立标志着俄罗斯成为欧洲第二个拥有汉语高等教育的国家。此后，俄国皇家考古学会东方部（1851年）、圣彼得堡大学东方系（1855年）相继建立。① 比丘林（(Nikita Ya. Bichurin, 1777—1853）是这一时期最重要的汉学家，他在北京生活了13年，译介过大量中国早期经典，如十三经、二十史、《三字经》。有人评价："丰富著述使俄罗斯汉学摆脱了从前翻译和出版欧洲传教士的汉学作品、附和欧洲声音的状况，对提升俄国社会对中国文化的兴趣发挥了重要作用，从而也促进了俄罗斯汉学的民族化，使俄国汉学在19世纪中期达

---

① 李明滨：《中国文学俄罗斯传播史》，北京：学苑出版社，2011年，第16页。

到了世界汉学的高度。"[1] 1858 年,沙皇政府强迫清政府签订《瑷珲条约》,1860 年又签订《北京条约》,在这种大局势下,俄国汉学发展相对滞缓。汉学家研究中国的目的大多不再是学术意义上的探讨,有些是为沙皇政府的侵略行径服务,在方法上也更亲近于西欧的科学实证。瓦西里耶夫(1818—1900)是这一时期的重要学者。他 1834 年考取喀山大学语文系东方分系,学习蒙古语和鞑靼语,1837 年毕业时以《佛教文献之精髓》通过答辩,获得学士学位并留校任教。1839 年,又以《论佛教的哲学原理》获得硕士学位。同年,他作为第十二届传教团的成员来到中国。1850 年 9 月,瓦西里耶夫返回俄国,出任喀山大学汉语满语教研室教授。1855 年 4 月,圣彼得堡大学东方语言部更名为东方系,喀山大学语文系东方学专业被合并,瓦西里耶夫随即调到圣彼得堡工作,开创了俄国汉学的彼得堡学派。瓦西里耶夫除了在佛教研究方面颇有建树,在中国文学研究领域成果也不少。1880 年他出版了《中国文学史纲要》,这也是在翟理斯《中国文学史》问世之前,西方最重要的奠基之作之一。[2] 他还将中国现代作家鲁迅《阿 Q 正传》《狂人日记》,茅盾等人的作品译介到俄国。1895—1917 年是革命前俄国汉学向苏联汉学发展的过渡阶段。此时沙俄政府积极向远东扩张,窃取了中国大片领土。为了配合其殖民战略,俄国建立了海参崴东方学院。该学院在完成汉语教学之外,也成为俄国中国研究的一个阵地。

20 世纪初叶,俄国的中国文学研究也进入现代阶段,主要分为苏联时期和当代俄罗斯时期,不少汉学家是跨这两个时代的。这一阶段较有代表性的中国学者有阿列克谢耶夫(1881—1951)和李福清(1932—2012)。阿列克谢耶夫毕业于圣彼得堡大学东方语言系,毕业后留校工

---

[1] 李伟丽:《尼·雅·比丘林及其汉学研究》,北京:学苑出版社,2007 年,第 3 页。
[2] 李明滨:《中国文学俄罗斯传播史》,北京:学苑出版社,2011 年,第 70—73 页。

作,曾来华进修,后来长期任职于莫斯科东方学院。他继比丘林和瓦西里耶夫之后将俄苏汉学推向新的阶段,培养了不少青年汉学家,著有《中国论诗人的长诗——司空图的〈诗品〉》《中国文学》《中国风情录》《东方学》《中国古典散文》等。阿列克谢耶夫还翻译、研究聊斋故事,并概括出这些故事中的几种基本类型,如狐仙、书生等,并撰写了《论〈聊斋〉中儒生个性与士大夫意识的悲剧》等开创性的论文。他的后辈汉学家李福清曾写过长篇论文《〈聊斋志异〉在俄国——阿列克谢耶夫与〈聊斋志异〉的翻译和研究》高度评价了阿列克谢耶夫在该领域的成果。李福清为中国古典小说和民间文学研究也作出了巨大贡献,《万里长城的传说与民间文学的体裁问题》《从神话到章回小说——中国文学中人物形象的演变》《中国神话故事论集》《古典与传说:李福清汉学论集》等为其代表作。李福清主张"选题小、开掘深",比如仅仅孟姜女哭长城这样一个片断,他就找到了民歌、说唱本、各地戏曲、散文体传说等多个不同时期的版本相互参考。他还提倡用"比较"的方法,曾多次提到受季羡林比较文学和形象学研究的启发,发现了"纬书"等研究中国早期神话的线索。[①]李福清于 1950 年进入列宁格勒大学东方系学习,1970年获得博士学位。期间,他来北大进修,并深入甘肃、陕西学习当地方言,以便于搜集民间文学的口头资料。由于中国的神话和传说在不同时期和地域有多种版本,李福清为每篇神话和传说写了详细的研究笔记,并对相似的材料进行比较,探讨它们之间的相互关系,整理出这些故事发展的过程。上世纪 90 年代,李福清应邀到台湾讲学,又开始关注台湾的民间文学,于 1998 年出版《从神话到鬼话——台湾原住民神话故事比较研究》。在此书中,李福清以更广阔的视野,比较了台湾与大陆、中国边疆少数民族、东南亚和大洋洲等地区的民间神话传说,得出了许多原

[①] 张冰:《李福清汉学研究》,北京大学博士学位论文,2012 年,第 38—43、106—109 页。

创性的结论。比如他认为后羿射日并非原始神话,而是在人类文明较发达阶段形成的。李福清对文学之外的历代民间艺术也很感兴趣,他还关注过石刻、墓雕、年画、神像等,并有不少优秀成果。他的研究涉及日本、朝鲜、越南和蒙古等国,是一个当之无愧的"东方学家"。

欧洲中国文学研究不同于日本有着文化上得天独厚的条件,它首先存在语言的障碍。因此早期的中国文学研究者大多也都是语言学家或翻译家,做了大量筚路蓝缕的工作。不过,与日本相似,欧洲的中国文学研究比较重视上古和中古时期,这大概与其自身极其发达的古典研究有关,他们对一切古老的文明有着深深的好奇。从某种意义上说,欧洲的中国研究最少带有功利性。欧洲人深知,正如古希腊、罗马是西方文明的摇篮和精神家园,中国古代尤其是"轴心时代"的思想奠定了后世东亚文明的基础。由此,欧洲的中国文学研究倾向于对中国文化的总体内质和终极命题进行宏观把握,他们并非如日本汉学那般精细,亦不似美国的中国文学研究那么注重理论架构和范式更新。缘此,欧洲的中国文学研究也曾被质疑为主观和零散。实际上,欧洲、日本、美国这三大代表性的中国研究路径只是方法背景和思维习惯上的差别,很难较出优劣。

第三节 美国的中国文学研究

美国的中国学起步相对于日本和欧洲都晚,但与欧洲、日本相似,其中国文学研究大致也可分为三个阶段:传教士汉学、费正清以来的现代中国学、反思与争鸣的当代中国研究。

18世纪末，美国开始与中国通商，也派了一些传教士来华。最早来到中国的美国传教士汉学家是裨治文（Elijan C. Bridgeman，1801—1861），他1829年到广东、澳门一带传教。他在澳门主办过《中国丛报》，亦称《澳门月报》，开展有关中国事务的讨论，上面还有不少中国经典的翻译。卫三畏（Samuel Wells Williams，1812—1884）是美国公理会传教士，1833年来华，之后又去过日本。卫三畏早年在当印刷工人时就开始自学中文和日语。他的成名作是1848年出版的《中国总论》（The Middle Kingdom），详细介绍了中国的风土人情、文学艺术、社会历史、政治等。他还有一个贡献是编成了一部《中文语音字典》，出版于1874年，不仅包括北京话，还包括广东、上海、福建等地的方言发音，应该说是当时最全的汉语发音词典。明恩溥（Arthur H. Smith，1845—1932）也是早期来华传教士汉学家中比较有代表性的一位。他曾在天津等地传教，亲身经历"义和团运动"（西方人称之为"拳匪之乱"）。这段经历直接影响了他的代表作《中国人的特性》（Chinese Characteristics，1894）。这是一部印象式、漫画式的不无偏见的作品，然而它在全世界引起了强烈的反响。通常认为鲁迅关于"国民性"问题的反思和批判以及后来写出《阿Q正传》《狂人日记》等作品缘自他在日本看到中国人受到不公正待遇，实际上对他思想刺激更大的正是明恩溥此书的日译本。[①]此书总共26篇，每一篇均用一个主题词来概括作者对中国人性格特征的印象，比如麻木、懒惰等。这26篇当中超过三分之二的篇幅对中国人的判断是十分负面的。

美国19世纪末至20世纪初叶来华的传教士有许多。值得一提的还有：丁韪良（William A. P. Martin，1827—1916）、傅兰雅（John Fryer，

[①] [美]刘禾：《跨语际实践：文学，民族文化与被译介的现代性》，北京：三联书店，2014年，第65页。

1839—1928)和林乐知(Young J. Alen,1836—1907)。丁韪良可说是在中国待的最久的西方人之一,整整生活了62个年头。他长期在北京同文馆和同文书院任教,并曾担任北京东方学会的第一任会长。1898年京师大学堂(北京大学的前身)刚刚创立,丁韪良被光绪帝任命为第一任总教习(即校长)。傅兰雅本是英国人,后来到了美国,大学毕业后被派到香港等地传教。1865年,他任上海英华学堂校长,并主编中文报纸《上海新报》。同年开始参与江南制造局的译书工作,编译了《西国近书汇编》等,由此闻名于世。他晚年在加州大学任中文教授,为该校的中国研究打下了基础。林乐知也是个充满传奇的人物,他在咸丰十年(1860年)时和夫人一同来上海传教,熟谙中国文化,甚至考中过清朝的进士。他也曾在上海的江南制造局翻译馆参加译书工作,对西学东渐起了不小的作用。他还曾自费创办了华文周刊《万国公报》,在当时很有影响。总体而言,相较于欧洲各国早期的传教士汉学家,美国来华的传教士在中国研究上更为专业。

二战之后,美国现代中国学逐渐形成,被称为"费正清时代"。费正清(John King Fairbank,1907—1991)在福特基金会的资助下,创立了美国最重要的中国研究机构之一"哈佛大学东亚研究中心"(Fairbank Center for China Studies,Harvard University)。他牵头了一些大型中国研究工程,最具代表性的就是组织当时世界上最有成就的一批中国研究者,撰写"剑桥中国史"系列。这部丛书耗时25年,基本上反映当代西方中国史研究的最高水平,里面很多结论都与过去中国自己的成果以及欧洲和日本的汉学大有不同。他与华裔学者刘广京合作,费时三年编成中国近代史的中文书目(Modern China: A Bibliographical Guide to Chinese Works,1898—1937,1950),又与日本学者坂野正高、山本澄子合编了一本《日本现代中国研究书目指南》(*Japanese Studies of Modern China: A Bibliographical Guide to Historical and Social Science*

Research on the 19th and 20th Centuries,1955），这些工作都为美国现代中国学打下坚实基础。费正清虽然受过严格的学院化训练，他写的东西却通俗易懂。他许多作品都曾发表在《时代周刊》《纽约书评》等杂志上，很多美国老百姓对中国的印象是从费正清那里开始建立的。①最为重要的是，他开创了美国现代中国学的"冲击—回应"模式。1954年，费正清和邓嗣禹合作出版了《中国对西方的回应》(*China's Response to the West*)，认为中国与西方原是两个对立而互不干扰的独立文明体系。然而，到了近代，随着西方工业文明模式及其价值的全球扩散、西方的世界殖民体系逐步形成，西方成为了世界的"中心"，而中国沦为"边缘"。没等中国反应过来，它已经被动地卷入西方的全球化过程。近代中国发生的本质变化，均由西方势力的侵入造成，是对西方"冲击"的"回应"。此书考察了帝制晚期一批中国知识分子两难的心路历程：他们在面临西方的压力下锐意改革，同时又努力保有中国的文化传统，从而一方面学习西方的"技"与"器"，一方面又更强调中国人在道德方面的优越性并从中衍生出各种"民族主义"的思想形态。我们发现，不仅这本书的研究对象，包括林则徐、魏源、耆英、冯桂芬、洪仁玕、曾国藩、李鸿章、左宗棠、张之洞、王韬、康有为、梁启超、谭嗣同、胡适、蔡元培、陈独秀、孙中山等被后继的中国学研究者不断发展成一个个具体的论题，而且书中的"冲击—回应"模式也成为美国现代中国学的第一大范式，尽管直到80年代，费正清本人才承认存在这么一个模式（Pattern）及与之相关的问题（Problems）。②

---

① Evans, Paul M., *John Fairbank and the American Understanding of Modern China*. New York: Basil Blackwell Inc, 1988.

② Ernest R. May and Fairbank, John K. ed., *American's China Trade in Historical Perspective: The Chinese and American Performance*, Cambridge and London: Harvard University Press, 1986, pp.1—10.

费正清的这套学说似乎确能解释晚清、近代至五四以来中国社会的许多现象。比如城市中洋学堂的兴起，再比如传统的乡村氏族体系逐渐崩溃等等。他的爱徒列文森（Joseph Richmond Levenson，1920—1969）亦持相似的观点研究中国近代思想，后人称为"传统—近代"模式。列文森的代表作《儒教中国及其现代命运》（*Confucian China and Its Modern Fate*，1958）用一种悲观和同情的笔调，描述了强大的儒教传统如何在现代遭遇了更为先进的西方思想，失去很多平衡社会的作用。比如，中国儒家传统中虽然有一种理性精神，但这种精神并没有形成西方现代那种对科学技术的崇拜，中国知识分子始终认为最有价值的是如何平衡君主与臣民的关系，换言之，他们更关注社会伦理，而西方人看重的东西，原本是"君子不器"的。恰恰是他们看不上的东西却成为现代社会的动力和标准，这使中国知识分子不得不"开眼看世界"，却又抛不开原有文化立场，所以提出"中体西用"，希望把西方的技术和中国的传统价值结合起来，而这种结合在当时注定失败。在《梁启超与中国近代思想》（*Liang Ch'i-Ch'ao and the Mind of Modern China*，1953）中，列文森再次以梁启超为个案和缩影，进一步探讨了当时的知识分子徘徊在西方文明与中国传统之间的情感矛盾。他曾提出中国文化在现代被"博物馆化"了。这种态度其实也由他自己的文化身份带来，列文森思考中国时所凸显的一系列基本问题与观念，例如历史与价值、区域主义与世界主义间的张力，很大程度上缘于他对犹太教徒之现代命运的感悟。在叙述史华兹和列文森两位老师时，旅美台湾学者黄进兴曾总结：

> 根据我的一个不太严谨的观察，在西方，研究中国问题的学者总是比较忧心忡忡，而研究日本的学者，总是比较乐观活泼，为什么呢？因为一个浸淫于他的研究天地的人，是很难不受其研究客体

的影响的。而中国近代的历史是以一连串的挫辱堆成的，日本近代历史，除了二次大战后短暂的失败外，大多是趾高气扬的，两国际遇的休戚，也就影响了研究它的学者。①

这一范式曾极深地影响了美国中国文学研究的格局。非常典型的例子便是对于明清以来文学中"现代性"兴起所带来的文学传统剧变的观察。这类成果基本上都持有一种共识：中国文学在古典时期具有鲜明的特色，并且形成了一个延续的、强大的传统。然而，这一传统随着帝制晚期西方势力入侵东土而不得不发生转变，从而进入截然不同的"近代（现代）"阶段。封建集权体制下文学的政治寓旨、文学贵族（宫廷）化、士大夫所形成的文人趣味均逐渐消散；宗法社会中男性作者的绝对权威、宗教对文学的渗入、亲族血缘关系在作品中的体现等也逐渐解体。取而代之的是俗文学及市民趣味的兴起、城市题材和消费文化逐渐盛行、女性作者和角色在文本中占据越来越重要的地位、文学的传播加快……夏志清《中国现代小说史》、浦安迪《明代小说四大奇书》、马克梦《17世纪小说中的色与戒》、商伟《〈儒林外史〉和帝国晚期的文化转型》、周蕾《妇女与中国现代性》等大批作品均是这一范式影响下的成果。

事实上，"冲击—回应"模式在选材、主题、视角、结论等方面对美国中国文学研究界的影响只是显性的，而体现于方法和理论预设层面的影响则往往是隐性的却更加深刻，即使中国古典文学研究领域也很难跳脱出这种情境定势。学者们往往不自觉地运用各种现代西方学说、方法解剖中国，中国文学在结构主义、后殖民主义、新历史主义、阐释与接受美学、女性主义、大众文化研究等理论的催化下不断发酵，看似生

---

① 吴咏慧：《哈佛琐记》，西安：陕西师范大学出版社，1998年，第25页。吴咏慧为黄进兴夫人之名，后者将之作为笔名。

成了不少新鲜"洞见",实则可能只是一厢情愿,离中国文学的实景反而越来越远。宇文所安(Stephen Owen)、劳泽(Paul Rouzer)、高彦颐(Dorothy Ko)、胡志德(Thedore Hunters)、刘若愚、王靖献等著名学者均不能免俗,多多少少存在这样的问题,中国文学成为另一种类型的西方"冲击"潮中的被形塑体。为此,许多人文学者提出过他们的质疑和忧虑。狄百瑞(W. T. de Bary)从探讨"新儒家主义"入手,倡导重新认识中国传统的优点与价值;史华慈(Benjamin I. Schwartz)反对依赖西方理论解读中国,他认为这样"中国性"最终将被虚无化。①

这些忧虑源自一次大的潮流,它直接针对"冲击—回应"模式而提出反思和补充,从而形成了一次范式革新。学界惯于以其代表学者柯文(Paul A. Cohen)倡导的"中国中心观"(China-centered approach)来概括。上世纪60、70年代,柯文及许多学者不满于此前中国研究中对西方中心视角与理论过度的路径依赖,而提出应该进入中国内部,从它自身的发展动力和背景中总结出这一文明发展的规律,而不是总将其解释为西方潮流的简单回应者。学者们纷纷试图从中国的传统内部来寻求解释中国问题的答案,中国文学研究同样经历了"回归"的路程。尽管"中国中心观"在一定程度上加剧了中西文明体系的截然分立,且将中国默认为现代世界进程中的弱势群体,从而实质上没能摆脱简单的二元模式,但它给西方的中国研究界带来了一种新的思路。进入80年代,一统天下的范式及对范式的颠覆性质疑均已退潮,既不受"冲击—回应"模式的约束,也不再那么强调"中国中心"了。当代美国的中国文学研究显得多元而平和,出现了"百家争鸣"的局面。本节试分主题和时段来择其扼要介绍。

---

① Benjamin I. Schwartz, "Area Studies As A Critical Discipline" (1980), China and Other Matters, Cambridge; London: Harvard University Press, 1996. pp.98—113.

早期（先秦、两汉）文学研究老一辈的汉学家代表有哥伦比亚大学的华兹生（Burton Watson，1925—　）。他通晓汉语、日语，长年从事先秦典籍的整理和研讨。他最初对中国历史感兴趣，1958年出版《大史学家司马迁》（Ssu-ma Ch'ien: The Historian and His Work）之后转向文学领域。1962年，他的《中国古代文学》（Early Chinese literature）一书问世（1969年中译本出版），以编年体的形式介绍了公元前12世纪至公元3世纪的作品，虽然目前看来有些过时了，但它在当时具有十分重要的开拓意义，现在仍是美国人了解中国早期文学的入门之作。上世纪70年代初，华兹生又撰写了《从2世纪至12世纪的中国抒情诗》（Chinese Lyricism: Shih Poetry from the Second to the Twelfth Century，1971）和《中国韵散文：汉代至六朝的赋》（Chinese Rhyme-Prose: Poems in the Fu Form from the Han and Six Dynasties Periods，1971）两本力作。

《剑桥中国文学史》的第一章（商至西汉）和第二章（东汉至晋），分别由普林斯顿大学的柯马丁（Martin Kern）和华盛顿大学的康达维（David R. Knechtges）撰写，他们也是美国早期中国文学研究界的重要学者。柯马丁的《早期中国的文本与仪礼》（Text and Ritual in Early China，2008）将文本与出土文物、碑刻铭文等材料相印证，试图还原上古宗教与民间仪式、表演的丰富意涵。相对于诗和散文，"赋"是西方人相对难以理解的文类，其意象铺陈和词藻之侈离连中国现代学者都很难得其要领。康达维可算是当代美国最早的汉赋专家，60年代已专注于该领域，1976年他出版了博士论文《汉代的歌赋——扬雄研究》（The Han Rhapsody—A Study of the Fu of Yang Hsiung），2002年又写出《古代中国的宫廷文学与文化》（Court Culture and Literature in Early China），对司马相如、扬雄、匡衡等人的辞赋进行了更细致的对比。他还与中国学者共同编撰了《中国古代及中古早期文学书目指南》（Ancient and Early Medieval Chinese Literature: A Reference Guide），记录了公元前8

世纪至公元 7 世纪共 775 个关于中国古代文学的作家作品条目及关键词，对早期中国文学研究有奠基之功。

美国的中国早期文学研究中成果最集中的领域亦在《诗经》和《楚辞》。《诗经》研究，美国学者和日本人一样，基本上采纳了欧洲社会学的路子，即以法国汉学家葛兰言（Marcel Granet，1884—1940）为代表的人类学体系。较早关注《诗经》的是哈佛大学的海陶玮（James R. Hightower，1917—2006），他在高本汉译本出版之际，于 1948 年写了关于《韩诗外传》《三家诗》等权威性论文，至今很少有人能够超越。其后，其视野放开，涉及唐传奇和明清词话。1998 年，他出版了自己的代表作《中国诗歌研究》(Studies in Chinese Poetry)。1969 年，华裔学者陈世骧写了一篇重要论文《诗经在中国文学史和诗学史上的文类意义》(The Shih-ching: Its Generic Significance in Chinese Literary History and Poetics)，从人类学的角度解读《诗经》。① 在《论中国的抒情传统》(On Chinese Lyrical Tradition) 一文中，陈世骧将《诗经》作为中国诗歌美学的源流。② 1974 年，另一位华裔学者王靖献《钟与鼓——〈诗经〉的套语及其创作方式》(The Bell and the Drum: Shih Ching as Formulaic Poetry in an Oral Tradition) 从形式主义和比较方法探讨诗经的特色，他后来的论文集《从礼仪到寓言：中国古代诗歌论集》(From Ritual to Allegory: Seven Essays in Early Chinese Poetry) 继续采用这些方法，对"雅"和"颂"部分进行了富有原创的研究，他建议把大雅的诗篇当作中国的"英

---

① Chen, Shih-hsiang, "The Shih-ching: Its Generic Significance in Chinese Literary History and Poetics." *Bulletin of the Institute of History and Philology*, 1969, Academia Sinica 39.1: 371—413.

② Chen，Shih-hsiang, "On Chinese Lyrical Tradition: Opening Address to Panel on Comparative Literature, AAS Meeting, 1971", *Tamkan Review*, 2.2—3.1 (1971.10—1972.4): 17—24.

雄史诗"来解读。沿用西方社会科学和跨学科的方法并将其引入《诗经》研究的学者还有很多，比如治中国上古文明史的学者夏含夷（Edward L. Shaughnessy）提出《诗经》的雅、颂之间某些语言和文学措辞上的差异反映了西周时期礼仪信仰的沿革。他的一系列专著，比如《在孔子之前：中国经典的产生》(Before Confucius: Studies in the Creation of the Chinese Classics, 1997)、《重写中国早期文本》(Rewriting Early Chinese Texts, 2006)均涉及《诗经》所体现出来的宗教、社会功用。威斯康星大学华裔学者周策纵（1916—2007）也发表过一些关于诗歌、音乐和哲学的跨学科性很强的论文。

以何种方法解读《诗经》以及它对中国美学理论产生了怎样的影响一直是海外学者十分关注的命题。斯坦福大学刘若愚（1926—1986）的经典之作《中国文学理论》(Chinese Theories of Literature, 1975)很大程度上即来自于对早期文本尤其是《诗经》的理解。① 戴密微（Paul Demiéville, 1894—1979）的学生、一位长年执教于巴黎的美国学者侯思孟（Donald Holzman, 1926— ）在1978年发表了《中国文学的转型：从上古到中古》(Chinese Literature in Transition from Antiquity to the Middle Ages)，此后又撰写了一些与《诗大序》有关的论文，也是位在该领域颇有建树的学者。斯坦福大学的范左仑（Steven Van Zoeren）于1991年出版了专著《诗歌和人格：中国传统的读解、注疏和阐释学》(Poetry and Personality: Reading, Exgesis, and Hermeneutics in Traditional China)，这是一部关于《诗经》由汉代至宋代的接受和阐释史研究，值得一读。原在加州大学洛杉矶分校，现任教于耶鲁大学的余宝琳有力地

---

① 他有关中国文学研究的主要著述有八种：《中国诗学》(1962)、《中国之侠》(1967)、《李商隐的诗》(1969)、《北宋六大词家》(1974)、《中国文学理论》(1975)、《中国文学艺术精华》(1979)、《语际批评家：阐释中国诗歌》(1982)、《语言·悖论·诗学：一种中国观》(1988)。

否定了照搬西方古典批评术语来阐释诗经的做法,她在《中国诗歌传统的意象化阅读》(*The Reading of Imagery in the Chinese Poetic Tradition*,1987)中,认为诗经传统与地中海世界发源的对应思想完全不同,而西方用"allegory"的方式解剖《圣经》同样不适用于《诗经》。她的想法得到许多学者的响应。1993年,苏源熙(Haun Saussy,1960—)于1993年出版的《礼乐之邦:中国美学问题》(*The Problem of A Chinese Aesthetic*)详细讨论了《诗》大序在整个《诗经》解读中的重要作用。

与《诗经》研究的热闹场面相比,美国的《楚辞》和汉赋研究则显得冷清许多。《楚辞》在英语世界中的研究主要集中在英国。早在1923年,英国汉学家韦利的《郊庙歌辞及其他》(*The Temple and Other Poems*)一书,不仅包括《楚辞》的英译,还包括对中国诗歌的介绍和关于诗歌韵律形式的附录。1955年,韦利发表了对《九歌》的诠释,认为《九歌》表现了中国古代的萨满文化。韦利之后,牛津大学霍克思于1959年出版了西方比较权威的《楚辞》英译本,并于1967年发表了关于《九歌》的主题、语言的长篇论文,至今仍有影响力。1985年,霍克思又出版了《楚辞》英译本的修订版,此版包括一篇内容翔实的长篇序文,对屈原的生平以及《楚辞》的语言特征做了详细探讨。60年代,伦敦大学教授、主攻中国古代思想史的葛瑞汉(Angus Charles Graham,1919—1991)也关注到《楚辞》,发表了他对于"骚体"韵律的讨论。在该研究领域,美国基本上循着英国的家法,第一篇由北美汉学家撰写的有影响力的论文是海陶玮的《屈原研究》,发表于1954年,在该文中海陶玮批判性地回顾了20世纪初至中叶中国学者对屈原的研究。70年代,陈世骧发表了两篇关于《九歌》形式结构和时间表达方式的文章。印第安纳大学教授沃特斯(Geoffrey R. Waters)介绍了由东汉王逸在《楚辞章句》中首次建立的、对《九歌》传统的政治性解释。他意在提醒美国同行《楚辞》在中国传统内部是被如何诠解的。除此之外,王靖献、余宝琳等人对《楚辞》亦有所关注。

上文已提到，康达维是美国汉赋研究的大家，甚至是整个西方汉代文学研究的执牛耳者。在康达维之前，海陶玮关于贾谊赋和陶潜赋的考察（包括对董仲舒、司马迁等人的赋的关注）与华盛顿大学卫德明（Hellmut Wilhelm）关于西汉《士不遇赋》文类的讨论是较早的"赋"体研究，它们为康达维的进一步开拓奠定了基础。康达维关于赋的第一本书是1968年出版的《以屈原为题的两篇汉赋：贾谊〈吊屈原〉和扬雄的〈反骚〉》（*Two Han Dynasty Fu on Ch'ü Yüan*），此书是西方世界迄今为止最好的关于西汉赋的导读性专著。此后的30多年里，康达维对汉赋的研究深入到方方面面。他最大的成就在于出版了《文选》的前3册译本，提供了十分详尽的《文选》中收录的所有赋的注译。他还翻译了龚汉昌的专著《汉赋研究》。除了康达维之外，还有些学者在汉赋研究领域也做出了贡献，比如窦瑞格（Franklin M. Doeringer）、柯蔚南（W. South Coblin）、夏德安（Donald Harper）等，但都稍显零散。

关于先秦两汉文学的研究中有一小部分涉及无名氏乐府和《古诗十九首》。美国学者大多认为，这两类文学都与宫廷有密切关系。长期以来，中外学界的传统做法是将无名氏乐府的"民间性"及"汉代"分期视为理所当然，并以此为出发点，将无名氏乐府有意无意地置于"文人创作古诗"之前，把《古诗十九首》视为一组固定文本和"中国抒情传统之源"。而这种传统做法近年来频频受到北美学者的质疑。其中代表性的观点来自出生于中国的德裔美国汉学家卫德明（Hellmut Wilhelm, 1905—1990）的《西汉乐府机关》（*The Bureau of Music in Western Han*, 1978）。易彻理（Charles Egan）则更进一步，在2000年刊登于欧洲汉学《通报》的《重审唐以前乐府发展中民歌的作用》（*Reconsidering the Role of Folk Songs in Pre-T'ang "Yüeh-Fu" Development*），以汉乐府为焦点，针对"无名氏乐府是反映人民生活的民歌"提出了尖锐批评。

这一时期的散文越来越受重视。韩禄伯（Robert G. Henricks，1943— ）《老子〈德道经〉：新出马王堆本注译与评论》（*Te-tao ching — A New Translation Based on the Recently Discovered Ma-wang-tui Texts*，1992）出版时，费正清赞誉它不仅体现了老子研究的最新发现，而且作者对一些晦涩难懂的概念给予了简单明了的解释。宾夕法尼亚大学教授、敦煌学家梅维恒（Victor H. Mair，1943— ）著有《〈道德经〉：德与道之经典》（*Tao Te Ching: The Classic Book of Integrity and the Way*，1990）也是当代美国对老子思想进行全面介绍和评析之作。美国学者、曾执教于香港中文大学的爱莲心（Robert E. Allinson，1942— ）被认为英语世界中庄子研究的权威学者之一，他主编的《理解中国人的心灵：哲学之根》（*Understanding the Chinese Mind—The Philosophical Roots*），由牛津大学出版，自1989年以来再版了10次，产生了广泛影响。他的《向往心灵转化的庄子：庄子内篇分析》（*Chuang-tzu for Spiritual Transformation—An Analysis of the Inner Chapters*），被牛津大学教授伊懋可（Mark Elvin）誉为"卓越的成就"。此外，美国天主教作家墨顿（Thomas Merton，1915—1968）《庄子之"道"》（*The Way of Chuang Tzu*）从神秘主义的角度对《庄子》进行了大胆的阐释。布朗大学教授罗浩（Harold D. Roth）不仅对道家的历史、世序、仪式有详尽的考察，还有关于《淮南子》的出色研究。① 柯马丁和康涅狄格州大学桂思卓亦关注过《淮南子》；俄勒冈大学东亚系教授杜润德（Stephen W. Durrant，1944— ）专门讨论过《墨子》里的语法、修辞和文本实践，他们都是早期中国散文研究的代表。

美国学界一直对中国的历史书到底算散文还是小说存在争议。在20世纪的70年代和80年代，卫德明和威斯康星大学倪豪士（William H. Nienhauser, Jr. 1943— ）、加州大学伯克利分校的姜士彬（David

---

① Roth, Harold David, *The Textual History of the Huai-nan tzu*, Ann Arbor: *Association for Asian Studies*, 1992.

Johnson)和芝加哥大学余国藩(Anthony C. Yu)的一系列成果,把中国小说的起源追溯到古代的论辩术和叙事技巧,它们普遍地呈现在古代哲学和历史作品中。尤其值得一提的是倪豪士,他是美国《中国文学》(Chinese Literature: Essays, Articles, Reviews)杂志的创立者,并长期担任主编(1979—2010)。尽管他的主要研究领域在唐代文学,但他翻译过《史记》,对先秦散文也颇为关注。宾夕法尼亚大学伍安祖(Ng On-cho)和新泽西州罗文大学王晴佳(Q. Edward Wang)2005年合作出版了一本《世鉴:中国传统史学》(Mirroring the Past: the Writing and Use of History in Imperial China)重点谈到了历史与小说的关系。密歇根大学柯润璞(James I. Crump, Jr.)于1996年出版了《战国策》的全译本修订版。1977年加州大学圣芭芭拉校区的艾朗诺(Ronald C. Egan,1948—)和斯坦福大学华裔学者王靖宇发表了两篇很有影响力的书评。[①] 王靖宇另有一本《中国早期叙事文》也很能代表美国中国先秦两汉散文研究的水准。从20世纪90年代以来,美国对《左传》着力最多的学者是加州大学洛杉矶分校史嘉柏(David Schaberg, 1964—),相关代表作有《模式化的过去:中国古代史学的形式与思想》(A Patterned Past: Form and Thought in Early Chinese Historiography,2001),此外还发表了一系列相关论文。他与李惠仪、杜润德(Stephen W. Durrant)合作完成了《左传》新的全译本。哈佛大学华裔学者李惠仪也写过一些该领域的文章,她的作品《早期中国史学里"过去"的可读性》(The Readability of the Past in Early Chinese Historiography)与此相呼应。《史记》是美国学界较为重视的一个方向。上文提到,汉学界老前辈华兹生1957年便出版了专著《司马迁:中国的大史学家》。与此同时,华兹生

[①] Egan, Ronald C., "The Tso chuan: Selections from China's Oldest Narrative History. Translated by Burton Watson", *The Journal of Asian Studies*, No. 49, 1990 (02), pp.144—145.

吸取了很多日本学者的研究成果，选译了《史记》中的85篇，于1961和1969年出版。倪豪士和杜润德合作成立了一个翻译小组，开展《史记》首次英语全译本的工作。有些美国学者对于《史记》的作者是否是司马迁提出质疑，倪豪士坚定地认为作者正是司马迁。杜润德在此方向的代表作包括他于1995年出版的《模糊的镜子：司马迁著作中的紧张与冲突》(The Cloudy Mirror: Tension and Conflict in the Writings of Sima Qian)。侯格睿（Grant Hardy，1961— ）与华兹生、杜润德并称当代美国《史记》研究"三家"，① 他于1999年出版的《青铜与竹书的世界：司马迁征服史》亦为该领域广受认同的作品。

关于中国上古文学的探讨还有一部分即古代神话研究。长期以来，美国受欧洲社会学和人类学的影响，也主要从这个角度来考察中国古代神话。近年来有慢慢转向文学维度的趋势。人类学研究方面的代表性论著有张光直《艺术、神话与宗教仪式：通向中国古代政权的道路》和艾兰（Sarah Allan）于1991年出版的《龟之谜：商代神话、祭祀、艺术和宇宙观研究》。在此之前，艾兰已于1981年出版了专著《世袭与禅让：古代中国的王朝更替传说》。陆威仪于2002年出版《中国古代洪水神话》也是这个领域的一篇力作。这一类的专著还有犹他大学裴碧兰（Deborah Lynn Porter）的《从大洪水到著述：神话、历史与中国小说的诞生》(From Deluge to Discourse: Myth, History, and the Generation of Chinese Fiction) 以及她对《穆天子传》的专门研究。2002年，加州大学洛杉矶分校的汉学家韩禄伯（Richard E. Strassberg）出版了他对《山海经》详尽的介绍和选译。

魏晋南北朝和唐代研究在北美地区很热门。目前，美国多数高校

---

① 吴涛、杨翔鸥：《〈史记〉研究三君子——美国汉学家华兹生、侯格睿、杜润德〈史记〉研究著作简论》，《学术探索》，2012年第9期。

均有从事中古文学研究的专家。创办于 1994 年的刊物《中国中古研究》（*Early Medieval China*）聚焦于魏晋南北朝；创办于 1982 年的《唐研究》（*Tang Studies*）则是美国唐代文学研究的重要阵地。早期中国中古研究协会（Early Medieval China Group）和唐研究学会（T'ang Studies Society）在每年的亚洲研究协会（AAS）年会上都举办活动。和上古文学相比，中古学者的研究对象更为丰富和多元，因此学者们的兴趣和方向也更为分散。但是近些年来，美国中古文学界亦有规律可循。比如大家都日益重视物质文本的生产和流传过程以及文学在社会和文化语境中的功用；对"文学"的理解也表现了日益严谨的历史主义倾向，很多学者不再以各种浪漫化和主观的态度来处理研究对象。再比如，跨学科研究的趋势日益明显，融入了大量西方最新的理论、方法，尤其是年轻一代学者，力图从更深层的文化史方面来解读文学作品。

1982 年，美国举行了"汉—唐诗歌嬗变"的研讨会，会后林顺夫与宇文所安（Stephen Owen，1946— ）合编了会议文集《抒情声音的活力：汉末至唐代的诗歌》（*The Vitality of the Lyric Voice: Shih Poetry from the Late Han to the T'ang*，1986），这部文集基本可体现上世纪 50 至 80 年代美国汉唐诗歌研究的主流。倪豪士的一项工作《西方唐代文学研究精选书目》（*Bibliography of Selected Western Works on T'ang Dynasty Literature*）是我们了解海外中国唐代研究的极好线索，可惜这本书出版于 1988 年，近三十年的成果无法揽括其中。柯睿（Paul W. Kroll）和康达维主编的《早期中古文学与文化史研究》（*Studies in Early Medieval Chinese Literature and Cultural History: In Honor of Richard B. Mather & Donald Holzman*，2003）选录了本世纪初一些有价值的论文。2014 年，柯睿又编了一部用于教学的《上古及中古中文学生字典》（*A Student's Dictionary of Classical and Medieval Chinese*），方便学生阅读文言文。哥伦比亚大学田菱（Wendy Swartz，1972— ）等人与华裔学者陆扬共同编辑了《中国中古早期导读》(*Early Medieval China: A Sourcebook*, 2014）是该领域比较新的文献集。

美国中国学前辈马瑞志（Richard B. Mather，1913—2014）对王融、谢朓、沈约均有详细的翻译和研究，他对中古佛教文学也十分感兴趣。[①] 海陶玮年轻时受到意象派庞德等人影响，而意象派受美国超验主义大师爱默生的启发很大，故海陶玮在中古阶段的研究主要聚焦于陶渊明。[②] 当然，海陶玮的涉猎实际上很广泛，除上文已提及的《诗经》、乐府等早期文学的研究，还十分关注唐代小说。《元稹和莺莺传》(*Yüan Chen and The Story of Ying-ying*, 1973）是其在此方向上的成名作。比前两位年龄稍小的汉学家华兹生也在魏晋、唐宋文学领域卓有成就。华兹生在70年代初出版了《中国抒情：公元2世纪到14世纪的诗歌》(*Chinese lyricism: Shih Poetry from the Second to the Twelfth Century*, 1971）一书，介绍汉代至宋代的诗歌流变，也对一些名家如韩愈、李贺、李商隐等进行了深入考察。他还翻译了不少中古文学作品。

侯思孟的《中国中世纪的神仙、节日与诗歌》(*Immortals, Festivals, and Poetry in Medieval China—Studies in Social and Intellectual History*, 1998）一书从社会和思想史的背景下分析了中古文学的主题与特色。《中国文学的转型：从上古至中古》(*Chinese Literature in Transition from Antiquity to the Middle Ages*, 1998）则强调了东汉末年至魏晋这一重要"转折期"文学形式的变化对后代的重要性。1986年，耶鲁大学孙康宜（1944—　）出版《六朝诗》(*Six Dynasties Poetry*），详细介绍了五位六朝诗人的作品和生平：陶渊明、谢灵运、鲍照、谢朓和庾信。斯

[①] 如 Mather, Richard B., *The Poet Shen Yüeh (441—513): The Reticent Marquis*, Princeton: Princeton University Press, c1988.

[②] Hightower, James Robert, "The Fu of T'ao Ch'ien", Offprint from *the Harvard Journal of Asiatic Studies*, vol. 17, nos. 1 and 2, June, 1954.

沃斯莫尔学院（Swarthmore College）柏士隐（Alan J. Berkowitz）的《不问世事的模式：中国中古早期对隐逸的实践与描写》(*Patterns of Disengagement: The Practice and Portrayal of Reclusion in Early Medieval China*, 2000) 一书探讨了魏晋南北朝隐逸话语的形成过程。2001年，劳泽（Paul F. Rouzer）出版了从性别研究视角出发的《被言说的女子：早期中国文本中的性别与男性社区》(*Articulated Ladies: Gender and the Male Community in Early Chinese Texts*)。

在这一时段的文学研究中，宇文所安（Stephen Owen，1946— ）和田晓菲（1971— ）夫妇值得关注。田晓菲的兴趣集中于魏晋南北朝时期，宇文所安则主要在唐代。宇文所安的研究无论在视角、选材还是方法上，在海外的中国文学研究界很有代表性，本书将在后文以专题讨论。田晓菲在中国古典文学、比较文学等方面颇有心得。她的代表作有2003年问世的《秋水堂评金瓶梅》《萨福：一个欧美文学传统的形成》、2005年出版的《尘几录：陶潜与手抄本文化》等，她2006年的成果《烽火与流星：萧梁时代的文学与文化》是对南北朝宫体诗的细致考察。与先秦两汉文学一样，早期中古文学的权威性成果是《剑桥中国文学史》第三章《从东晋至初唐》，此章由田晓菲执笔，对中古文学做了一个综合性的概述，值得参考。2005年，田晓菲和哈佛大学研究中国思想史的同事普鸣（Michael Puett）共同组织了一个"东晋"工作坊，邀请十几位文学、历史、宗教和艺术史方面的学者，把焦点对准东晋时代，进行了热烈的跨学科讨论。在这次会议上，道教学者柏夷（Stephen Bokenkamp）论述了东晋的招魂葬；陆扬讨论了东晋佛经注疏的兴起；宇文所安的论文《南下：对于东晋"平民"的想象》提出东晋南流的北人对江南的"殖民式"文化想象是"吴歌"生成的重要因素；康达维的论文对两晋之交的刘琨、卢谌的作品进行了精彩的译介……

这一时段的成果多以对单个作家的研究为基础。曹植是广受美国学界重视的对象。傅汉思写于上世纪60年代的论文《曹植诗15首：一个新的尝试》，希望摆脱以"生平和人品"论诗的旧套，以当时流行的"新批评"派方法对曹植诗进行阐释。高德耀（Robert J. Cutter）发表了一系列关于曹植的论文，其中特别值得关注的是《曹植的公宴诗》。柯睿（Paul W. Kroll）的文章《曹植七赋》对曹植的赋作进行了细读。此外，美国学者对曹操、曹丕、陶渊明、谢灵运等人也均有专论。比如，宇文所安在《中国文论：英译与评论》（Readings in Chinese Literary Thought，1992）中对曹丕的《典论·论文》辟专章分析。加州大学伯克利分校阿什莫尔（Robert Ashmore）的《阅读之乐：陶潜时代的文本与理解》（The Transport of Reading: Text and Understanding in the World of Tao Qian，2010）探讨了陶潜及其同时代人的阅读经验；田菱（Wendy Swartz，1972— ）的《人格与诗歌：陶渊明在中国文学传统中的接受》（Personality and Poetry—Tao Yuanming's Reception in the Chinese Literary Tradition，2003）和《阅读陶潜明：读者接受的模式转换》（Reading Tao Yuanming: Shifting Paradigms of Historical Reception，2008）是英语学术界最详尽的陶渊明接受史梳理；田晓菲《尘几录：陶渊明与手抄本文化研究》则以陶渊明为个案，讨论了手抄本文化给古典文学研究特别是中古文学研究带来的问题。她强调文本的流动性和抄写者/编者/读者参与了文本创造，回到文本、版本与异文并以此颠覆原本/真本的批评策略明显受到后现代文论的影响。韦斯特布鲁克（Francis Westbrook）1972年于耶鲁大学获得博士时的论文是对谢灵运《山居赋》的翻译和阐释（Landscape Description in the Lyric Poetry and "Fuh on Dwelling in the Mountains" of Shieh Ling-Yunn），他还发表过一篇《谢灵运诗歌中的山水灵变》的精彩论文；康达维也有对《山居赋》的讨论——《在中国如何看山》，获得学界好评，他还翻译和研究《文选》。傅汉思、格雷厄姆（William T. Graham, Jr.）、宇文所安等学者对萧纲、庾信诗赋均有详细的讨论和翻译。俄亥俄州立大学吴妙慧的专著《声与色：永明时代的诗歌与宫臣文化》(*Sound and Sight—Poetry and Courtier Culture in the Yongming Era*，2010）同样是探讨宫体诗的佳作。

老一辈汉学家谢弗（Edward H. Schafer，1913—1991）1963年出版的《唐代的外来文明》(*The Golden Peaches of Samarkand: A Study of T'ang Exotics*）是一部典型探讨中西交流史的作品，其中重点谈及中古文学。在耶鲁大学任教20多年的汉学家傅汉思（Hans Frankel，1916—2003）也是魏晋至唐代文学研究领域的榜样。他娶了合肥张家四姐妹的小妹张充和，也是诸多后辈汉学家如宇文所安的老师。他出生于德国，少年时代举家移民美国，是较早受过严格训练的前辈学者，通晓英、法、德、西班牙等语，十分博学。他早年写过孟浩然的评传（*Biographies of Meng Hao-jan*，1952），另有代表作《梅花与宫人：中国诗歌阐释》(*The Flowering Plum and the Palace Lady: Interpretations of Chinese Poetry*，1976），翻译、评析、考证了106首中国诗、词、赋、曲，探讨了中国古典诗歌的一系列意象、主题、手法，对后来者影响很大。唐代文学比较新的代表性综论当属《剑桥中国文学史》由宇文所安执笔的第四章"文化唐朝"。他以武则天的统治作为"文化唐朝"的开端，以11世纪范仲淹、欧阳修一代人的崛起作为"文化宋朝"的肇始。宇文所安的一系列作品，如《初唐诗》(*The Poetry of the Early T'ang*，1977）、《盛唐诗》(*The Great Age of Chinese Poetry: The High T'ang*，1981）、《晚唐诗》(*The Late Tang: Chinese Poetry of the Mid-Ninth Century*，2006）、《中国中世纪的终结》(*The End of the Chinese "Middle Ages": Essays in Mid-Tang Literary Culture*，1996），均为海外唐代文学研究的代表作。美国的唐代文学研究界还有一位贡献极大的学者柯睿。他早年从事孟浩然研究，[①] 2009年

---

① Kroll, Paul W., *Meng Hao-Jan*, Boston: Twayne, 1981.

出版了两本力作:《中国中古文学与文化史论文集》(*Essays in Medieval Chinese Literature and Cultural History*)和《中古道教与李白诗歌论文集》(*Studies in Medieval Taoism and the Poetry of Li Po*)。柯睿也是《哥伦比亚中国文学史》中唐代部分的撰写者之一,充分说明他在该领域的被认可度。华裔学者梅祖麟、高友工用结构主义和语言学方法分析唐诗的意象、语义、结构,并与西方诗歌相比较。1989年,上海古籍出版社出版了他们的合著《唐诗的魅力》,引起不小反响。梅维恒(Victor H. Mair,1943—)的专著《唐代文本的转变》(*T'ang Transformation Texts: A Study of the Buddhist Contribution to the Rise of Vernacular Fiction and Drama in China*,1989)从独特的视角,讨论了佛教在魏晋末期和唐代对小说、话本等文体形成的直接影响。倪豪士2010年出版了有关唐代传奇的导读性评述。[①]

至于唐代单个作家作品研究,美国这方面的成果很多,如刘若愚《李商隐的诗——中国九世纪的巴洛克诗人》(*The Poetry of Li Shang-yin—Ninth-century Baroque Chinese Poet*,1969)、海陶玮《元稹与"莺莺传"》(*Yüan Chen and "The Story of Ying-ying"*,1973)、余宝琳《王维研究:象征主义诗人》(*The World of Wang Wei's Poetry—An Illumination of Symbolist Poetics*,1977)、韩禄伯《寒山诗》(*The Poetry of Han-shan—A Complete, Annotated Translation of Cold Mountain*,1990)、劳泽的《说他人梦:温庭筠的诗》(*Writing Another's Dream: The Poetry of Wen Tingyun*,1993)等。限于篇幅,无法一一列举论评。

北美的宋金元文学研究相对于前两个时段数量较少,而且是分不同

---

① William H. Nienhauser, Jr., *Tang Dynasty Tales: A Guided Reader*, Singapore: World Scientific, c2010.

文类展开的。《宋元研究杂志》(*Journal of Song-Yuan Studies*) 是刊登这一时段成果的主要期刊。

海外最早的一部有影响力的宋诗研究专著并非美国汉学家写成，而是日本汉学家吉川幸次郎（Yoshikawa Kōjirō，1904—1980）的《宋诗概说》。这本书的英文版1967年由华兹生翻译，对整个北美此后的宋诗研究影响深远。吉川说明了宋诗在风格、主题和格调上有别于唐诗而另辟蹊径，力驳以往风靡于学界的"宋诗不如唐诗"的论调。在《中国文学——随笔、论文、书评》(*Chinese Literature: Essays, Articles, Reviews*) 杂志1982年第2期上，萨进德（Stuart H. Sargent）与齐皎瀚（Jonathan Chaves）就宋代诗人与唐人相抗争之意识及他们受唐诗影响的问题展开了热烈讨论。萨进德的文章《后来者能否居上？论宋代诗人与唐诗》(*Can Latecomers Get There First? Sung Poets and T'ang Poetry*) 强调了两者的抗衡关系。① 齐皎瀚在答文中则强调了宋代诗人受唐诗之惠。② 不过他也认为宋代美学不同于唐代，追求平和冲淡，这在他早先研究梅尧臣的专著《梅尧臣与宋代诗歌的发展》(*Mei Yao-ch'en and the Development of Early Sung Poetry*，1976) 中也有详细讨论。萨进德的专著《贺铸诗的体裁、语境和创意》(*The Poetry of He Zhu: Genres, Contexts, and Creativity*，2007) 对贺铸留存的作品做了极为细致的考评，强调理解时代对于读懂诗人作品的关键性。他指出以往笼统归纳诗人的写作风格是

---

① Sargent, Stuart Howard, "Can Latecomers Get There First? Sung Poets and T'ang Poetry", *Chinese Literature: Essays, Articles, Reviews* (CLEAR), Vol. 4, No. 2 (Jul., 1982), pp.165—198.

② Jonathan Chaves, "'Not the Way of Poetry': The Poetics of Experience in the Sung Dynasty", *Chinese Literature: Essays, Articles, Reviews* (CLEAR), Vol. 4, No. 2 (Jul., 1982), pp.199—212.

不对的，在创作不同文体时（古体诗、歌行、五言律诗、五言绝句、七言律诗、近体诗长句）作家的风格有很大差异。①

　　随着跨学科方法的兴起，当代的宋代文学研究者们更倾向于把某个诗人或某个时代放到更广大的背景中去。比如不少北美学者对佛教在近世中国所起的作用很感兴趣。管佩达（Beata Grant）在她的《重游庐山——苏轼生活与写作中的佛学》（*Mount Lu Revisited: Buddhism in the Life and Writings of Su Shih*，1994）一书中，详细追溯了佛教与苏轼生活和作品的关系，讨论苏轼在寻求佛教解脱与仕儒社会责任感之间的矛盾。何复平（Mark Halperin）《走出回廊——宋代中国对佛教的文人透视》（*Out of the Cloister: Literati Perspectives on Buddhism in Sung China*，2006）则从另一个角度来研究佛教与文人社会的关系。杨晓山的《私人领域的变形——唐宋诗歌中的园林与玩好》（*Metamorphosis of the Private Sphere: Gardens and Objects in Tang-Song Poetry*，2003）详细讨论了唐至宋末自我观念的广泛体现。以私家园林和其中所罗致的玩好之物，比如珍禽、奇石为对象，证明这些玩物成为文人士大夫的变通之道，他们以此营造一个接近自然的世外桃源而替代心理和情绪上无法自我满足的公共空间。上文提到过的学者艾朗诺（Ronald Egan）是北美宋代文学研究名家，《剑桥中国文学史》的北宋部分即由他撰写。他的专著《美的困忧——北宋中国的美学思想及追求》（*The Problem of Beauty—Aesthetic Thought and Pursuits in Northern Song Dynasty China*，Cambridge，2006）通观诗学及其他相关领域，包括金石学、花谱、艺术收藏和歌词。该书考察了11世纪新兴的一些美学趣味，认为欧阳修及其同时代人热衷于追求审美和玩好，又试图在儒家传统的框架内处之

---

①　Sargent, Stuart Howard, *The Poetry of He Zhu (1052—1125): Genres, Contexts, and Creativity*, Leiden ; Boston: Brill, 2007, pp.7—9.

心安理得（儒家传统认为玩物丧志）。相似的观点也体现于他的另一部关于欧阳修的作品中。① 王宇根据其博士论文出版的《万卷书——黄庭坚与北宋晚期的阅读和写作》（*Ten Thousand Scrolls: Reading and Writing in The Poetics of Huang Tingjian and The Late Northern Song*，2011）较早探讨北宋印刷术的传播对于阅读和写作之影响。作者认为黄庭坚的诗法是针对急剧增加的书籍数量而提出的，坚持读万卷书成为诗人的基本训练，只有变古为新才能"点石成金"、"脱胎换骨"。

尽管宋词被认为是宋代的代表性文类，但对它的关注在美国始终不如宋诗。美国最早的宋词研究当属刘若愚的《北宋主要词人》（*Major Lyricists of the Northern Sung*，1974）。该书介绍了北宋代表性的词人，并在每位词作家后面附了几首翻译成英文的代表作，对它们进行了细致的讲解。70—80 年代，普林斯顿大学东亚系的高友工教授常常讲授宋词，并指导了几篇相关的博士论文。其中就有后来任教于耶鲁的孙康宜的《晚唐至北宋词体演进与词人风格》（*The Evolution of Chinese Tz'u Poetry: From Late Tang to Northern Sung*，1979）。作者用大量英译宋词来解释由晚唐经五代至北宋词体和主题的变化。这本书也是第一部对词体进行全面分析的英文著作。高友工的另一位学生，即在普林斯顿大学任教的林顺夫也是宋词研究大家。他的《中国韵文传统的嬗变——姜夔及南宋词》（*The Transformation of A Chinese Lyrical Tradition—Chiang K'uei and Southern Sung Tz'u Poetry*，1978）根据南宋美学及政治的移易分析姜夔词，尤其是他的咏物词。林顺夫认为姜夔词中有种"隐逸清虚"的创新风格，这种风格浸染于南宋晚期独特的对于优雅境界的执著追求中。林顺夫还与傅君劢合作撰写了《剑桥中国文学史》的南宋章节，

---

① Egan, Ronald C., *The Literary Works of Ou-yang Hsiu (1007—72)*, Cambridge; New York: Cambridge University Press, 1984.

代表了美国该领域的最新成果。

上世纪 80 年代,哈佛大学海陶玮(James R. Hightower)也开始把兴趣转向宋词。他与叶嘉莹合作写了十几篇长篇论文评论宋代词家。这些论文主要发表在《哈佛亚洲研究》上,后来与两人其他诗论一起,结集为《中国诗歌研究》(Studies in Chinese Poetry,1998)。由余宝琳主编的《中国宋词之声》(Voices of The Song Lyric in China,1994)是具代表性的论宋词的学术会议论文集。该集按主题分为"宋词之声的定义:关于文体的问题"、"男女之声:性别问题"、"从声到文:传承问题"。艾朗诺的《才女的烦恼:李清照及其在中国的接受史》(The Burden of Female Talent: the Poet Li Qingzhao and Her history in China,2013)则是宋代单个词家研究的出色之作。

元杂剧领域有两本相当扎实的著作并带有一定数量的翻译。一本是密歇根大学柯润璞(J. I. Crump)的《忽必烈时期的中国戏剧》(Chinese Theater in The Days of Kublai Khan,1980),包括两个部分:第一部分讨论元杂剧的剧场和表演艺术细节;第二部分翻译并分析了三部著名的元杂剧。另一本书是由伊维德(Wilt Idema)和奚若谷(Stephen H. West)合编的一个系列《中国戏剧渊源》(Chinese Early Plays,2009—2015),包括《赵氏孤儿》《西厢记》《梁山伯与祝英台》《三国志》《杨家将》在金元时代的变迁,并着重讨论了元代戏剧表演的剧场、庙台、娱兴歌调、诸宫调以及其他娱乐形式。作者提供了丰富的金元时期戏剧形式的译文,尤其是两人合作翻译的王实甫《西厢记》(《月色琴音西厢记》)是目前英译本中的杰作。早在 1982 年,伊维德就编了一本关于金元时代戏剧的导读性文献,[①] 此后又在他的《中国文学指南》(A Guide to Chinese Literature,1997)中少有地把包括戏

---

① Idema, W. L., *Chinese Theater, 1100–1450: A Source Book*, Wiesbaden: Steiner, 1982.

剧在内不受重视的金元文学置于中国文学史的重要地位。主题学是伊维德中国戏剧研究的一个独特视角，他译介并阐发了大量流传已久并进入戏剧的神话、传说，比如孟姜女哭长城、白蛇传、董永与七仙女等，值得参考。在对俗文学感兴趣的基础上，伊维德将关注领域延伸至中国白话小说①以及明清时期的女性写作②，也出版了极有分量的成果。奚若谷是金代文学专家，1973 年出版他的博士论文《金代文学研究》(*Studies in Chin Dynasty (1115—1234) Literature*)，《剑桥中国文学史》的金元文学一章亦为奚若谷所撰。此后他一直致力于宋金元剧场的研究，代表作为《金代剧场的杂耍和叙事》(*Vaudeville and Narrative: Aspects of Chin Theater*, 1977)。近年来，奚若谷又精心注译了《东京梦华录》，特别重视都市空间与社会阶层的交融，撰写了一系列论述北宋都市（尤其是开封）生活的论文。金元戏剧诸宫调的翻译和分析性著作主要有两本：一本是柯润璞和米列娜译的《龙隐调（刘知远诸宫调）》，另一本是陈荔荔译的《中国咏叹调——书生董的西厢罗曼史》。

关于金诗和金代诗学比较有代表性的著作，如魏世德（John Timothy Wixted）根据博士论文扩充而成的《论诗诗——元好问的文学批评》(*Poems on Poetry: Literary Criticism by Yuan Hao-wen*, 1982)。还有田浩（Hoyt C. Tillman）和奚若谷主编的会议论文集《女真时代的中国——金代思想文化史论集》(*China under Jurchen Rule: Essays on Chin Intellectual and Cultural History*, 1995)。元代诗歌研究领域有两部著作较为突出：牟复礼（Frederick W. Mote）论元末明初诗人高启的《诗人高启》(*The Poet Kao Ch'i*, 1336—1374, 1962) 和林理彰（Richard John

---

① Idema, W. L., *Chinese Vernacular Fiction: The Formative Period*, Leiden: Brill, 1974.

② Idema, W. L., The Red Brush（彤管）: *Writing Women of Imperial China*, Harvard: Harvard University Press, 2004；Idema, W. L., *Heroines of Jiangyong: Chinese Narrative Ballads in Women's Script*, Seattle: University of Washington Press, 2009.

Lynn)的《贯云石》(*Kuan Yün Shih*,1980)。

美国的明清文学研究首先应该关注的是白话小说。老一辈学者以哈佛大学教授毕晓普(John Lyman Bishop,1913—1974)为代表。他的主要作品《中国的短篇白话小说》(*The Colloquial Short Story in China*,1956)具有开创之功。随后涌现了夏志清(1921—2013)和韩南(Patrick Hanan,1927—2014)等学者。夏志清《中国古典小说导论》(*The Classic Chinese Novel: A Critical Introduction*,1968)以细读的方式阐释了几部经典小说。与他一贯的思路相符,此书中他极力反对中国大陆五六十年代所谓庸俗的马克思主义式解读,并认为与19世纪欧洲的现实主义小说相比,中国传统小说存在结构和主题方面的缺陷。尽管夏志清的结论早已受到不少质疑,但他的著作至今仍有一定影响力。韩南是《金瓶梅》的研究专家,他于1960年完成博士论文《金瓶梅的结构和版本》(*A Study of the Composition and the Sources of the "Chin P'ing Mei"*),此后转向话本小说。他的成果大多发表在《哈佛亚洲研究》上,并出版了两本权威专著:《中国短篇小说研究》(*The Chinese Short Story: Studies in Dating, Authorship, and Composition*,1973)是迄今为止最细致详尽的话本研究;《中国白话小说史》(*The Chinese Vernacular Story*,1981)。与夏志清的"中国小说不足"论正好相反,认为传统的中国白话小说已具备了多种"现代"形式。此后,韩南写了许多有关话本的论文,收在《中国近代小说的兴起》(*The Rise of Modern Chinese Novel*,1990)中。他的研究很有特色,后文将专题讨论。

韩南之后,70年代崭露头角的代表学者有普林斯顿大学教授浦安迪(Andrew H. Plaks,1945—)。他的代表作为《〈红楼梦〉中的原型和寓意》(*Archetype and Allegory in the Dream of the Red Chamber*,1976)。他的《中国叙事学》(*Chinese Narrative: Critical and Theoretical*

Essays,1977）较好地将西方叙事学理论与传统小说写作模式结合起来，分析作品的结构、人称、叙事角度。华盛顿大学何谷理（Robert E. Hegel，1943— ）是夏志清的学生，他的成名作为《中国 17 世纪的小说》（*The Novel in Seventeenth-century China*，1981）。此后又出版了《阅读中华帝国晚期插图小说》（*Reading Illustrated Fiction in Late Imperial China*，1998），将晚明小说作为研究对象。上文提过的学者余国藩最初专攻《西游记》，为《西游记》做了百回四册全文译注，此后却转向了《红楼梦》研究，代表作有《重读石头记：〈红楼梦〉里的情欲与虚构》（*Rereading the Stone—Desire and the Making of Fiction in Dream of the Red Chamber*，1997）。

第三代学者主要有马克梦（Keith McMahon）、黄卫总（Martin W. Huang）、王德威、司马懿（Chloë F. Starr）等。马克梦《17 世纪小说中的色与戒》（*Causality and Containment in Seventeenth-century Chinese Fiction*，1988）是晚明色情小说的研究专著；其《吝啬鬼、泼妇、一夫多妻者——18 世纪中国小说中的性与男女关系》（*Misers, Shrews, and Polygamists: Sexuality and Male-Female Relations in Eighteenth-century Chinese Fiction*，1995）深入探讨了清代小说中的男女关系。黄卫总的《文人与自述：18 世纪小说中的自传性》（*Literati and Self-re/Presentation: Autobiographical Sensibility in the Eighteenth-century Chinese Novel*，1995）专门研究《儒林外史》。后陆续又出版了《帝制晚期的欲望和虚构》（*Desire and Fictional Narrative in Late Imperial China*，2001）和《中华帝制晚期受争议的男子气概》（*Negotiating Masculinities in Late Imperial China*，2006），还主编了关于中国小说"续书"的研究专辑《蛇足：续书、后传、改编和中国小说》（*Snakes' Legs: Sequels, Continuations, Rewritings, and Chinese Fiction*，2004）。王德威的《被压抑的现代性：晚清小说新论，1849—1911》（*Fin-de-siècle Splendor: Repressed Modernities of Late Qing Fiction*，

1849—1911，1997）重估了19世纪下半叶和20世纪10年代的小说，关注了一批此前被忽视的文本，强调面对日益增长的帝国主义文化压迫的中国本土传统。司马懿则通过对晚清邪狎小说的研究（Red-light Novels of the Late Qing，2006），反映了新一代汉学家重视性别、阶级、城市文化等问题的趋势。

关于明清戏剧的研究是该时期的另一个重心。最有影响力的成果当属伊维德的《朱有燉（1379—1439年）的戏剧作品研究》（*The Dramatic Oeuvre of Chu Yu-tun (1379—1439)*，1985）。此书不但逐一讨论这位藩王的31出杂剧，还勾勒出在他之前活跃于14世纪末的那一代剧作家。明清传奇领域还有位著名学者白之（Cyril Birch）。他60年代主要的研究兴趣在中国早期的神话和传说，[①] 80年代开始关注明清传奇、戏曲，曾翻译汤显祖的《牡丹亭》、孟称舜的《娇红记》等剧作，后来又与陈世骧、艾克顿合作，翻译了孔尚任的《桃花扇》。1995年，他编选了明传奇选本《达官贵人的舞台——明代精英戏剧》（*Scenes for Mandarins: The Elite Theater of the Ming*）。

明清的诗文研究在英语世界不太发达，绝大部分学者热衷于此前的作品。英国老辈汉学家韦利《袁枚：18世纪的中国诗人》（*Yuan Mei—Eighteenth Century Chinese Poet*，1956）可以说是该领域的先驱之作。其后有美国人牟复礼所著《诗人高启》（*The Poet Kao Ch'i，1336—1374*，1962）、黄秀魂的《龚自珍》（*Kung Tzu-chen*，1975）。这三本书虽均属传记性质，但对明清两代的诗文都有全面的述评。麦大伟（David R. McCraw）的《17世纪中国词人》（*Chinese Lyricists of the Seventeenth Century*，1990）和孙康宜《晚明诗人陈子龙：忠与爱的危机》（*The Late-Ming Poet Ch'en Tzu-lung—Crises of Love and Loyalism*，1991）还原了

---

① Birch, Cyril, *Chinese Myths and Fantasies*, Oxford: Oxford University Press, 1961.

17世纪上半叶词的复兴之象。李又安（Adele A. Rickett）在1977年也出版了附有详细导言的《人间词话》英译本。伊维德和管佩达共同编的《彤管：中国帝制时代妇女作品选》（*The Red Brush—Writing Women of Imperial China*，2004）和孙康宜与苏源熙合编的《中国历代女作家选集：诗歌与评论》（*Women Writers of Traditional China—An Anthology of Poetry and Criticism*，1999）讨论中国古代的女性文学，主要集中在明清时期。高彦颐（Dorothy Ko）的《闺塾师：明末清初江南的才女文化》（*Teachers of the Inner Chambers: Women and Culture in Seventeenth-century China*，1994）、伊沛霞（Patricia Buckley Ebrey）的《内闱：宋代的婚姻和妇女生活》（*The Inner Quarters: Marriage and the Lives of Chinese Women in the Sung Period*，1993）和曼素恩（Susan Mann）的《缀珍录：漫长的18世纪里的中国妇女》（*Precious Records: Women in China's Long Eighteenth Century*，1997）均结合社会学的视角考察了这一时期女性文学的情况。

美国的中国现当代文学与文化研究是最近二三十年越来越热门的领域，华裔学者最为活跃。首先要提到夏志清，他的《中国现代小说史》（*A History of Modern Chinese Fiction*，1917—1957，1961）相比于许多传统的现代文学史来说，是一本拓荒性的作品。此书中他不仅发掘了钱锺书、张爱玲、沈从文等以往被忽略的作家，大大提高了他们的地位；而且花大量篇幅讨论白先勇、余光中、陈世骧、於梨华、陈若曦等台湾作家，丰富了中国现当代文学的维度。夏志清还撰写了大量专著，比如《二十世纪中国小说》（*Twentieth-century Chinese Stories*，1971）、《爱情、社会、小说》（1970）、《新文学的传统》（1979）等。但是夏志清的研究思路以及他在冷战时期的"右倾"立场在海内外也颇受质疑。最广为人知的论争在他和捷克汉学家普实克（Jaroslav Průšek，1906—1980）之间展开，双方在《通报》《东方文学》等刊物上撰长文打笔战，下文还会详细讨论。之后唐德刚也与夏志清就后者《中国古典小说导论》贬低中国白话小说的立场展开了辩论。无论如何,夏志清与夏济安弟兄在海外中国文学研究界占了重要的地位。李欧梵是夏志清和普实克的学生,他以鲁迅为起点,对中国现代文学、电影和城市文化展开了广泛的考察,代表作如《铁屋中的呐喊》《上海摩登》(*Shanghai Modern—The Flowering of a New Urban Culture in China, 1930—1945*,1999)、《现代性的追求》《徘徊在现代与后现代之间》《重读张爱玲》。

比李欧梵更年轻一些的华裔学者王德威、刘禾均是中国现代文学研究之代表。王德威以选材独到和品读细致而著称,近年在中国大陆也十分活跃。他的论著相当多,比如《茅盾,老舍,沈从文:写实主义与现代中国小说》(*Fictional Realism in Twentieth-century China: Mao Dun, Lao She, Shen Congwen*,1992)、《想像中国的方法:历史·小说·叙事》(1998)、《如何现代,怎样文学?:十九、二十世纪中文小说新论》(1999)、《历史与怪兽:历史,暴力,叙事》(*The Monster That is History: History, Violence, and Fictional Writing in Twentieth-century China*,2004)、《落地的麦子不死:张爱玲与"张派"传人》(2004)、《想像的本邦:现代文学15论》(2005)、《台湾:从文学看历史》(*Writing Taiwan: A New Literary History*,2007)、《史诗时代的抒情》(*The Lyrical in Epic Time: Modern Chinese Intellectuals and Artists through the 1949 Crisis*,2015)。刘禾曾因《跨语际实践》(*Translingual Practice: Literature, National Culture, and Translated Modernity—China, 1900—1937*,1995)享誉学界,尽管此书有过于明显的用西方理论套用中国语境的痕迹,但时值后殖民主义盛行西方,此书揭示了隐蔽于殖民话语之中的中国文学的"现代性"转型。其后的《帝国的话语政治》对文化与地缘政治的冲突进行了深入分析。刘禾提醒人们,文化的冲突起源于暗藏的主权,以及帝国与之幻想中的形象之间的距离。近年来刘禾的研究方向转向女性文学,有《中国女性主义的兴起》(*The Birth of Chinese Feminism—Essential Texts in Transnational Theory*, 2013)等作。另有华裔学者张旭东由最初对周作人的研究[①]而转向文化批评,如《改革时代的中国现代主义》(*Chinese Modernism in the Era of Reforms: Cultural Fever, Avant-garde Fiction, and the New Chinese Cinema*, 1997)、《后社会主义与文化政治》(*Postsocialism and Cultural Politics: China in the Last Decade of the Twentieth Century*, 2008)。唐小兵《中国现代》(*Chinese Modern: The Heroic and Quotidian*, 2000)选材广泛,对整个20世纪的文学和电影作品进行了原创性解读。杨小滨《中国的后现代:中国先锋小说中的创伤与讽刺》(*The Chinese Postmodern: Trauma and Irony in Chinese Avant-garde Fiction*, 2002)考察了作品中由意识形态所导致的历史性创伤。为此,他很欣赏80年代以来兴起的实验小说。

除以上活跃的华裔学者之外,也有不少当代美国汉学家在中国现当代文学研究领域卓有成就。安敏成(Marston Anderson, 1953—1992)、胡志德(Thedore Hunters)、桑禀华(Sabina Knight)就是其中的代表。英年早逝的耶鲁大学教授安敏成是一位历史感和文本感均非常好的学者。他以代表作《现实主义的限制:革命时代的中国小说》(*The Limits of Realism: Chinese Fiction in the Revolutionary Period*, 1990)蜚声海内外。在此书中,安敏成详细分析"现实主义"传入中国的过程以及现代小说创作中美学原义上的"现实主义"与作为集体话语形式而存在的"现实主义"之间的张力,从而展现出那个时代文学思想的独特性。胡志德早年有关于钱锺书的研究《传统的变革》(*Traditional Innovation—Qian Zhong-shu and Modern Chinese Letters*, 1978);其《把世界带回家》

[①] Zhang, Xudong, *The Politics of Aestheticization... Zhou Zuoren and the Crisis of the Chinese New Culture (1927–1937)*, Ph. D. dissertation, Duke University, 1995.

(*Bringing the World Home: Appropriating the West in Late Qing and Early Republican China*，2005）讨论了中西方的文化融合，强调了1895—1919年间的普遍主义和特殊主义，细致检视了该阶段的文学发展。桑禀华的著作《时光的心灵：二十世纪中国小说的道德力量》(*The Heart of Time: Moral Agency in Twentieth-century Chinese Fiction*，2006）讨论了20世纪文学中的道德问题。桑禀华进一步认为，近年来美国对中共的妖魔化并不宜于真正理解那个时代的文学意识形态。她提出要认真对待革命遗产和作品，不能一概而论地在美学上排斥它们。

总体而言，美国的中国现当代文学研究在方法和话语上已基本融入了西方文学研究的大潮之中。在西方理论的刺激下，美国学者一方面希望"重写中国现当代文学史"，将被以往排除在大陆主流意识形态之外的声音还原出来，同时又试图改变西方对中国现当代文学的片面理解，重审被冷战时代隔离的"他者"。因此，相对中国古典文学研究，这个领域的成果更为开放、更具对话性。

第四节　其他地区的中国文学研究

除了日本、欧洲、美国三大中国研究重镇之外，世界各地还有不少机构和学者也在关注中国文学，亦各有特色。本书限于篇幅，不能一一详述，仅择澳大利亚、加拿大、印度、韩国的中国文学研究概况加以简介。

澳大利亚直至1953年才在其国立大学设立中国文学教席，第一任教授是来自瑞典的毕汉思（Hans Bielenstein），他是瑞典汉学家高本汉的高足。悉尼大学和墨尔本大学紧随其后，分别于1955年和1960年设立相应教席。1960年，毕汉思转至哥伦比亚大学任教而辞职。虽然他在澳洲待的时间不长，但争取到很多资助，对促进国立大学汉学的发展影响很大。毕汉思之后，他的师弟马悦然（Goran Malmqvist，1924—　）继任，不过任职时间很短，直到1962年，华裔学者柳存仁接任，格局才稳定下来。

柳存仁（1917—2009）曾在北京大学获得学士学位，但因其在日本侵华时期极力亲日的立场，日本战败后先避于香港，后又赴伦敦学习，获得博士学位。他在澳大利亚国立大学工作三十多年，曾任亚洲研究学院院长。柳存仁的主要研究方向包括中国道教史、明清小说等，其代表作有《中国小说中的佛、道教影响》（*Buddhist and Taoist Influences on Chinese Novels*，1962）、《明清中国通俗小说之版本》（香港，1972）、《伦敦所见中国小说书目提要》（台北，1974）、《和风堂文集》（*Selected Papers from the Hall of Harmonious Wind*，1976），澳大利亚的大多数中国文学研究者均出自他门下。①

澳大利亚的中国当代文学研究领域最为活跃的当属杜博妮（Bonnie S. McDougall）。她是高行健《灵山》的英译者，也是最早向西方介绍"文革"后中国文学的学者之一。通过她的大量翻译和评论，西方人开始了解诸如诗人北岛、顾城、杨炼、车前子，小说家阿城、王安忆以及导演陈凯歌。杜博妮曾任职于爱丁堡大学和香港城市大学，近些年又为澳洲的中国研究作出很大贡献。她早年和雷金庆（Kam Louie，昆士兰大学）合作撰写了《二十世纪中国文学》（*The Literature of China in Twentieth Century*，1997），从此被学界所关注。之后，她又出版了《现代中国的情书与隐私：鲁迅与许广平的爱情生活》（*Love-letters and Privacy in Modern China: The Intimate Lives of Lu Xun and Xu Guangping*，2002）、《虚构的作者与想像的读者：二十世纪中国现代文学》（*Fictional*

---

① [澳]雷金庆：《澳大利亚中国文学研究50年》，刘霓摘译，《国外社会科学》，2004年第4期。

Authors, Imaginary Audiences: Modern Chinese Literature in the Twentieth Century,2003)、《现代中国的翻译地带》(*Translation Zones in Modern China: Authoritarian Command versus Gift Exchange*,2011)等作。

杜博妮之外还有一些优秀学者,比如国立大学德裔教授白杰明(Geremie Barmé)长期从事现当代文学和电影和翻译、阐释。他的《艺术的放逐:丰子恺的一生》(*An Artistic Exile: A Life of Feng Zikai (1898—1975)*,2002)获得2005年的列文森图书奖。澳大利亚阿德莱德(Adelaide)教授梅约翰(John Makeham)专攻中国古典美学、儒学,其代表作为《传释者与创造者:中国的注家与经典诠释》(*Transmitters and Creators: Chinese Commentators and Commentaries on the Analects*,2003)。墨尔本大学安东篱(Antonia Finnane)是澳洲中国城市文学研究的代表,其《说扬州:一个中国城市(1550—1850)》(*Speaking of Yangzhou: A Chinese City 1550—1850*,2004)以大量的诗文、小说、戏曲再现了一个典型明清时期城市的文化与变迁。

加拿大的中国研究相对美国起步更晚,但由于地缘上接近,与美国的现代中国学有着千丝万缕的联系。加拿大中国研究从19世纪末开始,最初也属于传教士汉学。明义士(James Mellon Menzies,1885—1957)是这一时期的代表,他主要从事甲骨文和上古典籍的研究。这个阶段没有持续多久,随着两次世界大战以及冷战时期的相对隔绝,加拿大的中国研究进展缓慢,直至20世纪60—70年代,随着中加接触的增多,加拿大中国学才有实质性的发展。加拿大最为重要的中国文学研究基地包括多伦多大学中国研究学院、不列颠哥伦比亚大学亚洲系、阿尔伯塔大学东亚系、蒙特利尔大学比较文学系。

杜森(W. A. C. H. Dobson,1913—1982)起到了承前启后的作用。他既是传教士,同时也已经开始进行较为专业的中国研究。他1952年从英国剑桥大学毕业后来多伦多大学任教，1953 年主持中国研究学院。他在语言学、翻译和经典研究等领域留下了不少著作：《晚期古汉语：文法研究》(*Late Archaic Chinese, A Grammatical Study*，1959)、《早期古汉语：叙述文法》(*Early Archaic Chinese: A Descriptive Grammar*，1962)、《孟子新译新注》(*Mencius: A New Translation Arranged and Annotated for the General Reader*，1963)、《诗经的语言》(*The Language of the Book of Songs*，1968)。

杜森之后，米列娜（Milena Doleželová-Velingerová，1932—2012）成为加拿大最为活跃的中国研究者之一。她出生在捷克，是著名汉学家普实克的学生。她的硕士阶段关注中国现代文学，完成了题为《郭沫若：1927 年之前的生活和作品》(*Guo Moruo: His Life and Work Until 1927*，1954) 的学位论文。随后的 1958—1959 年，她来华留学，师从郑振铎和吴晓铃，兴趣逐渐转移至古典小说和戏曲领域，返回捷克后完成了她的博士论文《诸宫调》(*Ballads of Chinese Storytellers*，1964)，从此在海外汉学界崭露头角。1969 年，她接受多伦多大学东亚系的聘请，一直到 1996 年荣退。来北美后不久，她与美国学者柯润璞合作编撰了《龙隐调》(*Ballad of the Hidden Dragon*，1971)。不久，她在《通报》上发表了一篇关于《浮生六记》的论文，尝试运用结构主义的方法解读中国文学。[①] 1980 年，米列娜出版了她所主编的《从传统到现代——世纪转折时期的中国小说》(*The Chinese Novel at the Turn of the Century*)。这项成果是海外汉学界研究晚清小说的重要文献，也标志着她踏上事业的顶峰。米列娜也是海外较早探讨晚清小说"现代性"的学者，不仅《从传统到现代》以及 1988 年出版的《中国文学指南：1900—1949》(*A*

---

① Doleželová-Velingerová, Milena, "An Early Chinese Confessional Prose: Shen Fu's Six Chapters of a Floating Life", *T'oung Pao* LVII, 1972, pp.137—160.

Selective Guide to Chinese Literature, 1900—1949)渗透着她的这一预判,在她的许多文章里,也有运用"现代性"视角对晚清、近现代的具体作品进行"重读"的精彩论评。① 米列娜在多伦多大学二十多年,培养出一大批年青汉学家,比如现任不列颠哥伦比亚大学中国研究中心主任的贝丽(Alison Bailey)、卡加利大学(University of Calgary)的黄恕宁以及华裔学者、吴晓铃之女吴华等。

原籍美国的施文林(Wayne Schlepp, 1931—),20世纪70年代开始任教于多伦多大学东亚系,专研古典诗和散曲。他于1963年出版《崔颢的诗》(*Translating Chinese: A Poem by Ts'ui Hao*),翻译并讨论了崔颢的《黄鹤楼》;1970年他出版了由博士论文修订的《散曲的技巧和意象》(*Technique and Imagery of Yüan San-ch'a*),是一本研究散曲的上乘之作。施文林退休之后,接替他位置的是孙广仁(Graham Sanders)。孙广仁在多伦多大学获得学士学位之后,到哈佛大学攻读博士学位。他的兴趣集中于古典散文,2006年出版《绝妙好辞》(*Words Well Put: Visions of Poetic Competence in the Chinese Tradition*),以《左传》《汉书》《世说新语》和《本事诗》为例,旁征博引,阐明中国诗歌传统中诗的鉴赏准则,是加拿大新生代中国古典文学的代表。

古典诗词是不列颠哥伦比亚大学中国研究最擅长的领域,这得益于叶嘉莹的努力。叶嘉莹生于北京,1949年后随夫到台湾,曾在台湾和美国任教。1969年到不列颠哥伦比亚大学亚洲系任教,直至1989年退休。她的作品很多,有《唐宋词名家论稿》《叶嘉莹说词》《叶嘉莹汉魏六朝诗》等。该校从事古典诗词研究的后辈学者大多出自叶门,比如施吉瑞(Jerry Schmidt, 1946—)、白润德(Daniel Bryant)。1977年,美国学

---

① 比如 Doleželová-Velingerová, Milena, "Fiction from the End of the Empire to the Beginning of the Republic: 1897—1916", In Victor H. Mair, ed. *The Columbia History of Chinese Literature*. New York: Columbia University Press, 2001。

者胡志德(Theodore D. Huters)受聘到不列颠哥伦比亚大学,教授中国现当代文学。他的接任者是同样来自美国的杜迈可(Michael Duke)。他早年写过关于陆游的博士论文,① 后从古典文学转向现当代文学。② 1991年,他主编了《现代中国小说的世界:大陆、台湾和香港的中短篇小说》(*Worlds of Modern Chinese Fiction: Short Stories & Novellas from the People's Republic, Taiwan & Hong Kong*, 1991)。他翻译了大量中国当代作品,如苏童的《大红灯笼高高挂》《1934年的逃亡》《罂粟之家》,香港作家陈冠中的《盛世》等。曾与戴锦华合著《浮出历史地表:现代妇女文学研究》的学者孟悦2006年到多伦多大学任职。她擅长运用西方女性主义和大众文化批评等理论诠解中国当代文学,获得学界好评,为不列颠哥伦比亚大学的中国现当代文学、文化研究注入了新活力。

阿尔伯塔大学东亚系虽然建立较晚,但是发展很快,尤其在中国当代文学研究领域出了不少成果。曾毕业于美国夏威夷大学的穆思礼(Stanley Munro)1970年到阿尔伯塔。他翻译出版了张恨水的《梁山伯与祝英台》,将中国现代的短篇小说经典编译成册,尤其欣赏老舍的写作风格,有《老舍作品中的讽刺艺术》(*The Function of Satire in the Works of Lao She*, 1977)。该校的华裔学者梁丽芳是海外较早研究知青文学的学者,1994年在美国出版了英语世界第一本系统介绍中国知青一代作家的专著,中译本名为《从红卫兵到作家》(1993)。

蒙特利尔大学的中国研究直至上世纪70、80年代才正式走上轨道。华裔学者吕彤邻(Tonglin Lu)值得关注,她于1983年获蒙特利尔大学比较文学硕士学位,1988年获美国普林斯顿大学比较文学博士学位,2003年回到蒙特利尔大学比较文学系教授中国文学。她著有《玫瑰与莲花:

---

① Duke, Michael S., *Lu You*, Boston: Twayne Pubishers, c1977.

② Duke, Michael S, *Blooming and Contending: Chinese Literature in the Post-Mao Era*, Bloomington: Indiana University Press, c1985.

中法关于情与欲的比较》(*Rose and Lotus: Narrative of Desire in France and China*,1991),编有《二十世纪中国社会中的性别与性》(*Gender and Sexuality in Twentieth-century Chinese Literature and Society*,1993)和《文化虚无主义以及对抗政治:中国当代试验小说》(*Cultural Nihilism & Oppositional Politics: Contemporary Chinese Experimental Fiction*,1995)。

印度是佛教的发源地。古代时期,印度文化向四方外传,中国也曾在它的辐射区。从东汉至唐代,佛教在中国得到了空前的重视和研究,相比而言,印度对中国则知之甚少。公元8世纪前后,印度被阿拉伯世界控制,伊斯兰教传到这里,从此宗教纷争不断。及至15世纪末,欧洲的势力也渗透到印度,18世纪中期开始,印度沦为英国的殖民地。在此后的几个世纪里,印度的中国研究与英国的中国学几乎是一体的,直至它独立。因此,印度中国学通常被分为独立前与独立后两个时期。[①] 1947年印度独立以前,印度的中国研究并非是一门"经世之学",而主要集中在中国哲学、历史领域,专门的文学研究极少。其汉学中心在泰戈尔创办的国际大学中国学院和位于南方城市浦那的费尔古森学院(Fergusson College)中国文化学院。国际大学的汉学家以师觉月(Prabodh Chandra Bagchi,1898—1956)为代表,旅印华裔学者谭云山(1898—1983)也是主将之一。费尔古森学院的汉学家主要是巴帕特(V. P. Bapat,1894—1991)和戈克雷(V. V. Gokhale,1901—?)。他们早年分别在美国和德国学习中文,主要从事梵文、巴利文、汉文和藏文佛教典籍的比较研究。以上汉学家们真正从事中国研究的活跃期是在独立之后。此外,印度文化国际学院(International Academy of Indian

---

① 尹锡南、陈小萍:《二十世纪以来印度中国研究的脉络和基本特征》,《南亚研究季刊》,2011年第1期。

Culture）也推动了中国学的发展。

师觉月对中国的兴趣最初是从中印文化交流史开始的，与许多中、印学者不同，师觉月并不认为中印古代文化交往基本上是中国对印度的单向度学习，[①]而强调"稍微留意一下，我们也能发现中国对印度生活、思想的影响。"[②] 他的《印度与中国》（*India and China: A Thousand Years of Cultural Relations*，1951）一书利用丰富的中文和梵文资料，追溯了以佛教为沟通媒介的中印古代文化交流史，成为该领域学者们的必读文献。[③]青年时代参加过毛泽东创办的"新民学会"的湖南人谭云山1928年接受泰戈尔邀请到国际大学任教，1937年首任国际大学中国学院院长，担任此职35年。他的著述《中印间的文化交流》（1937）、《中国现代史》（1938）等，力求以浅显的语言将中国历史文化解说得通晓易懂，成为学生们的教科书。1952年，谭云山撰写了一篇文章《中国语言文学史》，对中国语言文字的起源和新近发展做了简单阐述，并介绍了从古典至白话文运动、新文化运动的中国文学。谭云山的儿子谭中在他之后继续对中国文学进行介绍和研究。他曾译介过中国唐诗，在论文《中国小说发展中的印度文化因素》中，谭中从比较文学的角度探讨了中印古代文学交流。谭中的研究还涉及中国现代文学，他在1998年撰写了《泰戈尔对中国新诗的启迪》，对中印现代文学交流史进行了探讨。[④]巴帕特原本是佛教研究专家，后来对藏学发生兴趣，1964年将藏传经典《解脱

[①] 刘震:《中印古代交流其实是中国单向学习印度》,《上海书评》, 2015年5月31日。

[②] Bagchi, Prabodh Chandra. *India and China: A Thousand Years of Cultural Relations*, New York: Philosophical Library, 1951, p.197.

[③] Ray, Haraprasad ed., *Contribution of P. C. Bagchi on Sino-Indo Tibetology*, Kolkata : Asiatic Society, 2002, p.II.

[④] 尹锡南:《二十世纪印度的中国文学和历史研究》,《东南亚南亚研究》, 2010年第1期。

道论》(*Vimuktmārga Dhutaguṇa-nirdeśa*)翻译成英文,并由此延伸到对中国佛教文献的收集和研究之中。戈克雷的专长也是对巴利文、梵文和汉文佛教典籍的比较研究。20世纪40—50年代,中国学者收集、整理了大批敦煌文献时,戈克雷做了不少翻译工作。比如现代著名敦煌学家向达就曾托当时在印度的学者周达夫请他的老师戈克雷翻译过中国学界无人能懂的佛教梵文稿。①

当代印度对中国研究的重视程度明显高于从前,尼赫鲁大学、德里大学等校的汉学机构也发展起来。上世纪六七十年代之后,出现了一批新生的专业中国学家,包括尼赫鲁大学的马尼克(Manik Bhattacharya)、邵葆丽(Sabaree Mitra);德里大学东亚研究系的马杜拉(K. C. Mathur)、穆尔提(Sheela Murthy)等。其中,马尼克是谭中的学生,于1997年凭借论文《鲁迅作品中的创造性过程和革命性话语》(*The Creative Process and Revolutionary Discourse in Lu Xun's Writings*)获得博士学位,还曾翻译了鲁迅的多部小说。邵葆丽则聚焦于文革后中国的新时期文学,有一系列这方面的研究成果。

总体而言,印度的中国文学研究大多以中印文化交流为基点,重视佛教在中国的流变及相关文学形式,而对中国现实问题及当代文学的关注,则是近五十年来刚兴起的新方向。

由于山水相连,韩国与中国的交往史相对日本更长,古代中国文化很长时间通过朝鲜半岛再传到日本。与日本相同,朝鲜半岛曾经亦把汉文化当作自身的母体,在阅读中国典籍时并不存在语言和思维方式上的障碍,那时它的"汉学"基本在于简单的翻译和介绍层面。直至明治维

---

① 荣新江:《惊沙撼大漠——向达的敦煌考察及其学术意义》,《向达学记》,北京:三联书店,2010年。

新、甲午战争后，朝鲜半岛才逐渐与中国分体，被日本所控制。二战结束，分为南北两部分的韩国开始有了自己独立的中国研究。尽管1926年京城帝国大学（今国立首尔大学前身）创建后便设有中国文学专业，但是1945年之前，韩国有关中国文学的成果极少。

1958年，车相辕、车柱环、张基槿出版了《中国文学史》，这是韩国最早包括古代文学、近代文学在内较为完整的中国文学史研究专著。有关中国诗歌的总论、诗话方面的研究也不少。其中李家源的《中国文学思潮史》(1959)、车相辕的《中国古典文学批评史》(1975)、李炳汉的《汉诗批评体例的研究》(1975)、李炳汉与李永朱合写的《中国古典文学理论批评史》(1988)等成为批评领域的代表。另有车柱环的《中国诗论》(1989)将先秦至清代的重要诗论进行了归类分析；李炳汉在其《中国古典诗学的理解》(1992)中，也评说了中国古代大量的诗话；许世旭用汉语写成的《韩中诗话渊源考》(1979)针对中韩两国诗话的异同点作了比较考察。韩国中国学界还共同编写了论文集《中国诗和诗论》，其中收录了有关"作家和作品"、"评论和理论"等方面的30多篇论文。①

80年代以前，韩国中国古典文学研究集中于《诗经》《楚辞》及陶渊明、李白、杜甫、王维、韩愈、白居易、苏轼几家，比如许世旭《李杜诗比较研究》(1963)，李章佑《韩退之散文研究》(1965)，柳晟俊《王维诗考》(1968)。80年代之后，中国文学方面的成果迅速增多，研究范围也得以大大扩展。比如六朝和宋代文学研究成果有大幅增长：1950年至1979年关于六朝文学的论著为58种，宋代文学为24种，而仅1980年至1992年六朝文学研究119种，为前30年的两倍多；宋代文学研究增至141种，为之前的5.8倍；明代文学研究由前30年的9篇增至36

---

① 郑成宏：《当代韩国的中国文学研究》，《当代韩国》，2004年第3期。

篇，清代由前 30 年的 10 篇增至 62 篇。①古典小说研究领域也有丰硕成果，出现了全寅初的《中国古代小说研究》(1985)；崔溶澈、朴在渊编纂的《韩国所见中国通俗小说书目》；吴淳邦用汉语写成的《清代长篇讽刺小说研究》，也于 1995 年出版。1989 年，韩国学界成立了"中国小说研究会"，并刊行《中国小说研究会报》。韩国中国戏曲研究也逐渐兴盛，首尔大学于 1991 年成立了中国戏曲研究会，并出版会刊《中国戏曲》。1994 年，金学主的《中国古典之歌舞戏》《韩中两国的歌舞与杂戏》以及梁会锡的《中国戏曲论》也相继出版，它们都是该领域的代表作。不过，相对其他文学体裁研究而言，韩国的中国戏曲研究仍略显薄弱。

韩国的中国现代文学研究始于上世纪 20 年代，1920 年的《开辟》杂志上刊载了梁白华有关胡适及中国文学革命的述评。及至 40 年代末，尹永春完成的《现代中国文学史》(1949) 是首部这方面的专著。不过总体而言，20 世纪 80 年代之前韩国关于中国现代文学的译作和研究成果还比较少。此后，中国现代文学研究才逐渐被作为一个独立的学术领域而获得学术界重视。代表性的著作有许世旭的《中国现代文学论》(1982)、金时俊与李充阳合著《中国现代文学论》(1987)。1992 年，金时俊出版了《中国现代文学史》，后来许世旭又推出《中国现代文学史》(1999)，均是通论性的成果。20 世纪 90 年代后期，韩国学界出现了反思研究方法并力图更新的思潮，全衡俊的《对中国现代文学的理解》(1996) 便是其中代表之作。②与此同时，中韩两国文学比较的著述也空前增加，此处从略。

---

① 陈友冰：《韩国现当代中国古典文学研究历程及学术特征》，国学网，2015 年 9 月 23 日。
② 郑成宏：《当代韩国的中国文学研究》，《当代韩国》，2004 年第 3 期。

第二章
海外中国文学研究的主要机构和期刊

为了列举方便,本文将海外中国文学研究的主要机构和期刊也分为几个部分呈现,即日本、欧洲、北美及其他。中国大陆之外的港澳台地区学术氛围和方法背景与大陆也大不相同,其机构和期刊并作简介。

1888年成立的东京(帝国)大学史学会是日本最早的中国学机构,1889年创立《史会学杂志》(月刊),1893年改名为《史学杂志》。20世纪30年代京都(帝国)大学成立东洋史研究会,1935年刊行会刊《东洋史研究》(季刊)。此二刊均以东洋史研究为核心,也刊发过中国文学史、艺术史方面的论文。京都大学于1920年,在内藤湖南、狩野直喜等人的发起下成立了"支那学社"("京都学派"的基础),会刊为《支那学》。此刊自1920年9月创刊至1947年8月停刊,共发表四百多篇文章,最初不但发表日本学者的论文,也刊载中国学者如罗振玉、王国维、吴虞、郭沫若等人的成果,是中日近代学术交流的重要桥梁。

1924年,日本"东洋文库"(The Oriental Library)建立。这是日本收藏东方图书资料最大、最重要的图书馆,1948年起成为日本国立国会图书馆的分馆,现藏书75万册左右(包括朝鲜、蒙古、越南等地书籍)。其馆藏主要来自英国人莫里循(George Ernest Morrison, 1862—1920)的藏书,此人曾于1912年被聘为中国总统府顾问,居于北京20余年,广泛收集了中国典籍、字画,并在王府井大街寓所建立了自己的私人图书馆。1917年创立三菱财团的岩崎家族买下了莫里循藏书,并在此基础上不断添购汉籍,后命名为"东洋文库"。1961年,该文库应联合国教科文组织的要求设立了东亚文化研究中心。"东洋文库"出版的主要杂志有《东洋学报》(季刊)、《东洋文库年报》《东亚文化研究》以及辑刊《东洋文库论丛》。

东京大学和京都大学是日本最重要的两大中国研究机构。京都大学人文科学研究所成立于1929年,最初称为京都大学东方文化研究所,直至1939年中日战争爆发后,改为现名,旨在合并东方文化与西洋文化二所,从事更为综合性的研究。东京大学东洋文化研究所创办于1941年,该所图书馆中文藏书非常丰富,包括大量中国法律、政制、小说戏曲、文契、方志、族谱类的资料,甚至还有不少甲骨文。该所于上世纪90年代开始建立中文古籍目录数据库,从2002年起又建立了古籍全文影像数据库。该所编撰的期刊主要有《东洋文化》和《东洋文化研究所纪要》。

1929年,日本政府东方文化事业委员会在东京和京都两地设立研究所,并于1930年创办所刊《东方学报》。二战后,该刊主要由京都大学人文科学研究所承办,每年至少出版一册,刊载过大量中国文学、文献、艺术史方面的论文。①

日本"中国研究所"是二战后成立最早的中国研究专门机构,总部在东京千代田区。该研究所1946年成立后,随即出版杂志《中国研究

---

① 《东方学报》文章目录可参见 http://acaexile.blogspot.com/2014/04/blog-post_9997.html, 2015年11月18日。

月报》；1955年开始发行《中国年鉴》。该所为会员制，拥有自己的图书馆，经常举办培训班和研讨会。

  战后，日本外务省整顿、调整了某些学术团体，于1947年成立了新的"东方学术协会"，以替代工作了20多年的"日华学会"。[①] 1948年，"东方学术协会"更名为"东方学会"，当时会员409人，分为东京与京都两个支部。1951年3月，"东方学会"在日本召开了首次代表大会，首任会长是日本学士院会员、京都大学著名史学家羽田亨；首任理事长为东京大学名誉教授、哲学史家宇野哲人。与之同时，"东方学会"属下的《东方学》杂志创刊，每年两期。池田温、沟口雄三、滨下武志、丸山升等大批优秀中国学家在此刊上发表文章，足见其在中国研究领域的影响力。学会的其他刊物还有《东方学论集》（1954年在日本外务省资助下出版）、《东方学关系著书论文目录》（1956年创刊）、《东方学会报》（1958年创刊）。

  与新中国的建立同时，"日本中国学会"于1949年10月在上野的学士院成立。该学会包含多个高校文史哲领域的学者，目前会员已经超过两千人，是日本最大的中国学组织，主要从事中国语言、文学和思想史研究，尤以古典学为中心。学会总部设在东京汤岛的孔庙内，它既继承了日本汉学、支那学时期的传统，又在上世纪60、70年代进行了一系列研究方法上的改革和尝试。目前，它每年召开年会，成果以《会报》的形式出版。它还设立了"日本中国学会奖"，每年评出两名获奖者。

  1951年5月，从"日本中国学会"中又衍生出"日本现代中国学会"，侧重于现当代中国问题研究，目前拥有会员近千人，每年召开一

[①] "日华学会"原本是依托"支那留学生同情会"的转让基金起步的民间团体，曾资助过日中文化和教育交流，可惜后来逐步染上官方色彩，受日本外务省控制。它在二战前和二战期间收集了大量关于中国历史、人文、地理的情报，沦为日本的战争工具。

次年会,其会刊为《现代中国》(季刊)。"日本现代中国学会"的前身是1946年日本东亚研究所设立的"中国研究所",最初集中关注中国的政治、经济领域,上世纪80年代以后,该学会从事中国现代文学、思想的研究者逐渐增多。

1986年,日本"中国社会文化学会"成立,目前有1200余名会员,算是当代日本中国学界较大的组织。这个学会的前身是东京大学文学部管理的"东大中哲文学会",因此比较偏重于传统人文学领域。1985年该会进行了比较大的改革,力图破除地域、学科的限制。该学会现在每年召开年会和若干次小例会,其属下的杂志为《中国——社会与文化》,每年发行一册。

1954年,九州大学属下的"九州中国学会"成立,第一任会长是九州大学文学部教授楠本正继。[①] 1955年开始出版会刊《九州中国学会报》,宋元以降的文学研究是该刊的侧重点之一。

除了东京、京都两校及规模较大的学会以外,日本不少大学都有中国学中心,大多也从事文学研究。比如大阪市立大学文学部中国学教室、九州大学东洋史研究室、早稻田大学文学部、东北大学文学部中国文化学研究室、神户大学大学院中国研究科、爱知大学现代中国学部。这些大学或研究中心的图书馆也藏有大量汉文典籍。

日本之外,亚洲还有些中国学专业机构。比如印度中国研究所、新加坡国立大学东亚研究所、亚洲基金会中国项目等。这些机构或多或少地从事中国文学研究。港澳台地区由于在治学方法上与中国大陆有所区别,且此三地学者多长居于欧美,其成果亦更常见于国外的期刊和出版机构,因此在学术类型和研究视角上有别于大陆自身的中国学,有必要

---

① 《九州中国学会五十年史》,福冈:九州大学文学部编辑发行,2004年。

单独加以介绍。

"中央研究院"历史语言研究所和中国文哲研究所是台湾最具代表性的中国人文学研究机构,均创建于上世纪 20 年代。前者刊行《中央研究院历史语言研究所集刊》(季刊),发表过很多中国古典经学、文献学和文学方面的文章;后者有古典和近现代文学研究室,编辑《中国文哲研究集刊》,文学批评与鉴赏并重。

1981 年,台湾"教育部"建立"汉学研究资料及服务中心"。为了加强其学术功能,于 1987 年更名为"汉学研究中心"。该中心图书馆收藏了数量可观的汉学资料,邀请国外汉学家赴台交流,编印汉学研究论著、举办大型研讨会,已成为台湾最大的官方汉学机构。该中心的刊物主要有《汉学研究》(半年刊)与《汉学研究通讯》(季刊)。前者以中国文史哲研究为主体,后者旨在报道国内外汉学研究动态,包括成果综述、学术会议和汉学机构的介绍等。此外,它还不定期地出版《汉学研究中心丛刊》,包括目录类和论著类。《丛刊》目录类编印汉学相关专题书目索引等工具书,比如《经学研究论著目录》《两汉诸子研究论著目录》《敦煌学研究论著目录》《英译中文诗词曲索引:五代至清末》《当代中文小说英文译评目录》等,这些工具书对中国文学研究有极大的参考价值。《丛刊》论著类则将该中心召开研讨会的文章编辑成论文集,如《中国神话与传说学术研讨会论文集》等。

台湾各大高校的中国研究也实力雄厚。台湾大学、台湾师范大学、清华大学、辅仁大学、中央大学等校文学院均出了不少中国文学以及中外文学比较方面的优秀成果。一些院校的图书馆和数字图书馆拥有相当丰富的中文资料,比如台湾大学数位典藏资源中心、数位人文研究中心大多数资源向公众开放。台湾大学人文社会高等研究院有个"东亚文明研究中心",侧重于东亚传统经典的辑考、辨证,属下半年刊《台湾东亚文明研究学刊》从 2005 年起改为中、英、日三语期刊。台湾大学文学院也编印了多种中国文学研究相关刊物,比如《文史哲学报》《中国文学研究》《文史丛刊》《中外文学》《台大中文学报》。台湾淡江大学西洋语文研究所于 1970 年创办《淡江评论》(*Tamkang Review*)。此刊以中西比较文学为主,十分关注中国现代文学和当代台湾文学,出版语种为英语。顾问包括李欧梵、王德威、郑树森、酒井直树等,刊发论文、译作、书评。

香港历来是中外文明交汇之地,各大高校也都有中文系、翻译系等,从事中国文学研究。为了给来华的海外中国学研究者提供更好的平台,1963 年,西方学者自发在香港创立"大学服务中心"。它于 1988 年由香港中文大学接管,1993 年更名为"中国研究服务中心"。该中心以其专业、高效、友好的研究氛围和颇具特色的午餐会而闻名,目前服务对象已经扩展至香港本地和来自中国大陆的学者。它还拥有丰富、获取便捷的馆藏资源,建立了"中国研究数据库"。1967 年,香港大学又成立了"中国文化研究所",下设文物馆、翻译研究中心、中国考古艺术中心、吴多泰中国语文研究中心、当代中国文化研究中心及刘殿爵中国古籍研究中心,这些中心各自开展学术及出版工作。相比"中国研究服务中心"的诸多学科融合,"中国文化研究所"更侧重中国的文学、艺术研究。研究所的主要出版物有《中国文化研究所学报》《译丛》《中国语文研究》《中国语文通讯》《二十一世纪》《先秦两汉古籍逐字索引丛刊》《魏晋南北朝古籍逐字索引丛刊》《汉达古籍研究丛书》等。其中,1990 年创刊的《二十一世纪》双月刊闻名于两岸三地。此外,由蒋经国基金会主办的"亚太汉学中心"(成立于 2006 年)和"法国远东学院"在亚洲创立的"实地研究欧洲联合会",即"法国远东学院香港中心"(成立于 2007 年)也挂靠在香港中文大学"中国文化研究所"里。香港大学也于 1967 年成立了它的"亚洲研究中心"。2009 年,该机构被纳入香港大学主办的"香港人文社会研究所",中国研究是它最重要的一个部分。

在饶宗颐、胡丛经、梁振英等人的倡立下，1998年香港"中国文化研究院"正式注册。该院得到了香港多家大基金的资助，创建了《灿烂的中国文化》网站，并吸纳进了不少大陆学者。随后的1999年，澳门成立以传教士汉学家利玛窦命名的"利氏学社"，旨在促进欧洲与中国的文化交流以及欧洲的中国研究。该社出版中英文双语季刊《神州交流》。除此之外，它还出版"澳门利氏学社丛书"，并开展一系列编译项目。

欧洲中国学的机构和刊物很多，大多数都从事中国语言、文学的研究。1732年，意大利那不勒斯东方大学成立，这是现知欧洲最早的汉学研究机构。1992年，该学院发行院刊《明清研究》（*Ming Qing Studies*），刊载的论文主要涉及明清戏曲、小说，现任主编是史华罗（Paolo Santangelo，1943— ）。不过，欧洲汉学研究的真正中心在法国和荷兰。1814年，法兰西学院增设中国语言、文学的教授席位，开设"汉语言文学课程"，标志欧洲汉学正式进入学院化阶段。1822年，西方成立最早的亚洲研究学术团体"亚细亚学会"诞生。法国著名汉学家雷慕沙于1829至1932年、伯希和于1935至1945年曾出任该学会会长。其会刊《亚细亚学报》已出版300余卷。

1890年，法国汉学家考狄（Henri Cordier，1849—1925）与荷兰汉学家薛力赫（Gustaaf Schlegel，1840—1903）在1889年举行的第八届国际东方学者代表大会期间，决定创办一份致力于东亚研究的学术刊物。同与会的荷兰莱顿布里尔（E. J. Brill）出版社的两位经理讨论了创刊的计划，双方一拍即合，于是西方第一种汉学杂志——《通报》（*T'oung Pao*）诞生。此刊原则上是每年出版1卷，但从1918年起，少数年份出现了中断。薛力赫于1903年去世后，由沙畹接任，与考狄联袂主编《通报》。第18、19卷的主编均为考狄独自一人。沙畹去世后，伯希和（1878—1945）作为联袂主编于1921年到任。考狄1925年逝世后，伯希和独掌大权，直到 1935 年，来自莱顿大学的戴闻达（J. J. L. Duyvendak，1889—1945）与之共同主编，该杂志重新拥有一个法—荷联合编委会。此后，戴密微于 1947—1975 年间主持该杂志，从 1957 年起与何四维（A. F. P. Hulsewé，1910—1993）共同主编。莱顿大学许理合（Erik Zurcher，1928—2008）与法兰西学院谢和耐（Jacques Gernet，1921—2014）从 1978 年起主编《通报》，他们修改了《通报》的副标题，命之为《国际汉学杂志》。自 1993 年起，该杂志的主编是来自莱顿的伊维德（Wilt Idma，1944— ）和来自巴黎的魏丕信（Pierre-Etienne Will，1944— ）。

1898 年法国远东学院成立，从事东亚、南亚的历史、民俗、文学、艺术研究，1902 年其总部迁往越南河内，上世纪 50 年代学院总部又因越战迁回巴黎。学院相继在 12 个亚洲国家和地区设立了 17 个联络中心，其中在北京、香港和台北有三个联络点。法国很多著名的汉学家，如沙畹、伯希和、马伯乐都曾长期供职于该学院。1901 年，它开始出版《法国远东学院学刊》。这是国际人文社科领域最顶尖的期刊之一，其中登载了不少与中国经典、文艺作品相关的高水平论文。

1920 年，在法中政府的支持下，以中国的庚子赔款为基金创立的"巴黎中国学院"（Institut des Hautes Etudes Chinoises de Paris）成立，亦为欧洲较早的正规汉学机构，首任所长是葛兰言。1929 年，该学院归属巴黎大学，即称"巴黎大学中国学院"。1968 年，它又隶属于法兰西学院，所址也从原巴黎大学的索邦迁往位于威尔逊总统大道的亚洲馆，由吴德民与侯思孟两教授相继任所长，更名为"法兰西学院汉学研究所"，主要出版物有《汉学研究所集刊》。1989 年，法兰西学院汉学研究所又迁至勒穆纳大主教街现址，由施博尔任所长。自 1992 年开始，汉学研究所由魏丕信与戴仁两教授共同主持，同时由 12 位在法国汉学界具有代表性的学者组成一个学术理事会，予以协助。① 该机构与中国文学研究直接相关的主要有成立于 1973 年的敦煌小组和文学小组。前者编辑、整理了大量敦煌汉文文献，研究和影印了其中的重要写本。后者则由侯思孟教授负责，出版了《话本总目提要》等。

1948 年，"欧洲研究中国协会"（"欧洲汉学协会"）在巴黎成立，足证法国在欧洲中国研究界的地位。1975 年又改称"国际中国学家大会"，出版会刊《中国学书目杂志》。目前，该学会有注册会员 700 多名，每两年召开一次大会。近年来，它主要从事三大项目的研究，成绩斐然：中国的国家——理论与现状，负责人施拉姆；当代中国文学研究，负责人马悦然；中国道教研究，负责人施舟人。

巴黎高等师范学院创办了另一法国著名中国研究机构为"法国中国近现代研究中心"。该中心由两个部分组成，其中一个成立于 1958 年，主要进行 20 世纪中国研究；另一个成立于 1985 年，旨在推动当代中国历史、文化研究。两个机构于 1996 年合并成今天的面貌，资金主要来源于国家科学研究院和法国高等科学研究院，其刊物为《汉学文献览要》，每年出版一册。

1980 年，"法国汉学协会"成立，编辑出版会刊《中国研究》及《法国汉学协会通讯》。"法国当代中国研究中心"创建于 1991 年，是一所以香港为基地、由法国政府资助的研究机构。

1851 年，荷兰莱顿大学设立中文专业，1875 年又设立了第一个汉学教授席位，1930 年成立了汉学研究院。第一任院长是戴闻达，其后相继为何四维、许理和、伊维德、施舟人。莱顿大学汉学研究院为西方的中国古典研究作出了巨大贡献，而文学研究是它的重心。莱顿大

---

① 葛夫平：《巴黎中国学院述略》，《中国社会科学院近代史研究所青年学术论坛 2002 卷》，北京：社会科学文献出版社，2004 年，第 429 页。

学汉学研究院图书馆的藏书之丰富一向为欧洲汉学家们所称羡。依据1996年该图书馆馆长雷哈诺（Hanno Lecher）介绍，迄至当时，该馆的藏书约32万册。其中中文文献27万册，为欧洲八大汉学图书馆之第二，仅次于柏林国家图书馆东方部。直至如今，汉学院每年都会新购入大量中文书籍、报刊和微缩胶卷、视听材料。遗憾的是，由于极度缺乏人手，很多书籍资料无人编目整理，造成积压。① 汉学院图书馆的善本书室最初以高罗佩捐赠的包含明清时期文学、艺术、通俗小说约2500种1万余册藏书为主体，故以其姓氏命之（The Van Gulik Room），后又不断扩充。② 莱顿大学汉学研究院属下还有现代中国文献研究中心（Documentation and Research Centre for Modern China），成立于1969年，许理和为该中心第一任主任。它出版的期刊为《中国信息》（*China Information*）。

1993年，荷兰皇家学院、莱顿大学与阿姆斯特丹维杰大学联合创办了荷兰国际亚洲研究所。这是一个博士后研究机构，开展有关亚洲人文、社会科学方面的研究。它的经费主要来自荷兰教育、文化和科学部。国际亚洲研究所经常组织学术研讨会，出版简报，并建立了欧洲与世界范围的亚洲研究学者和当前研究信息的数据库，1998年开始出版《欧洲的亚洲研究指南》。

英国在欧洲中国学史上也有极重要的地位。1784年，英国"东方学之父"威廉·琼斯（William Jones，1746—1794）在英属印度孟加拉省首府加尔各答创建了世界上第一个亚洲研究机构"孟加拉亚细亚学会"，其宗旨是"探究亚洲的历史、文物、艺术和文学"。1814年，该学会在

---

① 姜其煌：《访莱顿大学汉学研究院》，《国外社会科学》，1988年第4期，第66页。
② 苏桂枝：《荷兰莱顿大学汉学院图书馆近况介绍》，台湾《国家图书馆馆讯》，2008年5月，第17—18页。

加尔各答建成博物馆（今印度博物馆前身）。当 1822 年法国人在欧洲本土成立了"亚细亚学会"后，英国人也不甘示弱，于 1823 年在伦敦成立"皇家亚细亚学会"（Royal Asiatic Society），它在印度学、西亚学、中国学方面的贡献卓尔不凡，成为世界上最大的东方学组织之一。1843 年，该学会创办了自己的杂志《皇家亚细亚学会会报》（*Journal of the Royal Asiatic Society of Great Britain*）。为了加深对东方语言、文学的了解，1890 年，"皇家亚细亚学会"下属"东方语言文化学院"创立，1901 年合并到伦敦大学。

始建于 1753 年的大英博物馆（British Museum）东方部（现亚洲部）是海外收藏中国流失文物最多的一家，包括巨额的中文文献。基于得天独厚的条件，它长年从事中国研究，并支持世界各地学者来此进行文献的整理和考察。前文所提著名汉学家韦利从 1917 年至 1929 年在此地任职，奠定了他翻译、评析中国经典的基础。

1916 年，伦敦大学成立"东方与非洲研究院"（School of Oriental and African Studies，简称"亚非学院"）。该学院位于伦敦市中心的罗素广场，紧邻大英博物馆和大英图书馆。它是全世界拥有亚、非问题研究者最多的机构之一，也是世界中国学的一大中心，分为三个学部：法律与社会科学部（Faculty of Law and Social Sciences）、人文艺术学部（Faculty of Arts and Humanities）和语言文化学部（Faculty of Languages and Cultures）。它的图书馆至少有 17 万册中文典籍，近千种中文期刊。其赞助人之一戴维（Percival David）捐建的中国艺术基金会收藏了近 2000 件中国艺术品，而由文莱苏丹捐建的"文莱美术馆"也藏有大量来自亚洲和非洲的作品。为了加强对中国现状的了解，1960 年，伦敦大学"亚非学院"创办了"当代中国研究所"（Contemporary China Institute），1992 年又成立了"中国研究中心"。伦敦大学"亚非学院"也有自己的刊物，即 1917 年创刊的《东方学院学报》（*Bulletin of the School of Oriental*

Studies，1940年改名为《亚非学院院刊》），每年4期。1960年，当时供职于伦敦大学国际关系研究所、后任哈佛大学政治系教授，以研究中国文革史而著称的麦克法夸尔（Roderick MacFarquhar）创办了《中国季刊》(*The China Quarterly*)。1967年，该刊被移交给伦敦大学亚非学院主办，剑桥大学出版社出版，它也是海外中国研究界影响因子最高的期刊之一。以上两种刊物亦可刊登中国文学研究方面的论文和评论。

伦敦大学亚非学院享誉世界之外，英国许多高校也都设立了东方或中国研究的专门机构。比如剑桥大学亚非学院东方学部从1898年起开始设置中国学课程，魏德爵士（Thomas Wade）担任第一任中文教授；后又从东方部分设出中国研究中心。牛津大学从1876年就设立了中国学课程，理雅各担任其第一位中文教授；但其东方学部直至1961年才正式成立，其中有汉学研究所。理雅各的继承人霍克斯等于1930年代组建中文学院（The Honours School of Chinese），课程重点在于古代文学和哲学。1982年牛津建立"中国研究中心"(the Centre for Chinese Studies)，1995年建立"中国研究所"(the Institute for Chinese Studies)，2008年，又成立了"中国中心"(China Center)。"中国中心"的目标是整合牛津各院系资源开展跨学科的中国研究，它同时是"全英高校中国中心（British Inter-University China Centre，BICC）"的行政办公所在地。1948年，英国达勒姆大学东方研究学院也挂牌。1963年，英国利兹大学中国研究部和中国研究联合中心成立。1965年，爱丁堡大学创建中文系，1990年开始由杜博妮主事，因此中国现当代文学成为它的一个研究重心。同年，它与梵文系合并而形成亚洲研究院。2007年，诺丁汉大学成立"当代中国学学院"（School of Contemporary Chinese Studies, University of Nottingham）。①

---

① 魏思齐:《不列颠（英国）汉学研究的概况》，台湾《汉学研究通讯》，2009年5月，第106期。

成立于 1976 年的"英国汉学协会"（The British Association of Chinese Studies）是英国从事中国研究和汉语教学研究的唯一一个全国性组织，现有会员 160 多人，每年 9 月召开年会。它主办的主要期刊有《英国汉学协会学报》（BACS Bulletin，年刊）以及《英国汉学协会杂志》（Journal of the British Assocation for Chinese Studies，年刊），热衷刊发中国文学研究方面的文章。①

德国最早的汉学机构当属 1898 年成立的"东方语言研究院"。它最初是为官员、军人、传教士、商人提供中文培训的地方，逐渐进入专业化的中国学，不限于语言研究。自成立之时，它就刊行院刊《东方语言研究院通讯》。

有 300 多年历史的柏林国家图书馆东方部是欧洲最大的汉学藏书中心，种类涉及中国古代文学、历史、宗教等。早在 1683 年，普鲁士皇室对中国很感兴趣，四处收集中文文献，许多珍本、孤本在这里都可以见到。目前这里的中文藏书有 110 多万册。它还建立了中文书籍和期刊的数据库，供研究者查阅。

与英、法相似，德国高校里也有不少中国研究基地。成立于 1909 年的洪堡大学汉学系，是德国最早成立的大学汉学机构，第一任系主任为汉学家福兰阁。1912 年，柏林大学也成立了汉学系，第一任系主任为汉学家高延。1922 年，莱比锡大学创建了德国高校中的第三个汉学系。该系的图书馆资料在二战期间损毁惨重，汉语及相关课程也被迫中断，直至 1984 年才重设教席。法兰克福大学于 1925 年也设立了中国研究所，这算是德国第四个大学里的中国研究基地，第一任所长是卫礼贤，所刊为《汉学杂志》（Sinica）。1918 年，福兰阁促成洪堡大学

---

① 参见其网站 http://bacsuk.org.uk/。

原有的中国文化研究部改组为中国语言和文化研究所,主要侧重于汉语教学和中国历史、文学研究,它主办的《当代中国》在学界有一定影响。1989 年,波恩大学汉学系创办了《袖珍汉学》杂志,侧重于 20 世纪中国思想史和文学史的介绍与研究。1983 年,科隆大学汉学系主办的《东亚文学》创刊,这也是以中国文学研究为重点的专业期刊。

中德现代学术界保持着密切的交流。1931 年,中国学者郑寿麟在北平首先发起成立"德国研究会"(Deutsche Studiengesellschaft),并把自己的部分德文藏书捐给研究会。同年,卫礼贤的儿子、北京大学德语教师卫德明(Helmut Wilhelm)建议成立"中德学会"(Das Deutschland Institut)。1939 年,"中德学会"组建了由福兰阁的小儿子、汉学家傅吾康领导的编译委员会,创编《研究与进步》(Forschungen und Fortschritte)季刊,刊登德国人文和自然科学领域中的最新发现。1940 年改版为《中德学志》(Aus deutschem Geistesleben)后,又增载不少关于中国研究方面的文章。

德国重要的中国学期刊《华裔学志》(Monumenta Serica. Journal of Oriental Studies)现在由"华裔学志研究中心"(Monumenta Serica Institute)编辑、奥古斯丁(Sankt Augustin)出版社发行。这个刊物 1935 年创刊于有天主教背景的北平辅仁大学,奠定了中德合作的传统。首任主编虽是德方传教士汉学家鲍润生(Franz Xaver Biallas,1878—1936),但最初的编辑群里中西学者数量相当,辅仁大学校长陈垣(1880—1971)也曾是《华裔学志》的执行主编之一。1945 年此刊因战乱停刊,1949 年在日本重建编辑部,1955 年复刊。上世纪 60 年代中期至 70 年代中期,学志总部又迁往美国,成为洛杉矶大学东方语文系的一个附属机构。70 年代,学志决定回德国,其图书馆和编辑部均迁到波恩郊区的圣奥古斯汀。因其拥有丰富的中国古代文献,欧洲各地汉学家及来自中国的学者都经常光顾此地查阅资料。[①] 2002年,"华裔学志研究中心"与台湾辅仁大学外语学院建立联系,在辅仁创办研究中心的分部。除了《华裔学志》,它们还出版《华裔学志丛书》系列、《华裔选集》等。

俄国对中国语言、文学、历史的总体研究一直不弱于西欧。1818年,俄罗斯亚洲博物馆东方手稿部成立,因其收集和研究了大量中文典籍,不久归属于俄罗斯科学院,被称为"东方研究所"。1960年曾更名为"苏联科学院亚洲人民研究所",1991年恢复原称。这是俄国最大的东方学研究机构,国际知名度很高。它出版的院刊主要有《东方学研究所简报》《东方学研究所学术论丛》。

1819年,圣彼得堡大学东方语言部成立,1855年扩大为东方语言系,1944年又改为东方系。它的重点研究方向是中国语言、古典文学和思想史、国际关系史。它大约每两年召开一次大会,出版《国立圣彼得堡大学学报:东方学类》。国立远东大学东方学院成立于1899年,原名东方学院,1920年改为国立东方大学,后又改为国立远东大学东方系。1994年重新更名为远东大学东方学院,其中汉学系是汉语教学和汉学研究的重要机构。国立莫斯科大学亚非国家学院成立于1956年,其前身是国立莫斯科大学东方学院。该院设文学、历史、社会经济三个部,在中国现代文学作品的翻译和研究方面尤有建树。它的主要出版物有《国立莫斯科大学学报:东方学类》。

1966年,苏联科学院调集各方力量,在莫斯科组建远东研究所,由苏联科学院通讯院士斯拉德科夫斯基担任所长。该所现在隶属于俄罗斯

---

① [德] 巴佩兰:《〈华裔学志〉及其研究所对西方汉学的贡献》,《世界汉学》,2005年第1期。

科学院，有 200 多名东方学家供职于此，出版《远东问题》双月刊。

瑞典的中国学在整个欧洲亦不能小视，它最重要的汉学研究机构"汉学研究委员会"成立于 1921 年，主要从事历史和考古研究，最初由地质学家安特生（Johan Gunnar Andersson，1874—1960）主持，直至 1939 年高本汉接替他的工作。1926 年，远东文物博物馆成立，1929 年开始刊发杂志《远东文物博物馆馆刊》，每年一本，成为汉学家们发表中国研究成果的重要阵地。1963 年，远东文物博物馆与瑞典国家博物馆合并，实力更雄厚。1984 年，斯德哥尔摩大学成立了一个太平洋研究中心，中国学是其中最主要的组成部分。该中心除了自身的学术研究，还为赴瑞典交流访问的学者提供资助、服务。1988 年它创办了英文期刊《东亚研究学刊》，每年出版一本，改变了该校过去只用瑞典文出版《东方研究》的状况，使瑞典汉学的新进展能为更多同行所了解。

美国中国学的历史相比日本、欧洲较短，但是发展最快。它已是目前世界上中国研究的机构、期刊最多的国家。这一方面受益于美国各种基金会、财团的强大支持，另一方面美国政府对中美关系越来越关切，中国研究在美国也日益得到重视。

"美国东方学会"（American Oriental Society）于 1842 年成立于波士顿，这是美国历史上第四个专业学术团体，也是美国最早的汉学组织。该学会的宗旨是以文献学和考古学的方法考察东方，促进对东方语言和文学的研究，因此，它实际上是欧洲汉学传统在美国的延续。19 世纪后半期，它迁到耶鲁大学所在的纽黑文，从而耶鲁一度成为美国东方学的中心。[①] 1843 年，学会开始编辑《美国东方学会会报》（*Journal*

---

① 顾钧：《美国东方学会及其汉学研究》，《中华读书报》，2012 年 4 月 4 日。

of American Oriental Society），截至 2012 年共发行 132 卷，发表有关中国研究的文章及书评约 2300 篇，主要涉及语言、文学、思想、宗教等传统的汉学主题。以 1930 年为界，东方学会的中国研究所占分量越来越重，并且突破了汉学的传统主题，融入西方现代中国学的最新理论和方法，使得《美国东方学会会报》始终成为美国对华研究的风向标。[①] 该学会每年召开年会，并且还拥有一个规模不小的图书馆。

在美国诸多从事中美文化交流和中国研究的专业性组织中，华美协进社（China Institute，又称"美国中国协会"）与中国的渊源最深。1926 年，哥伦比亚大学著名思想家杜威（John Dewey，1859—1952）、教育家孟禄（Paul Monroe，1869—1947）与中国知名学者胡适、郭秉文等共同发起创建了这一民间文化团体，孟禄担任第一任社长。这一机构旨在让美国人更多地了解中国，其下属有美术馆、人文学会和各种教育项目。美术馆成立于 1966 年，展出各类中国杰出的艺术品。人文学会则拥有自己的会员，经常邀请学者和文化名人举办讲座、演出或交流，包括梅兰芳、赵元任、赛珍珠、林语堂等，同时出版会员通讯、文库。[②] 华美协进社总部在纽约，原址位于曼哈顿一幢古朴的四层小楼里，这座 40 年代由热爱中国文化的美国报业巨子路斯（Henry Robinson Luce，1898—1967）捐赠的小楼见证了二战以来美国与中国的紧密联系。[③] 华美协进社在这里整整六十年，但由于规模不断扩大，只得搬到纽约华盛顿大街的一座写字楼里，其丰富的馆藏资料则托管于哥伦比亚大学。华

[①] 孟庆波：《来华美国人对美国东方学会早期汉学研究的贡献》，《西部学刊》，2015 年第 3 期。

[②] Chi Meng, *Chinese American Understanding: A Sixty-Year Search*, New York: China Institute in America, 1981.

[③] 路斯出生于中国山东，跟随其父在中国传教、生活多年。路斯从耶鲁大学毕业后不久，创办《时代》新闻周刊，随后又相继发行《财富》《幸福》《生活》等刊。

美协进社的活动虽然大多致力于宣传中国古典文明,但其与中国现当代文学的关系其实更为密切。不仅因为中国现当代许多作家、戏剧家如张彭春、林语堂、老舍、白先勇、余秋雨等曾与华美有密切的往来,而且一大批现当代文学研究者如夏志清、金安平、王德威、董鼎山也是这里的常客。华美协进社 1936 年开始出版自己的社刊《华美协进社会报》(*China Institute Bulletin*),介绍中国主要杂志上的论文,以备其他国家研究中国的学者使用。

就在华美协进社创建不久,时任燕京大学校长的传教士司徒雷登(John Leighton Stuart,1876—1962)获知美国铝业公司创始人霍尔(Charles Martin Hall,1863—1914)将遗产全部捐给哈佛大学,提出其中一部分必须用于中国文化研究,并要求由一所美国大学和中国大学组成联合机构来执行该计划。几经周折,司徒雷登成功说服哈佛大学与燕京大学合作,于 1928 年建立了哈佛—燕京学社,总部在哈佛,于燕京大学设立了北平办事处。首任社长是伯希和的学生、法籍俄裔汉学家叶理绥(Serge Elisseeff,1889—1975),此人精通中国古典文学、戏剧。哈佛—燕京的款项还用于在哈佛建立东亚语言系(叶理绥亦为首任系主任)及汉和图书馆(1965 年更名为哈佛—燕京图书馆);分派奖学金支持中国学者赴美及美国汉学家来华;出版学术刊物《哈佛亚洲学报》(*Harvard Journal of Asiatic Studies*)以及《燕京学报》。《燕京学报》在 1927—1950 年间每年刊出两期,名重一时。《哈佛亚洲学报》创刊于 1936 年,每年两本,这是世界上水准最高的中国学期刊之一。哈佛—燕京图书馆是西方规模最大的大学东亚图书馆。这里不但有 100 多万册书的馆藏、报刊、微卷、胶片、二十五史、地方志等多种数据库,还有宋元明清等善本、钞本、拓本、法帖等珍藏本,其中不少是孤本,其中文藏书之丰仅次于美国国会图书馆。① 哈佛—燕京学社现址虽然在哈佛大学东亚系里，但它仍是一个独立的研究机构。

1941年，费正清为代表的一批学者在福特基金会和洛克菲勒基金会的资助下发起创立了"美国远东学会"（Far Eastern Association）。远东学会是从"美国东方学会"里分立出来的，但是两者之间有极大的区别。后者代表着传统汉学的路向，前者则在费正清的倡导下采用跨学科的方法对近现代中国进行研究，开创了新的范式，对传统汉学提出挑战。1941年11月，远东学会的核心杂志《远东季刊》（Far Eastern Quarterly）创刊。1956年，"美国远东学会"改名为"美国亚洲研究协会"（Association for Asian Studies），其规模在全美甚至全球的中国研究机构里首屈一指；《远东季刊》也易名为《亚洲研究杂志》（Journal of Asian Studies），仍为季刊。著名中国学家恒慕义（Arthur William Hummel，1884—1975）、费正清、芮沃寿（Arthur Frederick Wright，1913—1976）、狄百瑞（William Theodore de Bary，1919—   ）均曾担任过亚洲研究协会的会长。协会位于美国密歇根州，已拥有会员7000多名。每年春季，它都会举办为期4天的年会，共有100多个论坛。除此之外，亚洲研究协会属下高品质的期刊也成为该领域的风向标。除了《亚洲研究杂志》外，协会还出版《亚洲研究简报》（Asian Studies Newsletter）。前者主要以中国文学、艺术、历史研究为重点，后者则为亚洲研究者提供相关会议、研究项目、出版物、网络资源方面的资讯。1996年，它又编辑出版《亚洲教育杂志》(Education about Asia)，每年3期。近年来，协会推出两个大书系，一是"亚洲今昔"，每年出版2—3本新作；另一个是"亚洲研究中的核心议题"书系。协会的"亚洲研究参考文献索引"（BAS）被公认为亚洲研究领域最权威的索引工具，2010年该索引系统已推出了电子版。

---

① 张凤：《哈佛燕京学社75年的汉学贡献》，《文史哲》，2004年第3期。

如今，美国的各大高校里基本上都有东亚系或者中国研究中心。哈佛大学费正清研究中心（Fairbank Center for China Studies，最初称为东亚研究中心，1977年易为现名）是目前世界上最负盛誉的中国研究机构之一，成立于1955年。从初创至1973年，费正清担任该中心主任。它以历史研究为主，广泛涉及经济、政治、文学、民俗等，培养了一代甚至几代美国的中国问题专家，对美国的对华政策产生了深远影响。耶鲁大学是美国最早设立中文教程的高校，其雅礼协会（Yale-China Association）在中美民间文化交流中曾起过重要作用。基于这种传统，耶鲁大学东亚系和东亚研究委员会（Yale Council on East Asian Studies）也成为北美中国学重镇，尤重中国古典文学研究，现任主任是孙康宜。普林斯顿大学东亚系侧重于中国古典艺术及考古。该系在1989年成立了"中国学社"（Princeton China Institute）。哥伦比亚大学东亚系是美国又一重要的中国学基地。1901年，一位在美国做仆人的华工丁龙捐出自己的全部积蓄1.2万美元，希望在美国大学建立传播中国文化的汉学系，深深感动了当时的哥大校长，东亚系由此诞生。创系伊始，为了寻找到挑大梁的首任"丁龙讲座教授"，哥大校长委托被奉为"当代文化人类学之父"、对亚洲文化十分感兴趣的鲍厄斯（Franz Boas，1858—1942）物色人选，他选中了德国著名汉学家夏德（Friedrich Hirth，1845—1927）。[①]卑微华工的宏大志愿终于结出硕果，目前这里的中国研究很有特色，尤其在口述史学方面成绩斐然。在美国西部，有四个比较重要的中国研究中心：西雅图华盛顿大学中国研究中心、夏威夷大学东方研究中心、加州大学伯克利分校中国研究中心、斯坦福大学胡佛战争、革命与和平研究所。前三个都与中国文学、思想研究关系密切。西

---

① 王海龙：《托起中国梦——晚清的中国管家丁龙与哥大汉学的一段传奇》，《哥大与现代中国》，上海：上海文艺出版社，1998年，第18—21页。

雅图华盛顿大学中国研究中心与哈佛大学费正清中心在上世纪五六十年代齐名，可谓东西双璧。它的初创者泰勒（George Taylor），中文名叫戴德华。萧公权、卫德明、张仲礼均曾供职于此。夏威夷大学东方研究中心发行了两个重要刊物：《中国研究书评》（China Review International），每年2期；《东西方哲学》（Philosophy East and West），每年4期，由安乐哲（Roger T. Ames，1947—　）主编，主要刊载东西方哲学的不同特点及其比较方面的文章，也有关于亚洲艺术、文学的内容。加州大学各分校的中国研究实力都不错，尤以伯克利东亚研究所突出。它原擅长古代文学与思想研究，其"早期中国研究会"出版重要期刊《早期中国》（Early China），每年一本，着力于汉及汉以前的中国。与《早期中国》相似的还有美国"古代中国研究学会"（Society for the study of Early China）1975年开始出版的《古代中国》，刊有大量的中国早期经典文献研究。加州大学出版社还有另一种重要中国学期刊《早期中古中国》（Early Medieval China），也是每年一本，专注于"分裂时期"即魏晋南北朝时期的中国文学、社会史，兼顾汉末和初唐，可谓《早期中国》的姊妹刊。另有《伯克利中国评论》（Berkeley China Review）。加州大学洛杉矶分校还有个刊物值得一提，即《近代中国》（Modern China: An International Quarterly of History and Social Science）季刊，主编是华裔学者黄宗智，刊载文章涉及与中国相关的人文与社会科学各领域。美国中部地区比较有代表性的中国研究机构有芝加哥大学东亚研究中心和密歇根大学中国研究中心。芝加哥大学东亚研究中心可以追溯到1936年芝加哥远东语言文学系中国项目的建立。1951年经过重组，更名为东亚研究中心。中心分为三个委员会：中国研究委员会、日本研究委员会、韩国研究委员会。1965年，美国《高等教育法》指定几所大学作为国家东亚资料中心，芝加哥大学东亚研究中心便是其中之一，它最出色的是电影图书馆。这里收藏了来自中国、日本和韩国的几千张DVD，涵盖历史片、纪录片、各种当代影剧。密歇根大学中国研究中心成立于1961年，是密歇根大学文理学院的下属机构。它在美国的中国学界很有地位，擅长帝制晚期至现代中国的经济、人口、艺术研究。其发展离不开密歇根大学亚洲图书馆的丰富馆藏以及密歇根大学"中国信息研究中心"（China Data Center）。

美国还有些高校的中国研究尽管实力不算太强，但出版的刊物比较有影响力。比如1951在圣路易斯华盛顿大学创刊的《中国文学》（Journal of Chinese Literature）季刊，同时用英文和法文出版。这是一本专门刊登中国文学研究的期刊，由何汉理（Harry Harding，1946— ）主编。再比如另一中国文学研究的重要杂志《现代中国文学与文化》（Modern Chinese Literature and Culture，原名《现代中国文学》）双月刊创办于1984年，发起人是美国知名翻译家、圣母大学教授葛浩文（Howard Goldblatt，1939— ）。他对中国现当代文学情有独钟，译过萧红、杨绛、白先勇、贾平凹、苏童、莫言、虹影、姜戎等人的作品。又比如长期由已故密歇根州立大学的韦思谛（Stepehn Averill，1945—2004）主编的半年刊《二十世纪中国》（Twentieth Century China）原名《民国》（Republican China），最初聚焦于20世纪前半段的人文、社会，近年来研究范围扩展到整个20世纪。纽约州立大学奥尔巴尼分校出版的年刊《宋元研究》（Journal of Sung-Yuan Studies）、明尼苏达大学历史系出版的半年刊《明研究》（Ming Studies）、霍普金斯大学出版的半年刊《晚期帝制中国》（Late Imperial China，原名《清史》）以及美国丹佛大学中美合作研究中心于80年代末创刊的《当代中国》（Journal of Contemporary China）季刊，分别刊载各自时段的中国历史、社会、文学、艺术诸方面的论文、书评、文献介绍和学术动态，均为海外中国学的重要期刊。

以上所述地区之外，世界各地都有不错的中国研究机构和刊物。例如：加拿大蒙特里亚大学东亚研究中心（CETASE）于1976年成立。该中心拥有20多名学者，主要从事东亚各国的语言学、文学、哲学、人类学等方面的研究。1984年，加拿大联邦议会设立亚太基金会（Asia Pacific Foundation），关注中国问题成为基金会的工作重心。1970年，澳大利亚中国研究中心（Center of China Studies）在澳大利亚国立大学成立，主要对1949年以后中国的社会发展进行学术研究。该中心主办的《中国研究》（*China Studies*）杂志得到国际学界好评。澳中理事会（Australia-China Council）属于澳大利亚外交与外贸部，于1978年建立，其主要职能是促进澳大利亚与中国之间的相互了解。澳大利亚中国研究协会（Chinese Studies Assoeiation of Austarlia）和澳大利亚亚洲研究协会（Asian Studies Assoeiation of Austarlia）是全国性的研究协会，每两年举行一次学术讨论会。

2

第二部分 经典案例

人文学的社会科学转向：
葛兰言的古典研究

葛兰言（Marcel Granet，1884—1940，又译作格拉奈）是法国著名汉学家、人类学家，海外中国研究从传统汉学发展为现代中国学的重要代表。他生于法国东南部，1904年考入巴黎高等师范学校，成为社会学家迪尔凯姆（Émile Durkheim，1858—1917）的得意门生，并深受其师兄宗教人类学家莫斯（Marcel Mauss）影响。1907年，毕业后的葛兰言又师从著名汉学家沙畹。1911至1913年葛兰言到中国做实地调查，回国后便接替沙畹成为巴黎高等研究院"远东宗教"研究所所长，其研究领域主要在中国古代的社会、文化、宗教和礼俗。

在多少个世纪里，欧洲正统汉学一直倚重语文（文献）学方法。及至19世纪末20世纪初，人们已开始认识到这种方法的局限，希望有所变革。葛兰言亦不满于传统汉学只注重文献考索的做法，率先对其进行纠偏：

> 一般旧派的史学家或中国学家，不是仅以考证为能事，就是虽有解释而仍是以主观的心理的意见为主，故貌似科学而实极不正确，

极不彻底,故远不如迪尔凯姆所倡的社会学分析法为高明。①

因此,他倡导用社会科学的方法来研究中国,认为应该将历史学的内在批评、社会科学的同类比较和事实分析结合起来。葛兰言的方法曾在国内外引起很大争议,实质上是中学与西学、传统海外汉学与现代中国研究的大交锋。尽管双方并无明显的优劣之分,但从这一典型个案,可以管窥海外中国学自身的发展以及中国学术界对海外中国学的态度。

葛兰言的主要贡献(具体出版信息参见附录):

1. 博士论文《古代中国的节庆与歌谣》(*Fêtes et Chansons Anciennes de la Chine*),莱奥斯出版社(E. Leroux),1919 年。

2.《中国古代一夫多妻制研究》(*La Polygynie Sororale et Le Sororat dans La Chine Féodale; étude sur Les Formes Anciennes de La Polygamie Chinoise*),莱奥斯出版社(E. Leroux),1920 年。

3.《中国人的宗教》(*La Religion des Chinois*),戈捷—维拉尔出版社(Gauthier-Villars et Cie),1922 年。

4.《古代中国的舞蹈和传说》(*Danses et Legendes de La Chine Ancienne*),法国大学出版社(Presses Universitaires de France),1926 年。

5.《中国文明》(*La Civilisation Chinoise*),复兴书社(La Renaissance du Livre),1929 年。

6.《中国人的思想》(*La Pensée Chinoise*),复兴书社(La Renaissance du Livre),1934 年。

---

① 桑兵:《20 世纪国际汉学的趋势与偏向》,http://study.feloo.com/lunwen/teach/yuwen/200512/128619.html,2005 年 12 月 29 日。

7.《古代中国的婚姻制度与亲缘关系》(*Catégories Matrimoniales et Relations de Proximité dans La Chine Ancienne*),阿尔坎出版社(F.Alcan),1939年。

葛兰言的主要观点和方法:

1. 人类学角度的《诗经》研究

《诗经》研究在海外中国学界是一门"显学"。1626年,比利时人金尼阁(Nicolas Trigault,1577—1629)用拉丁语翻译了包括《诗经》在内的"五经",这是目前已知最早的《诗经》西文译本,但已经失传。此后,法国传教士孙璋(Alexandre de la Charme,1695—1767)、宋君荣(Antoine Gaubit,1689—1750)、英国汉学家理雅各(James Legge,1815—1897)、法国汉学家顾赛芬(Seraphin Couvreur,1835—1918)等均译过《诗经》,使得它被西方世界广泛关注。迄今为止,西方《诗经》研究基本上遵循三种路数:其一,传统人文学的解经法。其二,文学与艺术结合的考评法。其三,文化人类学的《诗经》研究。

传统人文学的解经法最典型的代表有瑞典著名汉学家高本汉(Klas Bernhard Johannes Karlgren,1889—1978)。1932年,他发表了《诗经研究及诗经颂的韵律》,40年代又先后发表《国风注释》《大雅注释》和《小雅注释》,这三种注释本汇集后称《〈诗经〉注释》,1950年于斯德哥尔摩远东古物博物馆出版。高本汉服膺清儒"读经必先识字"的主张,在观念上,他不把三百篇当"经",不信《序》,不主一家。遇到不能确定的字义,高本汉存而不论,比如《召南·草虫》"忧心忡忡"句中的"忡"字,他只是列举几种异文异解,供读者参酌。高氏注释的又一特点是不轻言假借,其原则是对古音作严密考察,并在先秦文籍寻求实证;据原字义可以讲通时,则不取假借。高本汉的《诗经》研究虽然相对严谨、偏重实证，但他毕竟对中国的语义、文化背景有隔阂，所以注释中存在不少错漏。最明显的例证，莫过于他对《绸缪》"三星在天"的注释。"三星"据传统注释为在东方天空可见的星座。由于不了解中国古代天文学，高氏把这一名词解读为一个暗喻，释为同时嫁给一位君子的三个淑女。再如《鸱鸮》，传统认为此诗原意是平民百姓把统治者比喻成猫头鹰，请求它不要再加剧对自己的盘剥。高氏忽视了它的社会背景和寓意，解说成"一个妇女为争取家庭主妇权利而斗争，为此她进行了不懈的努力，她把自己比成一只受惊吓的鸟"。[①] 另外，高氏注重实词，对虚词少研究，难免对语法分辨不清。

文学与艺术结合的方法强调意象、隐喻、修辞、文类与其他艺术形式的关系。比如王靖献的专著《钟与鼓》（1974）以《关雎》的最后一句"钟鼓乐之"为引子，指出早期诗歌是在乐器的伴奏中演唱的，其中最常见的乐器就是钟和鼓，《诗经》的"四言"体直接与当时钟、鼓乐的击奏形式相关。因此，《诗经》最早的时候由人们口耳相传，之后在职业歌手和乐师的传颂中得到了修改和精炼，到孔子时代基本定形。正因为《诗经》本身是一种说唱诗，因此，它能给读者一个动态的、可用听觉来感受的效果。

社会科学方法进入《诗经》研究始于19世纪末20世纪初，与现代社会学、人类学的发展几乎同步。但是，采用一种与过往人文学完全不同的新视角、方法来考察《诗经》大约从19世纪早期就开始了。毕欧（Edouad Boit，1803—1862）的专论《从诗经看古代中国的风俗民情》（1834）明确提出：《诗经》是"东亚传给我们的最出色的风俗画之一，也是一部真实性无可争辩的文献……以古朴的风格向我们展示了上古时

[①] 高本汉：《高本汉〈诗经〉注释》（上），董同龢译，上海：中西书局，2012年，第191页。

期的风俗习尚、社会生活和文明发展程度。"[①] 他把《诗经》看作了解古代中国的"百科全书",分列体格、衣著、建筑居室、狩猎、渔钓、农牧、饮食、军队和战争等 20 个项目依次论析。早在弗雷泽(James George Frazer,1854—1941)写作《金枝》之前,荷兰汉学家高延(Jan Jacob Maria de Groot,1854—1921)也已经在中国东南沿海开展田野考察,并写作了《中国厦门人的年节和风俗》(1881 年)、《一年中的节庆:关于中国民间宗教的研究》(1886 年)、《中国人的宗教》(1910 年)。高延的思路在当时来说有两处创新:运用了典型的比较文化研究的视角;将民俗学、人类学运用到传统人文学的领域。从 1912 年起,高延受聘于德国柏林大学,直到去世。他的研究思路甚至影响了现代社会学的创立者之一、比较文化研究的早期代表韦伯(Max Weber,1864—1920),也给葛兰言以极大启发。

葛兰言通过对《诗经》进行人类学、神话学分析,研究了中国远古时代原始祭祀的宗教学意义,大量引用了中国西南部少数民族的祭祀和恋爱时的歌舞作为证据。他批判了古代中国文献学和训诂学的研究方法,认为那些方法和著作中隐藏了历史的真相。他在每首诗后罗列《诗序》《毛传》《郑笺》的说法进行对比,指出旧式的史学家或中国学家在貌似客观的考证中渗入了许多主观的心理解释。这种例子很多,比如钱穆就曾称《诗经》是"伦理的歌咏集":

> 《诗经》是中国一部伦理的歌咏集。中国古代人对于人生伦理的观念,自然而然地由他们最恳挚最和平的一种内部心情上歌咏出来了。我们要懂中国古代人对于世界、国家、社会、家庭种种方面的态

---

① 转引自夏传才:《国外〈诗经〉研究新方法论的得失》,《文学遗产》,2000 年第 6 期,第 5 页。

度与观点，最好的资料无过于此《诗经》三百首。在这里我们见到文学与伦理之凝合一致，不仅为将来中国全部文学史的源泉，即将来完成中国伦理教训最大系统的儒家思想，亦大体由此演生。孔子日常最爱诵诗，他常教他的门徒学诗，他常把"诗""礼"并重，又常并重"礼""乐"。礼乐一致，即是内心与外行，情感与规律，文学与伦理的一致。孔子学说，只是这一种传统国民性之更高学理的表达。[①]

葛兰言是坚持将《诗经》解释为民间歌谣的第一人。他认为，中国人对《诗经》等作品的理解过于实用主义了，属于一种"象征"的解释。作为歌谣的"诗"却和历史事件、政治准则联系起来，《诗经》传说出自圣人的手笔，又经过一些大学者的注释、诠解，上升为一部不可替代的伦理教科书。不仅臣子劝谏帝王的时候必须借助它间接讽喻，而且普通人读它也被认为可以"多识于草木鸟兽之名"。葛兰言发现，民间对《诗经》的看法未必如此。实际上，中国确实一直有大（上层、精英、庙堂）、小（下层、凡夫、民间）传统的不同。在此，葛兰言作为外国人，思考了一个长期处在中国文化内部的人也许永远不会去思考的问题：为什么中国古代的那些精英、政治家、大儒们非要花这么大力气将"民歌"变成庙堂之作，并不断援引和阐释这些民歌来加固他们的统治呢？按理说，他们有足够的才能自己创作诗歌。

为了回答这个问题，葛兰言调动起他身上所有西方社会学、历史学的方法。他发现，这些诗歌之所以能为统治者服务、能在平民中具有长久的影响力并不因为它们只是诗歌，而是因为它们产生于各地的仪式、庆典和习俗当中。不论是情歌、儿歌还是游戏或劳动时的歌曲，它们都代表了中国人对自然和人类本身最原始的理解。民间歌谣中包含着最让

---

① 钱穆：《中国文化史导论》，北京：商务印书馆，2001年，第67页。

人敬畏、信仰,最让人亲近和爱慕的内容,比统治阶层的说教更具魅力和活力。①

比如《诗经·桧风·隰有苌楚》:

> 隰有苌楚,猗傩其枝。夭之沃沃,乐子之无知。隰有苌楚,猗傩其华。夭之沃沃,乐子之无家。隰有苌楚,猗傩其实。夭之沃沃,乐子之无室。

对这首诗的解释一直存在争论。《毛诗序》(毛苌)认为此诗是"国人疾其君之淫恣,而思无情欲者也。"《郑笺》对这首诗的解释是"人乐其无妃匹之意"。也就是说,在这样的恶政离乱之世里,草木的无知无觉,无家无室是多么值得羡慕啊,苌楚泛指某人因为无欲,避免了照顾妻子家人的义务。宋代朱熹乃至清代的注本也基本沿用了类似的理解。不过,葛兰言认为这首诗实际上没有这么多的"微言大义",它不过是男女双方在求爱和订婚时的一种唱和歌谣,他们在庆幸对方男未婚女未嫁,正好可以成为一对佳偶。

葛兰言进一步考察,他认为诗经中这样乡村野俗的民歌其实很多,但表达的内容往往被后世阐释者有意歪曲了。比如《诗·小雅·隰桑》:

> 隰桑有阿,其叶有难。既见君子,其乐如何!隰桑有阿,其叶有沃。既见君子,云何不乐!隰桑有阿,其叶有幽。既见君子,德音孔胶。心乎爱矣,遐不谓矣?心中藏之,何日忘之!

---

① [法]葛兰言:《古代中国的节庆与歌谣》,赵丙祥、张宏明译,桂林:广西师范大学出版社,2005年,第1—6页。

今人已大多接受葛兰言的观点，认为这首基本上就是一首纯粹的爱情诗，表达女子对情人的思念。但葛兰言研究《诗经》时，主流的解释将这首诗视为一首讽刺作品，暗指幽王远贤臣近谗人。如《毛诗序》："《隰桑》，刺幽王也，小人在位，君子在野，思见君子，尽心以事之"。

葛兰言还以古代老百姓日常生活中的信仰和习俗来解释歌谣。比如关于《诗经·鄘风·蝃蝀》：

> 蝃蝀在东，莫之敢指。女子有行，远父母兄弟。朝隮于西，崇朝其雨。女子有行，远父母兄弟。乃如之人也，怀婚姻也。大无信也，不知命也！

"蝃蝀"是指"彩虹"。这首诗原被认为隐喻女子私奔。《毛诗序》称它为"止奔也"。朱熹的《诗集传》也认为"此刺淫奔之诗"。这些解释《诗经》的儒者们大多认为，彩虹的产生是由于阴阳不调，婚姻错乱而至。孔颖达强调："纯阴纯阳，则虹不见"。要是阴阳相谐，规规矩矩的，则不会出现虹。朱熹进一步解释说："虹随日所映，故朝西而暮东也"。即在早晨虹一定要出现在太阳照亮的西方，而下午则一定会出现在东方。此诗中却是早晨时虹出现在东方，下午出现在西方，他认为是不吉之兆，也暗合了男女淫乱之事。

葛兰言采用年鉴派的社会史研究原则：把习俗和后人的阐释分开。葛兰言并不认为虹在古代民间歌谣中一定代表着不贞。他指出：彩虹一般出现在3月和10月，也就是春分和秋分前后。因为中国人相信彩虹象征着阴阳相合，所以乡村里举行两性结合的祭礼也只好固定在春分和秋分。但是在这两个时期完成婚姻的交合之后，就正好碰上农忙时期，即春播和秋收。所以新婚的夫妇往往在这两个时期不得不分开单独生活一段时间。因此，葛兰言认为，在中国古代的民间祭仪和习俗中，彩虹的出现恰恰应该代表男女双方结合的最佳时期，而不是传统儒家解释中那样把彩虹看作两性关系不正常并应该禁止的时期。① 在这里，葛兰言用了民俗学的考证方法，结合自然历法的知识，相对于过去的观点确有新意。

2. 民间信仰与中国文学的宗教之源

葛兰言擅长从小处、细节着手，进行自下而上的研究。他虽是迪尔凯姆的学生，却不太喜欢迪尔凯姆的《社会学方法论》和《社会分工论》两书。据社会学家、葛兰言研究者杨堃推测，很可能由于这两部著作框架宏大，有着过于浓厚的理论气息。葛兰言更喜欢迪尔凯姆的《自杀论》，因为《自杀论》有着严谨的方法，探讨的也都是一些"具体的社会事实"。研究此类事实，首先不得不避免心理与道德的主观解释。② 葛兰言《中国人的思想》，可以看作是以迪尔凯姆和莫斯合著之《分类之初级形态》为出发点；其《中国人的宗教》《古代中国的婚姻制度与亲缘关系》等作品甚至超越了迪尔凯姆。

葛兰言认为，中国民间宗教起源于先秦时期，是农业季节性庆典的社会衍生物。《诗经》《尚书》等文献均印证了自然界农作物的生长、成熟、收获的节奏如何成为民间仪式和信仰的时空基础，在此基础上形成的祭祀具有巨大的社会意义。比如春节就是上古一直流传下来的典型礼俗之一，"年"是农业气节计算的开始。后来，这些仪式活动被统治者吸收、改造，蜕变为古代帝国所需要的官方象征和宇宙观，服务于中华

---

① [法] 葛兰言：《古代中国的节庆与歌谣》，赵丙祥、张宏明译，桂林：广西师范大学出版社，2005 年，第 222—226 页。

② 杨堃：《葛兰言研究导论》，《社会学与民俗学》，成都：四川民族出版社，1997 年，第 107—141 页。

帝国的政治并逐渐为正统学说所记载。葛兰言认为，古代生活的常态是人们都孤立生活在各家族集团里，单门独户主义很发达。只有节日，标志着社会生活中季节性的大集会，这种集会临终进行的"大餐宴"，特别能消除日常小集团的闭塞，而为它们开辟了交换的机会。仪式和礼俗恰恰是产生这种定期集会的直接证据与痕迹，而以《诗经》《楚辞》为代表的上古文献中大部分内容都记录了这些仪式和礼俗。①

葛兰言试图再现中国古代的四种祭礼，并在其演变过程中透视季节性仪式的社会机能、礼俗从庶民信仰向官方正统崇拜的转化以及社会组织由此形成的过程。这四种古代祭礼分别是：郑（今河南附近）的春季祭礼、鲁（今山东附近）的春季祭礼、陈（今河南附近）的祭礼和春天的王祭。葛兰言强调，中国古代的祭礼从本质上而言是对宇宙万物的感谢祭，祭礼上的大飨宴既实现万物离散，又实现万物再生。祭礼还有一个深刻的意义，那就是社会契约得到更新。全国人民根据收获多寡而纳贡，诸侯派遣使臣也向天子献贡，在当时分封制下的大飨宴成了契约者表明各自价值的场合。仪式大多由青年男女在风景灵秀的河川交界处采花、赛歌、渡河，甚至沐浴、约婚，向天神祈求多雨、多子。葛兰言指出，当周期性的同盟祭礼在王侯指导下进行时，民间信仰的威力便逐渐与王侯的权威相统一。于是，宫廷的祭司和文学作品对原始的素材进行加工，国家宗教便由此产生。由于原初的祭礼形式在这个被正统化的过程中变形过甚，所以在文本里，其民间性的根源被遗忘、湮没。②

当然，民间信仰的本真形态在后代也并未完全丧失。葛兰言认为，道教作品和许多传说、志怪小说里仍然可以看到这些信仰的原型。可惜，在葛兰言活跃的上世纪二三十年代，来华从事田野调查已变得十分

---

① Granet, Marcel, *The Religion of the Chinese People*, Oxford: Blackwell, 1975, p.17.

② *Ibid.*, pp.68−82.

困难，即便《道藏》，他也无法获得全部。道教在当时的海外中国学界感兴趣的人很少，但葛兰言认为：

> 在玄学方面，道家完全有一种要表达社会制度的地道土著观念的气势。同样，在形成一种宗教时，官方宗教在驱逐处于枯竭之中的民间习俗和传统时，道家便变成了它们前往藏身的避难处。①

根据葛兰言的考察，原始宗教中的巫术行为及祖先崇拜是道教追求的人转变成神的基础之一。与大多数人类学家将巫术视为原始宗教早期信仰形式之一不同，葛兰言认为巫术行为其实是人类进入文明社会的开始，说明人类开始相信自己，不再完全依赖原始神祇和灵异力量。巫师通过某些法术来役使神秘力量为人类服务，他们从不怀疑"在完成正常的巫术仪式之后必将获得预想的效果"。甚至，巫师还常被视为神灵的化身，是"神明降之"的人。所以，巫术行为即已潜在地包含了人可以成为神这种思想，从而开导了道教神仙信仰的先河，而中国很多神仙、志怪小说，根源就在这里。同时，原始宗教中祖先崇拜的兴起对道教追求人转变成神也有着很大影响，祖先崇拜的兴起也是人类控制自然的能力增强及随之而来的自信心提高的反映，这从原始先民们崇拜的图腾物的变化可以看出：早期的图腾物形象皆是鸟兽草木之类，后来才出现人物合一的图腾形象，如"蛇身人首"的伏羲及"人身牛首"的神农等等。这种赋予人类祖先以神性的做法亦提高了人在人神关系中的地位，从而进一步促成道教"人能成仙"思想的形成。"神仙"的标准之一便是"长生不死"，葛兰言发现，这种观念其实在上古时代的原始宗教里就有，如山顶洞人以象征血液的红色粉末撒在死者身旁而企图唤回死者的生

---

① Granet, Marcel, *The Religion of the Chinese People*, Oxford: Blackwell, 1975, p. xii.

命,或者让身体亏虚之人吸入真气等。后世的道教对生命的定义也是以气、血、精、神为标准。

葛兰言的看法能够帮助我们更深入地看待某些问题。比如,屈原身份通常来说是楚国的政治家、诗人。但若从文化人类学的角度,他也可以被理解成一位先秦时代的大祭司或巫师。他未卜先知,可以预感到时人无法看到的未来,为楚国的命运而忧心不已;作为大祭司,他又拥有直接与天地沟通、与鬼神对话的能力,所以楚辞里充满着东皇太一、大司命、少司命、河伯、山鬼等神仙和人类始祖形象,其场面瑰丽壮阔、神奇诡谲,动植物图腾和上古的民间宗教仪式处处可见。或许,《楚辞》本非凡间之物,它已经不囿于文学家的想象,它本身就是一位祭司眼中的三界相通。如果这个思路或可成立,那么我们今天对楚辞的理解和诠释恐怕远远未能接近它生成时的寓意。再比如,什克洛夫斯基(Виктор Борисович Шкловский,1893—1984)曾惊叹在中国早期的民间故事中,一个出生贫苦、破落的书生为什么总能遇上"龙女"之类的贵人。①"龙女"法力无边,给予穷书生爱情之外,还能帮他扫除走向显达的路上的一切障碍。"龙女"的形象并非文学本身所杜撰出来,她是道教及其相关传说中常见的神祇,抑或可看作上古民间信仰中女巫或图腾崇拜的一种变形。因此,什克洛夫斯基感叹:

> 儒家似乎几千年来都在与另一种世界观斗争,与人类诗意的、重新被赋予的感受作斗争。但在这一斗争中,诗意的东西并未被战胜。它依然引人入胜,甚至有诱惑力。②

---

① [俄] 什克洛夫斯基:《中国小说初探》,《散文理论》,刘宗次译,南昌:百花洲文艺出版社,1997年,第170页。
② 同上书,第179页。

再比如，从《山海经》到《聊斋志异》等志怪作品里总有人、神、兽共形共体，以及鬼魅、异兽吸气血以续命等描述。尤其《山经》中保留了大量祭祀神祇的仪式，若采用葛兰言的视角重新解读，或许会有完全不一样的感受。

葛兰言的研究思路曾给海外汉学界带来极大震动。20世纪30年代开始，他的作品被内山智雄等人译介到日本，许多日本学者从中悟出新意。赤塚忠、松本雅明、白川静等人均深受葛兰言影响。赤塚忠（1913—1983）着重利用《诗经》研究中国古代宗教和西周文化史。受葛兰言和闻一多方法论的启发，他承认《诗经》中的原始意象与兴象有密切联系，三百篇大部分是歌舞诗，歌唱和舞蹈的形象，具有宗教性的象征意义。他通常将日本古代神话、歌谣与《诗经》相比较，从两个民族宗教观念和民俗的共同点来展开推论。他的《鹊桥——振鹭之舞和鸟的兴》（1955），以日本"鸟形灵"的原始观念作比照，认为《振鹭》的鹭也是神灵的象征，巫振鹭而歌舞，表现神的降临。他还从西周几种彝器有鹭的纹饰，证明鹭有神灵的意义确实是周代的观念，从而推断《振鹭》诗的主旨是歌颂和祝祷神降临，反映了中国古代的宗教观念和祭礼仪式。[①] 他认为"兴"是由"咒术"产生的。"兴"的研究是《诗经》研究的重要问题，他提出"兴的发生与展开"、"诗经发生与展开"两大课题。以文化人类学方法论研究"兴"的形成与发展，至今仍是中外《诗经》学的热点之一。

白川静（1910—2006）原本专注于早期汉字（甲骨文、金文），葛兰言的方法深深吸引了他，于是他开始研究中国古代的民俗、歌谣和神

---

① ［日］赤塚忠：《鹊桥——振鹭之舞和鸟的兴》，《赤塚忠著作集》第5卷《诗经研究》，东京：研文社，1996年。

话。他也宣称要以民俗学等方法还古代歌谣以本来面目：

> 将《诗》篇理解作政治性、道德性的批判表现，此解释法称之为"美刺"。美刺的观念限制、拘束了历来《诗经》学研究的方向，并使后人误解成这是古代文学思想的中心；于是从二雅社会诗、政治诗的美刺解释，导引入《国风》。虽然《国风》本不含美刺的意义，但因美刺观念深植论者之心，与该国政治事件相结合的解释法因此而必然产生。这种故事化解释法和日本古代将歌谣插入《记》、《纪》的故事中，方向虽异，实质相同。而这种解释学的代表是汉初的《诗经》学。①……欲了解古代歌谣之构思动机与修辞意义，非有相当的方法不可。古代歌谣的理解之所以需要民俗学的方法，其故事在此。②

白川静不仅沿用了葛兰言的路子，甚至走得更远。比如对《诗经·秦风·蒹葭》的解释，葛兰言认为是对理想爱人的追求，白川静却将此诗与《楚辞·湘君》《楚辞·湘夫人》等诗比较，认为它们都是祭祀水神的歌。白川静对葛兰言方法的推崇与当时一批联系紧密的学者存在共识。松本雅明也从民俗、神话、歌谣和宗教的互相对比中，从文化人类学的角度探讨"兴"的形成和发展。

与日本汉学吸纳欧洲人类学和年鉴史派的方法几乎同时，许多英美学者也深受高延和葛兰言思路的启发。比如，英国人类学家弗里德曼（Maurice Freedman，1920—1975）从文化人类学角度研究中国东南地区的宗族与社会组织；华人学者周策纵从周人祈获、祈福、祈寿的祭祀活动来分析《诗经》及其他古代民间歌诗中的信仰内涵；美国学者夏含夷

---

① [日]白川静：《诗经的世界》，杜正胜译，台北：东大图书公司，2001年，第7页。
② 同上书，第304页。

（Edward L. Shaughnessy）则从周代礼制改革来分析《诗经·周颂》的历史演变，他大量利用了社会史和人类学关于礼仪和舞蹈等理论，希望能"复原中国古代礼仪的表演过程"。①

3. 现代中国学界对葛兰言的接受

在以葛兰言为代表的西方现代社会科学方法的直接影响下，1919年，五四新文化运动最高潮的阶段，胡适提出要"整理国故"。他认为中国古代文化"没有条理、没有头绪、没有系统"，强调"整理国故"应该"用科学的方法，做精确的考证，把古人的意义弄得明白清楚"。②受胡适、傅斯年等人"整理国故"运动的影响，1923—1926年，顾颉刚、钱玄同等人开始提出大胆疑古的思想，形成了所谓的"古史辨"派。总之，整理国故运动突破了传统的研究法，将西方历史学、社会学、人类学、政治学、经济学、哲学甚至自然科学等领域的理论和方法引入到对经典重估的工作中来。据顾颉刚称，"这是把中国昔日的学术范围和治学方法根本打破，是智识上思想上彻底的改革"。③

在此背景下，北京大学"国学门"由此应运而生，下属机构最突出的当属风俗调查会和歌谣研究会。鲁迅最先关注歌谣研究，他于1913年发表《拟播布美术意见书》，提倡整理和研究各地民谣。1918年，钱玄同、刘半农等人发起成立"北京大学歌谣征集处"。1920年，北京《晨报》和上海《时事新报》副刊相继开辟"歌谣"专栏。1920年，北大歌谣

---

① [美] 夏含夷：《从西周礼制改革看〈诗经·周颂〉的演变》，原载《河北师院学报》（哲社版）1996年第3期。后收入第4届《诗经》国际学术研讨会论文集中。

② 胡适：《〈国学季刊〉发刊宣言》，《胡适文存》第2集，合肥：黄山书社，1996年，第11页。

③ 顾颉刚：《中山大学语言历史研究所年报》第6集，中山大学语言历史研究所，序言第1页。

征集处改为"歌谣研究会"。① 1922 年,《歌谣》周刊创刊,发刊词称:

> 本会搜集歌谣目的有两种,一是学术的,一是文艺的……所谓"学术"的就是用西方社会科学的方法重新研究古代歌谣的意涵……民俗学研究在现今中国是很重要的一件事业。②

曾任《歌谣》主编的民俗学家常惠也强调:

> 学术研究当采用民俗学的方法,先就本国的范围加以考订,再就亚洲各国的歌谣比较参证……此事甚为繁重,需联合中外学者才能有成。③

五四新文化主将以西学重新整理、研究民间文学,或因他们大多有留学海外的背景。周作人 1906 年在日本最早接触国外民俗学熏陶,尤受日本民俗学泰斗柳田国男和苏格兰人类学家安德路朗的影响。④ 1922 年《晨报副刊》连载赵景深和周作人关于谣谚的讨论,也介绍了包括安德路朗在内的外国民俗理论。⑤ 安德路朗(Andrew Lang,1884—1912)用人类学方法编辑和研究童话、神话,他是泰勒(Edward Tylor,

---

① 王文宝:《中国俗文学学会的历史功绩》,《中国俗文学七十年——"纪念北京大学〈歌谣〉周刊创刊七十周年暨俗文学学术研讨会"文集》,第 234 页。
② 周作人:《歌谣》,《自己的园地》,石家庄:河北教育出版社,2002 年,第 36—37 页。
③ 常惠:《歌谣研究会复伊凤阁信》,见《歌谣》周刊第 26 号,1923 年 9 月 30 日。
④ [日] 白川静:《中国古代民俗》,何乃英译,西安:陕西人民美术出版社,1988 年,第 15 页。
⑤ 刘锡诚:《中国民俗学的滥觞与外来文化的影响》,吴同瑞等编《中国俗文学七十年》,北京:北京大学出版社,1994 年,第 26 页。

1832—1917）和弗雷泽（James Frazer，1854—1941）的学生，也是维多利亚时代人类学"仪式主义（Ritualism）"学派的代表。这个学派在法国的代表正是葛兰言的老师迪尔凯姆，葛兰言本人也属于这个学派。19世纪末，仪式派人类学从事的"谣谚"研究被后人称为"谣俗学"（Folklore）。就在江绍原等人怀疑"谣俗学"能否成为一门独立学科时，周作人已迫不及待把这套方法引进中国。① 在歌谣研究领域提倡"援西入中"的并非仅止于周作人。刘半农在法国留学期间读到葛兰言的理论后十分兴奋，通过《世界日报副刊》等杂志大量引进中国。他甚至劝顾颉刚读读葛兰言的学说，这对后者的民间故事研究产生了直接的影响。顾颉刚接手《歌谣》时宣称"欧洲诸国研究歌谣已近100年了，有许多材料及结论可供我们参考。"②

  行文至此，似乎大致得出一个印象：西方社会科学诸方法进入五四以来的中国歌谣研究中，使新文化的倡导者正好借题发挥。一方面将过去那些不可能与"经"并论的民间小传统的表达形式置于整个古典文化的重新梳理中，另一方面，西方社会科学的理论方法正好迎合了他们改造旧观念雄心。这样的结论并不新鲜，它不过再次印证从梁启超提倡"新史学"以来，"西学东渐"对中国学术界和对中国历史文化重写重估的影响。然而，事实并不这么简单。五四新文化主将之所以对歌谣、神话特别感兴趣，恰恰是在现代中国面临西方强大话语之下，不甘于中国传统文化日益被"博物馆化"，希望寻找到自己的文化"之根"、源头活水。他们虽然大多深受西方文明的熏染，却试图从本土、民间而不是一味从西方借鉴知识体系和价值标准。从而，借着西方的手段，挖掘中国的内容，形成一个不折不扣的吊诡：西方的理念方法与反西方的目标平

---

① 施爱东：《民俗学是一门国学》，中国民族文学网，2008年1月14日。

② 顾颉刚：《我对于研究歌谣的一点小小意见》，转引自施爱东：《民俗学是一门国学》，中国民族文学网，2008年1月14日。

衡起来相当艰难。这大概就是列文森、林毓生等人都曾描述过的中国现代知识分子理智与情感的"矛盾"。

比如丁文江曾在1929—1931年对葛兰言提出激烈抗辩。丁文江和葛兰言年纪相仿,虽搞地质学出身,但对中国古代文化颇有研究。从他与张君劢的"科玄之争"以及他在30年代"民主"与"独裁"论战中主张实行"新式独裁"(即精英的独裁,他指出当时中国文盲占人口百分之八十,没有民主的前提)就可以看出,此君在表达观点上向来直率,毫不含糊。他对葛兰言的方法颇为不屑,认为葛兰言对中国历史文化不够了解,文献解读能力有限,缺乏充足的事实考察,强行将多种文明共生共融的早期中国简单化,试图以点代面,固然理解起来更为清晰,却也错漏百出。他认为葛兰言对《诗经》等文本的研究更多出于主观预设或方法上的需求。丁文江具体从三方面批评葛兰言:其一,将理想误认为事实。比如以为男女分隔制在古代普遍实行,却不知只是儒家的理想。其二,为得出想要的结果而有意误读文献。其三,先入为主地曲意取证。①丁文江的批评不无道理,但他的"中国立场"也十分突出。

丁文江略带"本质主义"的批评在当时就引起过异议。社会学家杨堃极力为葛兰言辩护。他曾于1921年留学法国,觉得法国汉学的路子令人耳目一新。他自称是葛兰言的学生,并于1940年发表了《葛兰言研究导论》,下力颇深。杨堃表示葛兰言的路子和丁文江的路子根本不同,一个执著于史实和文献,一个重视方法,葛兰言学说之所以直至上世纪80年代才逐渐为国人重视,很大的原因是遭遇了丁文江这样的对手。

实际上,丁文江并不是不重方法,他之所以反对葛兰言对中国古代文化的新解,很大程度上源于对海外中国学的不信任。中国人在现代学术(自然科学、社会科学)上不得不对西方亦步亦趋,难道在自家"国

---

① 丁文江1931年在《中国社会与政治学报》第15卷第2期上的评论,转引自桑兵:《20世纪国际汉学的趋势与偏向》,www.xschina.org,2006年12月5日。

学"上也不如西方人有发言权吗?尽管在"科玄论战"中,丁文江代表的是西学与科学,但这场论战毕竟发生在中国学者内部。一旦战场转移到中外学术界之间,文化的身份就会突显出来,立场自然也会发生微妙的变化。五四以来的中国知识分子,对西学接受很多,实际上警惕也很多,常有人怀疑"以西革中"没有充分考虑到这些理论、方法在中国的适用性,从而落入了类型化、主观臆想的误区,毕竟西方理论是在他者的历史背景中生成,针对着不同于中国的问题。在许多中国学者看来,如果说近现代中国更容易被西方人贴近和理解,那么上溯到中国最古老和早期文明的"歌谣"研究,西学背景下的结论又怎能被当真呢?

被吴宓称为"中学为体,西学为用"的陈寅恪也曾批评"整理国故"以来的新派留学生们重西方理论所带来的问题。

> 以往研究文化史有二失:旧派失之滞……新派失之诬。新派是留学生,所谓"以科学方法整理国故"者。新派看上去似很有条理,然其危险。他们以外国的社会科学理论解释中国的材料。此种理论,不过是假设的理论。而其所以成立的原因,是由研究西洋历史、政治、社会的材料,归纳而得的结论。结论如果正确,对于我们的材料,也有适用之处。因为人类活动本有其共同之处。所以,"以科学方法整理国故",是很有可能性的。不过也有时不适用,因为中国的材料有时在其范围之外。所以讲"大概似乎对",讲到精细处则不够准确。①

陈寅恪的分析客观地道出了中国人对海外中国研究的质疑以及将西学运用于国学的尴尬:"土老师"不一定在中国问题上有多么高明的洞

---

① 蒋天枢:《陈寅恪先生传》,转引自卢毅:《如何评价整理国故运动》,《光明日报》,2004年3月23日。

见,"洋学生"理解中国却总免不了"隔岸观火"。在歌谣研究方面颇有建树的朱自清也曾对好友浦江清说:

> 今日治中国学问皆用外国模型,此事无所谓优劣。惟如讲中国文学史,必须用中国间架……以西方间架论之,即当抹杀矣。①

朱自清曾与"古史辨派"某些成员共同发表文章,否认《诗经》是圣贤之言,强调它不过是民歌而已。尽管他本人的《中国歌谣》(1929—1931年讲稿,1957年整理出版)不一定直接借鉴过葛兰言,但该书中采用的方法和葛兰言确有相似之处,因为他所吸收的西方研究法恰恰是葛兰言那个时代的大环境中催生出来的。他与葛兰言在"破"的方面一致,大概都希望对过去的学术思路做一次清理;但"立"的方面并不完全一致,因为所处的文化语境、所持的心态立场截然不同。

尽管中国、日本、欧美都有学者为葛兰言辩护,尤其在美国现代中国学建立之初,葛兰言还一度极受重视,然而文明之间的复杂张力仍不可小视。对于中国学者来说,外来视角及方法很难与本土材料"水乳交融",容易把中国丰富多元的古典传统简单化、类型化。丁文江、陈寅恪等中国学者对西学的反思转而触动了当代海外对各种区域研究保持清醒认识的中国学家。他们提醒大家,对中国文学最好的解释可能不是社会科学的,而是美学的;不是清晰的而是模糊的。美国学者高友工曾把中国古典美学归纳为一种"抒情传统",和西方"叙事传统"相对应。虽然这种二元划分显得粗糙而不严谨——古典歌谣的研究已经充分说明了中国文明抒情与叙事、世俗理性与浪漫信仰融合——但它至少反映了某

---

① 《朱自清日记》,1933年4月21日,转引自桑兵:《20世纪国际汉学的趋势与偏向》,www.xschina.org,2006年12月5日。

种趋向,即把对中国的阐释从人类学、历史学和政治学等视野中拉回到尽管原始、抽象却可能更有效的美学向度来。华裔学者陈世骧赞同这个理路,他在《原兴》中把中国民间歌谣中的"兴"当作抒情传统的典型案例,而中国传统对歌谣中的"兴"的运用和解释恰恰是葛兰言当时无法理解的。[1]

当然,海外中国学亦非铁板一块,有学者认识到,中国早期文学比西方带有更深的"集体意识",个人主观抒情因素很大程度上被掩蔽。总之,不论中国歌谣是传统经学更为认同的讽喻、象征,还是西学倡扬的民间祭仪与礼俗;不论是抒情的、浪漫的,还是叙事的、理性的,都是触摸研究对象的途径,它们拼凑出一副近乎完整的中国古代文明。同其他中外学界的共同论题一样,真相不可能被还原,我们只能把握不同阐释的文化立场、方法视域、理论背景……在这种种不同中,揣摩论者借研究对象想给对方和后人传达些什么。

---

[1] Chen, Shih-Hsiang, "The Shih-ching: Its Generic Significance in Chinese Literary History and Poetics", *Studies in Chinese Literary Genres*, ed by Cyril Birch, Los Angeles: University of California Press, 1974, p.16, pp.33—35.

文学与思想史的融汇：
史华慈的先秦典籍与近代译介研究

史华慈（Benjamin I. Schwartz，1916—1999，一译史华兹）出生于美国波士顿东部一个犹太人家庭，自小聪明好学。1934 年，他获奖学金进入哈佛大学。1938 年，获得拉丁语系（Romance）语言文学学士学位，继而于 1940 年在哈佛大学教育研究生院取得硕士学位。因为他在语言方面极具天赋，二战中被美军派去学习日语。1942 年到 1946 年，他在美国信号部队服役，任密码员，翻译日军军事密码。二战结束之后，由于退伍老兵享有受教育优先权，他重返哈佛大学，师从费正清，很自然地转向了东亚研究。1950 年，史华慈获博士学位，并留校任教。对于这一段经历，史华慈曾不无欣慰地说：

> 我开始研究东亚是因为当兵的缘故。初到哈佛时，那时费正清教授刚开始研究东亚，多数的学生都已经不年轻了。我和费教授虽然意见不一，但是有一点是共同的，即认为要搞懂中国和日本就必须从他们的内涵开始着手，同时得学中文和日语。①

---

① [美] 史华慈：《关于中国思想史的若干初步考察》，王中江编《思想的跨度与张力：中国思想史论集》，郑州：中州古籍出版社，2009 年，第 17 页。

由于史华慈掌握 12 种语言,长期以来是哈佛大学东亚研究的学术领军人。他对中国的关注从时间上来说循着一个回溯的路径:从中国当代史到近代史,再到古代文献。他是美国最早考察中共和毛泽东思想的专家之一,这方面的成果主要有《中国共产主义运动和毛泽东的崛起》(1951)。史华慈中国近代思想史研究的代表作《寻求富强:严复和西方》(1964)被誉为"跨文化思想史的开山之作"。《古代中国的思想世界》(1985)则是他一生中国研究的顶点,此书获亚洲协会的列文森奖,为我们提供了从思想史角度探讨中国古代文献和古典文学的范例。

在哈佛读书时,史华慈无钱住宿,只得每天往返于学校和家里,中午常常在教室外的台阶上吃袋装午餐。身为穷人和犹太人,这种边缘化的生活经历,在一定程度上促成了他以后对各种文化内部张力的高度敏感、对精英人物及他们思想意识的反思性批判。1980 年 3 月,在史华慈当选为美国亚洲学会主席时,他做了题为《作为一门重要学科的亚洲研究》(*Asian Studies as a Critical Discipline*)的演讲,高度强调了研究中国文化对未来的重要性。史华慈 1987 年退休,他的学生为了纪念老师的执教生涯,编辑了《跨越文化的观念:献给史华慈先生的中国思想论文集》(*Ideas Across Cultures: Essays on Chinese Thought in Honor of Benjamin I. Schwartz*,1990)。1997 年,他荣获美国历史学会的杰出学术贡献(Scholarly Distinction)奖。在哈佛东亚研究中心,人们称之为"学者的学者"。柯文(Paul A. Cohen)等人曾描述史华慈的贡献:

在将近四十年的学术生涯中,史华慈通过自己的教学与著述成为中国研究领域的主要人物。他设定了这一领域的标准,尤其是在思想史研究的领域。这些标准对美国乃至全世界的学生与学者既是一种指导，也是一种启迪的源泉。①

主要贡献（具体出版信息参见附录）：

1.《中国共产主义运动与毛泽东的兴起》(*Chinese Communism and the Rise of Mao*)，哈佛大学出版社（Harvard University Press），1951年。

2. 与费正清等人合编《中国共产主义历史文献》(*A Documentary History of Chinese Communism*)，哈佛大学出版社（Harvard University Press），1952年。

3.《寻求富强：严复和西方》(*In Search of Wealth and Power: Yen Fu and the West*)，哈佛大学出版社（Harvard University Press），1964年。

4. 主编《五四运动的思考》(*Reflections on the May Fourth Movement*，讨论会文集)，哈佛大学出版社（Harvard University Press），1972年。

5. 1976年，史华兹和罗思文（Henry Rosemont）在哈佛组织了为期两周的中国古代思想的学者研讨会，随后相继出版两卷本的研讨论文集：《中国古代思想研究》(*Studies in Classical Chinese Thought*，1979)；《早期中国宇宙观探索》(*Explorations in Early Chinese Cosmology*，1984)。

6.《古代中国的思想世界》(*The World of Thought in Ancient China*)，哈佛大学伯克纳普出版社（Belknap Press of Harvard University Press），1985年。

7.《中国及其他》(*China and Other Matters*，论文集)，哈佛大学出版社（Harvard University Press），1996年。

---

① Cohen, Paul A. & Goldman, Merle ed., *Ideas Across Cultures: Essays on Chinese Thought in Honor of Benjamin I. Schwartz*, Cambridge, Mass: Harvard University Press, 1990, pp.1—2.

史华慈的主要观点与方法：

1. 大道斯文——阅读先秦文本的思想史路径

由于阅读障碍和历史隔阂，海外中国学中的先秦研究远不似帝制晚期、近现代研究那么热闹。对于先秦文献的理解，史华慈之前的汉学家们也基本遵循上文强调的两条路径：以高本汉为代表的传统人文学和以葛兰言为代表的现代社会科学。史华慈却强调从思想史的角度重审中国古代文明：

> 依我个人看来，思想史的中心课题就是人类对于他们本身所处的"环境"（Situation）的"意识反应"（conscious responses）。比如鲁迅早年在日本深受尼采影响，……他并不是真正对尼采所谓"世界观"的整个哲学系统"有深入的研究"，对于尼采的偏见与愤激的特征也没有接受。最吸引他的似乎是那面对愚钝而邪恶的世界——即面对"群众"——的那种敏感而"超人"的英雄意象。这种在尼采思想中所能找到，但在其他人的思想中也同样可以找到的感动力，似乎对这位敏感而有些愤激的青年击出了同情的心声。①

在《古代中国的思想世界》一书开篇的序言里，史华慈花了很长篇幅回答一个问题，为什么要写思想史？这个问题看似多余，实则针对美国当代兴起的各种学说、方法。上世纪六七十年代，"中国中心观"提出后，美国中国学界以社会学和文化研究为主流，注重田野考察和来自于下层、民间的材料，越来越少的学者仍坚持以精英典籍为基础，从宏

---

① [美] 史华慈：《关于中国思想史的若干初步考察》，王中江编《思想的跨度与张力：中国思想史论集》，郑州：中州古籍出版社，2009 年，第 31 页。

观和文化气质上把握中国。相对而言,史华慈是个比较老派的学者,他始终紧贴上古的典籍。他认为"思想史"的研究方法不同于当代的"文化研究"。(1)"思想史"是建立在"问题意识"基础之上的,而文化史是建立在"文化事实(现象)"基础上的;(2)"思想史"不处理全民的心态与状况,而分析少数人的思考。"文化史"(以格尔兹的研究为代表)想对整体人类状况和大众主流进行把握,"思想史"却是非整体的人类思维研究。

当下的思想史研究基本上是循著两个路数,一是历史的,重其发展脉络和离合变迁的进程;一是观念的,往往弃沙拣金,著眼于把握根本的传统。前者多为研治历史的学者所取,处之极端,往往陷溺于"史学的偏见";而后者为习哲学者所惯常使用,不管是追溯源流,还是具体分析,关键处均呈现出观念铺陈和范式架构的气象,难免有"良知的傲慢"之讥。因现代学科体系之分而造成的史、哲之别,深深濡染了当代思想史研究的方法论取向,使得古代思想世界在糅合了现代意识的阐释之下,要么偏于一隅,只见树木,不见森林,要么宏大叙事,泛泛而言,浮于表像。史华兹此书所提及的思想史研究方法,相信能给我们提供某种启迪或暗示。对于并不景气的思想史研究来说,史华兹的《古代》一书,可能会为我们寻觅到另一条出路而提供有益的借鉴。①

史华慈采用了两个专门的术语:vision(通见)和prolematique(问题意识)。它们来源于雅斯贝尔斯(Karl Theodor Jaspers,1883—1969)

---

① 岳宗伟:《古代中国思想的史华兹阐释》,《二十一世纪》,2004年10月号。

关于"轴心时代"的认识。轴心时代出现的思想都将直接或间接地深刻塑造所有这些文化随后的全部历史。因此,对于中国而言,先秦思想最具开创性、原发性、超越性。那时的"问题意识"是最根本的,不依赖于"解释学"传统。史华慈驳斥了费正清等人的"冲击—回应"说,认为中国后世的变迁均只是表象,万变不离其宗。①

在此,史华慈强调了他的几个基本观点:首先,轴心时代世界各大文明有许多共同点,因为不同文明体系从源头上说有共通性和对话的可能。比如,中国语言一样可以表达出西方语言那样具体和抽象的概念,尽管它十分简约。葛瑞汉(Angus Graham,1919—1991)在评论《古代中国的思想世界》一书时曾说:

> 一些研究中国思想的西方学者倾向于把中国人想象成和我们一样,而另一些人则不然。一种倾向是运用那些超越文化和语言差异的概念,透过所有表面的不同,去发现中国思想中对普遍问题(universal problems)的探索。另一种倾向是透过所有的相同点,去揭示那些与受文化制约的概念系统相关的,以及与汉语和印欧语言结构差异相关的关键词汇间的差别。史华兹的《中国古代思想的世界》就是前一种观点的非常突出的代表。②

其次,思想史角度的先秦典籍研究代表了一种所谓"精英主义"的视角,而当下时兴的文化研究带有"大众"的立场,这两者其实并不矛

---

① [美] 史华慈:《古代中国的思想世界》,程钢译,南京:江苏人民出版社,2008年,第420页。
② 转引自 [美] 郝大维(David L. Hall)、安乐哲(Roger T. Ames):《孔子哲学思微》,蒋弋为、李志林译,南京:江苏人民出版社,1996年,第5页。

盾，只是一个文化的不同版本而已。相反，在大众文化流行的时代，我们更应该关注精英立场，因为文献里反映出来的，以及流传几千年至今的思想资源往往记载的是精英文化。

可以肯定，高层文化典籍本身也能够对于民间文化、或许更准确地称作共享文化的内容作出解释。因此，尽管马伯乐和葛兰言发现大多数经典之中存在着反神话的偏见。但是，20世纪的多数中外学者还是试图根据这些文本，以及本书未能研究的文本——诸如《山海经》之类——来对中国古代神话进行重建。但事实上，葛兰言试图重建的并不是神话，而是周代的社会生活和文化的总体通见——这是根据他本人对《诗经》富于想像力的解读作出的。①

这实际上是史华慈面对辩难者的一种回应，他试图说明，尽管他的《古代中国思想世界》考察的都是精英文本，而缺少人类学、大众文化研究等学科所强调的田野考察，但是他所建构的古代文化图景仍然是可信而全面的。人类学本身也并不否认精英文化的代表性，精英文化和民间文化只是同一个文化的不同版本而已。或者说，它们是互为镜像的。

弗里德曼认为，中国的精英宗教和农民宗教都建立于共同的基础之上，代表着同一种宗教的两种版本……它们之间的关系是两个既相互影响但又相对分离的领域之间动态张力的互动关系。②

---

① ［美］史华慈：《古代中国的思想世界》，程钢译，南京：江苏人民出版社，2008年，第420页。

② 同上书，第421页。

最后，史华慈还批评了西方现代社会科学"科学至上"的倾向，认为"文化体系"和"意识形态"用"科学"的方法来考察极其困难。他强调，所谓"李约瑟问题"，即中国为什么没有发展出近代西欧意义上的"科学"，是在西方中心观的背景下产生的。史华慈驳斥了"科学方法"的迷思，这种迷思认为"科学方法"更为客观，在判断文化问题时更不带偏见和预设，史华慈称：难道说"细致、冷漠的分析"风格就能证明不含有价值预设吗？在人类事实的汪洋大海中，为什么人们选择这一组事实而不是另一组事实来分析呢？

> 尽管我同意吉尔兹的信念，即我们有可能对他人的信仰体系作出韦伯所说的那种"理解"，但我却认为，这种"中立性"——假如可能的话——自身就建立在一种道德态度之上。然而，吉尔兹却坚持认为，科学的中立性建立于科学策略和"道德情感"之间的分裂之上。这一观念假设，不管是在现代意识形态之中还是在"传统"文化之中，"世界观"都不可分享地与"捍卫信仰和价值的行动"结合在一起。但是，在现代西方文化中，对于某些人来说，在处理人类事务的时候，采取一种将科学努力与其他人类关怀完全分离开来的策略，却突然变得可能了。这种认为科学与"价值"有可能完全分离的学说，可以是也可以不是一种"意识形态"。它当然是现代西方世界一种特殊的哲学，它本身并不是一种科学。①

应该说，史华慈对于当代海外中国学的批评敏锐而中肯，他所倡导的"思想史"视角，其根本目的并不在于另辟蹊径，而在于提醒大家中

---

① [美]史华慈:《古代中国的思想世界》导言，程钢译，南京:江苏人民出版社,2008年,第6—7页。

国研究的入口是多样的。

史华慈还原轴心时代的起点是甲骨文,他发现,尽管"宗教"是个西方来的词,但甲骨文的相当大部分涉及宗教问题。占卜的询问对象是祖先神灵和自然神祇,而且最为关注祭祀仪式。许多所谓的自然神祇实际上是部落的保护神,因而也是部落的祖先。史华慈强调,祖先崇拜的另外一层潜在含义涉及神灵的超自然领域和人类世界之间的关系。中国的神灵和人类之间缺少一清二楚的界线,这种现象不仅影响了狭义的宗教领域,还影响了本体论思维。高高在上的神的"帝"兴起"与商朝及其统治氏族占据至高地位这一点正相合拍",国王自然地成为其宗族的祖先崇拜中的"高级祭司",就像任何父系亲属集团中的家长一样。除此之外,他通过垄断通向高高在上的神的途径,在某种意义上成了崇拜"帝"的"高级祭司"。

史华慈敏锐地感觉到,对祖先崇拜的关注是理解中国古代思想的必经之路。这种崇拜不仅如上所述建立起了关于家族和王朝的"秩序",而且,这种崇拜也展示出人世与自然的密切联系。比如,它对应着四季、四种基本方位、天体的有序运行等。他发现,在早期中国思想中,理性和这类对自然和祖先的宗教式崇拜实际上并行不悖存在着。

周代是上古文献研究最值得关注的时期。《诗经》与《尚书》反映了一种"原儒家"的风貌,反映了比孔子及其门徒所强烈认同的时期更早的看法。尽管史华慈时时警惕简单地以西革中,不过,他对经典的诠释很大程度上倚助顾立雅、理雅各等人的译本,而这些西方学者均不自觉地在用西方概念来诠释中国上古思想。比如,史华慈认为《诗经》中的"天"似乎是中国早期人文主义的表现。"天命"被解释为"民意",这或许代表了西方学者们一厢情愿的理解。"天命"与"民意"的联系,是在儒家学说被正式确立以后才逐渐发展起来。可见,要彻底摆脱西学或西语对中国学的比照和影响,亦并非易事。

在对周代,尤其是西周的人文鼎盛进行了一番描述之后,史华慈将目光转向了他重点探讨的春秋战国时代,也就是他所强调的"轴心时代"。在这一阶段,史华慈敏锐地注意到了一个新阶层的崛起——士。

> 孔子以前及孔子生活的那些世纪,在中国史书中通常被称为春秋时代,一般被人们当成衰世对待。著名的"士"的阶层引人注目地兴起了。甚至在周代早期,这一术语就已经拥有两层涵义:一方面,它指周王室自身机构中由下级官吏组成的整个阶层;另一方面,则指新兴诸侯国的行政管理机构中由下级官吏组成的整个阶层。……起初,大多数官吏也许是从贵族血统之日益增多的后裔中招募而来——尤其是这些血统的小宗。但很有可能的是,作为一种常年专心致力于政府事务的阶级,也形成了自己的阶级气质。①

这与余英时著名的《士与中国文化》中的判断多少有些出入。余英时认为中国的"士"阶层最初来源于贵族。②"士、农、工、商"有严格区分,他以孟子"有恒产而有恒心者,惟士为能"印证"士"的贵族出身。只是到了魏晋以后,贵族之外的子弟可以通过科举等其他方式进入中国官僚阶层,于是"士"的范围扩大,并且与帝国的管理体系发生了直接关联,而史华慈将这一过程大大推早了。

> 尽管孔子时代的大多数士出身于贵族门第,但很有可能,积极

---

① [美] 史华慈:《古代中国的思想世界》,程钢译,南京:江苏人民出版社,2008年,第58—59页。

② [美] 余英时:《士与中国文化》,上海:上海人民出版社,2006年。

> 进取的普通人正在寻找机会,以便加入到日益壮大的、民事的与军事的公务员阶级之中。至少,这个阶级中的一部分成员,与某些身份更高的贵族成员一道,逐渐形成了知识分子阶层。……从"士"的阶层之中分离出了知识分子,他们的兴起导致了战国时期的多元主义与各种思想学派的冲突,也许是知识进步与富有创造力的象征吧。但对孔子以及大多数参与了"百家争鸣"和内部思想冲突的人来说,这种多元主义的格局是混乱、无序的、是令人沮丧的病症。①

在观察"士"的基础上,史华慈又抓住了另一个极其重要的概念"礼"。

> 对于芬格莱特来说,"礼"是孔子学说的核心,并且正是由于孔子的这个概念才使他成为一位革新者。尽管我不否认,孔子确实代表了革新,但我们不能忘记他本人一再重申的表明,即:他在这个领域内只是过去传统的转述者。②

的确,孔子所生活的时期,是"礼"崩乐坏的时代,同时又是"礼"最经历考验、被经典化和提纯化的时代。正因为旧的"礼"制受到漠视和挑战,孔子才深感提倡"礼"的重要。史华慈在此发现了孔子的两难:一方面,《论语》中礼的体系要以等级制与权威为前提,并意在强化这一网络;另一方面,孔子本人似乎充分明了等级制与权威的弊端,尽管他也同样关注他生活的时代里由于颠覆权威而造成的危害。历史给史华慈的启示是:这两者都是致命的。在此,权威主义与人文主义

---

① [美]史华慈:《古代中国的思想世界》,程钢译,南京:江苏人民出版社,2008年,第60页。

② 同上书,第72页。

形成了一对吊诡的矛盾体。史华慈强调，对权威和等级的维护在西方古代与东方一样鲜明：亚里士多德与孔子都赞成家庭不可避免地要以等级制为基础，它为任何文明社会中都会存在的权威和等级制注入了人情味。但与中国不同的是，西方的家庭等级制中并未衍生出一系列的社会道德与伦理。

《理想国》是精英主义的，但它的精英不会从家庭生活模式中吸取任何的精神教训和道德教训。对孔子来说，正是在家庭中，人们才能学会拯救社会的德性，因为家庭正好是这样的一个领域，不是籍助于体力强制，而是籍助基于家族纽带的宗教、道德、情感和凝聚力，人们接受了权威并付诸实施。正是在家庭内部，我们才找见了公共德性的根源。①

史华慈认为孔子谈到"礼"时，最有原创性的一段话是"假如一个人可以依靠礼以及忍让精神来治理国家，他还会有什么困难？要是不能以礼及忍让精神来治理国家，礼又有什么用呢？"（《论语·里仁》："能以礼让为国乎？何有？不能以礼让为国，如礼何？"）

那么，哪里才能找到这种忍让精神和所有气质倾向的表现轨迹呢？对我来说，它们不必与"礼"的特定表演方式或与"特定条件"之间存在着必然的联系。在《论语》中，留给特殊礼仪的篇幅相对来说是比较小的。魏礼指出，《论语》不太关心礼仪的细节。"真实的《论语》关心的是道德的普遍原则。"然而，无论德性和气质与"礼"有着

---

① [美] 史华慈：《古代中国的思想世界》，程钢译，南京：江苏人民出版社，2008年，第71页。

多么密切的关联,毕竟不是与特殊的行动相联系,而是与特定的、活生生的人格建立了错综复杂的联系。①

换言之,尽管"礼"表现为特定的礼仪形式,但孔子谈"礼"的时候并没有从礼仪的表象和细节中去寻找"礼"的价值内核,而是从日常的人格与社会关系中发现"礼"的存在。由此,"礼"是一种源于内心,表现为外在的社会秩序和道德约束。在这一点上,史华慈批评了芬格莱特(Herbert Fingarette,1921—)对"礼"的西方式阐述:

> 芬格莱特认为社会本质和行动的导向,与人格持续的内在生活是不一致的,这个观念只是反映了芬格莱特本人预设了西方式的心理学/社会学的对立而已,但这不是在《论语》里发现的内容。这一观念是芬格莱特强加给《论语》的。②

史华慈为避免使用类似于"心理学"和"心理状态"的词语,为"仁"下如下的定义:它指称的是个人的内在道德生活,这种生活中包含有自我反省能力。他反对关于孔子"述而不作"的通见,认为他的"仁"观念中有许多内容上的创新:道德能力并非当权者的特权,普通人也可以具有德性。"君子"是对道德品操的肯定,与西方文化"高尚的人"或"绅士"接近。然而不同的是,史华慈强调,孔子虽没有否定世袭的等级制,但"君子"是独立于贵族的体系,他们拥有"教化"的权威

---

① [美]史华慈:《古代中国的思想世界》,程钢译,南京:江苏人民出版社,2008年,第74页。

② Schwartz, Benjamin I. & Rosemont, Henry ed., *Studies in Classical Chinese Thought*, Cambridge, MA: Harvard University Press, 1979, p.xii.

性。孔子认为德性教育可以与政治权威分离,"仁"通常通过"礼"而表现出来。芬格莱特最关注的就是价值冲突,在西方,智等同于善;在中国,德等同于善。这是一种文明差异论,在这一点上,史华慈和安乐哲(Roger T. Ames,1947—)的路子比较接近,不同于芬格莱特。

作为一名西方学者,史华慈解读《论语》时最有意思的片断是他对孔子学说与中国政治伦理之关系的考察。他发现,在《论语》中存在如下的紧张:一方面是"纯粹伦理",另一方面是政治生活的伦理学,后者常常涉及较大邪恶和较小邪恶之间进行权衡的政治选择。

> 作为个人,管仲的道德状况颇有缺陷。他曾经支持过一位权力竞争者(公子纠)登上公爵之位,当那一位被杀死之后,他又转向支持后来的桓公。作为一名大臣,他挥霍成性,沉溺于奢侈之中。孔子颇有感触地说:"如果说管仲懂得'礼',那还有谁不懂得'礼'呢?"(《论语·八佾》:"管氏而知礼,孰不知礼?")然而,尽管孔子本人也承认他有这些严重的道德缺点,又尽管在事实上他设计出的维持和平的策略最终仍是以霸权和外交诡计,而不是以道德力量为基础,但孔子仍然禁不住要为他辩护,反对那些头脑简单,为此感到困惑的门徒们。……(《论语·宪问》:"桓公九合诸侯,不以兵车。""子曰:管仲相桓公,霸诸侯,一匡天下,民到于今天受其赐。")①

史华慈比一般汉学家更深刻地认识到中国伦理的灵活性,它涉及具体的权衡:一种是个人道德观念,它以动机、意图的纯洁性为基础;另一种是关怀,它看重的是良好的社会政治"后果",这种"后果"往往通

---

① Schwartz, Benjamin I. & Rosemont, Henry ed., *Studies in Classical Chinese Thought*, p.108.

过有杰出才能但很难说有什么德性的政治家才能取得。不过,史华慈也注意到,当时还有许多思想与孔子不同。比如,两位正在地里耕耘的长者长沮、桀溺和子路聊起了他的老师。桀溺说:"滔滔者天下皆是也,然而谁与易之?且而与其从辟人之士也,岂若从辟世之士哉?"(《论语·微子》)又有一次,子路碰见了肩上挑着篮子的另一位年老绅士,子路询问他是否看见了走在前面的老师,老人轻蔑地回答:"四体不勤,五谷不分,孰为夫子?"

在先秦时代,代表精英文化的儒家时时受到来自各方的挑战。而墨家学说,是最有实力与之抗衡的。据葛瑞汉的考证:

> 墨家学派与儒家曾经同为显学,到了汉初,墨家便彻底衰歇。这可能与这样一个事实有关,在以城市为中心的小诸侯国,下层社会形成一种政治力量,而由于统一天下的帝国的重新确立,使他们的势力丧失殆尽。①

学界一般认为,墨家的主要成分是新兴的商人阶级,它反映了货币经济的兴起、生产力的发展。与儒家截然不同,墨家是一场宗教性的运动,拥有自己的军事组织和领袖。史华慈则强调,墨家实际上有着许多和儒家同样的思考和预设。比如,孔子的最高公共目标是"为世界开太平",这一点墨家也认同。儒墨两家都认为,只有依靠精英先锋队的努力,借助于政治秩序,才能做到这一点。再比如,两家思想中均有积极的、入世的、功利主义的倾向。

然而,正如史华慈指出,儒墨最大的分歧体现在"礼乐"问题上。墨子对于礼乐的"功能紊乱症状"进行了猛烈的抨击,墨家认为,"神圣

---

① [英] 葛瑞汉:《论道者》,张海晏译,北京:中国社会科学出版社,2003年,第44页。

礼仪"——尤其是音乐——与灵魂的提升几乎毫无关系。像墨子所定义的那种德性根本就不能依靠"礼"的实践得到增强。史华慈强调,尽管墨家不屑于儒家崇尚的那套礼乐制度,但是,在对待鬼神问题上,墨家却严肃得多。孔子对鬼神的态度是,我们不应该让与我们无关的事情转移我们对人事的关注。礼的价值在于和谐融洽本身,而不依赖于任何外力。至于祭祀如何使我们与宇宙发生关系,他不感兴趣。墨家却详尽地论证鬼神与上帝的存在以及有意识,他们还指出儒家相信无鬼神与"君子必学祭祀"的矛盾。葛瑞汉却持有与史华慈不同的看法,他认为:

> 墨家思想体系中"天"与神的功能,是通过赏罚来强化纯正的道德,以及纠正与弥补天下的不公。但是,几乎没有证据表明,有着比因负罪而畏惧鬼神更深的精神意味。在某种意义上,墨家比一些自称为怀疑论者的人们更少宗教因素。①

史华慈进一步关注到,出身于"平民"的墨子比孔子更推崇知性的价值观,因为正是通过他本人在逻辑推理方面的杰出才能,才削弱了儒家的虚假假设,并确立了他本人学说的真理性。正是凭借他们的高级灵智,处于自然状态中的聪明人和能人才真正地理解人类与神圣界。

墨家对儒家的家庭观念攻击也很大。儒家是承认"差等之爱"的,比较强调由宗族和血缘而建立起来的家庭伦理,尤其到了汉代之后,国家政治秩序与家庭相对应,从而形成所谓"家国同构"。墨家对此不以为然,它认为只有当普遍的爱被安排好,专属于特殊团体和个体的爱才成为可能,人们只能从整体出发考虑部分。"假如我们能使所有的人都普遍地相互热爱,热爱他人就像热爱他们自己一样,难道还会有任何不

---

① [英] 葛瑞汉:《论道者》,张海晏译,北京:中国社会科学出版社,2003年,第60页。

孝的行为么？（《墨子·兼爱上》："若使天下兼相爱，爱人若爱其身，犹有不孝者乎？视父、兄与君若其身。"）

不过，在此问题上，葛瑞汉又持有不同于史华慈的观点，他认为墨家的"兼爱"实际上与孔子的学说不矛盾，相反，它很可能是从儒家那儿演变过来的。

> 墨家对利害的权衡，是在"兼爱"原则指导下基于所有人的利益。……墨家的"兼爱"明显源于孔子的"一以贯之"。……"兼爱"指关怀每一个人而不论他是否与自己有血缘亲属关系，它的最直接运用就是"非攻"。①

从对儒墨两家的判断上可以看到，葛瑞汉比史华慈似乎更为细致和具有批判性；史华慈则显得温厚、稳健。葛瑞汉笔下展现的先秦，更具有文化相对性；史华慈则处处试图在这些文献中捕捉到与西方文明的共通、可比之处。

> 葛瑞汉不很同意我的立场，他把我的著作划归到普遍主义的阵营。据他看来，这一阵营的众多缺陷之一，就是它很幼稚，对"文化界限"缺乏自觉，从而将自身文化中最具特殊性的方面看成是普遍的。②

可见，史华慈说到底还是在做比较文化研究。不过，"进入中国内部"或"从中国发现历史"对于海外中国学而言，或许本身就是伪命题。

---

① [英] 葛瑞汉：《论道者》，张海晏译，北京：中国社会科学出版社，2003年，第53页。
② [美] 史华慈：《评〈论道者〉》，程钢、王铭译，载王中江主编《新哲学》第6辑，郑州：大象出版社，2006年，第138页。

"和而不同",没有"不同",何谓之"和"?海外中国学完全失却自身立场,也就失去了不同视域的意义。

如若循着这样的思路,史华慈对道家的理解似乎与众不同,也更有意思。对于道家的政治主张,史华慈认为"无为"消极的无政府状态仍然执行了某种干预,其实是圣贤统治者有意计划好的。因为计算意识产生了技术,也正是同一种计算导致了尖锐的社会分化,因而产生了社会压迫。老子提倡"无为",但"无为"根本上起源于同一种设计性的"有为"意识。即使在《庄子》那里,仍然存在着一个观念,它表达的是道家"真人"所具有的巨大的卡里斯玛能力,这种"真人"随时准备变成政治权力的焦点人物。史华慈对隐士与贤者的理解是十分奇怪的,认为随时都有人民云集在其周围,他们用精神控制世界。

在研究儒家学说的发展阶段时,史华慈也显得更为自信、大胆。他发现,孟子是一个比孔子本人更富有道德使命感的人。但是相对于孟子所处的时代,加之当时思想领域人们更倾向于杨朱和墨子(《孟子·滕文公下》:"杨朱、墨翟之言盈天下。天下之言,不归杨,则归墨。"),史华慈不禁感叹说:

> 道德使命感是《孟子》全书的真正核心。要在公元4世纪残酷的实力政治的世界上,即申不害、慎到、商鞅和庄子生活的世界上,断言捍卫这一论题,诚属一项勇敢的、甚至可以说是堂吉诃德式的事业。①

然而,正是孟子发展了儒家的中庸智慧,他的学说介于墨子和杨朱

---

① [美]史华慈:《古代中国的思想世界》,程钢译,南京:江苏人民出版社,2008年,第271页。

所代表的离经叛道的极端之间。孟子强调儒家代表着在完全自爱与完全没有等差的"利他主义"之间的符合常理的中间状态。与儒家不同，墨子和杨朱都破坏了对于个人和社会均很必要的家庭秩序和政治秩序的基础。

在诸多关于孟子的争论中，最受人瞩目的还是他关于人性的论说。史华慈笔下的孟子尽管也是一位道德乐观主义者，但在个体自身以及之外都存在着相反的力量。人类表现自身的生命元"气"的心理、生理能量很容易变得失序、失衡甚至被消耗殆尽，这一不平衡阻碍着心趋向于善的惯性趋势。史华慈解释了为什么在中国古代，"自由"始终不像西方那样作为最高价值而被提出。因为"自由"实际上是指在善恶之间作出选择的自由，在《孟子》那里，这本身就是有意识能力的心灵之不必明说的特性。圣人生活于这样的世界，该世界的每一层面的存在形态都与宇宙保持着和谐。他们自觉的心总能与他们自发的心保持一致。此类圣人超越了因自由带来的非确定性的选择困扰。最终的价值毕竟在于善自身，而不在于获得追求善的自由。

但是，史华慈反对用性善论和性恶论来区分孟子和他的论辩者。史华慈首先分析了告子：

> 告子认为，人性是生而有之的东西，生而有之的惟一禀性就是食欲和性欲。大致说来，所有其他东西都是由环境造成的。他提出了某种非常类似于格尔兹的观点："文化模式是信息的外在根源。"……作为儒家的一员，孟子也想念礼的外在"规定性"，甚至还相信人们必须学习礼。然而，他同时另有一个强烈的信念，即我们所学习到的东西原本就是属于自己的，因为"礼"最终不过是一种就像整个身体有机组织一样内在于人类有机体之中的"仁义"能力的外在表述而

已。① (告子说:"性无善无不善也。")

史华慈接着自然地过渡到荀子,他认为,尽管荀子的观点被世人简化为"性恶论",但它丝毫不比孟子的观点简单。史华慈不同于以往主流判断地肯定了荀子的道德观:

> 最终来讲,荀子的君子型伦理并不是功利主义的。尽管圣人可以从自我审视着手避开邪恶,但是通过他们强有力的知性努力和洞察力,他们在使"礼义"精神内化的过程中取得了完全的成功。说到底,他们的个人动机,基本上是基于"道德性精神"。当我们阅读荀子关于礼乐的篇章时,就发现了一种对于"神圣礼仪"和音乐的深沉的和"内在的"奉献精神,正是礼乐使得他大大超出狭隘的社会功用层次来欣赏它们。……常有人说,汉代初年把儒家调整得适应中央集权官僚制国家模式的做法,直接受到荀子的"王制"观念的影响。②

可见,在史华慈看来,孟子和荀子的最主要分歧并不在于性善或性恶论,而在于他们代表了孔子之后儒家发展的两种路向:道德理想主义和道德现实主义。

史华慈笔下那样一个"惟一真正有创造力"、百家争鸣的时代随着儒家被独尊而湮没,"丰富多彩的文明出现了灾难性的终结"。史华慈的这种惋惜在许多海内外学者那儿都有,比如旅美学者刘子健在《中国转向内在》中也提到,先秦时期的百家争鸣到了汉代之后逐渐由儒家独大

---

① [美] 史华慈:《古代中国的思想世界》,程钢译,南京:江苏人民出版社,2008年,第277—278页。

② 同上书,第280页。

的局面所代替，相对于中国文化原初期的丰富、多元、富有创造力和论辩性而言，这显然是一种"得不偿失的胜利"。

史华慈的思想史著述出版之后，引起了广大反响。大多数老派的学者欣赏他不追求时髦，坚持做精英文化研究的立场，但也有不少人批评他依据的文献太狭窄，不足以勾画出中国古代思想的全貌，或者对他的判断提出质疑。比如，朱维铮评史华慈《古代中国思想世界》时称：

> 史华慈在他的《思想世界》内，将道家的老子、庄子，列为孔墨之后"高层文化的发展方面"的一个主题，显然主要采纳了钱穆的意见。虽然他依据葛瑞汉和中国某些学者的说法，未照钱穆关于庄子是孔墨至老子的思想中介的顽强主张办理，仍将《庄子》置于《老子》之后进行考察，但在我看来，他的解剖刀仍然不中腠理。……我以为史华兹的《思想世界》，从逻辑历史相关度来看，他的叙史结构的最大败笔，就出在断言《老子》《庄子》的言论，是对孔墨的响应和批判。①

然而，任何一种文本诠释必然有其局限性，加之经典文献之外的上古文明形式已经不可能复原，史华慈的工作仍不失为我们走近古代中国的一条或许不是最好但至少可资借鉴的路径。

2."富强"——翻译中的文化挪移与近代主流话语的生成

《严复与西方》通过严复与他的七个译本之间的关系提供了一个研究中国近现代思想发展的理论框架（frame-work），提出了关于中国近现代思想转型的原因、性质、特征的一套整体分析。

---

① 朱维铮：《史华兹的"思想世界"》，《文汇报》，2007 年 1 月 4 日。

史华慈从严复入手揭示中国近现代思想转型的性质,确实独具慧眼。中国近现代思想转型就其本质而言是范式的转型。自十九世纪中叶起,儒家思想的传统范式由于无法解释、应付随着西方入侵而产生的严重的民族与社会危机,逐步受到怀疑、挑战、乃至根本否定。中国知识界从十九世纪后半期开始从西方文化中寻求库恩(Thomas S. Kuhn)所谓的新的范式。……严复所提出的问题、以及他试图解决这些问题的方法在很大程度上影响了近代中国思想发展的方向。①

尽管与西方传统中国研究倾向于把中西分割为两种截然不同的文明种类,并且突出它们各自的特殊性不同,史华慈还是接受了从韦伯到费正清时代的普遍"先见",即认为中国文化到了近代,面临西方殖民体系的兴起,越来越失去了现实价值和内在活力,中国社会不得不借鉴西方知识、制度来改造自身,从而表面看来,的确存在一场近代与传统的"决裂"。严复站在尚未经历近代化之变的中国文化的立场上,一下子就发现并抓住了这些欧洲著作中阐述的"集体的能力"这一主题,它体现了欧洲走向近代化的动力。

史华慈强调对严复及近代中国知识界启发最大的西方思想莫过于社会达尔文主义,它进一步激发了中国人的民族主义情结。知识分子由"天下"观退而转向"国族"观,由"保教"转向"保种"。严复明确提出,"教不可保,而亦不必保。"②传统中国文化缺乏民族认同,而仅有文化认同,即认同某种普遍主义(universalistic)的道德与价值观。这就是说,

---

① 李强:《严复与中国近代思想的转型——兼评史华兹〈寻求富强:严复与西方〉》,《中国书评》第9期,1996年2月。

② [美]史华兹:《寻求富强:严复与西方》,叶美凤译,南京:江苏人民出版社,2010年,第40页。

对于中国士大夫而言,"保教"比保国更为重要。从此,在中国知识界,如何寻求国族的"富强"成为了实现他们道德抱负和社会理想的更新、更大的目标。

在史华慈笔下,严复是个典型的新旧交替时代的产物。作者并没有一味将其塑造成新思想的教父,没有断然地把严复定位为一个"全盘西化论者",或一个"反传统主义者",而是试图真实、多元地展现那一代知识分子的矛盾、挣扎和种种历史的偶然,从而使这部作品变得有血有肉。严复既是近代中国第一批掌握了先进技术(驭船),并成为当时极少的具有留洋经历的"新派"知识分子,同时,他长年吸食鸦片。沉溺于鸦片在严复身上尤其含有深意:一位大力引进西方现代思想精华的学者首先深中了西方糟粕的毒,类似窘困在当代洋务运动的诸多领袖身上很普遍。于是,对西方文化的吸纳与拒斥、信服与警惕就不仅仅来源于他们自身的传统文化之根了。1879年,严复从英国留学归来,1890年,李鸿章器重他的才学,将其升任为北洋水师学堂的"总办",尽管他不是李鸿章的亲信,但至少名义上,他成为了当时中国"新学"的一个标志。然而,令人不解地是,严复在此期间及之前,即1885年及之后,相继参加过四次乡试,均未成功。严复的大规模译书活动,以及他就时局发表了一系列重要论文均在日清战争之后不久,正是从这个时期开始,严复系统介绍了以斯宾塞为代表的西方的"富国强民"学说。将这前后的经历联系起来,我们不禁要问,如果严复在那几次科考中中举了,那么还会不会有后来的著名翻译家、思想家?史华慈敏锐地抓住了某些关键性的"偶然"。比如,当年严复学习西方技术的时候,最热门的是船务。在造船学堂和驭船学堂之间他选择进入驭船学堂。造船学堂授课用法文,驭船学堂授课用英文。这影响了他一生的道路,甚至决定了中国近代思想更为接近英美经验主义、功利主义而不是法俄大革命的路子。英文成为严复汲取西方思想的媒介,英国成为他理想国家的范本。1877年,又因为一次偶然的机会,严复获得赴英留学的可能,并在那里与当时的中国驻英公使郭嵩焘成为忘年交,他们在许多问题的看法上十分接近。严复曾在他的译著《法意》的按语中回忆,经过几天旁听英国法庭的难忘日子后,他对郭说:"英国与诸欧之所以富强,公理日伸,其端在此一事",公使对此深表赞同。①

通过在英国的学习,严复深切地感受到,西方强大的根本原因,绝不仅仅在于武器和技术,也不仅仅在于经济、政治组织或任何制度设施,而在于对现实的完全不同的体认。因此,应该在价值领域里去寻找。

史华慈注意到,在所有的英国思想家中,斯宾塞对严复的影响最大。

> 斯宾塞在《社会学原理》中对"社会有机体"这一概念的阐述,为他提供了对于国家的尽可能生动的想象,这就是:一个有机体与其他有机体共处在达尔文主义的环境中,为生存、为发展、为优胜而斗争。……斯宾塞的另一个与社会有机体的生理学概念紧密相联的概念是,社会"群体"的质量有赖于"各个单位"或各个细胞的质量。各个个人本身是体力、智力和道德三结合体。②

严复认为,斯宾塞鼓吹的利己主义完全不同于当时中国社会里的为他所熟知并使他感到痛苦的消费"利己主义",必须把斯宾塞的"个人主义"首先与无限追求情感和想象的"罗曼蒂克的"个人主义,然后与追求眼前欢乐的消极的享乐主义严格区分开来。这是一种对自身利益有节制的追求,结果将积极推进人的"建设性"能力——体力和智力。……在此基础上,严复鼓吹斯宾塞所提倡的自由、民

---

① [美]史华兹:《寻求富强:严复与西方》,叶美凤译,南京:江苏人民出版社,2010年,第26页。

② 同上书,第50页。

主、平等,进一步强调"民德"和"公心"。①

严复对斯宾塞的个人、自由等概念进行了发挥。西方自由民主的理念建立在"个人是社会的目的"这一价值观念基础之上;而严复仅仅将自由与民主视为通过提升个人能量,从而最终促进国家富强的手段。一个侧重于"民",一个侧重于"族"(国),导致了西方真正意义上的自由价值在中国一直以来被歪曲。但是,对于曾内忧外患的中国来说,严复的理解和选择是极其现实的,事实证明,即使没有严复,在近代以来的中国追求民族独立、国家富强的道路上,"苏联式的建设性权威主义(positive authoritarianism)"似乎是比自由民主"更有效的捷径"。②

事实上,在严复译介和评述西学的过程中,类似的"文化利用"比比皆是。史华慈此书最为出彩之处恰恰在于借助他本人对中西思想均十分熟悉的优势,生动展现了严复对西学的"挪移"。

比如,赫胥黎的《进化论与伦理学》,严复译为《天演论》。这是赫胥黎的一篇演讲,严复希望用它来佐证社会达尔文主义。史华慈指出:

> 这里出现了一个极大的矛盾,因为赫胥黎的演讲事实上决非在讲解社会达尔文主义,而是在抨击社会达尔文主义。虽然赫胥黎为自己赢得了达尔文主义的不屈不挠的捍卫者和阐述者的声誉,但他那时绝无把这些演讲作为达尔文原理的又一种概述的意思。……相反,赫胥黎的急务是维护人类的伦理观念,反对意图创立一种"进化伦理"。赫

---

① [美]史华慈:《寻求富强:严复与西方》,叶美凤译,南京:江苏人民出版社,2010年,第53—58页。

② 李强:《严复与中国近代思想的转型——兼评史华兹〈寻求富强:严复与西方〉》,《中国书评》第9期,1996年2月。

胥黎原著书名为《进化论与伦理学》，而严复译著只叫"进化论"（即《天演论》）。赫胥黎在整本书中明确地直接地反对斯宾塞的"进化伦理"的其他鼓吹者，他在终生宣传了似乎是一种完整的自然主义之后宣布："伦理的本质来自宇宙的本质，而又必然与它的来源不相容。"他不能忍受斯宾塞的极其残忍的宇宙乐观主义。他演讲的整个基调是压抑和忧郁的……进化论与不可逆转的进步论不是一回事。①

史华慈显然已经为严复的"有意为之"准备好了答案：

　　严复对国家富强的关注与赫胥黎的关注是风马牛不相及的两回事。那么，严复为什么选择一本与他的基本宗旨很少相符的著作来翻译呢？当然，我们只能推测。首先，赫胥黎的著作确实以简洁生动、几乎诗一般的语言阐述了达尔文主义的主要原理。赫胥黎为严复提供了大量资料，这些资料是赫胥黎为写马尔萨斯人口论等专题论文准备的。其次，因为赫胥黎对人类的困境比对宇宙的进化更感兴趣，因此，他的演讲广泛涉及了人类思想的全部历史。……正是在《天演论》中，他十分清楚地表达了自己对社会达尔文主义和它所包含的伦理的深深信仰。他清醒地知道这一伦理暗示了在中国将有一场观念的革命，现在他的注意力之所向正是这场革命。而对于严复的许多年轻读者来说，构成《天演论》中心思想的，则显然是社会达尔文主义的口号。②

---

①　[美] 史华兹：《寻求富强：严复与西方》，叶美凤译，南京：江苏人民出版社，2010年，第90—91页。

②　同上书，第91、93、101页。

在史华慈看来，翻译家严复，从确定俟译的对象到选择相应的译名，无一不经过精心的安排，无一不想传达出他本人所理解和所需要的西方。当然，这个需要也是整个中国当时的所需，为此，他甚至不惜将复杂的西方思想纯粹化，为他的"富强"目标而服务。所以，我们常说的西学东渐其实只是中国一次主动而有意地敞开胸怀的拥抱而已。

再比如，亚当·斯密（Adam Smith，1723—1790）认为团体的普遍利益是个人利益的补充。像边沁（Jeremy Bentham，1748—1832）一样，他关心最大多数人的最大幸福。按斯密的理解，"社会"一词是指构成一个社会的全体个人的总和，最终受益者是个人。斯密那些关于"普遍利益"、"民族"或"社会"的语言，在严复的译文中被转化为国家利益了。史华慈强调：

> 在此，我们又一次看到，斯密的目的是纯经济的，他的最终目的是为了个人的幸福。而严复则认为，经济自由所以是正确的，显然因为它会使国家"计划"的扩大成为可能。严复的这一论点也许与斯密的学说极其出乎意料的相背。假如说严复歪曲了斯密的原意，那么，这种歪曲主要是为了强调他自己的关注。在《国富论》的全部章节中，斯密对从全社会每个人的经济利益来考虑的"公众幸福"的关心绝对超过了对国家力量这一目标的关心和考虑。而在严复的译著《原富》的按语中，对民生问题的关心也绝不少，但更直接关心的是国家力量问题，以至于对民生问题的关心反而相形见绌了。①

史华慈所描述的严复引起了不少学者的论评。李强对他提出了细

---

① [美]史华慈：《寻求富强：严复与西方》，叶美凤译，南京：江苏人民出版社，2010年，第109—110页。

致而有代表性的质疑。首先,李强认为中国文化中存在超验价值,而史华慈笔下的严复却完全放弃了传统中的超验价值,这将严复的想法过于简单化了。① 实际上,严复的学说中始终"贯穿着普遍主义的或曰道德主义的线索,而这条线索正是与传统文化中对超验价值的追求一脉相承的"。比如,严复虽然很欣赏日本明治时期的改制,认为洋务派的改革没有真正像日本那样触及精神层面,很难成功。但另一方面,严复对日本"欲用强暴,劫掠天下"也表示出不满,认为仅有富强,若无德行,而行不义,不是自强之道,却是自灭之道。严复在1897年评论德国强占胶州湾时,表达了类似的观点。严复称德国的强权行经以及英国报刊为德国的辩护为"野蛮之民"而不是"开化之民"的作为。② 可见,严复在一些关键问题上,仍是站在儒家立场而非社会达尔文主义来作评价。其次,尽管"寻求富强"的确是严复思想的核心之一,但是在中国近代,救亡与启蒙是紧密结合在一起的。严复提出了一个近代史上的重要问题,或许对于中国知识分子来说是根本性的问题,即"国家富强"和"个人自由"哪个更重要? 这也是近代以来思想史的核心追问之一,尽管严复打内心深处选择了自由,但却始终认为寻求富强的目标在现实中是高于个人自由的。如果运用汉学家列文森所说的那种"情感与理智"的悖论来说,那就是,在情感上向往自由,但在理智上却毫不犹豫地选择国富民强的基本目标。这的确是许多中国知识分子的共同思想悖论。

美国著名汉学家墨兹(Frederick W. Mote)也曾提出对此书的批评,他认为:

---

① 李强:《严复与中国近代思想的转型——兼评史华兹〈寻求富强:严复与西方〉》,《中国书评》第9期,1996年2月。

② 王栻编:《严复集》第一册,北京:中华书局,1986年,第38—39、55页。

史华慈的许多讨论带有推测性或曰思辨性（speculative）的色彩，习惯于作过头的解释（overinterpretation），倾向于忽略一些具有确切依据的资料，经常采用"也许是"（may）这类模棱两可的语言。①

3. 宏观文化比较观

文化比较的方法一直是史华慈的优长，比如他将孟子和卢梭的学说作为毛泽东思想的两大来源，并对他们进行比较，从而为中共的指导思想构建了至少三个层次：一是毛泽东主义的思想层面；二是马克思——列宁主义的层面；三是欧洲近代思想启蒙的层面。不论对于中国还是西方的历史素材，史华慈均善于用共同的"问题意识"来设问它们，将它们联结起来，似乎回答人类共通的命题。林毓生在概括史华慈史学研究方法的精髓时说：

> 史氏认为"人类具有共同问题与共同条件的世界"是存在的，这个世界超越了特定的历史与文化，在某一范围之内，如果我们要讨论历史中的因果关系，如果这种讨论将"普遍的"（超越特定的时空）与"特殊的"相互作用与影响的"无法获得确解的问题"（problematique）作为范畴的话，那么，这样的讨论将会更有成果。②

在论及严复与西方的关系时，史华慈更是不自觉地大量运用了文化比较的方法。他没有把西方处理为铁板一块的整体，而是将它们细分为

---

① 李强：《严复与中国近代思想的转型——兼评史华兹〈寻求富强：严复与西方〉》，《中国书评》第9期，1996年2月。
② [美]林毓生：《史华慈思想史学的意义》，载《世界汉学》第2辑，史华慈专辑，第33页。

许多不同的路数,仔细剖析它们之间的区别,中国当时的选择便显得更为生动。

> 西方国家发展的不平衡,使严复不可能自始至终确切阐明他关于自由思想的观点……在富强这一特殊优点上,所有国家都落后于英国。严复似乎不关心干扰西方国家是的差别,并不费力地从讨论英国进而推向对整个欧洲的讨论。……其实,为了发现"西方"人们不得不到东方的思想中去寻找,至少也得到俄国去寻找。①

可见,史华慈笔下的严复并不只是在翻译近代西方的思想经典,他同时调动了自己身上的全部中国传统和现实语境在与之对话。译作是文化融合的结果,而史华慈则希望用这种文化骑墙的视角将近代中国思想的西方来源用当代的学术型话语表达出来。

在史华慈的最后一本书《中国及其他事务》(*China and Other Matters*)的许多文章中,这种比较的思路更为明显。

> 虽然化约主义的冲动的确产生于古希腊,但其背后的关怀大概只能说部分是科学的。不过,这种化约主义一直存在着,直到16、17世纪才充分实现了它全部的科学含义。化约主义只是古代思想中若干思潮中的一支,并为苏格拉底、柏拉图、亚里士多德、斯多葛派以及其他许多哲学家所反对。……西方化约主义的另一个可能的、并经常被引用的源头是希伯莱思想。在《创世纪》中的宇宙发生论中,

---

① [美]史华兹:《寻求富强:严复与西方》,叶美凤译,南京:江苏人民出版社,2010年,导言第4页。

> 诸神和灵皆从自然中被抛弃,自然界所表现出来的事物被化减为上帝的创造。……五种元素以其多样性与各种各样的性质相联系,而且我们没有发现进一步化约的倾向。……"五行为五种势力之对转流动,非为五个静止的元素",陈梦家明确地否认它们是古希腊四大元素在中国的对应物。五行观念作为中国宇宙论的骨架在历史上的持久性表明,有关的考虑与对自然宇宙结构之科学假设的超然追求无关。①

再如,在《评〈论道者〉》中,史华慈的比较方法发挥得亦十分鲜明。

> 我同意葛瑞汉的观点,即在中国不存在如下的立场:笛卡尔以后的西方"科学"哲学中出现的事实/价值和应然/突然之间的截然分离,必然要将"价值"与"应然"从完全按照还原主义与科学主义的态度建立起来的宇宙之中驱逐出去;并且完全将这些范畴交给了人的领域——也就是人类的主体性或人类文化等方面。在大多数中国思想流派中,"应然"和"价值"仍然能够拥有一种宇宙论的意义。……我认为,尽管对"应然"的感知或许会源自某个"天国的"实体,可是,即使宇宙的交互作用一切正常,人们也拥有人类固有的故意作对的邪恶能力,以使自己"免受激发"。②

---

① Schwartz, Benjamin I., *China and Other Matters*, Cambridge, MA: Harvard University Press, 1996, p.183.
② [美] 史华慈:《评〈论道者〉》,程钢、王铭译,载王中江主编《新哲学》第 6 辑,郑州:大象出版社,2006 年,第 153 页。

史华慈通过细读、比较、翻译、勾连，在中西方思想中建立起沟通的桥梁。在以人文学为基础的西方传统汉学和社会科学为主导的现代海外中国研究之外，他主张从思想史的角度，重新诠释先秦文学经典，考察了严复的翻译对近代主流话语形成所起的至关重要的作用，从而真正在海外中国学领域实现了文史哲研究的互通。在西方学术试图破除学科划限的牢笼，重新采纳宏观视角来纠偏变得日益琐碎、只见树木不见林的方法论之当下，史华慈的理路或许是一种更有效的"还原中国"的途径。

经由"他者"而思：于连论东西方美学

于连（François Jullien，1951— ）毕业于巴黎高等师范学校，早年从事希腊哲学研究。他于1975—1977年赴华访学，亦曾到日本考察，从此将兴趣转向了东方。于连最初关注中国现代文学，1978年完成博士论文《鲁迅，写作与革命》。他曾任巴黎第七大学东亚系主任、国际哲学学会主席、葛兰言中心主任等职，后赴香港负责法国远东学院分部。1981年任巴黎第八大学副教授，创立《远东、远西》杂志，现兼任巴黎七大当代思想研究所所长、法国大学研究院（Institut universitaire de France）资深教授。

一直以来，于连在学界颇受争议，哲学领域觉得他并非纯粹的哲学家，汉学界又不认为他是真正汉学家。作为一位哲学家，他对中、西哲学的把握似乎缺乏严谨的逻辑推理和理论体系，很多判断比较主观、印象化，而且往往试图从东方反观欧洲，从而与传统欧洲哲学的路子大不相同。相对于法国的汉学传统，他亦不做实证研究和文献考读，尽管他能够熟练阅读中文；而且他并不关心中国本身，只是把它当作欧洲的文化"他者"，或者说文化参照系。他取径中西文明的彼此"远去"，从而抵达"归来"的目的。

在今天，时时困扰着（欧洲）哲学发展的一大问题便是，在理论圈子内部争端的自我封闭之下，研究课题逐步丧失了活力。而以古老中国为题，在这儿，则是为了打开这个圈子。靠着它可以求得一定的距离，从外部来进行思索。这并不是说中国传统是我们手中又一个道德理论的大宝匣，等着我们去清点，而是指它应该是我们的一个理论工具体（汉学也从一个研究对象转变为一种方法）。①

我经历着无休止的迂回（我不停地阅读中文），以便体验思想在异域中漂流的感觉：当它与所有建构欧洲思想可能性的基本因素分离的时候，它会发生哪些变化呢？②

也有不少学者赞赏于连的方法，比如巴黎高师哲学系教授巴迪约（Alain Badiou）称于连"发明中国"是一项英雄伟业。巴迪约高度评价了于连的勇气和眼光，认为他的研究并非出于主观想象，而是以大量事实为依据：

> 中国从来不是一个现成的供我们去了解的客体，而是需要不断发明的，对于弗朗索瓦·于连有时候所称的西方来说，这是一个普遍的问题。中国是我们讨论问题时的一个基本参照，需要不断地重新组合，重新书写，重新发明，而且很久以来就是这样。……他的目的就是要以被发明的中国为中介，来照亮我们的眼前；他的发明

---

① [法] 于连：《道德奠基：孟子与启蒙哲人的对话》，北京：北京大学出版社，2002年，第6页。
② [法] 于连：《建议或关于弗洛伊德与鲁迅的假想对话》，张晓明、方琳琳译，《跨文化对话》第7辑，上海：上海三联书店、华东师范大学出版社，2005年，第139—140页。

也就是按照一定的方法提出一系列的分析资料，是界定清楚的资料，以保证这个中国不至于让人武断地去解释，而是从某种意义上按照字面意义去领会或者理解。①

巴迪约强调于连通过中国研究试图从两大方向反思西方：一是"去辩证化"，二是突出否定、缺席、模糊的各种模式。因此，中国对于反思西方思想的确有所助益。

主要贡献（具体出版信息参见附录）：

1.《鲁迅，写作与革命》（*Lu Xun, écriture et Révolution*），巴黎高师出版社（Presses de l'École Normale Supérieure），1979 年。

2.《隐喻的价值——中国传统中的诗解释的原始范畴》（*La Valeur Allusive des Catégories Originales de l'interprétation Poétique dans La Tradition Chinoise*），法国东方语言学校出版社（École française d'Extrême-Orient），1985 年。

3.《过程和创造——中国文人思想导论》（*Procès ou Crédation: Une Introduction à La Pensée des Lettrés Chinois*），瑟伊出版社（Seuil），1989 年。

4.《平淡颂——从中国思想和美学出发》（*Eloge de La Fadeur—à Partir de La Pensée et de l'esthétique de La Chine*），菲利普·皮盖耶出版社（Philippe picquier），1991 年。

5.《物势——中国有效性的历史》（*La Propension des Choses: Pour une Histoire de l'efficacité en Chine*），瑟伊出版社（Seuil），1992 年。

---

① [法] 巴迪约：《发明中国》，(法) 皮埃尔·夏蒂埃等主编《中欧思想的碰撞：从弗朗索瓦·于连的研究说开去》，闫素伟等译，北京：中国人民大学出版社，2011 年，第 89—90 页。

6.《内生之象——〈易经〉的哲学解读》(*Figure de l'immanence: Pour une Lecture philosophique du Yiking*),格拉塞出版社(Grasset),1993年。

7.《迂回与进入——中国和希腊意义策略》(*Le Détour et l'accès—Stratégies du sens en Chine, en Grèce*),格拉塞出版社(Grasset),1995年。

8.《道德奠基——孟子与启蒙哲学家的对话》(*Fonder la Morale: Dialogue de Mencius Avec un Philosophe des Lumières*),格拉塞出版社(Grasset),1995年。

9.《效率论》(*Raité de l'efficacité*),格拉塞出版社(Grasset),1996年。

10.《圣人无意——或哲学的他者》(*Un Sage est Sans Idée, ou, L'autre de La Philosophie*),瑟伊出版社(Seuil),1998年。

11.《本质或裸体》(*De l'essence ou du Nu*),瑟伊出版社(Seuil),2000年。

12.《经由中国:从外部反思欧洲》(*Penser d'un Dehors (La Chine): Entretiens d'Extrême-Orient*),瑟伊出版社(Seuil),2000年。

13.《大象无形》(*La Grande Image n'a pas de Forme, ou, Du Non-objet par La Peinture*),瑟伊出版社(Seuil),2003年。

主要观点与方法:

1. 哲学与智慧——中西诗学的不同始基

在《圣人无意》中,于连道出了东西方诗学的原初性差异,即哲学与智慧之别。他作了二分性判断:西方有哲学而中国有智慧。哲学是成体系、可以言说的;智慧则不成体系、无法言说。哲学有特定的逻辑理路,智慧源于生活的经验和体悟。哲学强调历史,智慧强调变易。哲学有一整套的方法论,智慧则显得随意和个人化、更玄妙……

西方诗学话语强调本体论、二元论、逻各斯中心主义。而中国的诗学话语强调智慧性,重在构筑符号事实与想象事实之间的关联环节,诸如意象、形象、意境等等。这些关联环节没有把意义推向某一个固定的方向,而使之处于生生不息的意义运作之中。正如美国学者安乐哲(Roger T. Ames, 1947—)指出:

> 西方习以为常的原始动因——中心概想的创造性,正为一种激进的情势创造性思维所取代。前者将意义来源的殊荣给予原始起因,后者的创造性思维认为,意义是生生不息互系关系之中的聚合性产生。①

圣人,即在中国文化中,拥有智慧之人,却保持着"无意"。

> 所谓"无意",是指圣人不会从很多观念中单独提取一个:圣人的头脑不会先有一个观念(意)……圣人担心首先提出的观念会规范其他观念。所以,圣人把所有的观念统统摆在同等的地位上,而这正是他的智慧所在:他认为,所有的观念都有同样的可能性,都同样可以理解,其中的任何一个都不比其他的优先,都不会遮盖其他的,都不会让其他的观念变得黯淡,总而言之,任何一个观念都没有特权。②

按照于连的理解,圣人不想陷于"片面",唯一的途径只能是什么也不固定,于是圣人在是与非、彼与此、然与不然之间徘徊、滑动。圣人的言说不愿刻意传达某个意义,只是提供一个思索和品味的场域而

---

① [美] 安乐哲:《通变:一条开辟中西方比较哲学新方向的道路》,《中国图书评论》,2008年第8期,第21页。
② [法] 于连:《圣人无意——或哲学的他者》,闫素伟译,北京:商务印书馆,2006年,第7页。

已；圣人不提出任何观念并不意味着圣人没有观念,"他不优先任何理念,也不由此排除任何理念,他观察世界,并不对这个世界有预先设定的看法。"①

智慧,也就在这里显现出来。智慧是对某个固定性、封闭性的回避,它面向开放的存在,呈现整个世界因缘的展开状态。从这个意义上,哲学最大的特征就在于:

> 哲学的历史就是从提出一个观念开始的,就是在不断地提出观念。哲学把一开始提出的观念当成原则,其他的观念都是由此而产生的,思想由此而组织成了体系。②

甚至,我们可以这样认为:哲学实为哲学史。智慧没有历史,首先意味着智慧不是历史地形成:圣人什么也不提出,别人也就没有办法反驳他。

> 不存在强加给他,并且预先决定其行为的"必须";智者不遵循规则或箴言。他是"毋必"的。因为没有任何东西事先规范他的行为,则他的行为事后并不固定为常规。因为不固定于任何特别概念,他是"毋固"的;因为不隶属任何明确观点,他随着形势合事件的过程,而不断地演变。③

---

① [法] 于连、马尔塞斯:《(经由中国) 从外部反思欧洲——远西对话》,张放译,郑州:大象出版社,2005年,第273页。

② [法] 于连:《圣人无意——或哲学的他者》,闫素伟译,北京:商务印书馆,2006年,第9页。

③ [法] 于连、马尔塞斯:《(经由中国) 从外部反思欧洲—远西对话》,张放译,郑州:大象出版社,2005年,第273—274页。

从《周易》开始，中国思想就在回避哲学。周易当中有简易、变易和不易三种，其中最核心的是变易。孔颖达《十三经注疏》之《周易正义》曰：

> 正义曰，夫易者，变化之总名，改换之殊称，自天地开辟，阴阳运行，寒暑迭来，日月更出，孚萌庶类，亭毒群品，新新不停，生生相续，莫非资变化之力，换代之功，然变化运行在阴阳二气，故圣人初画八卦，设刚柔两画，象二气也，……易论云易一名而含三义，易简一也，变易二也，不易三也。①

可见，智慧的内核承认变易，并且能够去寻找其中的"不易"之处。饶有趣味的是，这个唯一不变的东西，即为变化。变中有"通"，变的是现象，不变的是规律。而易简表明周易所说的变化并不是无穷复杂的。世界并不展现为一个非常庞杂的不能把握的体系，而是来源于一个简单的变化模式，即乾坤、阴阳、刚柔之间的相互作用。

中国文论话语中的智慧，往往体现为"灵感"、"妙悟"之类的范畴，这些范畴并不表现为一套固定的方法，它以"无"的形式出现。在于连看来，中国智慧看来玄妙，但并非没有基本的论域。哲学有很多的路径、流派，也自然会有许多话题、结论和争论，而智慧，不论分属哪种文明体系或学派，他们基本的论域很少，共通性很强。比如儒释道都强调"中庸"、"中和"，就是典型的智慧型言说。"中"强调不走极端，游离于两极之间。

---

① 孔颖达：《周易正义》，见孔颖达《十三经注疏》（上册），北京：中华书局，1998年，第7页。

"'中','虚':执'中'而不固守于'中',执'虚'而不执着于'虚'。因为,谁固守于'中',谁就会僵化于'中',谁就会丧失'中'的丰富。"……智慧虽说永远在变化,并声称永不固守于这一点,但智慧的言语却又透出深刻的平庸:"在施惠于人的同时,在竭尽心机的同时,却也永远处在退隐的位置上。"①

中西方表达方式的差异也决定了两者在思维上的区别。在西方,没有"是",就没有存在的形而上学,也就无法确立知识体系。而在中国,这个系词可以由许多形式来承担,比如含有判断和推理功能的"者……也",又可能是种万分模糊的形式,它阻止了中国思维向着哲学的路数发展,它不把问题引向另一个"本体"或"中心"。

所以,哲学源于意;智慧源于无意。中国思想的旨趣并不是构建西方知识谱系基础之上的"意义"(meaning),而在于勾勒话语的"意味"(significance)。于连在《迂回与进入》中,

> 讨论了儒家与道家经典《论语》、《孟子》、《老子》、《庄子》,发现这些经典有个共同点:话语形式不确定,回避对付最本质问题,而是把各种复杂的角度统合起来,从而发展出多样性。②

因此,从亚里士多德开始,西方走向了哲学之意,而中国从孔子的"无意"开始,便走向了智慧。

---

① [法]于连:《圣人无意——或哲学的他者》,闫素伟译,北京:商务印书馆,2006年,第33页。
② 赵毅衡:《争夺孔子》,《中国图书评论》,2008年第1期,第31页。

2. 言与意：中西语言观的殊途

中西语言观的殊途是"他者"与"自我"最本质的区别之一。这种语言观的差别通过言与意的关系呈现出来。具体而言，儒家思想的"言意观"主要体现在言不尽意和立象尽意两个层面。大致地讲，儒家思想认为存在一个可以被表达被展示的"意义"的，但是语言不能完全表达意义，要依靠圣人通过"象"的形式来完全地展示"意"。

> 子曰："书不尽言，言不尽意，然则圣人之意，其不可见乎？"子曰："圣人立象以尽意，设卦以尽情伪，系辞焉以尽其言。变而通之以尽利。鼓之舞之以尽神。"①

书面文字不能完全表达语言，语言又不能完全表达意义。那么，"书不尽言，言不尽意"的根据何在呢？儒家思想之中，"意"并非是一个固定的实体，并不总是处于被动展示的状态，"意"的最大一个特征就是它的变通性。当"意"用"言"的形式来体现的时候，它已然跨入了另一个陌生领域。但是，如果"意"是变动不居的，又如何用语言来表达呢？于是，"圣人立象以尽意，设卦以尽情伪，系辞焉以尽其言"。"象"存在于"言"和"意"之间，它是间接性的，或者说是一个中介和过渡性的力量。它避免从一个实体直接碰撞另一个实体。

道家认为"意"不可言说，不可尽，它的特征既不是"象"，也不是"言"，而是"无"。道家言意观的关键就是"意"的虚无性。比如：

> 道可道，非常道；名可名，非常名。无名，天地之始，有名，万物之母。（《老子道经·体道》）

---

① 《周易·系辞上》，见孔颖达《十三经注疏》（第1册），第82页。

> 语之所贵者意也，意有所随。意之所随者，不可以言传也……知者不言，言者不知，而世岂识之哉！（《庄子·天道》）

与儒家的"意"总变动不居不同，道家的"意"总处于一种混沌的未分化状态。于连觉察到道家的迂回途径，一方面是通过否定和模糊来使语言和意义之间的关系变得扑朔迷离；另一方面"得意而忘言"意味着语言只是一个导引和指向，决不可固执地拘泥于这个导向，那样只是缘木求鱼。只能用"忘"来进行超越，去追寻语言之外的部分。

佛家和儒家、道家一样，都坚持言不尽意。不过，儒家要立象、道家要忘言，而佛家坚持妙不可言。所谓"妙不可言"，就是指一切真谛均不可用具体的言语来表达，读者也不能根据这些言语来捕捉真谛。那么，如此看来，佛法要义不存于语言文字中，又存于何处呢？佛家的回答是：

> 善知识，（既）悟即佛是众生，一念悟时，众生是佛。故知万法尽在自心。何不从自心中，顿见真如本性。[1]

《菩萨戒经》云：我本元自性清净。若识自心见性，皆成佛道。《净名经》云：即时豁然，还得本心。佛家把意义完全内在化了，任何真谛都置于心中，不是通过阐释来理解其意义，而是依靠领会。

> 若自悟者，不假外求。自心内有知识自悟。若起邪迷，妄念颠倒，外善知识虽有教授，救不可得。若起真正般若观照，一刹那间，

---

[1] 《坛经》，太原：山西古籍出版社，1999年，第90页。

妄念俱灭。若识自性，一悟即至佛地。①

可见，从老子开始，中国诗学传统中反复强调意义的"不可言说"性。在先秦思想家们看来，言意问题与名实问题密切关联，假设世界有一个混沌的本体，那么它虚无玄妙，万物虽然体现出其间的规律，却无法将它完全描述出来，所以人类可以不断诠释却永远无法接近真理。中国传统并非完全否定语词或言说的作用，只是将圣人之"意"深藏于通过"象"所规约的"言"之后。然而，如果可以将意作为深层内涵，将语言看作表层形式的话，偏于含混的中国诗学一直不善于将形式与内容、表层与深层截然二分。同时，中国的实用理性中注重将认识的指向归于日常生活经验中，而语辞毕竟是构成日常经验的一个重要部分。但是，中国哲学也更倾向于突出语词的功能意义，人总生活在一系列的语词（"名"）世界之中，因此中国哲学"从来没有对语言作一种实体性的理解，故而没有形成柏拉图意义上的实在论传统"。② 相比之下，西方的绝对理性则特别注意将本体论与认识论作二元区分，尤其20世纪西方哲学的语言学转向以来，一方面人们意识到语言对于形塑历史与文化的超乎想象的作用；另一方面，更多后现代学者将语言作为阻碍人类思想解放的"牢笼"。③ 这大概也是西方学界为什么偏爱讨论中国"言""意"之辩的原因，两种文化载体在如何看待能指与所指之关系上似乎达成暗合。然而，实际上两者的目标并不相同。首先，中国文化中的言意之辩旨在强调不能指望光凭借语言领会到圣人之意，还必须辅以"悟"，人的悟性有高有低，与真理的距离也各不相同。从这个意义上说，人的思

---

① 《坛经》，太原：山西古籍出版社，1999年，第91页。
② 郑家栋：《走出虚无主义的幽谷——中国传统哲学与西方后现代主义的辩异》，《中国社会科学》，1995年第1期，第130页。
③ [美] 詹姆逊：《语言的牢笼》，李自修、钱佼汝译，南昌：百花文艺出版社，1997年。

考是积极主动的，言与意可以互补；西方的言意关系则强调语言与意义的逻辑不是纯粹的表达与被表达，它们有时不相对应，因为谁是本体谁是表象很难说。由此，人的怀疑很大程度上出于对语言的不信任，言与意始终保持着紧张的对立。

这里不妨简单回顾一下西方思想中关于同类问题的论述。古代西方哲学在言与意的关系上与中国传统有着非常相似的态度。苏格拉底非常不满当时伦理与政治充满着怀疑主义与虚无主义，强调人们可以通过语言表达来理解知识。[1] 苏格拉底之后，西方开始追求那个终极"理式"，柏拉图认为语言或文艺均是外在于真理之物，它们在模仿理式的同时也歪曲了它。亚里士多德创立"形而上学"，一方面将哲学定义为超越经验、研究一般原因与规律的知识，从而将语词等形式载体功能化；另一方面，他又十分重视形式与修辞，认定思维的逻辑必须在其层层演绎中才能得以展现甚至形成。基督教神学兴起之后，经院派哲学开始了第一次唯实论与唯名论的激烈交锋。前者认为概念反映着事物的共有性质，而表述这些概念的语词或字母则是"一般的词"。[2] 他们基本依循着柏拉图式将圣人之意与言说分为两个等级的传统，只不过这中间出现了一个比"一般的词"高级些的"概念"。从功能上说，这种"概念"可能与中国古代所说的"象"有点类似，它可能表示圣人之意无法全然表达时所依附的"概念映射"。[3] 与此同时，唯名论者则发展了亚里士多德注重形式演绎与语言修辞的一面。他们认为共相既不存在于事物中，也不存在于被唯实论者抽象为实体的观念中，共相须被感知并表达才能为人理解，而知识的真假有时取决于推导与表述的方式。

---

[1] [美] 梯利：《西方哲学史》，葛力译，北京：商务印书馆，2004 年，第 58 页。
[2] 同上书，第 190 页。
[3] Gu, Zuzhao, "Five Kinds of Imaginary", *Social Sciences in China*, 1996 (Autumn). pp.156–158.

康德将观念的表达分为十二种判断形式,又另设"物自体",这是一个带有神秘性的外在于认知世界的范畴。如何将纯粹概念和感官知觉结合起来呢?康德认为其间必须有第三者,它称之为"先验模式"。① 康德对纯粹概念—先验模式—感官知觉的逐级划分非常类似于中国古代意—象—言的层次区别,这种想法在黑格尔那儿被转化为"思维与存在"的关系。只是它将"理念"置于思维或精神之上,又将精神区分为主观精神、客观精神和绝对精神。他也特别强调那个中介的作用,命之为"表象"(记忆、想象和联想),它处于知觉和理性之间。黑格尔谈到"表象"时,他的脑海里可能浮现出中国的象形文字。虽然他受到赫尔德《人类哲学史纲要》(1784)影响,将中国表意的象形文字理解为僵死文化中的原始符号,但这种符号对于表达神秘圣人之意的作用却无法被否定。在他之前,培根、莱布尼茨等人将汉字置于汉语之上,它"不仅代表着词汇、字母或音节,而且承载着事物本质与精神观念"。② 早期象形文字的以形表意的符号特征,使得它有可能成为一直保留至今的"象"。

黑格尔之后,叔本华成为康德与尼采哲学的过渡阶段。从基本意义上说,叔本华虽然也区分世界的几个层次,但它们的高低程度与康德有所不同。康德完全倾向于理性,叔本华则将那个"自在之物"称为"意志"。这里的意志不是纯粹理性,而是人的知觉、记忆、想象和判断的总和,世界由代表人类意志的种种表象组成,而意志是有生命的真实自我,不是外在于肉体的信仰与理念。尼采强调艺术家的灵感与冲动均来源于日神或酒神附体,因此艺术的一切力量是自然界本身显现出来,

---

① [美]梯利:《西方哲学史》,葛力译,北京:商务印书馆,2004年,第445页。

② Huang, Yunte, *Transpacific Displacement: Ethnography*, Translation, and Intertextual Travel in *Twentieth-Century American Literature*. Berkeley, Los Angeles & London: University of California Press, 2002, pp.13-15.

无须人间艺术家这一居中的媒介。尼采此说表面上仍然肯定了"圣人之意"不可言说,实际上他打破了意—象(比如悲剧表演中的面具)—言的三级划分,因为艺术家和哲人之"言"很可能不是普通人的言,他们是作为神灵的代言人,常常处于梦与醉的状态中。

尼采的想法为现代人重新审视言与意的关系打开了一种新思路,后来逐渐形成20世纪的"语言学转向"。海德格尔认为人类借助言说这种方式生存并建构自己的精神家园。他也专门考察过"存在"与"语言"的关系问题,并认为传统语言学的最大局限即在于它使得语言与"存在"完全对立起来。传统语言学总认为言说有个对象,"存在"是言说的对象。而实际上"存在"根本无法作为认知对象,更不可能被完全表达出来,因此产生了矛盾。但是海德格尔并没有像中国古代哲人那般完全放弃言说来保全"存在"的原初意义。他认为应该建立一种新的言说方式,它不只是交流和表达思想的工具,而自身具有使"存在"自然外化的作用。他强调"讨论语言,意味着不仅把语言,而且将我们带入其存在的位置,我们自身聚集于事件之中。"[①] 只有这样才能实现语言由Sprache(非本质的语言)到Sage(本质的语言)的转化,才能进入"不可说"的"存在"领域。在海德格尔看来,诗意的语言是人类"存在"的最本真方式。

如果说海德格尔在言意问题上曾与中国古典思想十分接近,西方六七十年代以来的学者则将这个转向推向极致。德里达在讨论语词时再一次关注到汉语。他认为逻各斯中心主义的惯常作法是先确定一个终极所指,然后将能指一层层地覆盖上去,形成一个等级体系。但由于这个等级链的无限性,所以每一层能指都只能视为更深层次能指的一种"替

---

① [德] 海德格尔:《诗、语言、思》,彭富春译,北京:文化艺术出版社,1990年,第166页。

代",它自身没有确定的价值,整个过程遵循着历史目的论的方向前进。汉语则不同,它不是对意义敞开,而是直接对自然现象敞开。① 由此,德里达批判海德格尔仍然没有摆脱西方形而上学哲学,要用"差延"来动摇"存在的支配地位"。

与西方总体的言意观相比,于连透过中国的反思显得更有启发性。他发现汉语所描述的那个世界里,人们从来不直接到达"意"的极点,而是一次次迂回地深入。比如中国诗歌都喜欢借景抒情,对景的细致临摹并不是简单反映现实表象,而是以隐喻的方式引领读者体会景物背后的意味和感情。在他看来,中国语言的含混性并非因其离"圣人之意"太远,而恰恰在于它故意避免直接展示那后面的深意,而采取积极的迂回方式。他举了许多史传书写方面的例子,说明史家记载历史看似没有直接表达自己的主观判断,但细心的读者仍可感觉到那些"非常规"事件的平淡表述后面,蕴含着许多不为人知的故事。在此,于连将"只可意会,不可言传"中圣人与凡人的对立关系改换为书写者与读者之间的关系。"意"与"言"也许不是严格的层级,只是对"言"之后"意"的不同想象与接受。他认为中国文化是非"此"亦非"彼"的,没有一个本质。因此,中文不像西文有那么多的判断,它的含混性注定它不是用来争辩,而是用来启发智慧的。从这个意义上,于连认为"圣人无意",他创造性地解释了中国传统中"圣人之意"即原本"无意"的可能。中国的意识不通过概念为中介,它只通过"悟"来达到,甚至每个人达到的具体方式均不尽相同。② 他进一步认为,"意"的原发性与本真性其实并不重要,它不在于说明了什么,而在于唤起什么。他借用王夫之的话:

---

① [法]德里达:《论文字学》,汪堂家译,上海:上海译文出版社,2015年,第101页。
② Jullien, François, *A Treatise on Efficacy: Between Western and Chinese Thinking*, Janet Lloyd trans., Honolulu: University of Hawai'i Press, c2004, pp.64-66.

> 意在言先，亦在言后，从容涵泳，自然生其气象。①

几乎与于连同时，在《语言·悖论·诗学》中，刘若愚也强调中国传统中模糊的、不成体系的诗学源自于汉语对自身认定的含混。汉语本质上是偶然的，非理性、充满悖论的：首先，语言作为交流的必须工具，不能完全胜任其职，即"言不尽意"；其次，至深至美的事物难用言词表达，而立论者却用言词作出这一判断。文学家或哲学家明知道无法用言语尽意，因此在文学创作与评赏中，他们依赖于含混的表达与思维逻辑，依赖于更加意象化的、情感化的方式；但是创作与鉴赏本身又不得不遵循相对严谨的语词陈述，因此语义的能指与所指之间形成了巨大"张力"，这就是所谓的"悖论"。他的结论是乐观的：中国传统中这种明显而无法解决的悖论既为中国文化带来了无穷诠释的活力，使它获得超越文本自身的意境，但同时亦正是造成中西沟通的最大障碍，是中国诗学无法建构自身独立的体系与西方诗学抗衡的主要原因，因为我们自身都无法确知这一套话语方式背后的真正意涵。②

3. 显与隐：艺术表现方式的迥异

在《迂回与进入》的开始，于连引用了美国传教士明恩溥（Arthur Smith）在《中国人的特性》中对汉语的分析。于连继而认为：

> 我们西方人能够直接表达，因为我们笔直走向事物，我们被"直线的感情"所引导，而直线也是通向真理的最近之路。至于中国人，

---

① 转引自 [法] 于连:《迂回与进入》，杜小真译，北京：三联书店，1998年，第193页。
② Liu, James J. Y., *Language-Paradox-Poetics: A Chinese Perspective*. Princeton: Princeton University Press. 1988, p.18.

他们受迂回表达的局限,甚至拐弯抹角地表达如此"简单"、而他们之中没有人"愿意"简单表达的东西。①

中西艺术表现方式的殊途从根本上来说源于两者"言意观"的差异。在《论本质或裸体》中,于连详尽分析了中西艺术的显与隐的观念。裸体和赤裸不是一回事,尽管两者存在密切联系,法文"裸体"(le nu)来自于"赤裸"(la nudite):

> "如果说赤裸是在行动中被感受到的,裸体则产生自停顿及固定(也因此摄影注定发出裸体,因为每一镜头皆必然凝固)。特别是由赤裸转为裸体时,我们抛弃主体的观点及意识"。②于连称:"欧洲艺术附着裸体,有如它的哲学固守于真实。""裸体这个现象和西方文化如此良好地粘在一起,正使得西方一直无法由其中走出。教会可以重新为性器覆上衣饰,但它留下了裸体。"③裸体意味着本质,"裸体的美感不见得来自形式间的和谐或各部分的正确比例。构成裸体的,给予它地位的,是在所有的多样和特殊之前,它拥有一种更为本质的能力。"④

古希腊艺术中裸体所展现的,就是这种高贵的单纯。裸体是人最干净最简单的形式,只有这种形式,才能和当时的自然环境和精神模式

---

① Jullien, François, *Detour and Access: Strategies of Meaning in China and Greece*, Sophie Hawkes trans., New York: Zone Books; Cambridge, Mass.: Distributed by the MIT Press, 2000, p.139.
② [法]于连:《论本质或裸体》,林志明等译,天津:百花文艺出版社,2007年,第7页。
③ 同上书,第35页。
④ 同上书,第27—28页。

相契合。在中国，裸体又意味着什么呢？"中庸"的思想深入到中国文化的各个层面，在表现身体的时候，也理应做到中节、中和、中庸。这样一来，"裸体"就意味着一种过于直接的方式。没有服饰的掩映，赤裸的身体彻底暴露、突兀，甚至是对视觉和心理的强力冲击。孔子曰："质胜文则野，文胜质则史，文质彬彬，然后君子。"换言之，裸体走向一个极端，它不再有覆盖及遮蔽，不再有幻觉产生。于连指出：

> 裸体在欧洲文化中长久不褪，不断重建的优势地位，其原因之解释，必然要看到孕育此一文化的各种紧张，正是在裸体之中汇聚，并且达到顶峰。在欧洲文化中，裸体所处身其中的端点有：感性事物与抽象事物、物理与意念、情欲与精神、以及最终的自然与艺术：裸体正是一个熔炉，使这些对立在其中不断精炼和融化的；它们在其中同时是更加地活跃、但也归于消灭。虽然人们一再重复地说，"西方"曾经是二元对立的，而此一论调正显示出哲学套语的力量，但这样想其实是天真的。实际上，裸体挖空了这些二元对立，并且诶投身于其分裂之中——直至坠入深渊，而当它越是如此，这些对立面越是会召唤其超越，并因而激发其思想：裸体之所以出现，正是和这些对立极端正面相迎，同时冲撞，而同时合作的结果。①

于连借此进一强调，与东方崇尚"遮"的艺术相比，"裸露"的想象和精神空间反而缩小了。西方对裸体的偏爱在于对形式的追求，而中国缺乏某种存在的基底，因此裸体也是缺席的。"中国文明怀疑形象之显露性的力量，一般将其局限在作为'比喻'使用，同样的，它一直无视

---

① ［法］于连：《论本质或裸体》，林志明等译，天津：百花文艺出版社，2007年，第18—19页。

于宗教性启示。"于连强调,唯有中国是真正没有裸体艺术的民族,印度有裸体艺术,它在历史上与希腊艺术有交往,甚至日本的神道传统也不回避裸体。而在汉语文学中,赋比兴之类的间接性或迂回遮盖的效果置换了直接性或裸的效果。西方艺术常以浪漫自夸,但是,裸体并不浪漫。真的浪漫,不是拥抱一个真实的女人,而是为她的增补物所激动:她的信物、情书、记忆中的眼神、体味、第一次约会的场景等。在这一点上,中国艺术其实更为浪漫和具有想象力。

于连以中西方绘画的偏好为例来具体探讨这一问题。他发现,与西方崇尚人体画不同,中国画中的人更注重的是神态甚至衣带的飘洒流动,观者才得以感受到真人一般的新鲜生动。当人物以赤裸的方式被呈现时,他等于被剥衣了,被抽象了,成为了一般意义上的普通人,不再具有时代和地位的差别。即"它超脱了具体与有限,把人的形象提炼成最纯粹的、没有任何附加标志的'人'。"因此,人体之于欧洲艺术,恰似真理之于欧洲哲学。真理即为去掉任何遮饰物,也就是赤裸。赤裸意味着把所有附加或移来之物去除,不再有覆盖或混合,因此能达到终极的、不可更改的真实:它已经达到本质的固定,具有存在论上的意义。裸体在西方表示"就是如此",是"之所以为实是"的东西,于连说:

> 在裸体的背景里,我们不得不找到存有的概念及在己存在的问题:裸体即"即是如此",res ipsa(事物本身),而且因为它是如此法超越,它是现实还原为其身份(identity)。裸体回答了 ti esti(这是什么?)的问题。然而,我们知道古代中文没有(既是"是"又是"有"的)"存有"动词(le verbe "tre"),它只知道用"有"和连词,而且因为如此,它不用存有的角度来构想这个世界,而是以过程(道)为角度。如果裸体在中国不可能,那是因为它找不到一个存有学的地位:于是留下来的,只有肉体(中国情色艺术)或是猥亵的裸露。中国"缺乏"存

有的基底，然而由希腊以来，裸体便是建构在这个基底上。①

于连认为，对"本质"的思考意味着要隔离出一个超时间的、知性的状态，将这种状态与所有变化的事物相对立。中国思想从未有过这样的划分。裸体，在中国并不视为一个"形式"，因为中国思想中一直在回避这样一个"形式"。西方哲学追求"形式"，哲学史就开始了，因为一旦存在开始随着主体而形式化之后，那么这个形式就是变动不居的。我们可以说形式是"逻各斯"，是上帝、是理念、甚至是"物自体"。不同的是，中国用"一"回避了本体论哲学。"道"不需要一个超越，道法自然。因为物就是物本身，存在就是这样一个彻底开放的场域。在于连的分析中，裸体具有了一定的形式，才可以见证他的自我坚定。没有这种形式，裸体只是没有衣物的肉身，和色情没有多大区别。沈清松在《本质或裸体》一书的序言中也分析道：

  于连先生以"形式"一词联系了古希腊与近代西方的裸体观，指出了由柏拉图（Plato）经由普洛丁（Plotinus）到西方近代似乎有的一贯线索。一般而言，近代的裸体已经失去本体论的意涵，变成一种美感与知识的对象，与解剖学、数学紧密相连，如同达芬奇所见证的，裸体已然成为客观性的展示。至于近代西方裸体与古希腊艺术的延续，则在于形式的观念，是柏拉图的"理型"或"本质"继续在近代科学中作用的结果。②

---

① ［法］于连：《论本质或裸体》，林志明等译，天津：百花文艺出版社，2007年，第41页。
② 沈清松：《论本质或裸体》中译本序言，于连《论本质或裸体》，天津：百花文艺出版社，2007年，第2页。

本质与裸体的关系实际上是显与隐的关系,这是一个古老的命题。于连认为中国崇尚的隐含性和模糊性在"兴"中体现得尤为明显。"兴"并不追求两者之间的相似性和类同性,从逻辑推理的角度来看,根本找不出两者之间所存在的事实关联,它们之间的关系不像"比"那样"切",而是"阔",所谓"阔"也就是一种距离产生的空间场域。然而,正是因为这样的差异,才把"兴"引入到另一个超越性的审美特质,一种诗性所在。于连说:

> 多亏了两种形象进行的形式区分,兴的相对"模糊"开始突出。人们可能用这样的一些说法来概括中国诗评家们对之情有独钟的"兴"的生命力:从创造的角度看,它是最直接的;从意义的角度看,它又是最间接的。正是在间接与直接——这是由此拥有更多间接价值的直接——的结合使得在开始时只是《诗经》的特别形象的东西应该能够在中国——在人们意识到的限度内——代表诗的本质。①

4. 迂回地进入:于连所引发的争论

"迂回"在于连的著作中至少有双重含义:(1) 指中国古典文本之示意方式的特殊性;(2) 指一种通过中西比较而进行思想探索的方法。

关于"迂回"第一层意思,于连首先从西方当代的背景出发而反推。西方知识系统中的概念、判断、推理、逻辑形式、形而上学等似乎都在指向一种客观实体性、科学性和理性。但是,现代科学理性的

---

① Jullien, François, *Detour and Access: Strategies of Meaning in China and Greece*, Sophie Hawkes trans., New York: Zone Books; Cambridge, Mass.: Distributed by the MIT Press, 2000, p.177.

高速发展不是走向了真正的科学之路,反而在东方神秘主义中找到了共鸣的兴奋点:

> 东方神秘主义反复强调一个事实,那就是:终极实体决不能成为推理或者是知识演绎的对象,它不能被言语充分描述,因为它超越于感知领域,也超越于我们能从中得出语词和概念的思维能力。①

同样,20世纪风靡西方世界的解构主义的缺陷在于连看来也恰恰在于它把自我也否定了。如果自我的意义建构亦是虚无,那么,言说还有什么意义?解构主义固然打破了语言与逻各斯之间天经地义的关联,但两者就因此而活生生的割裂开来吗?西方当代信仰危机已经预示了这种行为的危险性。所以,于连给解构主义的补救是:当对意义的正面进攻失效之时,我们为什么不可以间接地迂回?在通向真理的直路上,被视为障碍的"距离",又为什么不可以成为另一种手段或途径?基于对这一系列当代困境的思考,于连开始转向东方,开始对"迂回"的探寻。他发现迂回对于中国文化来说却是一种根本而自然的思维方式。上文谈到之所以中国不崇尚裸体,恰恰因为太过直接的表达使一切迂回均成为泡影,让一切想象、回旋、思想的加工都无处藏身。当裸体接近所谓本质的时候,在中国思想看来,已经与"本质"分道扬镳了。

第二层次的"迂回"是指"策略性迂回",即西方思想可以绕行到另一个完全异质的文明体系之内再返回自身,"从外部反思欧洲"。为什么要选择中国来反思欧洲呢?于连宣称:

---

① Capra, Fritj, *The Tao of Physics*, Boston: Shambhala Publications, 1991, p.29.

> 中国文化对欧洲文化来说代表着最明显的外在性,无论是其古老的还是它的发展,都会让我们欧洲人摆脱自己的种族中心论。①

于连强调迂回之路必须"脱离印—欧语系",而话语上的迂回是为了让西方紧密的逻辑性语言开始松动,正如格雷马斯(Algirdas Julien Greimas,1917—1992)所说要保持一定的客观化距离,其曲折委婉也许能够以另一种形式介入真理。在同杜小真的对话里,于连进一步澄清了人们对他策略的"误解"。他说:

> 离开我的希腊哲学家园,去接近遥远的中国。通过中国——这是一种策略上的迂回,目的是为了对隐藏在欧洲理性中的成见重新进行质疑,为的是发现我们西方人没有注意的事情,打开思想的可能性。我更愿意把这种途径视作一种策略,而不是单纯的方法,因为我知道前面存在重重困难和危险,必须通过迂回去克服。②

他所谓危险就是在策略上要避免两种错误倾向:民族主义心理和猎奇心理。前者要求打破民族主义的局限,因为民族主义投射了原则的普遍性,将其世界观强加给他者;后者要求不能放弃自身的立场,因为猎奇心理放大了差别的魅力。易言之,西方人研究中国既不能局限于欧洲哲学,又不能放弃哲学完全陶醉于汉学之中,而是要求:

---

① [法]于连:2008年在北京大学举办的《弗朗索瓦·于连的思想对西方思想史的意义》发言稿。转引自汤一介《"海外中国学"研究的新视角》,《学术月刊》,2010年5月,第7页。

② 杜小真:《远去与归来:希腊与中国的对话——关于法国哲学家于连的研究》,北京:中国人民大学出版社,2004年,第3—4页。

立足自己的"外在"立场，积极主动地从西方观点观察中国思想，找出中国思想中丰富多彩的理路。只有坚持一种真正的正确的阅读方法，即同时有"远"又有"近"的阅读。"近"，深入到文本的特殊性和创造性；"远"，向外扩展发挥文本的意义，并且在前瞻的过程中继续挖掘文本的意义。①

于连对中国诗学传统的判断及其借助东方回到西方的方法受到来自中外学界的诸多争议。最激烈的抗辩来自于瑞士汉学家毕来德（Jean-Francois Billeter，1939— ）。他曾写过《驳弗朗索瓦·于连》（Contre Francois Jullien, Paris: Allia，2006），中文版由郭宏安译出。毕来德与法国汉学界有良好的关系，其妻是中国人，他本人是《庄子》的权威法译者和评注者，曾为明代思想家李贽作传，精通中国书法，著有《中国书法艺术》。早在上世纪80年代，他与于连就曾对王夫之的不同解读有过交锋。毕来德对于连的批评主要来自于以下几方面：

（1）于连的全部著作建立在中国的相异性这一神话之上，即中国是一个与我们完全不同甚至相对立的世界。这与法国18世纪以来的主流观点一脉相承，与20世纪比较学派的中国知识分子观点也是一致的。毕来德认为这种判断过于极端。于连实际上迎合了自启蒙运动以来西方思想家心目中的东方神话，那时许多哲学家认为中国思想的优越性在于其没有超验性。但是，并非所有人都像莱布尼茨、伏尔泰那样是亲华派，何况最初的中国形象来自于传教士，传教士笔下的中国都有着非常强烈的意识形态色彩。

---

① 转引自孙景强：《从笛卡尔的方法到于连的策略》，《法国研究》，2009年第2期，第63页。

> 他（于连）一方面借用"中国思想"这一概念，是比较学派的中国知识分子作为"西方思想"的对称物的"中国思想"。他继他们之后在二者之间拼凑了一种大的对立，为此特别从徐复观和牟宗三的著作中获取营养。……牟宗三翻译过康德，本人是个哲学家，他按照他的理解对传统的中国思想史做了一个巨大的综合。他承认西方思想在认识领域内的优越性，而在智慧这一方面则肯定了中国思想的优越性，并且认为后一个优越性是决定性的。这种智慧不产生于思考而产生于直觉，自发地实现于智者的完美的行动之中。于连本可以介绍这两位作者，一边说明他们的成绩和局限，一边解释台湾和中国大陆对他们倾倒的原因。但是他没有这样做，只是从他们的著作中吸取了思想，而往往不标明出处。他在他的每本书里，在不同的主题上，把古希腊思想和他所谓的"文人的思想"对立起来——因为他视前者为整个西方思想的基础，而后者则构成了"中国思想"。一举两得，他这样做，同时也重新唤醒了法国人的记忆中遗传下来的"哲学派"所宣扬的幻象，那个纯粹的"他者"。①

把异文明视为"纯粹"的"他者"固然是跨文化研究中很难摆脱的"路径依赖"，但比较学派的思考方式严重的后果还在于他们一心要建立两个互为对称的历史，因此忽视了每一方的一切间断的、矛盾的或成问题的地方。他们有时候看不到法国、德国和英国的哲学传统之间的深刻的区别，也看不到中国哲学与之相比较所必然产生的相距很远的结果。于连谈论中国的思想家也仿佛他们从来都是一致的，这等于

---

① [法] 毕来德：《驳弗朗索瓦·于连》，郭宏安译，《中国图书评论》，2008年第1期，第15页。

放弃了对他们的深入理解。

(2) 于连的书讨人喜欢,因为它们复活了法国知识分子欣赏的"哲学派"中国神话。于连熟练、华丽的论述使他们免于阅读原著,即使有翻译也不用看,中国历史也不必接触。他的书引证文本、解释概念、介绍历史背景往往是很随便的,而当别的汉学家指出于连对中国的描述不可靠时,他回答说这与他关系不大,因为他不是汉学家而是哲学家,他将中国作为一种"理论上的方便",使我们通过这一迂回从外部重新思考自身。毕来德认为:

> 于连确实为我们打开了视野,提出了一些可能发生的相遇,但这些相遇最终并未产生,因为他总是一个人在那儿说话。他引证中国的作者,总是匆匆一过,其目的只是为了充实他自己的论说,不让他们说话,不让他们以他们的方式展开论述,不让我们听见他们的声音。他意识到这种做法会歪曲中国概念的含义或缩小其意义,他这方面也警告了读者,但还是坚持他的选择,结果出现了明显的扭曲。这里仅举《平淡颂》为例。在他引用的很多文本中,他将"淡"这个词一律译成 fade(乏味)或 insipde(无味),而大部分情况下,译成下面的词才更准确 fin(细)、léger(轻)、subtile(微妙)、mperceptible(难以觉察)、fable(柔弱)等等。①

毕来德讽刺于连在这方面以德勒兹(Gilles Louis Réné Deleuze,1925—1995)为师,德勒兹认为哲学并不是提出"正确的概念",而是

---

① [法]毕来德:《驳弗朗索瓦·于连》,郭宏安译,《中国图书评论》,2008 年第 1 期,第 16 页。

"随便提出一些概念"。德勒兹感兴趣的不再是与现实相遇，只是把"一些思想"和"另一些思想"拉在一起进行对照，使其产生某些"效果"。同时，于连从福柯（Michel Foucault，1926—1984）那里借用了"异域"，也就是所谓的"他处"的概念，哲学家应该从外部审视自己思想的"他处"。毕来德强调，随着岁月的流逝，于连的作品带上了越来越自我表述的色彩，有朝一日，恐怕只谈论他自己了。①

（3）于连身上希腊学者的"初褶"特别明显，他把古希腊当作他所构想的"西方思想"和"中国思想"之间所有对立的唯一基础。他忽略了君主制、专制主义、暴政、集权主义在欧洲历史上扮演的角色，忘记了这些权力模式长期被接受，被看作合理的，忘记了中西方政治、历史、文艺思想的共通性。毕来德批判于连将中西方想当然地放置入一个专制——民主的对立框架中，事实上，欧洲的民主同样经历了漫长、艰难的过程。而类似的转变在中国历史上同样发生过。②

不少中国学者在为于连新颖的方法喝彩的同时，也对他进行了反思。比如于连在法国的同事，北大杜小真教授把他的《迂回与进入》译成中文后，陈来在1999年发表了对于连的一系列批评性解读：

> 我很欣赏也基本同意于连教授对中国文化的迂回性或间接性的刻画，并对于连教授对中国经典文化的广泛了解和深刻睿见而感到赞佩。也许仍有必要补充的是，在以推崇"一阴一阳之谓道"而著称的中国

---

① [法] 毕来德：《驳弗朗索瓦·于连》，郭宏安译，《中国图书评论》，2008年第1期，第19—22页。

② 同上文，第25页。

文化中，有"曲"必有"直"，有"不说"也有"说"。如果看过此书的法国读者就此而认为中国人只有"迂回的接近"、"间接的表达"，而没有或很少"直接的说明"，那就会导致对中国文明认知的不全面（同样中国读者也不能由此忽视西方文化中大量的迂回和曲折现象）。①

与毕来德、陈来不同，也有不少哲学家或汉学家为于连的策略而辩护。2007年在巴黎瑟伊（Seuil）出版社出版了《敢于建设——为弗朗索瓦·于连辩护》，该书是于连的支持者在面对毕来德等人批驳之后出版的一本论文集。它指出，于连中国研究的动机并不在于要异化中国或者异化西方，于连的根本目的不是改变什么，而是试图重建欧洲思想。当20世纪经历文化转向和语言学转向，尤其是解构主义之后，西方思想危机重重，而于连跳出西方文明圈，借助中国文化的迂回，对于欧洲思想的重建大有裨益。

过于将中西方文化"类型化"似乎成为于连研究方法的"死穴"。然而，无论于连的文化相对论或"经由外部反思欧洲"是否达到了哲学或汉学上的实际目的，他有一点贡献是毋庸置疑的，即践行了文化比较的视角。于连曾质疑钱锺书、刘若愚的"比较"，认为收效不大。大胆地推出"差异性比较"的比较文学新思路。在他看来，法国学派注重实证和影响，而美国学派注重平行和对话，但都是在西方文明圈之内进行的。他的比较研究策略就是，完全回避文化之间的影响、关联和指涉，把它们放到各自的背景中。在他看来，只有真正探明相异性，才可能了解相互的长处，以长补短，才能真正实现比较文化研究的意义。

---

① 陈来：《跨文化研究的视角——关于〈迂回与进入〉》，载《跨文化对话》，上海：三联书店，1999年第2辑。

"文学的自觉"：铃木虎雄的古典文学探源

铃木虎雄（すずき とらお，1878—1963）：字子文，号豹轩。生于日本新泻县的一个学者家庭。他的祖父铃木文台、父亲铃木惕轩都是著名汉学家。尤其铃木文台著作颇丰，并创办了日本著名的汉学私塾"长善馆"（后归属京都大学）。基于深厚的家学渊源，铃木虎雄早年便对中国产生浓烈的兴趣。他1900年毕业于东京帝国大学汉文学科，1903年赴中国台湾任《日日新闻》社汉文部主任，1905年返回日本，任东京高等师范学校讲师。1908年，新婚不久的铃木虎雄在狩野直喜推荐下，成为京都帝国大学的助理教授。1916年，铃木虎雄赴中国游学两年，又于1929年在欧洲各国考察半年，这些经历为其开阔视野、融贯中西奠定了坚实的基础。1919年，铃木虎雄获文学博士学位，不久就任京都帝国大学教授，成为"京都学派"的"掌门人"之一。1938年被任命为帝国学士院会员，1961年被授予日本文化勋章。1963年，铃木虎雄逝世后，其巨额藏书悉数捐赠给京都大学"长善馆"，后被命名为"铃木文库"。铃木虎雄在日本汉学界享有盛誉，还缘于他培养了一大批现代著名汉学家。青木正儿、吉川幸次郎、小川环树均出于其门下。鉴于铃木虎雄及其门下弟子杰出的成就，他被称为日本近代"中国文学研究的第一人"。

铃木虎雄从1911年就开设"支那诗论史"课程，1928—1929年开设"唐宋诗说史",1930年又开设"宋元诗说史",他的学术成就几乎涉及中国文学的方方面面,从《诗经》《楚辞》到汉赋、唐诗,再到宋元词曲、戏剧、明清小说。他整理、译介了大量中国文学经典,如其所著《陶渊明诗解》《陆放翁诗解》《玉台新咏集注》等,其中的全译《杜诗》八册,至今仍为日本最完备的杜诗译本;他的博士论文《中国诗论史》是日本第一部研究中国古代诗史的著作,比中国最早的文学批评史专著陈中凡的《中国文学批评史》问世还要早两年,孙俍工曾译出其中两篇,改名为《中国古代文艺论史》,1928年由北新书局出版。铃木虎雄所著《赋史大要》《骈文史序说》等,皆为日本中国学界的开拓之作;他的《文心雕龙校勘记》,对范文澜校订《文心雕龙》有重要启示与影响;而其《支那文学研究》的核心内容也于1930年被汪馥泉摘译出来,与青木正儿的另一篇文章合成《中国文学论集》。

铃木虎雄同时也是位诗人。他创作的汉诗数以千计,包括许多"无题诗",后被辑为《豹轩诗钞》,共6卷。

主要著作:

(1) 著作

1. 《支那文学研究》,京都:弘文堂书房,1925年。

2. 《中国诗论史》,京都:弘文堂书房,1925年。

3. 《业间录》,京都:弘文堂书房,1928年。

4. 《赋史大要》,东京:富山房,1936年。

5. 《禹域战乱诗解》,京都:弘文堂书房,1945年。

6. 《骈文史序说》,东京:研文出版社,1961年。

(2) 译、注、编

1. 《杜少陵诗集》,东京:国民文库刊行会,1928—1931年。

2. 《白乐天诗解》,京都:弘文堂书房,1927年。

3. 《陶渊明诗解》，京都：弘文堂书房，1948 年。

4. 《陆放翁诗解》，京都：弘文堂书房，1950—1954 年。

5. 《玉台新咏集》，京都：弘文堂书房，1953—1956 年。

6. 《李长吉歌诗集》，东京：岩波书店，1961 年。

主要观点与贡献：

1. 魏晋文学自觉说

中国学者对铃木虎雄的了解大多始于"魏晋文学自觉"说。这是其《中国诗论史》中最有建树的核心论点之一，也是铃木虎雄在以京都学派为代表的日本传统汉学研究法基础上的理论创新。吉川幸次郎曾如是评价《中国诗论史》：

> 作为文学批评研究者，先生著有《中国诗论史》，这是一本不仅早于日本的学者，甚至还早于中国学者罗泽根、郭绍虞等人的批评史著作的划时代的创造性成果。①

《中国诗论史》中的三篇论文《论格调、神韵、性灵之诗说》《周汉诸家的诗说》《魏晋南北朝时代的文学论》分别发表在 1911、1919 和 1920 年的《艺文》杂志上，引起了极大反响。尤其在《魏晋南北朝时代的文学论》中，铃木虎雄率先提出"魏的时代是中国文学的自觉时代"：

---

① [日] 吉川幸次郎：《继承与开创——铃木虎雄先生的学术业绩》，《吉川幸次郎全集》第 17 卷，转引自铃木虎雄《中国诗论史》，许总译，南宁：广西人民出版社，1989 年，第 243 页。

通观自孔子以来直至汉末,基本上没有离开道德论的文学观,并且在这一段时期内进而形成只以对道德思想的鼓吹为手段来看文学的存在价值的倾向。如果照此自然发展,那么到魏代以后,并不一定能够产生从文学自身看其存在价值的思想。因此,我认为,魏的时代是中国文学的自觉时代。曹丕著有《典论》一书,……评论之道即自此而盛。《典论》中最为可贵的是其认为文学具有无穷的生命。……其所谓"经国",恐非对道德的直接宣扬,而可以说是以文学为经纶国事之根基。①

铃木虎雄所指的"魏"的时代即中国学者惯称的"建安时代"。他主要通过对曹丕《典论·论文》的分析,强调了四点:第一,曹丕在《典论·论文》里开始了对于作家的评论。第二,曹丕说文章是"经国之大业,不朽之盛事",充分肯定了文学的价值。"魏"代"从文学自身看其存在价值的思想"与其前后"只以对道德思想的鼓吹为手段来看文学存在价值的倾向"相对立。铃木虎雄认为前者对后者的突破是"文学的自觉"的特征。第三,曹丕提出"诗赋欲丽"的观点,"这是根据不同的文体说明其归趋之异",从而对文体(类)开始了深入的探讨;第四,曹丕提出"文以气为主",深入到了文章和写作的本身。铃木虎雄进一步强调中国文学批评史是从魏晋开始:

真正的评论产生于魏晋以降,兴盛于齐梁时代,而衰落于唐宋金元,复兴于明清时期。②

---

① [日]铃木虎雄:《中国诗论史》,许总译,南宁:广西人民出版社,1989年,第37—38页。
② 同上书,第39页。

铃木虎雄在论述文学自觉时特别关注"独抒性灵"。《中国诗论史》一书详细地分析了"性灵说"的内涵,并将其概括为十一要点:第一,"贵清新避陈腐",摒弃剽袭模仿,竭力寻求新词新意;第二,"贵轻妙弃庄重",追求一种灵动、洒脱、活泼的诗趣;第三,"贵机巧不喜典雅",在艺术构思时讲究感性与知性的瞬间体验;第四,"以意匠运用为贵",强调直接坦率地抒发一己之真性情;第五,"诗境取之于眼前卑近之处",诗歌素材来源于可感可触的日常生活经验;第六,"以由自然风景咏及人事者为贵",要着力发掘隐藏于日常生活之中的人情世态;第七,"以由风景咏及人情者为贵",性情是诗歌的灵魂;第八,描写世态人情,"不弃浮薄鄙亵",不排斥俚俗文化;第九,"与形式相比以内容为贵",格律与修辞不应妨碍诗意的表达;第十,"时与道德相背离",对性情(特别是男女之情)直接刻画,且不避浅俗,出现了反道德的倾向;第十一,"善用虚字",以虚字来增强诗歌的轻妙风格。在悉数"性灵说"的十一大要点之后,铃木虎雄提出了用"才"(即"才情"、"性情")来统领整个"性灵说"的诗学主张。也正是在这里,铃木虎雄提出了对"性灵说"的严厉批评:

> 逞才之诗,予读者以反省之余地;予反省之余地者,即同时予批评之余地。故唯可玩赏,而不能使人感动。①

他之所以对"性灵说"有微词,大致有三大原因:第一,"性灵说"针对"格调说"、"神韵说"的弊病而发议论,却并未建立一套系统而稳妥的诗学理论。冲破形式的束缚,一任性情的直白流露,意境与修辞缺

---

① [日]铃木虎雄:《中国诗论史》,许总译,南宁:广西人民出版社,1989年,第39—40页。

乏经营,诗歌的艺术魅力则可能大打折扣。第二,"性灵说"过于轻视形式。铃木虎雄说:

> 但是这种主张体现于创作实际中时,形式究竟应当如何为佳,则成为一个问题了。我认为,文学的形式与内容必须同等重视,如果不管形式,只重内容,则不能构成真正的文学。①

无论是宗唐诗,还是宗宋诗,"格调派"诗学理念的核心是拟古,绝大多数照搬唐宋诗的形式,而无意境之美。袁枚要矫正诗坛的形式主义特征,故反其道而行之,重内容而轻形式。然而,这种主张又走到了另一个极端。第三,"性灵说"敢于与道德相背离,刻意追求特立独行,却易流于诗风浅俗。"格调派"的温柔敦厚与"神韵派"的平淡悠远,成为与"性灵说"相比照的评判标准。铃木虎雄仍未完全摆脱以儒学文艺观为核心的中国传统评价体系,难免对"性灵说"有所保留。

铃木虎雄的想法在日本学界引起重视,他的学生青木正儿进一步发挥了此学说。

> 性灵、格调和神韵,可谓诗的三大要素。性情是诗的创作活动的根源,其灵妙的作用就是"性灵"。而将由于性灵的流露而产生的诗思加以整理的规格,就是"格调"。这样创作出来的艺术品中自然具备的优美风韵,就是"神韵"。②

---

① [日]铃木虎雄:《中国诗论史》,许总译,南宁:广西人民出版社,1989年,第42—43页。
② [日]青木正儿:《清代文学评论史》,杨铁婴译,北京:中国社会科学出版社,1988年,第122页。

尽管铃木虎雄已然论及今人所知"魏晋是中国文学自觉阶段"之论断的几乎所有方面，但当时很少有中国人看到他的文章。不过，他的观点直接启发了鲁迅。鲁迅在《魏晋风度及文章与药及酒之关系》一文中写道：

> 孝文帝曹丕，以长子而承父业，篡汉而即帝位。他是喜欢文章的。其弟曹植，还有明帝曹睿，都是喜欢文章的。不过到那个时候，于通脱之外，更加上华丽。丕著有《典论》，现在已失散无全本，那里面说："诗赋欲丽"，"文以气为主"。《典论》的零零碎碎，在唐宋类书中；一篇完整的《论文》，在文选中可以见到。后来有一般人很不以他的见解为然。他说诗赋不必寓教训，反对当时那些寓训勉于诗赋的见解，用近代的文学眼光看来，曹丕的一个时代可说是"文学的自觉时代"，或如近代所说是为艺术而艺术（Art for Art's Sake）的一派。所以曹丕诗赋做的很好，更因他以气为主，故于华丽以外，加上壮大。归纳起来，汉末魏初的文章，可说是"清峻通脱，华丽壮大"。①

据《鲁迅日记》载，1925 年 9 月 15 日，鲁迅在日本东亚公司购入《中国诗论史》一本。1926 年 2 月 23 日，他又在东亚公司买进铃木虎雄研究中国古代文学的另一部力作《支那文学研究》。鲁迅不仅沿用了铃木虎雄"文学的自觉"说，而且同样以曹丕的《典论·论文》为主要论据，包括对于曹植等人的分析，都与铃木虎雄大致相同。游国恩等人主编的《中国文学史》（1963 年）亦云：

---

① 鲁迅：《魏晋风度及文章与药及酒之关系》，《而已集》，《鲁迅全集》第三卷，北京：人民文学出版社，2005 年，第 527—528 页。

建安时期，文士地位有了提高，文学的意义也得到更高的评价，加之汉末以来，品评人物的风气盛行，由人而及文，促进了文学批评风气的出现，表现了文学的自觉精神。①

至上世纪 80 年代初，经过李泽厚《美的历程》的推波助澜，②"魏晋文学自觉说"在中国学术界产生了更大的反响，大有"风靡天下"之势。持此观点的现代学者甚多，如袁行霈。有意思的是，当时诗人林庚却不从此说，他认为"(建安文学)继承了先秦时代浪漫主义的优良传统，乃使得建安巍然的成为一个'文艺复兴'的时代。"③但是这种认识在当时无疑并非主流。

由于自铃木虎雄以来，中外学界对于"文学自觉"的具体内涵解释得并不清楚，造成当代学者对于什么是"文学自觉"存在着理解上的歧义。所以，近年来逐渐有人对此说提出质疑，认为中国文学的"自觉"不是从魏晋时代，而从汉代就开始了。首先提出异议的是龚克昌。1981年，在《论汉赋》一文中，他指出应该把文学自觉的时代，"提前到汉武帝时代的司马相如身上。"其后，张少康在这方面论述最为系统。他说：

文学的自觉和独立有一个发展过程，这是和中国古代文学观念的演变、文学创作的繁荣与各种文学体裁的成熟、文学理论批评的发展和专业文人队伍的形成直接相联系的。……文学的独立和自觉是从战国后期《楚辞》的创作初露端倪，经过了一个较长的逐步发展

---

① 游国恩、王起、萧涤非、季镇淮、费振刚主编：《中国文学史》第一册，北京：人民文学出版社，2006 年，第 226 页。

② 李泽厚：《美的历程》，北京：中国社会科学出版社，1984 年，第 124 页。

③ 林庚：《中国文学简史》，北京：北京大学出版社，1995 年，第 106 页。

过程,到西汉中期就已经很明确了,这个过程的完成,我以为可以刘向校书而在《别录》中将诗赋专列一类作为标志。①

詹福瑞也坚持汉代是中国文学自觉开始的时代。他认为,"两汉时期,文士的兴起和经生的文士化倾向,有力地推动了文学的自觉"。同时,詹福瑞还从汉人对屈原的批评入手考察,说明"在汉代,文学已渐趋独立,文学观念也渐近自觉。"②李炳海同样以汉赋的大量创作实践说明:"辞赋的出现在中国文学史上是一场变革,这不仅因为它是一种新的文学尝试,更重要的它是文学独立和自觉的标志。"③有学者甚至认为中国文学的自觉在《楚辞》的创作中已始露端倪,以西汉刘向校书将诗赋专列为一类为完成的标志。④

尽管铃木虎雄首倡之"魏晋文学自觉说"已备受质疑,但他独到的学术眼光和创见仍使其成为日本中国文学研究的一面旗帜。更何况此说很大程度上仍然经得起推敲,其地位并不那么容易被撼动。刘向校书,将诗赋归为一类,与六艺、诸子、兵书、数术、方技并列,主要是出于图书分类整理的实际需要,并不完全出于文学的眼光;不少汉赋大家侍于宫廷,缺乏独立人格,他们的创作更多为了润色鸿业,取悦帝王,亦不是纯以文学为目的;另外,当时的文学批评也不是真正的文学批评,常常依经立论而缺乏自己的立场。如果把中国文学自觉的阶段上溯到《诗经》《楚辞》的阶段似更不合适。《诗经》是一种群体

---

① 张少康:《论文学的独立和自觉非自魏晋始》,《北京大学学报》(哲社版),1996年第2期。
② 转引自赵敏俐:《"魏晋文学自觉说"反思》,《新华文摘》,2005年第10期。
③ 同上文。
④ 同上文。

创作,从葛兰言等人类学家的角度,它不过是与生产劳作、乡野生活、爱情有关的民间歌谣,因此也很难称得上文学"自觉"。《楚辞》虽被认为是屈原个人创作,但上文亦提到,屈原的身份与其说是纯粹的诗人,不如说是当时楚地的大祭司,他笔下的奇花异兽或为南方图腾;而《楚辞》里随处可见的神仙巫觋并不一定是文学虚构,而可能只是他经常对话的对象而已。

钱穆曾对"建安文学独立觉醒"作出过十分全面的诠释:

> 建安时代在中国文学史上乃一极关重要之时代,因纯文学独立价值之觉醒在此时期也。《诗》、《书》以下迄于《春秋》及诸子百家,文字特以供某种特定之使用,不得谓之纯文学。纯文学作品当自屈子《离骚》始。然屈原特以一政治家,忠爱之忱不得当于君国,始发愤而为此。在屈原固非有意欲为一文人,其作《离骚》,亦非有意欲创造一文学作品。汉代如枚乘、司马相如诸人,始得谓之是文人。其所谓赋,亦可谓是一种纯文学。然论其作意,特以备宫廷帝王一时之娱,而藉以为进身之阶,仍不得谓有一种纯文学独立价值之觉醒存其心中也。……"(只有)以个人自我作中心,以日常生活为题材,抒写性灵,歌唱情感,不复以世用撄怀"者,方成其为"文人之文之至者"。①

按照这一标准,前汉诸赋大体多在铺张揄扬,题材取诸在外而非一己内心情致,故真正的"文人之文"可谓"由魏武一人启之"。钱穆以曹操《述志令》为例,写道:

---

① 钱穆:《中国学术思想史论丛》卷3,合肥:安徽教育出版社,2004年,第90页。

> 魏武乃自述平生志愿身世，辞繁不杀，婉转如数家常……此始成其为一种文人之文。①

2.《楚辞》与汉赋研究

铃木虎雄的《支那文学研究》中收录他发表于 1924 年的论文《论骚赋的生成》。此文虽着眼于论赋（骚赋为赋的早期形式之一种），但它与楚辞（骚）渊源很深。该文从三大方面展开论述。首先，作者详尽引述了战国之前殷商周朝史料记载中有关赋诵箴谏的实例，以及《诗经》的"颂"与繇、诵与赋的关系。紧接着，作者论述骚赋的形式，这一部分同楚辞的联系更为直接。在肯定骚赋是工诵遗风的事实基础上，作者分别论述了《诗经》的四言和三言体句式，并从《诗经》三言体式联想到了楚辞的骚体句法。与此同时，作者还述及楚地的歌谣，指出它与楚辞体式的关联，详细讨论了骚体诗的形式类别——《橘颂》《大招》的四三言体，《天问》《招魂》的四言体和四三言体并用，《怀沙》的四言体和四三言体，《离骚》与《九章》的特色句法及六字句，以及《九歌》的句法，《九歌》与《离骚》的句法之比较等。作者还专门论述了楚骚特有句法生成的缘由以及楚骚诵读所适合的不同场合。第三部分着重论述赋的生成，涉及荀子的赋与隐语，屈原《卜居》《渔父》等，宋玉的赋（作为汉赋的先声）等。文章最后，作者作了楚骚与汉赋的专门比较，并列出骚赋在文学史上的位置图表。

应该说，铃木虎雄这篇《论骚赋的生成》是一篇很见功力的论文。他发现，楚骚与汉赋相比，有明显的四方面差异：句式差异，楚骚多三言和四三言，汉赋则不同；比起楚骚，汉赋的虚字、助字明显减少，而以实字为多；楚骚押韵严于汉赋；楚骚偏于抒情，汉赋侧重记载（物或

---

① 钱穆：《中国学术思想史论丛》卷 3，合肥：安徽教育出版社，2004 年，第 93 页。

事)。至于骚赋在文学史上的位置,作者认为它位于周诗与汉赋之间,即:周诗—楚骚—汉赋—辞(骈体文)—齐梁四六文。其中,汉赋与辞(骈体文)并列,两者同趋于齐梁四六文。《支那文学研究》一书中还收录了作者翻译《离骚》《九歌》的译文,以及专论先秦文学中"招魂"现象的文章。这些译文和论文,对日本学界更深层次理解楚辞、骚赋生成的背景亦有重要意义。日本《楚辞》研究专家石川三佐男便强调,铃木虎雄《论骚赋的生成》虽非《楚辞》研究的专著,但作为较早通观中国赋源流的成果,后人不可忽视。①

吉川幸次郎在铃木虎雄赋史研究的影响下,曾撰《诗经与楚辞》一文。这篇极具代表性的文章也对楚辞的形成和形式做了详细考证。他认为:《诗经》与楚辞之间的时间差,在于战国的纷乱导致人们对诗歌兴趣淡漠,而不同于中原文化圈的楚辞则在南方崛起;楚辞是被朗诵的,不像《诗经》是被歌唱的,这说明其时的文学逐渐脱离音乐,开始走上独立发展的道路;在艺术表现上,楚辞远比《诗经》强烈多彩,楚辞的文学主题是个人与社会的冲突,它比《诗经》的怀疑、反抗与绝望更深沉;《诗经》中许多篇章都是民歌,而楚辞则为强烈关心时代政治的文学。

20世纪初至四五十年代,日本成为中国赋学研究的重镇。开山之作即铃木虎雄的另一本代表作《赋史大要》。这本书的日文版初刻于1936年,后由殷石臞于1942年翻译成中文。铃木虎雄有感于中国传统文学"重散而轻骈"的倾向,立志要为骈文争得应有的地位。他在此书《序言》里强调:

---

① [日]铃木虎雄:《论骚赋的生成》,铃木虎雄、青木正儿《中国文学论集》,汪馥泉译,上海:神州国光出版社,1930年。

> 散骈二体，中国文章界古今之两大潮流也。史家、文家往往重散而轻骈，局于儒家"文以载道"之见者，轻之特甚，是谬见焉耳。①

作为一本文体研究的专著，《赋史大要》单纯关注赋的形式本身，并不涉及赋作的主题、思想、创作背景等。该书的贡献主要有二：一是在讨论赋的定义、形成、分期后，着重探讨了韵文形式的赋兼有"事物铺陈与口诵二义"，此为赋学研究者普遍接受；二是理出了一条由骚赋到散赋、骈赋、律赋、文赋、股赋的赋体历史演化路线。

《赋史大要》收录了作者自明治四十年（1907年）至大正十四年（1925年）关于中国赋体文学的39篇文章。论述的纲目为第一卷《辞赋类》，第二卷《词曲类》，第三卷《传说及小说类》，第四卷《通论类》，第五卷《八股文》。作者把整个赋史分为几个阶段：发生时期又称为"骚赋"时期（从周朝末年到魏晋之交）；骚赋变化、汉赋生成时期，又称为"古赋"时期（从汉武帝时期到魏晋之交）；重视声律对仗、字数有限制，作为科考项目的阶段，又称为"律赋"时期（唐宋时期）；讲求对仗，多使用成语典故时期，即"文赋"时期（宋、明）；最后是在对仗中加入八股句法的时期（清代），这是文赋别体，即"股赋"时期。此外，作者还对各种赋体之间的区别、相互关系和流变作了探讨。

铃木虎雄在此书中不仅对赋体做了通史型的纵览，同时也就某些学界一直存有争议的具体问题提出了自己的新见。比如"赋"的来源，历来多认为它是从《诗经》"六义"中的"赋"演变而来。《文心雕龙·诠赋》中云："诗有六艺，其二曰赋。"② 铃木虎雄则追溯到更早的"赋税"之"赋"。他借用《说文解字》《左传》等典籍中"赋"的含义指出：

---

① [日]铃木虎雄：《赋史大要》，殷石臞译，台北：正中书局，1976年，第1页。
② 刘勰：《文心雕龙》，北京：人民文学出版社，1958年，第134页。

> 以修辞方法之事物铺陈之态度为意者,《周礼·大师职》及所列于《诗序》六义中所谓风、赋、比等之赋是。于作为此意之先,更有当有音声矢陈之义,因此赋有诵义,可以推知。①

在此,他认为"赋"作为韵文形式是兼具铺陈与口诵两义的。该论断虽曾受到不少非议,但也得到越来越多的当代学者认同。钱志熙在《赋体起源考》中更为详细地考证了作为文学体式的"赋"是如何从"赋敛"之义发展而来。② 针对以往不少学者认为赋的功效、风格继承于"诗",而形式来源于楚辞的"两分法",铃木虎雄明确提出赋主要脱胎于楚辞,而楚辞又从诗经中演化而来,三者是承继递进的关系。这一观点仍然值得商榷。至于"赋"体形成的原因,铃木虎雄除他所在时代学界通常所持的"优伶之辞"、"辩士之辞"、"巫颂之辞"之外,还格外关注到"隐语"。春秋战国时代,隐语在诸子典籍中十分常见。铃木虎雄认为荀赋的结构是后世辞赋的雏形,即先以隐语发问,继而答之的格式。③ 他下的每一个结论,都用大量的论据为支撑,尽量避免主观武断。

铃木虎雄的赋史研究一出,整个日本中国文学研究界几乎都循他奠定的基础而展开。其后比较有代表性的学者中岛千秋,完成了五十余万字的《赋之成立与展开》,分六大章:一、作为歌唱方式的赋,二、游说文学的发展,三、楚辞的游说样式,四、作为文学样式的成立,五、汉赋的展开,六、由于时代区别的赋体特色。中岛千秋对赋的研究比铃木虎雄更细致深入,但其对赋的基本定义、文类的分析与区分大体上沿用了铃木的思路。中国学者马积高、李日刚等人的辞赋史专著也都明显

---

① [日] 铃木虎雄:《赋史大要》,殷石臞译,台北:正中书局,1976年,第3页。
② 钱志熙:《赋体起源考》,《北京大学学报》(哲社版),2006年第3期。
③ [日] 铃木虎雄:《中国文学论集·论骚赋底生成》,上海:神州国光社出版,1930年,第61页。

受到铃木虎雄的启发。

不过,铃木虎雄过于强烈的"史学家"眼光亦迫使其容易局限在历史进化论的预设中。比如,他将赋按体制分为"骚赋"、"辞赋"、"骈赋"、"律赋"、"文赋"、"股赋"等,并将它们对应到某个特定时代,却忽略了同一时代可能并存的其他赋种。这种划分与归纳的机械性,受到许多学者,尤其是中国学者的反驳。对此,许结等人在《中国辞赋发展史》明确提出疑义,称辞赋的变化在不同时代虽然清晰可辨,但并非某一赋体独专。①

3.《文心雕龙》校勘

《文心雕龙》传入东瀛已逾千年,唐代日本高僧遍照金刚在《文镜秘府论》中,已将《文心雕龙》介绍到日本。日本很多汉学家甚至认为《文心雕龙》规模宏大,系统详备,胜过亚里士多德的《诗学》。《文心雕龙》经过唐人传抄,宋元翻刻,明清校注与评点,历代学者们于其间投注了大量的精力,但真正意义上的研究始于本世纪的20年代,奠基人即为铃木虎雄。正是在他的努力下,《文心雕龙》研究在当代被逐渐尊为显学。铃木虎雄在1919—1920年所撰《魏晋南北朝时代的文学论》中辟专章介绍《文心雕龙》;又于1925年开始在京都帝国大学文学部给斯波六郎、吉川幸次郎等人讲授《文心雕龙》;他还是《文心雕龙》敦煌版本研究的第一人,对内藤湖南从英国带回的敦煌本《文心雕龙》进行过细考。藏于伦敦大英博物馆的唐代敦煌写本是现存最早的《文心雕龙》版本,根据这个版本,铃木虎雄出版了他《文心雕龙》研究的最大业绩,即《敦煌本〈文心雕龙〉校勘记》(1926年5月),比我国学者赵万里发表于《清华学报》第三卷第一期的《唐写本〈文心雕龙〉残卷校勘记》早

---

① 许结、郭维森:《中国辞赋发展史》,南京:江苏教育出版社,1996年,第22页。

一个多月发表。他继之又于 1928 年又出版《黄叔琳本〈文心雕龙〉校勘记》，此书以《黄叔琳辑注附载纪昀评本》（道光十三年两广节署刊本，翰墨园藏版）为底本，又从《玉海》《太平御览》等类书中钩稽佚文，进行参校。

铃木虎雄在《文心雕龙》校勘与研究中显现出来的扎实学风，不仅为日本中国学树立了典范，也对中国的《文心雕龙》研究界产生重大影响。稍后出版之范文澜的《文心雕龙注》中，皆载铃木虎雄《校勘记》之《绪言》与《校勘所用书目》，而且多引铃木虎雄所校勘者，足可窥见范文澜对铃木虎雄校勘成就的评价甚高。

铃木虎雄的《文心雕龙》研究虽然把主要精力放在校勘上，但他在诸多中国古代批评论著中尤重《文心雕龙》的眼光给后辈学者很大启发。上世纪 50 年代以来，日本出现了一大批"龙学"专著。其中比较重要的包括铃木虎雄的学生斯波六郎的《文心雕龙范注补正》（1952）、《文心雕龙札记》（1953—1958）和吉川幸次郎的《对〈文心雕龙札记〉的评价》（1955）。

除此之外，冈村繁的《文心雕龙索引》（1950 年初版，1982 年改订版）、兴膳宏译《文心雕龙》（1968 年，全译本）、目加田诚《文心雕龙》（1974 年，全译本）、户田浩晓译《文心雕龙》上下册（1974 年、1978 年，全译本）、户田浩晓的《文心雕龙研究》（1992 年）等均是日本"龙学"的代表性著、译。总之，日本的"龙学"，可说是由铃木虎雄发其端，斯波六郎和吉川幸次郎等人倡其后，经过半个多世纪，形成了实力雄厚的由户田浩晓、冈村繁、兴膳宏、高桥和己、林田慎之助、安东谅、门胁广文、釜谷武治、甲斐胜二、清水凯夫、安藤信广、向岛成美等一支老、中、青学者组成的研究队伍。从研究趋势看，校勘版本、考证已日渐减少，原创性的理论、文本阐释以及《文心雕龙》同其他古代批评论著的关系研究正在增加。

在此日本诸多的"龙学"专家中，尤其值得一提的是铃木虎雄的再传弟子兴膳宏。他在京都大学文学院就读时，受到业师吉川幸次郎的鼓励，开始了《文心雕龙》的译注工作。他的全译本在 1968 年由东京筑摩书房出版，后收录于《世界古典文学全》第 25 卷中，是日本出版的第一个《文心雕龙》全译本。该全译本在译注之后，还附有四种附录。一为"解说"，分五部分对《文心雕龙》在中国文学史上的地位、刘勰身世与思想、《文心雕龙》的叙述风格和态度、文体论及《文心雕龙》在中日两国的研究史等展开了详细讨论。二为"历代主要作家略传"，以传记的形式简要介绍了从战国至东晋年间，《文心雕龙》中所涉及的主要作家 150 人（刘宋后的颜延之亦加入其中）的生平概况，各家传记几十至几百字不等。三为"文心雕龙略年表"，年表时间跨度从"殷"至南朝"梁"，记载了各朝代主要的文学、政治事件和相应时期世界史上的重要事件。四为"文心雕龙索引"，索引收集了《文心雕龙》现代日语译文中出现的专有名词和主要事项。这些译本后附的大量文字，是作者在本文翻译之外所下的功夫，也正是此译本的特色。正因其翔实的注释，兴膳宏译本在日、中学术界广受好评。他还详细考证了《文心雕龙》与佛教（《出三藏记集》）、《文心雕龙》与儒学（《周易》）的关系等。这些创见后收入《兴膳宏〈文心雕龙〉论文集》，并被翻译成中文。

4. 中国戏曲研究

铃木虎雄所处的大正时代（1912—1927），日本和中国均受到西学影响。早在 18 世纪，西方学者就开始关注中国戏曲，并予以译介。至 19 世纪中叶，从杂剧到南戏，出现了英、法、德等多种译本。当时许多日本学者均有留学欧美的经历，不知不觉间接受了欧美的文学史观。①

---

① 周勋初：《西学东渐和中国古代文学研究》，《周勋初文集》第六卷，南京：江苏古籍出版社，2000 年，第 443 页。

在这种刺激之下，日本中国文学研究的重点也逐渐从正统诗赋转向以往难登大雅之堂的戏曲、小说。铃木虎雄与狩野直喜共同主持京都帝国大学的"中国文学讲座"，该讲座中大量内容涉及中国明清以来的俗文学。事实上，从1907年至1910年前，狩野直喜在支那学会的例会上多次发表了关于"支那戏曲起源"、"水浒传"、"琵琶行"的演讲，铃木虎雄已从中收获良多。① 戏曲、小说成为京都学派的重要研究方向。

日本近代的中国曲学，追本溯源，与王国维有极大关系。辛亥革命后，王国维携家眷逃亡日本，得到狩野直喜的慷慨资助和礼遇。自他们于1910年结识以及1913年王氏完成《宋元戏曲史》开始，王国维的戏曲研究法便在日本产生了巨大反响。铃木虎雄与王国维亦私交甚笃。王国维有《与铃木虎雄书》三篇，曾读过铃木虎雄的《哀情赋》和《哀将军曲》，并赞美后者道：

> 悲壮淋漓，得古乐府妙处。虽微以直率为嫌，而真气自不可掩。贵邦汉诗中实未见此作也。②

铃木虎雄对中国戏曲感兴趣，受到王国维的帮助和影响。

> 先生（王国维）寓居京都田中村时正在归纳其词曲研究的成果。我当时也萌生了研究词曲的念头，试着训点高则诚的《琵琶记》，其

---

① 仝婉澄：《日本明治大正时期（1868—1926）的中国戏曲研究》，中山大学博士学位论文，2009年，第103页。
② [日] 铃木虎雄：《追忆王静安先生》，原载《艺文》，1927年第18卷第8号。转引自黄仕忠《借鉴与创新——日本明治时期中国戏曲研究对王国维的影响》，《文学遗产》，2009年第6期，第116页。

难解之处，屡屡向先生请教，这稿本至今仍藏在箧底。①

他在日本首次介绍了王国维的《曲录》（1908年）和《戏曲考原》（1909年），并于同年（1910年）撰有《蒋士铨的〈冬青记〉传奇》。在铃木虎雄题名为《〈曲录〉和〈戏曲考原〉》的文章中，他高度赞扬此二作对当时"尚属草创时期"的日本戏曲研究来说，"真乃空谷望音"，并认为"对戏曲发展作全局考察的，当推此书（指《戏曲考原》）"。②《曲录》则为日本人欣赏和研究中国戏曲铺就了一条捷径。反过来，铃木虎雄也为王国维提供了不少便利，铃木虎雄所藏的"铃木文库"中，戏曲资料十分丰富。王国维在1912年11月18日致铃木虎雄信中请求道：

前闻大学藏书中有明人《尧山堂外纪》一书，近因起草宋元人戏曲史，颇思参考。其中金元人传部分，能为设法代借一阅否？③

1913年，铃木虎雄继续向日本学界推荐了王国维《古剧脚色考》一书。同年7月，他在《东亚研究》上刊出《毛奇龄的拟连厢词》一文，探讨中国戏曲的起源。从1915年开始，铃木虎雄在京都帝国大学主讲"明代戏曲概论"；1927年又开设了焦循的《剧说》课程；1930年教授《桃花扇》，他曾对《桃花扇》的各种版本进行过比勘、校正。他还翻译

---

① ［日］铃木虎雄：《〈曲录〉和〈戏曲考原〉》，原载《艺文》，1910年第1卷第5号。转引自张杰《王国维和日本的戏曲研究家》，《杭州大学学报》，1983年第4期，第76页。

② 同上。

③ ［日］铃木虎雄：《追忆王静安先生》，原载《艺文》，1927年第18卷第8号。转引自黄仕忠《借鉴与创新——日本明治时期中国戏曲研究对王国维的影响》，《文学遗产》，2009年第6期，第116页。

了王国维的《简牍检署考》，并撰写过《王氏曲录与戏曲考原》和《追忆王静庵先生》，对王氏的戏曲论著进行评介，在王氏逝后又写过回忆文章。这也是中国日文化交流史上的一段佳话。

作为大正时代京都学派的代表，铃木虎雄的中国文学研究一方面仍承继了传统日本汉学重视文献考据、治学严谨的传统，与近代中国学界也保持着密切的往来；另一方面，明治以来"脱亚入欧"的风潮深深影响了当时日本的中国文学观，在表面看似波澜不惊的论述之下，日本学人往往能突破传统汉学视角的樊篱，发出富有创见的新声。中国近现代对文学史的反思、重审，很大程度上得益于以铃木虎雄为代表的日本中国学界所开拓之新思路。然而，这种新思路亦不完全同于欧美近代以来力图以社会科学方法剖析中国。毕竟，人文学在中华文明圈的强大根基及其对东方学术所形成的思维方式上的路径依赖，并非一朝一夕即可易辙。

"迷宫"中的求索：宇文所安与经典重释

宇文所安（Stephen Owen，1946— ）是美国中国文学研究的代表。他1946年生于美国南部密苏里州的小城圣路易斯。14岁时便开始对中国文学感兴趣，立志从事此项研究。他1968年获得耶鲁大学中国语言文学专业硕士学位，1972年又以《孟郊和韩愈的诗》获耶鲁大学东亚语言与文学系博士学位。1972—1980年任耶鲁大学讲师，1980—1982年任耶鲁大学副教授，1982起任教授。1984年，宇文所安调到哈佛大学东亚系任教，现为哈佛的特级教授。

宇文所安是个性情中人，生性好烟酒。但他从来不吸美国香烟，总是抽中国式的烟斗，哈佛大学不得不为宇文所安破例，在他的办公室里安了排气扇。他的妻子是来自中国的优秀学者田晓菲。宇文所安大多数的论著均已译成中文，田晓菲作为主要的译者功不可没。不过，他们的研究方向并不相同：宇文所安的主攻领域在唐朝，而田晓菲则关注魏晋南北朝，两人因中国研究而结缘，经常在一起切磋心得。尽管宇文所安对中国现当代文学也有相当深入的了解，但和大多数海外的中国研究者一样，他更热爱中国的古典文学。宇文所安对中国文化的熟稔程度甚至已经超过很多中国学者，他的"外部视角"带来许多新颖的解读；但他毕竟处于西方的话语背景之下，太过明显的当代"西学"痕迹亦使得有些解读难免牵强并带有过浓的理论预设之痕迹。无论如何，宇文所安的研究路数非常典型地反映了海外中国学的特点、得失，值得认真考究。

主要贡献（具体出版信息参见附录）：

1.《孟郊与韩愈的诗》(*The Poetry of Meng Chiao and Han Yu*)，耶鲁大学出版社（Yale University Press），1975 年。

2.《初唐诗》(*The Poetry of the Early T'ang*)，耶鲁大学出版社（Yale University Press），1977 年。

3.《盛唐诗》(*The Great Age of Chinese Poetry: The High T'ang*)，耶鲁大学出版社（Yale University Press），1981 年。

4.《中国传统诗歌与诗学：世界的征兆》(*Traditional Chinese Poetry and Poetics: Omen of the World*)，威斯康星大学出版社（University of Wisconsin Press），1985 年。

5.《追忆：中国古典文学中的往事再现》(*Remembrances: The Experience of the Past in Classical Chinese Literature*)，哈佛大学出版社（Harvard University Press），1986 年。

6.《中国抒情诗的生命力：汉末到唐代诗歌》(*The Vitality of the Lyric Voice: Shih Poetry from the Late Han to the T'ang*)，与林顺夫合编，普林斯顿大学出版社（Princeton University Press），1986 年。

7.《迷楼：诗与欲望的迷宫》(*Mi-Lou: Poetry and the Labyrinth of Desire*)，哈佛大学出版社（Harvard University Press），1989 年。

8. 编《中国文学思想读本》(*Readings in Chinese Literary Thought*)，哈佛大学出版社（Harvard University Press），1992 年。

9.《中国"中世纪"的终结——中唐文学文化论集》(*The End of the Chinese 'Middle Ages': Essays in Mid-Tang Literary Culture*)，斯坦福大学出版社（Stanford University Press），1996 年。

10. 主编《诺顿中国文学选集：初始至 1911 年》(*An Anthology of*

Chinese Literature—Beginnings to 1911），诺顿出版公司（W. W. Norton & Company），1997 年。

11.《晚唐诗：九世纪中期的中国诗歌》(*The Late Tang: Chinese Poetry of the Mid-Ninth Century*)，哈佛大学出版社（Harvard University Press），2006 年。

12.《剑桥中国文学史》唐代部分（*The Cambridge History of Chinese Literature, Volume 2: From 1375*），与孙康宜合编，剑桥大学出版社（Cambridge University Press），2010 年。

宇文所安的主要观点和方法：

1. 多元而非单一的文学史

五四前后，以胡适为代表的中国学者提出重新考察中国文学史，形成一套以历史进化论为主的文学史话语模式。文学史的发展过程被简化为二元对立，即所谓新兴白话文学与式微的文言文学之间的较量并最终获得胜利。经过五四运动和文学革命的批判，文学传统在翻译和移植西学的基础上发生了"现代性"的错位。移植进来的"文学性"成为新的传统，而此前中国旧有的传统更多被"博物馆化"了。

在这种新与旧的对立之下，文学史被切割、定格在一个个特定的时代中，并且一代比一代"进步"。王国维在《宋元戏曲史》中明确强调：

> 凡一代有一代之文学，楚之骚，汉之赋，六代之骈语，唐之诗，宋之词，元之曲，皆所谓一代之文学，而后世莫能继焉者也。①

---

① 王国维：《宋元戏曲史·自序》，北京：东方出版社，1996 年，第 1 页。

1917 年,胡适在《文学改良刍议》中亦指出:

> 文学者,随时代而变迁者也。一时代有一时代之文学:周秦有周秦之文学,汉魏有汉魏之文学,唐宋元明有唐宋元明之文学。此非吾一人之私言,乃文明进化之公理也。……吾辈以历史进化之眼光观之,决不可谓古人之文学皆胜于今人也。左氏、史公之文奇矣,然施耐庵之《水浒传》视《左传》、《史记》,何多让焉?《三都》、《两京》之赋富矣,然以视唐诗、宋词,则糟粕耳。此可见文学因时进化,不能自止。①

1920 年,鲁迅在北京大学讲授中国小说史,其后出版的《中国小说史略》共 28 篇,明清就占了 15 篇,可见鲁迅也认为明清文学的成就较之于汉唐有过之而无不及。

宇文所安敏感地觉察到中国近现代对文学史叙述视角的单一化:

> 时间距今越近,古典文学的作品就越发呈现出一致性,这种一致性得到一个标准文学史的支持,使得人们对文学过去的基本脉络可以得出相当统一的结论。这种统一性的倾向在认为自己是在保存"传统"的人们身上尤其显著,好像这"传统"是某种一旦在成便亘古未变的协议。②

---

① 胡适:《文学改良刍议》,姜义华主编《胡适学术文集·新文学运动》,北京:中华书局,1993 年,第 21 页。
② [美] 宇文所安:《过去的终结:民国初年对文学史的重写》,《他山的石头记》,田晓菲译,南京:江苏人民出版社,2006 年,第 257 页。

与此同时，西方人眼中的中国更容易流于粗略、笼统。宇文所安对此亦十分警惕：

> 西方历来看待传统中国形象最为失真的一个因素是，相信它的单一和固守……一个时代或文化中的读者经常会有一种冲动，试图在这种文学中确定某种单一的"中国性"(Chineseness)。①

打破"单一的中国性"的最佳路径或许是将纵向的历史观转化为横向的共融观。宇文所安在《诺顿中国文学选集》如是描述中国文学图景：

> 如果一个人感到胸襟开阔，那里便有李白的诗；如果一个人向往简朴的生活，那里有陶潜和王维的诗；如果一个人陷于爱情，那里有李商隐的诗，或者汤显祖的《牡丹亭》……②

因此，文学作品本不囿于某朝某代。以往的文学史家过于注重历时的维度，同一时期文学的多元性则难以呈现出来。

宇文所安不同意列文森"传统—近代"模式强调中国古典传统已被"博物馆化"的论断。他辩称：

> 传统不仅仅意味着过去的保存，它还是联接起过去和现在的一种方式。传统总是在变动当中，总是在寻找新的方法来理解过去，使得对过去的思考仍然触动现在的神经。③

---

① Owen, Stephen ed & trans., *An Anthology of Chinese Literature: Beginnings to 1911*, New York: W. W. Norton & Company, 1997, Introduction, p.2.
② Ibid., pp.2—3.
③ [美] 宇文所安：《自序》，《他山的石头记》，田晓菲译，南京：江苏人民出版社，2006年，第2—3页。

基于这种思路,宇文所安认为文学活动及经典的生成有多个层面,无论文学史写作还是针对单个作品的批评往往难以涵盖文学的整体。他尤其关注三个方面:文本在历史过程中的不断改写;主流文学之外的插曲,即"被历史过滤掉"的边角料;后世所重构和"发明"的传统。他在《他山的石头记》《中国传统诗歌与诗学》等书中举过不少例子:

比如,《牡丹亭》出版后,很快印行了两个为演出而大幅度改编过的脚本,其流行程度远远胜过原版。此外,在实际演出中,每个剧团又根据情况对其任意加以增删。所以人们所熟知的《牡丹亭》已经不是某个作家所创作出来的固定文本。围绕这个文本,出现了一系列的文化产品:评点《牡丹亭》的诗作、序言、插图、书信等,还有一些年轻女子阅读它而加入的自伤身世的故事。可见,文学史没有固定的源头和一成不变的文本,只有阐释的历史。

再比如,几乎产生于同一时代的两部诗文总集《文选》(南朝梁萧统)和《玉台新咏》编选的标准就很不一样。《文选》的品味比较严肃,中国传统文学研究基本上顺着《文选》的脉络沿袭下来;而《玉台新咏》则说明6世纪除了《文选》外,还有另一种美学趣味。此二者在乐府诗的理解上大相径庭,比如《玉台新咏》里出现了《孔雀东南飞》一类的家庭叙事诗,并且对乐府诗的形制进行了许多改编。宇文所安认为,文学史更注重这两种选集中之一或者两者并重,可能得出完全不同的结论。尽管这两个诗文总集的审美趣旨极不相同,但即使将它们拼凑起来也未必能涵盖文学全貌,因为他们都试图向读者展示一个从中原到南朝从来没有断裂过的汉文学传统,而对当时已相当丰富的北朝文学言之甚少。

还比如,"周颂"通常被视为《诗经》中最古老的篇章,反映上古先民的生活状态。由于那个时代不可被复原了,很多人认为这些诗章在当时被记载后就固定下来,后世一直重复地吟唱。宇文所安却从一些蛛丝马迹试图告诉众人，这些所谓的上古诗歌实为后人对上古的想象，文学史的重塑永远也无法完全真正区分源文本和后人对之无意识的建构。例如《诗经·周颂·载芟》云：

> 载芟载柞，其耕泽泽。千耦其耘，徂隰徂畛。侯主侯伯，侯亚侯旅，侯强侯以。有嗿其馌，思媚其妇，有依其士。有略其耜，俶载南亩，播厥百谷。实函斯活，驿驿其达。有厌其杰，厌厌其苗，绵绵其麃。载获济济，有实其积，万亿及秭。为酒为醴，烝畀祖妣，以洽百礼。有飶其香。邦家之光。有椒其馨，胡考之宁。匪且有且，匪今斯今，振古如兹。

这首诗通常被认为反映先秦的农业生产，《毛诗序》云："《载芟》，春藉田而祈社稷也"。不过，细心的宇文所安发现，最后一句意为"并非今天才这样，自古皆如此"。既然"自古皆如此"，这个结尾实际上暗示出诗篇可能是后起的，而非上古之作。

"振古如兹"是否真的代表诗歌是后起的？生活在《诗经》时代的人们是否就全无"古今之别"或许仍然值得讨论，但宇文所安对"后见之明"的捕捉和警惕颇能唤醒中国自身文学研究的"熟视无睹"。当然，宇文所安的敏锐实不能脱离当代西方的某些通见。在《传统的发明》中，霍布斯鲍姆（Eric Hobsbaum，1917—2012）和兰格（Ranger Terence，1929—2015）强调某些古老的仪式、习俗、规范实际上是从后代产生并逐渐被"传说化"。① 与传统国学或早期西方汉学不同，宇文所安所代表的现代中国学把"文本"的形成过程置于比文献考证更重要的位置。

---

① ［英］霍布斯鲍姆、兰格：《传统的发明》，庞冠群译，南京：译林出版社，2004年，第3—5页。

2. 非观念史的文本"细读"法

针对文学批评界很难避免地充满"预设"来解读文本的作法，宇文所安明确提倡一种与"观念史"对峙的"文本细读"法，这可能受到流行于欧美多年的"新批评"方法的影响。尽管美国大学是各种新理论的温床，但在教学和研究实践中，"新批评"一直是最常用的工具。布鲁克斯（Cleanth Brooks，1906—1994）在《新批评》（*New Criticism*）中提出：

> 除了重视作品本身更甚于重视作家意图和读者反应外，还有没有所谓新批评家们所共有的其他方面？要说有，那也就是"细读法"（Close Reading）了。①

新批评法用于西方很多后现代作品或许并非最佳门径，因为它们本身是拒绝被阅读的。但是，这种方法用于中国古典类作品却似乎很奏效，它与中国传统的评点学不谋而合。② 因此，选择"新批评"来阅读中国文学对于西方学者而言，或许是最为传统又最为贴近研究对象的方法。比如，宇文所安发现中国历代史书里所标榜的"春秋"笔法实际上不可能做到。他重新解读了《汉书·李夫人传》，并将其视为整个《汉书》中最优美的一篇。中国传统里有把忠臣比喻成女人的习惯（屈原"香草美人"），但女人也常被臣子所忌妒。尤其是史家，往往会把自己打扮成一位道德导师。班固的身份尤为特殊：他既是儒士又是外戚。他的姑祖曾是汉成帝的宠妃班婕妤，在赵飞燕姐妹入宫后失宠。尽管李夫人不同于赵飞燕

---

① ［美］布鲁克斯：《新批评》，见赵毅衡《"新批评"文集》，天津：百花文艺出版社，2001年，第606页。
② 关于新批评与中国传统评点学的关系，参见拙作《从"张力论"看〈浮生六记〉中的"克制陈述"》，《东方丛刊》，2003年第4期。

姐妹，她没有明显的失德之处；相反，她对"以色侍人"的深刻理解，病入膏肓时拒绝见武帝似乎都证明了她的聪慧。然而于公于私，班固对出身低微却红极一时的李夫人仍然不可能怀有好感。在宇文所安的解读中，李夫人在汉武帝死后被封为"孝武皇后"，但班固却一直称她为"夫人"，看似"春秋"史笔，其实内心充满着对得宠者的妒忌。班固甚至大胆表明了自己的情感偏向："孝武李夫人，本以倡进……初，夫人兄延年性知音，善歌舞。武帝爱之。每为新声变曲，闻者莫不感动。"① 同自己德才兼备的姑祖相比，班固认为李夫人并非传说中那般出众，不过，李延年所作流行曲"北方有佳人，绝世而独立。一顾倾人城，再顾倾人国。宁不知倾城与倾国？佳人难再得"成功唤起了武帝对李夫人美好的期待及占有欲。"声"与"色"等最低级的感官快乐是儒生们最不屑的。宇文所安认为班固在此成为了帝王欲望的解剖师。

在对另一个文本的细读中，宇文所安拿班婕妤进行了有意思的对比。传说班婕妤最得宠时，曾拒绝与成帝同车游乐，被立为女子品行的楷模。正因如此，她失宠后的那首《纨扇诗》才显得更为凄凉：

新裂齐纨素，鲜洁如霜雪。裁为合欢扇，团团似明月。出入君怀袖，动摇微风发。常恐秋节至，凉风夺炎热。弃捐箧笥中，恩情中道绝。

扇子是诗人自喻，蒙恩时"出入怀袖"，失宠后却"弃捐箧笥"。君王之薄情、深宫幽怨在这种寓意化的感怀中跃然而出。宇文所安强调，当读完它再去回味班固对李夫人的态度，就能知道其中蕴含多少不平。

宇文所安强调，纨扇诗之所以成为宫怨作品之典范，源于其背后隐

---

① 班固《汉书·外戚传·孝武李夫人》，北京：中华书局，2007 年。

在的深意。它与李夫人境遇的截然不同容易引起读者的同情和嗟叹。与之相对,南朝梁代诗人刘孝绰有一首《和咏歌人偏得日照》:"独明花里翠,偏光粉上津。要将歌罢扇,回拂影中尘。"它描写了一位伫立在阳光之下粉汗津津的歌女的娇憨之态。宇文所安认为它毫不掩饰地赞美了生命中偶然却又无比美丽、生动的时刻。但是,宇文所安注意到,同样涉及女性和扇子,这首诗在中国诗歌史上远不如《纨扇诗》著名,原因也正在于它的随意性。它没有遵循"托物言志"的传统,在一个表面简单的事物之后寄托一个深刻、严肃的内涵,从而人们将它与艳情、轻佻联在了一起。

　　宇文所安进一步考察:与刘孝绰几乎同时代的钟嵘探讨艺术表现问题时用到两个词:"深"与"浮"。中国传统叙述手段中的"比"、"兴"似乎是"深"的表现,因为文字表达之前作者已经有了隐含的意义;而"赋"则似乎是"浮"的表现,它没有植根于任何"深"意中,完全是偶然和开放的,可以任由读者来理解。钟嵘强调两者的中和:既不要太"深",以致阅读过于固定,也不要过于漂浮不定,成为玩弄文字的游戏。只是在钟嵘之后,中国文学批评强化了严肃和"深"的一面,贬弃了"浮"的一面,所以后人来评判这两首诗自然不难区分优劣。宇文所安在为刘孝绰此诗鸣不平的同时,窥视到了中国传统文学批评里对"意义"的寻找,这寻找有时比文本本身所展示的更重要,非"细读"不能悟到。

　　从宠妃到宫怨诗,从"深"辞到"浮"语……宇文所安一系列的"细读"向我们展示了一个个万花筒,文本细读并不是试图去接近作者"本义",反而为了打开文本的丰富性。但他也意识到,即使"非观念"化的细读也并非毫无局囿,任何文本都处于"话语"当中。这些话语受意识形态、作者身份、读者接受心态和阅读情境等各种因素的制约。所以,文本细读看似超越了理论的樊篱,实际上它本身就代表某种理论立场。

> 细读文本不像有些人想的那样是众多文学批评和理论立场之一种。它其实是一种话语的形式,就像纯理论也是一种话语的形式那样。虽然选择文本本身和选择纯理论不同,算不上一个立场,但还是有其理论内涵。而且,任何理论立场都可以通过细读文本实现(或者被挑战,或者产生细致入微的差别)。
>
> 偏爱文本细读,是对我选择的这一特殊的人文学科的职业毫不羞愧地表示敬意,也就是说,做一个研究文学的学者,而不假装做一个哲学家而又不受哲学学科严格规则的制约。无论我对一个文本所作的议论是好是坏,读者至少可以读到文本,引起对文本的注意。文本细读可以变成对话……一个慧心深思的读者,往往不是借文本表达自己的立场,而是要"对付"那出乎意料的东西。所有事先决定的"议程"都可以出轨,或者改变方向。①

3. 重构唐代文学

宇文所安的唐代文学论大致围绕三个重要观点:没有初唐,何来盛唐?"盛唐"并非某一固定时代的统一实体,它存在多面性;中唐是中国浪漫主义文学发展的重要节点。

宇文所安写《初唐诗》的初衷是为研究盛唐诗铺设背景,最终却发现,初唐诗比绝大多数诗歌更适于从文学史的角度来研究。

> 孤立地阅读,许多初唐诗歌似乎枯燥乏味,生气索然;但是,当我们在它们自己时代的背景下倾听它们,就会发现它们呈现出了

---

① [美] 宇文所安:《微尘》,《他山的石头记》,田晓菲译,南京:江苏人民出版社,2006年,第244—245页。

一种独特的活力。①

但是，初唐文学较之盛唐一直不为人重视。晚唐诗人李商隐曾讽刺初唐的作品空洞无物，缺乏灵气："沈宋裁辞矜变律，王杨落笔得良朋。当时自谓宗师妙，今日惟观对属能。"（《漫成五章》）沈佺期、宋之问为律诗的定型做出巨大贡献，王、杨、卢、骆也都是初唐最优秀的诗人。然而，在晚唐诗人的眼里，他们成了只会"对属能"的工匠。在盛唐的光辉下，初唐显得黯淡无光。宇文所安却为初唐诗人鸣不平：

> 八世纪产生了比七世纪更伟大的诗人，但七世纪为他们提供了形式、主题及诗体惯例。初唐不仅创造了律诗，而且形成了八九世纪大部分重要应景题材的成熟形式和惯例。李商隐之所以能够感觉到自己及同时代诗人写得更好，是因为他们在某些基本方面正写着与初唐相同的诗歌。②

应该说，宇文所安这一论断对于我们重新评判初唐的文学地位还是有见地的。初唐诗歌虽在美学形态上不够成熟，但后世诗人基本上都没有脱离它探索出的一系列规则。宇文所安批判了文学史观的后见之明：

> 文学史总是试图找出一个可以把一切文学史现象统在麾下的发展线索，把发生在某一历史时期的个别文学现象放在后代文学的"大背景"下面进行观照，从而赋予它意义。这不是错误的做法，但是，这样的做法不免在文学史家的观点与作家及其当代读者的观点之间

---

① ［美］宇文所安：《初唐诗》，贾晋华译，北京：三联书店，2004年，序言第2页。
② 同上书，第178页。

创造出了张力。"未来"会以奇异的方式扭曲人们的注意力。……正如初唐，它完全不知道它自己就是"初"唐。①

宇文所安对单个作家的看法进一步强化了他对初唐诗的判断。比如，陈子昂被看成是"唐代诗歌的第一个重要人物及盛唐的开路先锋"：

> 在陈子昂自己的时代，他仅是一个次要的有才能的诗人，被李峤、杜审言、宋之问、沈佺期等人掩盖住了。七世纪最后几十年和八世纪开初几十年是宫廷诗最后的伟大时期，它的"夕阳无限好"的时期。这一时期宫廷风格发生变异，对于唐诗的发展具有持久的重要意义，可能超过了陈子昂的彻底否定宫廷诗。然而，仍然是陈子昂的名字被记住，而不是沈、宋的名字。这是因为对于后来的诗人来说，陈子昂代表了一种彻底脱离近代文学传统的必要幻想。②

宇文所安这一评价还是很精准到位的，文学史虽然立足于历史，但其评判标准往往在当下。或许，只有当我们真正回到过去的情境中，才能更客观了解文学发展的真正脉络和动因。

初唐的"宫廷诗"在盛唐的直接衍生物即为"京城诗"。但宇文所安认为，京城诗从来不是完整的统一体，尽管它有着牢固、持续的文学标准。比如王维是京城诗人中最有代表性的一个，但是他又拥有自己独特的风格。

---

① [美] 宇文所安：《瓠落的文学史》，《他山的石头记》，田晓菲译，南京：江苏人民出版社，2006年，第15—16页。
② [美] 宇文所安：《初唐诗》，贾晋华译，北京：三联书店，2004年，第121页。

> 王维同时处于京城诗及其变体的顶峰：他既按照京城诗的规则创作，又超越了这些规则……王维的形象一直是感怀诗人、个性诗人及山水诗人。这一形象在一定程度上可以被证实，因为王维也以相似的词语描绘自己。但同时他又是最善于社交、最雅致的唐代诗人之一。他能够放弃渗透于隐逸诗中的鲜明诗歌特性，写出宋之问和沈佺期以来最有天赋的、最雅致的宫廷诗。当他进行创新时，他既能以前辈的传统为基础，也能有意地采用新的起点。①

京城诗之外，孟浩然、高适、王昌龄、李白、岑参、杜甫、韦应物等都是盛唐独具风格的非京城诗人代表。所以，盛唐的伟大在于它"既拥有单独的、统一的美学标准，又允许诗人充分自由地发挥个性才能，这在中国诗歌史上是空前绝后的。"② 京城诗人与非京城诗人一起构成了盛唐的辉煌。

中唐继承了盛唐气象，又开了晚唐婉约之风。宇文所安发现，中唐文学最大的意义在于它使浪漫主义得到真正的发展：首先，随着俗文学的兴起和宫廷文化的衰落，加之战争和叛乱，文学中也反映出人们智识上的骚动不安，描写超现实感情的题材多了起来。比如中唐的传奇小说《任氏传》，主人公郑生发现自己迷恋的女子竟是只狐狸。宇文所安强调，9世纪文学中，调情、激情和私情已经不是什么新奇的现象。过去的文学里，不论是宫廷诗还是士大夫的女性想象中，女子始终处于一种被动的地位。而中唐文学里，尽管女性往往也是被辜负和遗弃的对象，但作者会花更大的笔墨去描写女性的主动性，《莺莺传》《霍小玉传》都是这类题材的代表。比如莺莺曾写给张生一首诗引他来相会："待月西厢下，迎

---

① ［美］宇文所安：《盛唐诗》，贾晋华译，台北：联经出版公司，2007年，第63页。
② 同上书，导言第6页。

风户半开。拂墙花影动,疑是玉人来"。其次,中唐文学中比过去多了些作家本身的个体意识。在此之前,写作基本上是一种公众化表述,而中唐的文人士大夫们似乎不再分享同一种价值观,他们甚至乐于描写私人生活的场景和与"言志"无关的隐逸之乐。比如白居易的《食笋》:

> 此州乃竹乡,春笋满山谷。山夫折盈抱,抱来早市鬻。物以多为贱,双钱易一束。置之炊甑中,与饭同时熟。紫箨坼故锦,素肌擘新玉。每日遂加餐,经时不思肉。久为京洛客,此味常不足。且食勿踟蹰,南风吹作竹。

高雅的竹子在文学传统中往往代表着坚贞或高洁,而在此诗里却纯粹反映饮食之乐、山野之趣。白居易的《长恨歌》更是把这种个人情感发挥到了极致。最后,中唐的浪漫主义中有一种对"真"和"自然"的珍视。人们对滥调和媚俗越来越警觉,把它们视为矫伪。不论韩愈集团还是白居易集团都对"空文"加以抨击。

宇文所安对中唐的评价是新颖而具有启发性的,但作为一位身处西方的中国研究者,潜意识中很难不把中唐与西方的"中古"对应起来,这一点从他的书名《中国"中世纪"的终结》就不难窥见端倪。有意思的是,西方的"中古"也确是一个浪漫主义文学大发展的时代,骑士罗曼司、英雄史诗、城市文学里都有大量传奇色彩或玄秘成分,这些元素很多来自于异教蛮族。宇文所安未必不知道西方"中古"在时间上并不与中唐完全等同,只是他观察中唐浪漫主义的视角,多少受到"中古"这一参照物的影响。这种视角在给我们带来创见的同时,或难免成为另一种先入之见。

4."迷楼"与"追忆":中国文学的两大美学形态

和许多海外中国学家一样,中国文学给宇文所安的第一印象便是委婉含蓄而生出的"曲径通幽"之效果。值得注意的是,宇文所安并非单纯从美学角度,而从人性与欲望来展开对这一现象的探讨。他用的典故"迷楼"便是一个精心布置的"迷宫"入口。"迷楼"暗指隋炀帝杨广过度纵欲的往事。宇文所安观察到,在儒教为主流的中国传统中,杨广的好色、奢靡无疑是最典型的反面教材,也是崇尚"温柔敦厚"的古典诗学应该隐晦的部分。情欲、贪婪、执念、怪力乱神等出现在中国文学中主要是为达到教寓、讽喻、伦理反思的功用。既然如此,展现这些反面教材就不可能是直接的,而得借助于其他方式委婉达到。于连和宇文所安等人之所以能关注到中国文学和语言的"迂回"效果源于西方有个类似却肯定不同的传统——隐喻。它们同样有"言外之意",往往试图用"在场"去呼唤出"缺席",只是西方隐喻的能指与所指之间有相对明确的指代和层级关系,不像中文表达那么模糊。①

对于西方人而言,走近中国文学的最大障碍恐怕不是语言本身,而是它所隐含的那个深层语义系统。这个系统不可能自身彰显,有待读者的"慧眼"。宇文所安举了一个十分典型的例子来传达他阅读中国文学时的感受。

> 楚人和氏得玉璞楚山中,奉而献之厉王。厉王使玉人相之。玉人曰:"石也。"王以和为诳,而刖其左足。及厉王薨,武王即位,和又奉其璞而献之武王。武王使玉人相之,又曰:"石也。"王又以和

---

① Owen, Stephen ed., *Readings in Chinese Literary Thought*, Cambridge, Mass.: Council on East Asian Studies, Harvard University: Distributed by Harvard University Press, 1992, pp.359-360.

为诳,而刖其右足。武王薨,文王即位。和乃抱其璞而哭于楚山之下,三日三夜,泣尽而继之以血。王闻之,使人问其故,曰:"天下刖者多矣。子奚哭之悲也?"和曰:"吾非悲刖也,悲夫宝玉而题之以石,贞士而名之以诳,以吾所以悲也。"王乃使玉人理其璞,而得宝焉。遂命曰和氏之璧。(《韩非子·和氏第十三》)

像和氏这样怀才(宝)不遇并且受尽磨难的人在中国文化中并不鲜见。但是对于一个外国读者而言,他感到了至少两个方面的震撼。其一,外表和内在的美似乎很难两全。怀着宝玉的和氏,当他身体完好的时候,他的内在人格和才华却不可能得到信任,只有当外在身体受到了严重的摧残,才开始受到重视。因此,在中国传统中,越是内在美好,对它的外在描述越显得平淡无奇;同样,内在的污秽,表面也十分隐晦、克制。其二,中国文本中的作者之意往往不会直接而明确地表达,须经中介(伯乐)和明主(明君)才可被发现。和氏为珍宝不为人所识而泪尽泣血,而他自己却不能剖开包裹玉的石头来证明这一切。中国文学总是习惯一层层地揭开语词的寓意、迂回而非直接地进入事物的本质。

在万般迂回的表达中,"追忆"恐怕是最令人感喟的一种。宇文所安发现,在西方,感怀过去、叹息岁月的流逝几乎是浪漫派或唯美作家们的专利,然而中国古典文学里从古至今不管哪种风格的作家都有一种对往事的极度迷恋,他们总在作品中满怀深情地再现往事。他十分敏锐地抓住了这种追忆传统的典型——杜甫《江南逢李龟年》:"岐王宅里寻常见,崔九堂前几度闻。正是江南好风景,落花时节又逢君。"宇文所安指出:回忆在中国文学中并不仅仅引起伤感,而且代表着时间和空间的距离。当杜甫再次遇到李龟年时,读者从中读到的不仅仅是作者和读者重逢时地点和场景的不同,更多唤起了对他们这些年生活境遇的整个过程的想象。人们不会去珍视"寻常见"的事物,而重逢能唤起对美好却未被珍惜之事物的失落和怅惘。①

追忆起因于怀旧,中国文学中为什么普遍有怀旧的情绪呢?宇文所安试图从文明自身的发展找到根源。他认为中国历史漫长,经历了太多的离乱和变迁,和欧洲人总将古希腊当作自己的精神故乡一样,中国人也始终感叹自己越来越偏离汉文明的正统。因此,在怀旧和追忆中不断确证自身的文化归属成为中国文学的一大主题。比如《诗经·黍离》:

> 彼黍离离,彼稷之苗。行迈靡靡,中心摇摇。知我者,谓我心忧;不知我者,谓我何求。悠悠苍天,此何人哉?彼黍离离,彼稷之穗。行迈靡靡,中心如醉。知我者,谓我心忧;不知我者,谓我何求。悠悠苍天,此何人哉?彼黍离离,彼稷之实。行迈靡靡,中心如噎。知我者,谓我心忧;不知我者,谓我何求。悠悠苍天,此何人哉?

《毛诗·序》中解释这首诗道:

> 黍离,闵宗周也。周大夫行役,至于宗周,过故庙宫室,尽为禾黍。闵周室之颠覆,彷徨不忍去。而作是诗也。

此后历次朝代更迭都有人吟唱着《黍离》而泪水涟涟,发出"悠悠苍天,此何人哉"的"天问",感叹"黄金时代"的远去:从曹植《情诗》到向秀《思旧》,从刘禹锡《乌衣巷》到姜夔《扬州慢》,这段典故

---

① [美]宇文所安:《追忆:中国古典文学中的往事再现》,郑学勤译,北京:三联书店,2004年,第7—9页。

一再被复现。

追忆在中国美学里甚至不只是一种表现手法,而成为了一种生活态度或生存意义。宇文所安意识到,许多中国文学作品生成的价值其实就是"为了被回忆",比如张岱的著名回忆录《陶庵梦忆》。张岱在自序中表示,国破家亡、无处可归,他多次想自杀,活下来的唯一信念就是想写一本回忆录。回忆往事以及想象后人来阅读这些往事成为张岱在清苦生活中最大的乐趣和希望。然而,与西方逻辑化的叙事相比,这类"追忆"很可能是断片式的,"它没有内在的整一性,它的两端都呈开放状"。① 由于这种断片和开放的状态,回忆起什么具体的事件和场景变得不再重要,重要的是回忆的心情。比如白居易怀念元稹的《舟中读元九诗》:"把君诗卷灯前读,诗尽灯残天未明。眼痛灭灯犹暗坐,逆风吹浪打船声"。这首诗让人粗看上去很没有缘由,描写了作者深夜读诗的经历。然而,这种截断面式的残片之后隐含了他与元稹的深厚情谊,也省略了元稹诗歌当中的内容,那些内容很可能唤起了作者同样是断片式的点滴回忆。

5. 女性视角与文化观——阐释与过度阐释

上世纪 70 年代以来,在历经了两三百年的欧洲女权运动的影响后,女性主义及写作实践在美国也风起云涌。现代美国的中国研究界出现大量女性主义视角的成果,如沃尔夫(Margery Wolf)和维特克(Roxane Witke)主编《中国社会的妇女》(*Woman in Chinese Society*,1973)、费侠莉(Charlotte Furth)等编《中国女性》(*Women in China*,1984)、伊佩霞(Patricia Ebrey)《内闱:宋代的婚姻和妇女生活》(*The Inner Quarters: Marriage and the Lives of Chinese Women in the Sung*

---

① [美] 宇文所安:《追忆:中国古典文学中的往事再现》,郑学勤译,北京:三联书店,2004 年,第 88 页。

Period, 1993)、高彦颐（Dorothy Ko）《闺塾诗：明末清初江南的才女文化》(*Teachers of the Inner Chambers: Women and Culture in Seventeenth-Century China*, 1994)、曼素恩（Susan Mann）《缀珍录：18 世纪及其前后的中国妇女》(*Precious Records: Women in China's Long Eighteenth Century*)。这种潮流，为宇文所安提供了关注和阐释中国文学中女性形象的语境。它不同于传统中国社会对女性的主流判断，为我们重新认识女性形象和女性写作带来截然不同的感受；也由于这一潮流太过强烈的预设性，使得女性主题似乎被解剖得过于西方化。

宇文所安解读得最精彩，也最有争议的对象当属李清照、绿珠和关盼盼。李清照和赵明诚曾被认为是中国文人佳伉俪的典范。在中国传统的宗法式婚姻制里，这段志同道合的姻缘尤为难得。宇文所安却从《金石录后序》中读到了李清照在这段婚姻中的百般焦虑和幽怨。①

> 余建中辛巳（1101 年），始归赵氏。时先君作礼部员外郎，丞相时作吏部侍郎，侯年二十一，在太学作学生。赵、李族寒，素贫俭，每朔望谒告出，质衣取半千钱，步入相国寺，市碑文果实归，相对展玩咀嚼，自谓葛天氏之民也。

尽管李、赵二人都出身于世宦之家，但文中处处强调他们生活的拮据。表面看来，李、赵夫妇对收藏古玩字画乐此不疲，"自谓葛天氏之民也"。此典出自于陶渊明《五柳先生传》，意指那些安贫乐道的人。宇文所安却读出了李清照笔下一种隐隐的压力：其实收藏金石古玩和收敛财富金钱的人没有什么根本不同，尤其在一个乱世，对于与丈夫离散的

---

① [美] 宇文所安：《追忆：中国古典文学中的往事再现》，郑学勤译，北京：三联书店，2004 年，第 96–98 页。

女子,这批"身外之物"成为她巨大的负担。李清照甚至感觉不到自己生命的价值,她的价值变成了这些收藏品的保护者,可惜到头来仍是一场空。当生命的意义被"异化"之后,李清照透露出了不满。

> 收书既成,归来堂起书库大橱,簿甲乙,置书册。如要讲读,即请钥上簿,关出卷轶。或少损污,必惩责揩完涂改,不复向时之坦夷也,是欲求适意而反取惨慄。余性不耐,始谨食去重肉,衣去重采,首无明珠翠羽之饰,室无涂金刺绣之具,遇书史百家字不刓阙、本不讹谬者,辄市之,储作副本。

宇文所安细腻地觉察到,此处,李清照表达出对赵明诚深深的怨念。即使同样喜爱这些收藏品,但哪个妻子可以忍受丈夫把它们看得比自己还贵重呢?妻子要读书都必须先向丈夫讨钥匙,弄脏一点就得反复清理,本来作为两人共同闲情逸趣的收藏却成了丈夫赵明诚一人的事业和财产。更让她难以忍受的是,作为一个同样爱美、重视生活品质的女子,她不得不把自己的需求降到最低。她不能穿美丽的衣服,甚至不能吃肉,家中没有一处装饰,生活乐趣趋近为零,所以她抱怨说"余性不耐"。宇文所安充满同情地将李清照描绘成被剥夺了天性的怨妇。更可怕的是,世道越来越艰难,一介弱女子必须承担起保护这些收藏品的"重任",这几乎是她不可能完成的任务。

> 建炎戊申秋九月,侯起复,知建康府……六月十三日,始负担舍舟,坐岸上,葛衣岸巾,精神如虎,目光烂烂射人,望舟中告别。余意甚恶,呼曰:"如传闻城中缓急,奈何?"戟手遥应曰:"从众。必不得已,先去辎重,次衣被,次书册卷轴,次古器。独所谓宗器者,可自负抱,与身俱存亡,勿忘之!"遂驰马去。途中奔驰,冒

大暑，感疾。至行在，病痁。七月末，书报卧病。余惊怛，念侯性素急，奈何病痁？或热，必服寒药，疾可忧。遂解舟下，一日夜行三百里。比至，果大服柴胡、黄芩药，疟且痢，病危在膏肓。余悲泣，仓皇不忍问后事。八月十八日，遂不起，取笔作诗，绝笔而终，殊无分香卖履之意。

形势危急之时，赵明诚被招到外地做官，所有藏品抛给了妻子一人。李清照十分忧虑，想问丈夫如何处置这批财物。丈夫的回答令她心灰意冷。对于赵明诚而言，不管妻子将靠什么生活下去，她的生活必需品可以最先舍弃，其次是古玩，最后是宗器，也就是最为贵重的收藏品，他嘱咐妻子要与它们共存亡，李清照彻底看清了自己在丈夫心目中的位置。直到赵明诚临死，他也丝毫没有处理掉那批藏品的意思，他没有考虑妻子的安危和感受，而是让李清照孤身一人在离乱之世成为了这批物品的囚徒。

在宇文所安的"引导"下，我们越来越为李清照的命运愤愤不平。一位尽心尽力照顾丈夫的贤妻和一位自私自利的负心郎形象似乎跃然纸上。李清照"不幸"的婚姻，完全成为最值得西方女性主义攻讦批判的典型。人们不禁深深为李清照未来的生活而担忧。

昔萧绎江陵陷没，不惜国亡而毁裂书画；杨广江都倾覆，不悲身死而复取图书。岂人性之所著，死生不能忘之欤？或者天意以余菲薄，不足以享此尤物耶？抑亦死者有知，犹斤斤爱惜，不肯留在人间耶？何得之艰而失之易也？呜呼！余自少陆机作赋之二年，至过蘧瑗知非之两岁，三十四年之间，忧患得失，何其多也！然有有必有无，有聚必有散，乃理之常。

在这篇回忆录的最后,李清照和赵明诚的藏品几乎全部亡佚。她并没有责备自己未能保全这些物品,而将之归为有聚有散的自然规律。宇文所安强调,在这种表面的平和淡定中,仍能看出她的不平,她称它们为"尤物"。在中文语境里,"尤物"往往比喻那些危险的、让人耽溺其中而最终一无所有的事物。①李、赵美满姻缘的佳话也在西方学者对"尤物"的感叹中被彻底解构,成为了红尘中最不可靠、最令人怅惘的东西。

同样具有反讽寓意的是"绿珠",西晋著名舞姬,后成为石崇宠妾,石崇曾花重金为其建"金谷园"。由于石崇一贯的张扬作风,请客时总让绿珠出来献舞,权贵孙秀看上了绿珠。石崇拒绝出让绿珠而得罪孙秀,被后者借政治斗争之机铲除。当石崇被羁拿时,绿珠感其恩,坠楼自杀。

宇文所安注意到,"绿珠"在中文里虽为珍宝之意,说到底仍是一件物品,地位非常低贱。石崇向来挥金如土,所以孙秀来索取绿珠时就像索求一件物品,满以为石崇会拿她作为政治交换的筹码。然而,石崇却意外地拒绝了,他并未将绿珠视为随时可以割舍的物品。品性曾让许多人生厌的石崇此刻露出了人性的亮色。同样,绿珠完全可以苟活下来,作为一介舞妓,贞节早已不再是束缚,如果仅仅作为一件物品,即便换了主人,她的生活和命运并不见得会有大改变。然而,她放弃了苟活的机会而选择自杀,因为石崇将她的价值看得高于一切。绿珠在生命毁灭的一刹那,她由物品变为了一个"人",引起后世对她真心的同情和尊重。

从一位西方人的眼光,尤其在女性主义盛行的大语境中,宇文所安

---

① [美]宇文所安:《追忆:中国古典文学中的往事再现》,郑学勤译,北京:三联书店,2004年,第112页。

极力赞叹绿珠这种身份的弱女子不畏强权、知恩图报、争取独立人权是可以理解的。然而,中国文化内部可能对其熟视无睹。"身为下贱,心比天高"的妓女、仆妾形象在中国诗学中从来都有。比如杜丽娘怒沉百宝箱、柳如是劝夫殉国、董小宛于困顿中对丈夫不离不弃。结合上文李清照的遭遇,我们不难发现,尽管女人的地位长期不能与男子相比,甚至常被冠以红颜祸水之名,然而贫病交加、国破家亡之际,在利益、权势与感情、道德的抉择之中,哪怕身份最低微的女性也可能比男子更坚强、更晓大义。考虑到这些形象的创造者大多是男子,或可将其理解为历代儒生士大夫对自身懦弱、无能的自嘲。如果我们可以将文学视为和历史、正统典籍并行不悖却又各有侧重的传统,那么这些形象的生成和流传就变得十分自然了。

　　宇文所安对女性形象的刻画着力最多的,恐怕还是关盼盼。关盼盼也是唐代的一位名妓,后成为徐州人张愔之妾。白居易曾在张家赴宴时见过关盼盼,并赞她"醉娇胜不得,风嫋牡丹花"。张愔也为关盼盼专门建了个别墅叫"燕子楼"。张愔去世后,他的妻妾各寻出路,惟独关盼盼为张愔守节十年。白居易曾赋《燕子楼》描述她的这段生活:"满窗明月满帘霜,被冷灯残拂卧床。燕子楼中霜月夜,秋来只为一人长。"白居易在可怜关盼盼之余,疑惑她既然对丈夫如此忠贞,为何不索性殉葬。于是又写了一首:"黄金不惜买娥眉,拣得如花四五枚;歌舞教成心力尽,一朝身去不相随。"盼盼看到白居易的诗后,绝食而死。宇文所安对此的解读,和中国读者的视角很不一样。他认为关盼盼的可悲可怜并不在于她为丈夫守节后又自杀,而在于她的命运完全不掌握在自己手里。他不认为白居易真是出于"无心之失":

　　　　一种充满忧伤渴望的香艳之气贯穿着白居易的这首诗(指《燕子楼》)。他想象她孤独而居,充满饥渴,想象他可以填补这个空位,想象他能够把她忍受的凄冷的不眠之夜，变为温暖和安眠之夜，使两人各自得其"所安"。……最起码，这些抒写永远无法实现的欲望的诗，替代了具体的行为，替代他的身体在遥远的彭城盼盼卧床上占有那个空位。①

在宇文所安看来，中国传统社会中这些迫于道德和舆论为丈夫终身守节甚至殉情的女子的最大悲哀，就是他们成为了那些活着的男人欲望化想象的一部分。她们在现实中虽不会再被占有，却仍然有可能成为满足所有男性幻想的对象。这种解释的确新颖。按照他的逻辑，中国古典文学中数量庞大的思妇诗、宫怨诗、闺阁诗，甚至很多婉约派的诗词，只要是出于男性作家之手，都充满着香艳的欲望，值得被重新定位。1963年，意大利著名作家和符号学家艾柯（Umberto Eco）发表《开放性作品》一文，颇具先锋姿态地宣称：

> 任何艺术作品，即使是已经完成、结构上无懈可击、完美地"划上句号"的作品，依然处于"开放"状态，至少人们可以不同的方式阐释它而不至于损害它的独特性。②

可是，当他自己的小说《玫瑰之名》于1980年出版之后，被世界各地的阐释者解剖得体无完肤，甚至面目全非时，艾柯终于忍受不了了。他于1990年以反思的立场提出了"过度诠释"的问题。他承认，批评对

---

① [美]宇文所安：《迷楼：诗与欲望的迷宫》，程章灿译，田晓菲、王宇根校，北京：三联书店，2003年，第162页。
② [意]艾柯：《开放性作品》，见伊夫·塔迪埃《20世纪的文学批评》，史忠义译，天津：百花文艺出版社，1998年，第235页。

于文本的权力并不是无限和肆意的,失控的衍义只会扰乱对文本的理解。他将过度诠释上溯到神秘主义传统,提出应该在阅读中重视"历史之维"和"文化逻辑"。那些既不尊重历史,也不在乎文化逻辑的诠释,只能属于"过度诠释"。①

艾柯的转变或许可以代表解构主义、女性主义、后殖民主义、阐释学等当代具有革命性的话语大行其道后,西方文论界的回归倾向。真理多走一步,即会变成谬误,要把握好诠释与过度诠释之间的界线在实践中并非易事。宇文所安濒临边缘,却很难割舍阐释所带来的刺激感。他试图捕捉到每一个可以被关联起来的文本。白居易最终没敢再去燕子楼,但两个多世纪之后,苏轼来到了这里,占有了白居易想来而不曾来的地方,他在燕子楼里住了一夜,并写了一首专为盼盼而做的词《永遇乐》(彭城夜宿燕子楼):

> 明月如霜,好风如水,清景无限。曲港跳鱼,圆荷泻露,寂寞无人见。紞如三鼓,铿然一叶,黯黯梦云惊断。夜茫茫,重寻无处,觉来小园行遍。天涯倦客,山中归路,望断故园心眼。燕子楼空,佳人何在,空锁楼中燕。古今如梦,何曾梦觉,但有旧欢新怨。异时对黄楼夜景,为余浩叹。

宇文所安强调,苏轼在写这首词时已经感觉到自己不是第一个对燕子楼满怀兴趣的人,在他之前有白居易,而在他之后,还会有许多人来到这里,回忆盼盼,写下形式不一但主题相近的诗歌。白居易的位置被他所取代,而他的位置会被后人所取代,不变的只是对关盼盼的想

---

① [意]艾柯:《诠释与过度诠释》,王宇根译,北京:三联书店,1997年,第11、65—76页。

象……①

尽管中国传统的封建纲常的确深深压抑了人性和欲望,但作为人妻,夫君故去后,在他为自己营建的故园守节,报答他的知遇之恩、相守之诚,原本是最简单和朴素的做法。尤其当其他妻妾纷纷离去,曾身为歌妓,并不需要保全名节的关盼盼反而愿意留下来,难道不恰恰证明了她选择的自主性?关盼盼命运的可叹,或许还不是宇文所安强调的——她成为了历代文人雅士们欲望化写作的对象,而是她的形象永远被动地操控在诠释者们过度的推演和想象中,无穷无尽。

---

① [美] 宇文所安:《迷楼:诗与欲望的迷宫》,程章灿译,田晓菲、王宇根校,北京:三联书店,2003年,第164页。

从"名物学"到俗文学：青木正儿中国考

青木正儿（あおき まさる，1887—1964），号迷阳，生于日本山口县下关。他自幼就好读书，又出生世家，父亲就是个中国迷，对胡琴、琵琶很有造诣，青木正儿从小就受中国文化的熏陶，中学时代已经接触了大量中国作品如《西厢记》等，大学时代便致力于研究"元曲"。1908年进入京都帝国大学后，成为狩野直喜和铃木虎雄的学生。1916年，青木正儿与小岛佑马、本田成等人组成"丽泽社"，1920年又与武内义雄等人一起共同创办了《支那学》杂志，并发表《以胡适为中心的中国文学革命》一文，这是日本介绍中国新文化运动主将的第一篇文章。青木正儿曾在上世纪10年代末20年代初到中国考察过，1925—1926年再赴中国研究戏曲，代表作《中国近世戏曲史》是研究明清戏曲的重要论著。他曾多次向王国维求教，并游学北京、上海，观摩皮黄、梆子、昆腔，完成《自昆腔至皮黄调之推移》（1926）、《南北曲源流考》（1927）两文。在此基础上，他用一年的时间，完成《明清戏曲史》。后据王国维将宋以前戏剧称"古剧"、元代称"中世"，而明以后为"近世"的说法，将题名改为《中国近世戏曲史》。1938年，青木正儿任京都帝国大学教授，与东方文化研究所共同校注《元曲》，成为京都学派的活跃人物。

青木正儿是个性情中人，为人狷傲、嗜酒。和很多汉学家一样，他对中国文学的喜爱已深入骨髓。除了大量学术论著，他还留下诸如《江南春》《竹头木屑》等中国行纪,以及《北京风俗图谱》等绘图记录。在40年代,青木正儿在原有的文学研究以外,转向构筑自成一体的"名物学",作了散文、随笔、札记,素材大多来自于中国的地方文化和风俗。这些研究不仅与他之前的研究兴趣密切相关,也影响到他后期的方法转型。

不过,作为京都学派的杰出代表之一,青木正儿发扬了严谨踏实的治学风格。吉川幸次郎曾在《青木正儿博士业绩大要》里如此评价青木正儿:

> 博士的性格往往有人以狷介或者不羁评之。但表现在学问中,这狷介变成了对基于读书经验的实证的尊重;而不羁变成了不受传统见解束缚,根据自己的深思熟虑加以批判,即独创。①

主要贡献(具体出版信息参见附录):

1.《以胡适为中心的中国文学革命》,《支那学》,1919年第5号至第8号。

2.《支那文艺论薮》(论文集),东京:筑摩书房,1927年。

3.《中国近世戏曲史》,京都:弘文堂书房,1930年。

4.《支那文学概论》,京都:弘文堂书房,1935年。

5.《中国文学思想史》,东京:岩波书店,1935年。

6.《元人杂剧序说》,京都:弘文堂书房,1937年。

7.《历代画论(唐宋元篇)》京都:弘文堂书房,1942年。

8.《清代文学评论史》,东京:岩波书店,1950年。

9.《元人杂剧》(译注),京都:弘文堂书房,1957年。

---

① [日]吉川幸次郎:《青木正儿博士业绩大要》,见《吉川幸次郎全集》第17卷,东京:筑摩书房,1969年,第338页。

10.《元人杂剧》,天理:养德社,1957年。

11.《中华名物考》,东京:春秋社,1957年。

12.《中华饮酒诗选》,东京:筑摩书房,1964年。

13.《琴棋书画》,东京:春秋社,1964年。

14.《中华茶书》,东京:春秋社,1964年。

15.《青木正儿全集》(共10卷),东京:春秋社,1966—1970年。

主要观点与方法:

1. 中华名物学

青木正儿的《中华名物考》虽然就出版年代而言,晚于他的代表作《中国近世戏曲史》《元人杂剧》《支那文学概论》,但"风俗研究"一直是他接近中国文学的重要维度,他对戏曲等俗文学的关注即源于此。《中华名物考》并非一朝写就,而是他多年研读中华文明并几次来此游学所得。书中对风俗名号的起源、演变考证得十分详尽,且对其与日本同类事物之关系也进行了仔细的考辨,谈及相关物产及名称传自中华的时间及过程。

名物学在方法上介于文献学与民俗学之间,青木正儿则将其归入了"训诂学"的体系,借以科学的态度考证之。青木正儿认为,中国传统的名物学在很早便已形成一门独立学问,东汉末(3世纪初)刘熙编了《释名》八卷,共二十七篇,包括"释天"、"释地"、"释山"、"释水"等。《释名》解释名物的方法比《尔雅》更为具体,可算是中国最早的独立意义的名物学。实际上,传统中国文士一直将名物学作为"雅好",所以历代皆有大量咏物诗文。《伦语·阳货》称:

  诗,可以兴,可以观,可以群,可以怨,迩之事父,元之事君,多识鸟兽草木之名。

可见,"多识鸟兽草木之名"是"诗教"的一大目的。青木正儿自然明晓中国诗学与名物学之间的密切关系,他在《中华名物考》中具体论及了几十种"名物"。

比如"桌袱菜",有点类似于现在的"香锅"或"火锅"之类。这种东西中国唐代就有了,后来传到日本长崎等地,再风行全日本。再比如"纳豆",青木正儿谈到在中国,纳豆原称为"豉",东汉时代的文献里已有对"豆豉"的记载。他说:

> 我国的纳豆单纯是食品,而在中华不仅是食品,而且在酱油发明前是重要的调味料。那叫豉汁,把淡豉或盐豉捣碎加水溶解而成。①

和纳豆相似,青木正儿还注意过中国的腌菜,周作人曾翻译过他的一篇《中华腌菜谱》。青木正儿游学中国是上世纪20、30年代,四川涪陵人邓炳成创制这种腌菜还为时不久,尚未进入日本,他是在北京品尝到的。他详细谈到了腌菜的制作方法:"把萝卜晾干,一根根码在木桶里,压上大石头,用盐和糠腌制而成"。其中他说到腌梅让人神清气爽:

> 在中华,美味的腌梅大概是"糖青梅",即糖腌青梅。这种糖青梅在日本的中华菜馆里是常有的,颜色味道都好,确实很好吃。日本人对腌梅和泽腌(腌咸萝卜)的嗜好是根深蒂固的……在逗留期间因感冒而卧床喝粥时,忍不住想吃腌梅,就曾经让听差奔去东单牌楼买过。……在中国好象没有我国那种放有紫苏的腌梅。不放紫

---

① [日] 青木正儿:《中华名物考》(外一种),范建明译,北京:中华书局,2005年,第327—328页。

苏只用盐腌的干梅叫白梅，这种白梅具有相当悠久的历史，也用于中药，我国本来继承的也是那种制法。紫苏在制造梅酱时放入，从古至今一直没变。①

在《中华名物考》中，青木正儿除了大量地谈到了饮食，还广泛涉及植物和中国的风俗。青木正儿还考察了诸如重阳节等中国民俗的来历，值得一提的是，重阳节人们有佩戴茱萸登高饮酒的风俗。茱萸在后世干脆做成了香草袋。青木正儿详细考证了茱萸这种植物，认为有吴茱萸、食茱萸、山茱萸的区别。重阳登高时用的是吴茱萸，青木正儿认为其实就是花椒。重阳前后，花椒的子实成熟变红，味道极为辛辣，因为有去除邪气的功效，出于健康平安的心愿，就形成了把它佩戴于身的风俗。食茱萸在日本俗称乌山椒，是专门做调味料的。山茱萸是一种野果，与前两者同名而异类，但子实形状和颜色味道与前两者相似。②

《中华名物考》中与文学密切相关的名物考证也很多，最著名的一篇应该算是《"啸"的历史和字义的变迁》。青木正儿发现，在中国上古时期，"啸"主要是女子发出的动作，比如《诗经》里三处出现啸的地方，声音的发出者均是女性。

《召南·江有汜》：之子归，不我过。不我过，其啸也歌。

《王风·中谷有蓷》：有女仳离，条其啸矣。

《小雅·白华》：啸歌伤怀，念彼硕人。

《召南》句的诗意大概是，某女子本该作为随正妻出嫁的妾，因为

---

① [日]青木正儿：《中华名物考》（外一种），范建明译，北京：中华书局，2005年，第205—206页。

② 同上书，第182页。

正妻不带她去,她一时怨恨而啸,后来想通了,又愉快地唱起了歌。《王风》句表明,因荒年饥馑夫妇别离,妻子悲之,萧然而啸。《小雅》句意为周幽王逐退申后而宠爱妖女褒姒,所以申后啸歌伤怀,想念那傲慢的君王。这三例说的都是女性怨恨悲伤时吹口哨以发泄。他还找了汉魏至隋唐的许多例子来证明这一点。青木正儿认为"啸"的第二种用途是"招魂"。他举了《楚辞·招魂》中"招具该备,永啸呼些"等例子,引用了许多中国研究啸的典籍,讨论啸的道家起源。"啸"自魏晋以后开始发生变化,由女性主体逐渐演变为男性主体。① 从名物学反观文学史,印证了青木正儿名物学的初衷。

青木正儿的名物学和日本中国学京都学派的研究理念直接相关。以狩野直喜、内藤湖南为开拓者的日本中国学京都学派,创建了与江户汉学迥然不同的研究模式,在对中国传统文化的研究中,引进实证主义理念,并且使它与中国清代考据学结合,从而架构起从传统汉学到现代中国学的桥梁。在京都学派的学术语境中,青木正儿的名物学也受到西方实证主义的感染,上文已述,明治一代及其后的日本中国学家多有留学西方的经历。② 因此,青木正儿的名物学与中国传统名物学在视角和方法上均存在某些差异。前者重在本体论,而后者重在价值论。青木正儿作为一名汉家家,他关注名物学旨在复原中国传统社会的生活图景,以加深海外中国学者产生对中国文化的感性体认。

---

① [日] 青木正儿:《中华名物考》(外一种),范建明译,北京:中华书局,2005年,第185页。

② 比如井上哲次郎(1855—1944)1883至1890年在德国学习,白鸟库吉(1865—1942)1901至1903年在德国等地留学,内藤湖南1924年至1925年赴欧美访问,服部宇之吉(1867—1939)1900年后在欧美游学数年,狩野直喜(1868—1947)1912至1913年赴欧洲留学。见严绍璗《日本中国学史》,南昌:江西人民出版社,1991年,第193页。

2. 敦煌"变文"与中国诗学:

狩野直喜与青木正儿是日本最早研究敦煌变文的学者。1911年秋天,狩野直喜赴欧洲,追踪访察被英、法、俄等国的探险家们所攫取的文献资料。1916年,《艺文》杂志连续以《中国俗文学史研究的资料》为题,发表了他从欧洲发回的研究报告。狩野直喜辑录了从斯坦因处见到的"秋胡故事"、"孝子董永故事",以及在伯希和处所录"伍子青故事"等,并对它们的源流和影响作了初步的论证。由此,狩野直喜认为:

> 治中国俗文学史仅言元明清三代戏曲小说者甚多,然从敦煌文书的这些残本察看,可以断言,中国俗文学之萌芽,已显现于唐末五代,至宋而渐推广,至元则更获一大发展也。①

狩野直喜虽然极有眼光地在日本首倡中国俗文学研究,但他当时尚未开始使用"变文"这个词。"变文"概念主要是由青木正儿、那波利贞、小岛祐马与中国学者胡适、郑振铎、孙楷第等人确定的。"变文"实际上就是"演义",即把古典的故事重新再说一番。起初,变文只是专门讲唱佛经里的故事,因为佛经故事一般人不容易理解,所以要将其通俗化,因此"变文"的"变"取佛教中"变相"之意,但这个词很快被郑振铎定义为讲唱文学。孙楷第在《中国短篇章白话小说的发展》中将"变文"分为"经变"和"俗变",说法更为精细。

最初介绍此种文体者为罗振玉氏之《敦煌零拾》,内有《佛曲》三

---

① 转引自严绍璗:《狩野直喜和中国俗文学的研究》,《学林漫步》第7集,北京:中华书局,1983年。

种，时尚未知有变文之目，罗氏名为'佛曲'也。变文之名最早介绍于世者，恐即胡适博士所记之《维摩诘经变文》，而狩野博士抄归之《孝子董永》，今知实亦变文，不过仅存唱词而已。厥后日本冈崎文夫博士又在巴黎抄得《目连缘起》、《大目犍连变文》、《破魔变文》三种，由青木正儿、仓石武四郎两博士为文绍介于《支那学》中，自是变文之名益著。继之者为刘复、小岛佑马、郑振铎、王重民、那波利贞诸君，先后续有抄录，而国立北京图书馆所藏变文，嗣亦整理完毕。①

青木正儿对敦煌变文的兴趣源于他对唐、五代及之前的中国文学的爱重。和许多海外汉学家"厚古薄今"的立场相似，青木正儿也认为宋以降的中国诗学已逐渐丧失它的独创力。他对中国文学史和文学理论的总体判断比较集中体现在他的《中国文学思想史》里。从10世纪到20世纪20、30年代，中外学者在撰写中国文学史时，时期划分通常有两种处理方法。其一是按朝代来划分。比如青木正儿多次提到的英国汉学家翟理斯就是按照朝代来划分时期，在《中国文学史》(*A History of Chinese Literature*, 1901) 一书中，他把中国文学史划分为八个时期：封建时代（公元前600—200年）、汉代、魏晋南北朝、唐代、宋代、元代、明代、清代。同样，中国学者胡云翼的《新著中国文学史》(此书在1941年被译介到日本，高山书院出版)，也使用了典型的朝代划分法。其二是引进援用西洋历史法，以"古代"、"中世纪"、"近代"来进行中国文学史划分。比如谢无量《中国大文学史》(1930年) 把中国文学史划分为上古文学（五帝时期到秦代）、中古文学（汉代到隋代）、近

---

① 傅芸子：《敦煌俗文学之发见及其展开》，《中央亚细亚》，第1卷第2期，1942年10月，第37页。

古文学（唐代到清代）。郑振铎著的《插图本中国文学史》（1932年）同样把中国文学史划分为古代文学（西晋以前的中国文学）、中世文学（东晋到明正德年间，317—1521年）、近代文学（明嘉靖年间到清代，1522—1911年）。青木正儿的《中国文学思想史》则从文学内部的发展把中国文学史和批评史划分为三个时期：第一时期，上世时期（周、汉）；第二时期，中世时期（魏晋南北朝、唐）；第三时期，近世时期（宋、元、明、清）。他还对各个时代的美学特征进行概括，分别对应"实用娱乐时代"、"文艺至上时代"、"仿古低徊时代"。他认为若从"创造主义"和"仿古主义"的视角出发，中国文学史可首先分为两大阶段：第一阶段是"创造阶段"，从周代直至唐代；第二阶段是"仿古阶段"，包括宋、元、明、清。①

青木正儿对文学发展分期的认识受日本历史学家内藤湖南的影响很大。本书绪论中已提及，内藤湖南对朝代分期法和西洋历史的分期法进行了批评，在此基础上明确地提出了全新的观点，可以简单概括为"宋代近世说"。在内藤湖南看来，依照文化的时代特色而划分时代，这是最自然、最合理的方法。

青木正儿还中肯地指出，应该多探讨美术、音乐与中国文学理论的关系。中国古代诗学，是在包括文学、绘画、音乐等广义"文艺"的基础上建立的，并且形成了用音乐、绘画的思维来创作、阐释文学的习惯。他的代表论文《周汉的音乐思想》《周代的美术思想》《诗文书画中的虚实之理》着重论述了不同文艺领域的互渗关系。

青木正儿在具体的诗学理论领域也心得颇多，这些成果集中在他的《清代文学批评史》中。比如他是日本叶燮《原诗》的最早研究者之一。

---

① [日] 青木正儿：《中国文学思想史》，孟庆文译，沈阳：春风文艺出版社，1985年，第14页。

青木正儿认为，叶燮是在当时清朝文坛宗唐、宗宋诸说纷纭的混乱状态下，主张一切按照个人所好，形成独立风格，主张吟咏性情的第一人。他高度赞扬叶燮在清初诗坛的开创之功以及追求创新的精神。"先生诗古文，熔铸古昔而自成一家之言，卓尔孤立，不随时势为转移"，并从这个角度详细分析了法与才、胆、识、力四因素之间的关系。

青木正儿对叶燮的研究有两点值得关注。一是认为叶燮《原诗》的批评和画论中石涛的《画语录》堪称双璧，但叶燮缺乏石涛之论的超脱、清澈，这大约就是儒与禅的差别。青木正儿认为《原诗》缺乏佛学禅宗的趣味和话语，故其论多辩而夸张。二是青木正儿提到了薛雪对叶燮诗学的继承和发展，他们在与古人抗衡、反对寄人篱下、力举卓然自立，以品格之高和胸襟之阔来俯视一切。

3. 极具京都学派特色的戏曲研究

青木正儿是狩野直喜的学生，他对中国戏曲发生兴趣，始于主持的"元曲讲座"。狩野直喜在1916年开设了"中国小说史"；1917年主讲"中国戏曲史"的课程。在教学之余，他还从罗振玉处借得《古今杂剧三十种》，并将之覆刻，供年轻学者观摩。作为京都大学第一代投身戏曲研究的汉学家，狩野直喜不仅继承了江户以来的汉唐经学传统，还把这种严谨的治学态度灌输到俗文学以及戏曲研究上。在《支那文学史》"总论"中，他一反当时文学史作者如古城贞吉等人不重视俗文学及戏曲的做法：

即使在中国，也并未抹杀戏曲、院本、小说。戏曲等最初兴起于元代，然而由于被古文学所压倒，地位极卑下。现在《四库》等书也不收录。根据中国人的思考，戏曲等不可视为文学。在这一类作品中,比如戏曲小说,虽然也有文人公然署名染笔,但是大多还是难考其作者。这恐怕还是受到道德的束缚,不能脱离劝善惩恶的范围,往往视之为卑猥不洁的文字。①

青木正儿在《南北戏曲源流考》一书中回忆:

> 二十年前,我在熊本,见有评释《西厢记》数折的,因此,很觉中华戏曲有味。后游京都受业于君山狩野先生,颇得窥戏曲的门径。②

上文提到,中国俗文学研究是京都帝国大学的专长之一,除了狩野直喜,早期的铃木虎雄等人都十分关注这个领域。在这种学术氛围中,加之前有日本学者笹川临风的《支那小说戏曲小史》(东华堂,1897年)与《支那文学史》(博文馆,1898年)作铺垫,青木正儿感到此事业大有可为。更重要的是,俗文学尤为契合他率真的个性。对此,其子中村乔评价道:

> 家父嫌恶古道德与观念之束缚,在思想上不好孔孟之学,而似偏爱庄。余意正是由于此点而对吴虞之非儒论大呼痛快也。在文学方面,他对过去目为正道的以诗为中心之研究素抱怀疑态度,青年时期即开始对日本之江户俗文学感兴趣。即对中国文学之研究亦只注目于与庶民生活密切结合之俗文学。以此作为出发点,对中国之

---

① [日]狩野直喜:《支那文学史》,1970年,东京:みすず书房,第9页。转引自童岭《汉唐经学传统与日本京都学派戏曲研究刍议》,《中央戏剧学院学报》,2009年第2期。
② [日]青木正儿:《南北戏曲源流考》,江侠庵译,北京:商务印书馆,1967年,第2页。

生活文化感到极大兴趣,并在此一方面进行研究。余意家父之所以亦能较早注目于中国之新文学运动,其原因亦即在此。①

戏曲、新文化运动、中华名物学之所以能成为青木正儿的终生兴趣,大抵确如中村所言恰在一个非正统的"俗"字。其实,对青木正儿的戏曲研究产生极大影响的除上述因素,盐谷温(1878—1962)的作用亦不可小视。盐谷温比青木正儿年长九岁,也是狩野直喜的学生,后来成为东京学派戏曲研究的执牛耳者,与青木正儿为代表的第二代京都学派俗文学研究分庭抗礼。1919年,盐谷温的《支那文学概论讲话》出版,分为上下篇。下篇几乎全部是传统日本汉学家所鄙夷不屑的戏曲小说研究。这本书在出版当年就被译成中文,一度风行于中日两国学界,甚至为鲁迅的《中国小说史略》提供了不少素材和灵感。从此,俗文学研究在日本中国学的地位才得到彻底改变。盐谷温重视戏曲的学术视野,一方面得益于他在德国的留学经历。19世纪末20世纪初,德国许多理论家,如尼采、布莱希特、雅斯贝尔斯都十分关注戏剧艺术,并做过东西方"戏剧"美学的比较。另一方面,清代学者叶德辉的词曲观对他的启发很大。1910年冬,盐谷温来到湖南长沙,拜叶德辉为师,直至1912年夏才学成归国。他曾如是回忆叶师:

> 日钻研词曲,时伺暇赴丽楼,质疑请教。先师执笔一一作答。解字分句,举典弁惑,源泉滚滚,十行二十行正书直下,乐而忘时……先师为余之苦心诚悃所感,亦肯认余之学力,遂不遗余力而

---

① [日]中村乔:《致唐振常函》(1981年1月21日),见唐振常《吴虞与青木正儿》,《中华文史论丛》,上海:上海古籍出版社,1981年,第290—291页。

教。夏日酷暑,不顾汗流滴纸,冬日严寒,不顾指冻不能操管,开秘笈倾底蕴以授余……余以短才而得通南北曲,实为先师教导所致。①

有意思的是,盐谷温和青木正儿不仅师出同门,连博士论文也完全同题,均为《元曲研究》。②青木正儿《中国近世戏曲史》初名《明清戏曲史》,不但弥补了王国维《宋元戏曲史》止于元代之憾,而且另辟蹊径,回避了盐谷温《元曲概说》之锋芒。他们二人的学术道路上可谓既十分相似、彼此学习;又各有特色、侧重不同。比如青木正儿毕业论文的第七章为《燕乐二十八调考》,其中便参考了盐谷温所重的德国学者的音乐理论。但是,盐谷温主张"汉文训读",青木正儿提倡"汉文直读";盐谷温强调读曲和翻译,青木重视舞台演出及戏剧生态。

与日本近代大多数中国戏曲研究家一样,青木正儿同王国维也有着学术上的交往。尽管王国维推崇宋元戏曲,却并不怎么看好明清戏曲。1925 年,青木正儿来到北京拜谒在清华国学院任职的王国维,并提出准备研究明代以后的戏曲史。王国维生硬地说,"可是明以后的戏曲没有味道,元曲是活的,明以后的戏曲,死去了"③。青木正儿对王国维断然否定自己设想的直率回答感到难以接受:

> 元曲是活的文学,这是公认的评价,可是明清的曲也不一定都是死去了的,就曲词而言,明清曲是被诗徐习气所笼罩而缺乏生气,远不如元曲的天籁。但是就剧的全体看,不一定是比元曲退步的。

---

① [日]盐谷温:《先师叶园先生追悼记》,见《斯文》,1927 年 8 月号。转引自刘岳兵《叶德辉的两个日本弟子》,《读书》,2007 年第 5 期。
② 周阅:《青木正儿与盐谷温的中国戏曲研究》,《中国文化研究》,2012 年夏之卷,第 203 页。
③ 陈平原:《追忆王国维》,北京:中国广播电视出版社,1997 年,第 366 页。

青木正儿对明清戏曲的执著还和京都学派的"南北中国观"有很深的关系。京都学派第一代东洋史学专家桑原骘藏在其名文《历史上所见的南北中国》中提出中国文运不断南进,中国的历史也可看成是文化南进的历史,并在文章结尾提醒日本学界,不应仅仅关注与日本地理相近的中国北方,更应把注意力投入代表中国未来文运走势的南方。作为学生辈的青木正儿十分认同这种南北中国观。他在《支那文艺论薮》中有云:

> 纵观历代南北之文艺,往往随政治中心或文化渊薮为转移,而在期历朝文运中,显露南北地方色彩之互为消长。①

基于这种南北观,青木正儿指出:

> 戏曲自元、明以来即有南曲、北曲之别。南曲承南宋杂剧之系统而兴盛于明代,为采用南方乐曲之戏剧。北曲则兴起于元代,至明末衰亡,系用北方之乐曲者。南曲与北曲,非仅形式殊异,所用乐曲之情调与意趣亦复不同。即北曲之音调迫促而刚毅朴讷,南曲则音调缓慢而流丽靡弱。②

青木正儿的戏曲研究虽博采众长,却并未人云亦云。比如关于元代杂剧突然兴起的原因,王国维《宋元戏曲史》持"元人废科举说":

---

① [日]青木正儿:《燕乐二十八调考》,载《支那文艺论薮》,《青木正儿全集》第 2 卷,东京:春秋社,1970 年,第 84 页。
② 同上书,第 6—7 页。

余则谓元初之废科目，却为杂剧发达之因。盖自唐宋以来，士之竞于科目者，已非一朝一夕之事，一旦废之，彼其才力无所用，而一于词曲发之。①

狩野直喜《支那学论薮》则主张"蒙古尚武卑文说"：

蒙古灭金、平江南。其与中国文明接触时，态度与历朝皆不一样……元朝入主中原，能保持蒙古尚武本色……中国学问衰退即是古典势力的衰退，同时也是俗文学兴起的理由。②

青木正儿对这两位名师硕儒的意见均有微词，提出"蒙古崇乐嗜舞说"：

征服者的蒙古人，有歌舞音乐的嗜好。南宋嘉定年间到蒙古旅行的孟珙《蒙鞑备录》曰："国王出师，亦以女乐随行……"是其明证。连出师都以女乐随行，这样嗜好舞乐的蒙古王，当把金灭了而入主中国时，醉心于进步的中国舞乐，这事是不难想象的。而古典的舞乐，不如民众的院本更使他们喜欢，也是一定的。他们在暗地里奖励院本，改善院本，大概是自然之事。③

《中国近世戏曲史》是青木正儿戏曲观点的集大成者。青木正儿之

---

① 王国维：《宋元戏曲史》，上海：上海古籍出版社，1998年，第77页。
② [日] 狩野直喜：《元曲的由来与白仁甫的梧桐雨》，《支那学论薮》（增补版），东京：みすず书房，1973年，第243—245页。
③ [日] 青木正儿：《中国文学概论》，隋树森译，重庆：重庆出版社，1982年，第121页。

观中国戏曲,不仅摆脱了作为王朝更迭的陈旧套路,也摒弃了戏曲作为文学之附庸的俗见,将之提升为一门独立艺术门类。该书探讨了自明嘉靖至清乾隆戏曲的沿革与兴衰,共分为五篇十六章,主要论述了三个方面:

其一,它首次详细描述了明清戏曲的历史。青木正儿把明清戏曲的发展历史分为南戏复兴期、昆曲昌盛期、花部勃兴期三个阶段。南戏兴起于北宋末或南渡后的浙江温州。元初杂剧勃兴,元中叶以后,范居中、沈和甫、萧德祥"纵笔于南戏"。真正完成南戏之革新的人是元末明初的高则诚。因此,从元末到明初正德年间,是南戏的复兴期。从明嘉靖到清乾隆年间是昆曲的昌盛期,也是北曲的不断衰微期。尤以昆曲为例,嘉靖年间,昆曲还只是流行于苏州一带,尚未蔓延到各地,万历年间至康熙初年则达到极盛。从康熙中叶到乾隆末叶,是昆曲的衰落期。从乾隆末到清末花部勃兴:

> 昆曲荣盛之极,王气未衰,一至乾隆末叶,忽有巴蜀艺人,以西秦土音,扰乱南北,寻徽班勃兴,咸丰以来,遂至为皮黄调全夺其席矣……乾隆末期以后之演剧史,实花、雅两部兴亡之历史也。①

其二,详尽评价了明清两代戏曲作家及作品。他一般从考订作者、介绍梗概、引述前人观点、阐述自己见解四个方面来进行。青木正儿评价作品的价值标准一是艺术创新,一是舞台生命。他总结出明清爱情剧有两个"常套":

> 因错认而起关目波澜之事,此派盖出《拜月亭》,至阮大铖《十

---

① [日]青木正儿:《中国近世戏曲史》,王古鲁译,北京:中华书局,1954年,第469页。

错认》造其极矣；以物件维系姻缘事，此派盖出《荆钗记》，至叶宪祖诸作造其极矣。①

对于落入这些俗套的作品，青木正儿评价都不高。而对能摆脱"常套"束缚、有所创新的作品，青木正儿则给予了充分肯定，例如李渔《奈何天》、朱佐朝《渔家乐》、孔尚任《桃花扇》等。另外，舞台生命是否长久也是青木正儿衡量作品价值的重要标准。他认为剧本写得再好，舞台效果不佳的作品绝非上乘。比如，一般认为《荆钗记》在明曲中属于中下乘，用词太过平实，远逊于《琵琶记》。青木正儿则认为此曲虽然用词平平，但曲调和曲白写得特别自然，适于演出，实可弥补用词之不足。而论及学界争议极大的沈璟与汤显祖之优劣问题，青木正儿也崇汤抑沈。他认为沈氏传奇作品多达十七种，但后世流传下来的只有《义侠记》一种；而汤氏作品仅五种，却全部广为人知，长演不衰。究其原因，青木正儿强调，汤作率性、本色，能在舞台上打动观众。

其三，对南曲脚色与古代剧场的构造情况、剧本与演出体制进行了考证与总结。王国维《古剧脚色考》曾对唐宋古剧和元杂剧脚色作过十分精密的考证，青木正儿则重点关注南戏的脚色。他推断：

> 古南戏中的固定之脚色，当为生、旦、外、末、净、丑等六色，后至旦色一人不敷用时，乃佐之以后贴，有时需用老妇，乃设婆虔以充其用。降及后世，南戏发展，情节随之益形复杂，脚色应之，渐次而生支派焉。②

---

① ［日］青木正儿：《中国近世戏曲史》，王古鲁译，北京：中华书局，1954 年，第 112 页。
② 同上书，第 528 页。

对古代剧场的构造，青木正儿根据《金台残泪记》《梦华琐簿》等书记载，考证了北京"近百年的戏场之制"。对戏场的各个组成部分如报条、官座、桌子、散座、池心、钓鱼台、茶票、前台、鬼门道、后台等的方位、作用进行了细致的介绍，并画出了剧场的平面图。剧场研究是王国维、吴梅等先驱所轻忽的内容，青木正儿却把它作为中国戏曲史不可或缺的一个方面加以重视，体现出他戏曲史观的全面性。青木正儿对南曲戏文的剧本体制与演出惯例也作了较为客观的总结。除认为南戏多人可唱、副末开场、大团圆结尾等一些为人所共知的特点外，他还发现了一些人所未道。如对南戏各种脚色均可唱这一特点，青木正儿进一步细分为五种情况：独唱、接唱、同唱、合唱、接合唱。

青木正儿《中国近世戏曲史》贡献卓著：首先，在他的倡导下，学界开始真正重视明清传奇的研究。其次，他罗列了有关昆曲发展史的丰富文献资料，直接促进了后代昆曲研究的兴盛。再次，重视舞台与演出实践，将戏曲的创作与研究从文学文本延伸至戏剧艺术本身，大大开拓了戏曲创作和研究的思路。最后，他善于运用比较的眼光，比如将汤显祖看作昆曲史上最伟大的剧作家，并将其与英国的莎士比亚相提并论。相比于中国传统的曲学，青木正儿展现出了更广阔的视野。

4. 与中国现代文学的因缘

青木正儿虽然侧重中国古典文学研究，但对现代文学的发展也十分关心。他与20、30年代的许多中国作家、学者都有交往。1919年，青木正儿便接触到胡适以及中国的新文化运动。1920年9月，在内藤湖南、狩野直喜、铃木虎雄等老一辈京都学派汉学家的支持下，青木正儿与本田成之、小岛佑马、仓石武四郎等创办了《支那学》。他在此刊第1卷第1至3号上发表了长文《以胡适为中心的文学革命》。这篇文章分为上中下三个部分，详细介绍了五四时期文学革命的情况，还自称抛开了文学史家的立场,以一个现场观众的身份来介绍刊登在 1917 年《新青年》上的胡适的《文学改良刍议》。在当年给胡适的信中,他曾写道:

> 在我们国家,提起支那文学,便想到四书五经、八家文及唐诗选一类的旧人物仍然很多,以为在贵国眼下还有人讲着《论语》式的话。你所说已被埋葬在博物馆里的支那文学,还停留在一般人的脑子里。①

他还就《红楼梦》《水浒》等中国古典白话小说研究和胡适进行过深入交流。胡适曾谈到青木正儿对他的帮助:

> 我最感谢我的朋友青木正儿先生,他把我搜求《水浒》材料的事看作他自己的事一样;他对于《水浒》的热心,真使我十分感激。如果中国爱读《水浒》的人都能像青木正儿那样热心,这个《水浒》问题不日就可以解决了。②

青木正儿的《支那文学史》出版后不久就寄给了胡适一本,胡适给予高度评价,并向他介绍了新文学的代表鲁迅和周作人兄弟。青木正儿不仅和鲁迅在中国小说研究方面也有不少学术上的交流,且十分赞赏鲁迅的文学观及创作手法。在鲁迅《狂人日记》出版的第二年,青木正儿就已向日本文学界推介他:

---

① 转引自耿云志:《胡适研究丛刊》第 1 辑,北京:北京大学出版社,1995 年,第 304 页。
② 胡适:《〈水浒传〉考证》,《胡适文存》一集,合肥:黄山书社,1996 年,第 412 页。

> 在小说方面，鲁迅是位有前途的作家，如他的《狂人日记》描写了一种迫害狂的惊恐的幻觉，而踏进了迄今为止中国小说家还尚未达到的境地。①

在后来的《中国文学思想史纲》一书中，他说：

> 一入了民国，小说作家方面最早产生欧化的作品而成功的是鲁迅。步他的后尘而起的青年很多。民国五年左右发刊的《新青年》这种杂志，充满了急进的气派，记得鲁迅的作品，最早也是在这里发表的。②

除了胡适、鲁迅，在青木正儿的遗留书信中有不少与他同周作人、赵景深、欧阳予倩、傅惜华、钱南扬、傅芸子、王古鲁等现代中国作家及学术名流的通信，近年由日本金城大学教授张小钢整理出版。③

青木正儿与中国现代文学界保持密切的来往，和他重视俗文学研究一样，均说明日本新一代的学者相比他们的汉学前辈，治学更为开放、更具"疑古"精神。在1922年1月27日致吴虞的信中，青木正儿称：

> ……把那四书五经，我们渐渐地怀疑起来了，一个破坏《书》教，一个推倒《易》教，《礼》教无论不信。我们把个尧舜，不做历史上

---

① [日]青木正儿：《以胡适为中心的文学革命》，《支那学》第1卷第3期，1920年11月，第58—59页。
② [日]青木正儿：《中国文学思想史纲》，孟庆文译，沈阳：春风文艺出版社，1985年，第278页。
③ 张晓钢编：《青木正儿家藏中国近代名人尺牍》，郑州：大象出版社，2011年。

的事实,却是做儒家之徒有所为而假设出来的传说。我们不信尧舜,况崇拜孔丘乎!……我们同志并不曾怀抱孔教的迷信,我们都爱学术的真理!①

不难发现,青木正儿此处的话语方式和现代中国新文化运动的表述思路惊人地一致。在这一点上,当时日本京都学派和东京学派的学者们求同存异、互为呼应,共同开创了中国文化研究的新局面。他们都希冀用"疑古"的态度、西方科学的方法重新审视中国的古代文献及其记载,同上文所述中国提倡"整理国故"的新文化主将们形成了合力。他们不仅破除旧的研究范式,从历代的"文人文化"中走出来,注重庶民的文学;而且以融合古今、中介中西为愿景,将新的理论、方法引入到重估中国文化价值的运动中来。

---

① 李庆:《日本汉学史》(第三部),上海:上海教育出版社,2002年,第467页。

明清白话小说的现代阐释：
以韩南、浦安迪为中心

韩南（Patrick Hanan，1927—2014）是美国最有影响力的中国古典白话小说研究者。他原籍新西兰，1949年在新西兰获学士学位，次年获硕士学位，1953年伦敦大学博士毕业，论文的选题关于英国中古历史传奇。为了比较中古传奇与其他文明同类文体之间的差异，韩南开始接触到一些中国的传奇、小说，并产生了浓厚兴趣。于是，他做了个奠定其一生成就的决定：重新上大学，学习中国古典文学。毕业后，韩南考入伦敦大学亚非学院攻读中国文学方向的博士，并在导师的建议下以《金瓶梅》为论文选题。1957年，他到北京进修一年，结识了郑振铎、傅惜华、吴晓铃、钱锺书等专家。时任文化部长的郑振铎介绍他去了一个仅供学者、干部使用的专家服务部，那里存有不少善本书，包括1933年影印的明本《金瓶梅》。由于这些珍贵的第一手资料，韩南顺利完成博士论文，留校工作几年后，于1962年在《亚洲研究》杂志上发表轰动学界的《〈金瓶梅〉的版本及其他》一文。1963年转至美国斯坦福大学任职。1968年，在海陶玮（James Robert Hightower）的力荐下，哈佛大学东亚系聘韩南为教授，他在此直至退休，曾长期出任东亚系主任，哈佛燕京学社社长。他的学生中有不少成为中国文学研究领域的佼佼者，如梅维恒（Victor Mair）、魏爱莲（Ellen Widmer）、刘禾。

除了《金瓶梅》，韩南最出色的研究领域还有李渔戏曲理论和晚清言情小说。他虽然多年一直专注于中国古典白话小说的研究，实际上对文言小说和现代文学也有一定程度的涉猎，比如他曾出版过《鲁迅小说的技巧》等专著。

韩南既是功底扎实的老派汉学家，对小说的版本、评注、翻译等均万分重视；同时又是富有新见的新派学者。他曾在《中国短篇小说研究》中断定《醒世恒言》的编者不是冯梦龙，而是席浪仙。在《中国近代小说的兴起》中，他首次关注到传教士与中国小说的关系，认为梁启超提倡的"新小说"实际上受到傅兰雅于19世纪末举办的时新小说征文启事里的"新小说"概念的影响。

主要成果（具体出版信息见参考文献）：

1.《金瓶梅的结构和版本》（*A Study of the Composition and the Sources of the "Chin P'ing Mei"*），伦敦大学出版社（London University Press），1960年。

2.《中国短篇小说研究》（*The Chinese Short Story: Studies in Dating, Authorship, and Composition*），哈佛大学出版社（Harvard University Press），1973年。

3.《中国白话小说史》（*The Chinese Vernacular Story*），哈佛大学出版社（Harvard University Press），1981年。

4.《李渔的创作》（*The Invention of Li Yu*），哈佛大学出版社（Harvard University Press），1988年。

5.《中国近代小说的兴起》（*The Rise of Modern Chinese Novel*），牛津大学出版社（Oxford University Press），1990年。

6.《19世纪至20世纪初的中国小说》（*Chinese Fiction of the Nineteenth*

and Early Twentieth Centuries: Essays），哥伦比亚大学出版社（Columbia University Press），2004 年。

7.《韩南中国小说论集》，王秋桂译，北京大学出版社，2008 年。

浦安迪（Andrew H. Plaks，1945— ），犹太人。1973 年在普林斯顿大学获博士学位，后长期在普林斯顿大学东亚系和比较文学系任教，现已退休。他通晓十几种语言，研究领域广泛，包括中国古典小说、叙事学。他最初的研究重心在《红楼梦》，相关作品得到过钱锺书等人的盛赞。韩南也大量采用过中国现代学者的研究成果，如胡适、鲁迅、郑振铎、赵景深、孙楷第、谭正璧、陈平原等。20 世纪 90 年代以来，他从结构主义的角度对明代小说四大奇书的研究令中外学界耳目一新；近年来又致力于中国古代思想经典及其评注的研究，并负责主持海外学者将《左传》《法言》等名著翻译成英语和希伯来语的出版计划。

浦安迪并不将明清小说视为单纯的文学，而是将它看作"新经典"，即认为明清小说的意义并不只在于小说本身，而是通过注解体现出来。小说和评论是一个整体，诠释和文本本身同样重要。如果说韩南的小说研究更偏重于文献式的考据法，浦安迪则更擅长文本细读和对阐释的运用。进一步而言，韩南更接近于传统的研究，浦安迪则试图将许多当代西方理论渗入对中国小说的重新定位。他们二人也有许多共同点，在现代美国中国小说研究中具有代表性。

主要成果（具体出版信息见参考文献）：

1.《红楼梦中的原型和寓意》(*Archetype and Allegory in the Dream of the Red Chamber*)，普林斯顿大学出版社（Princeton University Press），1976 年。

2.《中国叙事学》(*Chinese Narrative: Critical and Theoretical Essays*)，

普林斯顿大学出版社（Princeton University Press），1977 年。

3.《明代小说四大奇书》(*The Four Masterworks of the Ming Novel*)，普林斯顿大学出版社（Princeton University Press），1987 年。

4.《红楼梦批语偏全》，北京：北京大学出版社，2003 年。

主要观点与方法：

1. 中西比较视野中的明清小说

大多数学者认为，西方与中国的叙事传统之不同，从神话时代就开始了，这造成了两种文学发展形态的差异。西方的"Novel"是史诗发展来的，形成了从 Epic-Romance-Novel 的发展路向。[①] 而史诗与神话的关系相当密切，同时罗曼司与宗教的渊源也非常之深。中国的叙事文学则可以追溯到《尚书》，大盛于《左传》，从历史传统生发出来。因此，吴晗等人强调"历史中有小说，小说中有历史"。古代历史散文发展到六朝志怪小说，经唐代的变文和传奇，到宋元之际开始分岔，其中一支沿着文言小说的方向发展，另一支演化成明清以来的白话小说。前者以《阅微堂笔记》和《聊斋志异》等清代文言小说为高峰，后者则以明代四大奇书（《金瓶梅》《三国演义》《水浒传》《西游记》）和清代《儒林外史》《红楼梦》为代表。由于中国小说和历史难以区分（章学诚评历史小说"三分实事七分虚构"），中国人对于小说中的"真""假"关系与西方人的判断很不一样。

浦安迪认为中国没有西方意义上的创世神话。"盘古开天地"似乎可以认为是中国创世神话，但它与典型的创世神话有极大区别。这是一种没有造物主的自然而然的天地开辟过程，"天地浑沌如鸡子"，蛋

---

① [美]浦安迪：《中国叙事学》，北京：北京大学出版社，1995 年，第 11 页。

黄质重而下沉，蛋清质轻而上浮。开创者盘古本身变为了水流和山脉，他死了，化作世界万物。然而西方的创世神话中有明确的造物主，是最终的统治者。而且西方人观念中的宇宙也是有始有终比较清楚的概念，与中国神话中玄秘的感觉不同。所以西方神话从一开始就显示出"神本位"的倾向，而中国神话显示出"人本位"和"自然本位"的倾向。西方后来的文学，不论是史诗还是悲剧，都反映了诸神的生活，西方人把这当作他们的历史，这一点中国人显然不能赞同。中国人往往会把神话历史化。他举了《尸子》里的一段记载（尸子指战国人尸佼）：

> 子贡问孔子曰："古者黄帝四面，信乎？"孔子曰："黄帝取合己者四人，使治四方，不计而耦，不约而成，此之谓四面也。"

"四面"指"四张脸"，按照远古的传说，黄帝有四张脸。而孔子的解答是黄帝选派了合乎自己心意的四位贤臣，让他们代替自己治理四方。孔子把神话政治化、伦理化、历史化了。①

浦安迪还认为，西方神话有一个完整的体系（比如赫西俄德《神谱》），中国的神话则相对零碎。之所以强调这一点是想说明西方的神话具有极大的叙事功能，而中国神话的叙事性很弱。他说：

> 中国神话与其说是在讲述一个事件，不如说是在罗列一个事件。当希腊神话告诉你普罗米修斯如何盗火、怎样受难的动态过程的时候，中国神话只会向你展示夸父"入日"渴死这一幅简单静态的图案。②

---

① [美]浦安迪：《中国叙事学》，北京：北京大学出版社，1995年，第40页。
② 同上书，第44页。

由此，中国神话的特征可以概括为"非叙述、重本体、善图案"。浦安迪认为这受先秦根深蒂固的"重礼"文化的影响。这种影响使中国人力图探究并不存在神话中而存在于人事里的内容。中国人认为，历史是对人事的最可靠记载。所以中国明清白话小说与西方的"Novel"有着根本的差别。

尽管与西方小说存在本质差别，韩南强调中国明清白话小说兴起的阶段恰恰也是外国小说传入中国的阶段。其中，传教士小说是把外国小说引入中国的一个要素。韩南考证出，第一部汉译的外国小说《昕夕闲谈》（译者蠡勺居士）译自英国作家爱德华·利顿的长篇小说《夜与晨》。在该译作中，译者明显将小说的外国情境中国化了。[①]比如男主人公的妻子没有主见，完全听丈夫摆布，被比作《红楼梦》里的邢夫人，在与人决斗中致残的一个人物被说成像道家的铁拐李；译者还在文中大量插入李商隐等人的诗。更有意思的是，译者加入了大量对故事中人物的评论，与其说是部译作，还不是说是一部再创造的作品或者就是对原作的评介。传教士小说和翻译小说体现了明清到近代社会风尚、审美趣味的转型；同时，外国小说的各种技巧也逐渐渗入到中国小说中，出现了五四以及以后中国现代小说家对古典小说进一步的革新。

2."文人小说"而非俗文学

明代是中国长篇章回体小说创作的黄金时代，也是真正意义上文人小说的滥觞期。韩南直接针对学术界流行的明清小说为"通俗文学"论提出反驳，认为中国明清白话小说是典型的文人创作。

将明清白话章回小说看成后世通俗文学渊源之一的看法大约形成

---

① [美]韩南：《韩南中国小说论集》，王秋佳译，北京：北京大学出版社，2008年，第321页。

于五四前后,主要提出者是胡适、鲁迅和郑振铎。胡适对《水浒传》《西游记》的所有考证均基于它们是通俗文学的信念。鲁迅也说"元明之演义,自来盛行民间,其书故甚伙,而史志皆不录。……亦有通俗小说《三国志》等三种。"① 郑振铎在他的《中国俗文学史》和《插图本中国文学史》里亦认为明清长篇白话小说的源头是民间文学,并且确定它最初出于宋代的"讲史",到元明清时,"讲史"和"平话"演变成一种平民化的文学形式。② 浦安迪却认为,明清白话长篇章回体小说与其说是在口传和民间文学基础上形成的,不如说出自于当时一些怀才不遇的文人才子之笔。缘此,这些作品不是通俗小说,而是与"文人画"、"文人剧"同类型的文人才子书。③ 韩南也提出,明代小说,比如《金瓶梅》的作者,虽历来有争议,学者们各持王世贞、徐渭、李贽、汤显祖、沈德符等说,但不论谁为真正的作者,他们都是当时的大才子。④

　　韩南与浦安迪的看法引起了学界的重视。为了更好地分析明清白话小说的文人性,他们均试图从小说产生的社会历史背景中寻求线索。浦安迪进一步论证,明清白话小说虽然或戏说历史,或歌颂绿林丛莽,或极写人欲,看上去玩世不恭,却都反映了资深练达的文人学士的文化价值观和思想抱负。明代正德、嘉靖、万历以来,政令昏乱,虽有海瑞、顾宪成等直臣,也无法扭转整个吏治的败坏。制度的崩溃产生了两种截然不同的后果:一方面,它造成了士气的低落;另一方面,也为发挥个人的创造开了方便之门。东林书院及后来复社的一些

---

① 鲁迅:《中国小说史略》,北京:北京大学出版社,2009年,第7页。
② 郑振铎:《插图本中国文学史》,长沙:岳麓书社,2013年,第818页。
③ [美]浦安迪:《明代小说四大奇书》,沈亨寿译,北京:中国和平出版社,1993年,第13页。
④ Hanan, Patrick, *A Study of the Composition and the Sources of the "Chin P'ing Mei"*, London: London University Press, 1960, pp.42－45.

学术和文学集团都逐渐卷入漩涡之中。与政治上的混乱相应，经济状况也不断恶化，16世纪，即明清文人小说兴起的时代，100年间人口猛增两三倍，尤其是1581年，全国实行"一条鞭法"，迫使农民离开土地，税收减少，人口流动加大，从而匪乱丛生。《三国演义》《水浒传》等小说均影射了这个时期的社会图景。制度和经济上的乱象也造成了学术上的变化。16世纪，受宋明理学中陆九渊一脉学说影响，王阳明创立了"心学"，波及全国。"心学"破除了朱熹学说中"天理"的绝对性，肯定了"人欲"的合理性，认为人不能通过绝然地否定一端彰显另一端，而只能通过自然地融合二者，使其真诚，才能达到至乐的境界。王阳明学说是在特殊的历史背景下兴起的对被日益教条和正统化的儒学的改革，他张扬了自然人性，强调日常生活的实践体验，从而使"天道"存在日常生活之中，人人都可通过实践而不是通过知识接近真理。此学说客观上有助于市民社会和下层文化的发展。

后来的何心隐及"泰州学派"亦受王阳明"心学"之影响，当时的知识分子们都希望把这些新思想呈现在作品中，出现了许多反传统甚至"惊世骇俗"的作品。16世纪前后城市发展，尤其印刷业兴起催生许多私人书坊和商业刻书场等机构，也为文人小说的流行提供了便利。为了反对明初台阁体，出现了前后七子的"复古运动"和公安、竟陵派，主张言之有物、抒写性灵。对性灵和情趣的向往显然带有王阳明学说的影子，知识分子面对过去传统和制度的重压，形成了一种对"文化负担"的有意识反抗。① 戏曲越来越被人们所喜爱，16世纪的大多数知识分子迷上昆曲。昆曲的唱腔、动作均不如京戏等剧种严格，那是因为昆曲最初就不是拿来在市井演的，而是士大夫们聚在一起，在家里解闷的。韩

---

① [美]浦安迪：《明代小说四大奇书》，沈亨寿译，北京：中国和平出版社，1993年，第12页。

南认为昆曲对明清白话小说的发展也有着直接影响。尽管明清白话小说和昆曲一样,现在均被误认为是当时的通俗艺术,其实那时这些艺术的听众或读者群根本没有我们现在想象的那样广泛,仍然只是少数文人助兴把玩之物。

3. "奇书"叙事与白话小说的结构

上文提到,明清时期,文言和白话是小说发展并行的两条线索。早期的白话(明初至15世纪)小说经常是白话与文言混杂,甚至还多用到方言。最早的白话小说作家、版本都已难考证,但早期白话小说的题材主要有几类:公案小说、鬼怪小说、传奇小说、连环小说。中期白话小说(1400—1575),以冯梦龙的《古今小说》《警世通言》和《醒世恒言》为代表。除了以上几类,还加入了宗教小说和愚行小说等,有大量喜剧和讽刺的色彩。凌蒙初、李渔等人也是这一时期的重要作家。后期的白话小说,以清代《儒林外史》《红楼梦》为代表,渐达高峰,叙事模式上也更为复杂。①

海外学者之所以更关注白话文学,因为它既受传统影响,又有新的开创,最能体现出新旧之交中国文学审美形态的转变。韩南与浦安迪均注意到,中国的文言小说与白话小说间显著的分别固然在两者的语言表达上,但更重要在叙事方式和文章结构上。文言小说最常见的形式是由一个本身不重要却无所不知的人来叙述;而在白话小说中,作者则以面对一群听众的说书人自居,作者在叙述过程中有明显的斡旋,比如评论。这些评论包括开场白或入话,叙述过程中插进来的解释,用诗句或散文写成的评论或故事摘要等等。② 中国白话小说叙述的重心,几乎总

---

① [美]浦安迪:《中国叙事学》,北京:北京大学出版社,1996年,第11页。
② [美]韩南:《韩南中国小说论集》,王秋佳译,北京:北京大学出版社,2008年,第6页。

是不固定的，随着人物和场景而改变。例如当两个人物相遇之后，便转移了描写对象，《水浒传》里这种现象尤为显著。因此，故事的主角往往不止一个。在明清小说批评领域，文言小说和白话小说的泾渭十分分明。浦安迪强调，文言小说研究的特点是寓批评于分类，主要由胡应麟和纪昀这样的史评家措手（胡应麟把文言小说分为六类：志怪、传奇、杂录、丛谭、辨订、箴规。纪昀将其分为杂事、异闻、琐语）；而白话小说的研究则是寓分类于批评，基本由金圣叹、李卓吾这样的才子文人掌握。①

韩南对中国白话小说的叙述视角之丰富亦极感兴趣，认为它们甚至比西方小说圆熟得多。他发现，中国小说受史传传统的影响，作者在正文里时时营造"述而不作"的假象。但实际上，中国明清章回小说中又时常见到"楔子"，里面常有"看官，且听道来"或"欲知后事，且听下回分解"，明明道出了叙述人的侵入。比如《儿女英雄传》作者叫燕北闲人，而叙述者就自称"我说书的"。在缘起回中，燕北闲人告诉读者，有一天，他从书斋去到天庭，天帝正要放一班灵魂到人间去。燕北闲人看到了他们在人间的生活，醒来便记下了这一切。韩南称，在明清小说中，说话人的权力相当大，甚至起到评价的作用。金圣叹将之分为"正楔"与"奇楔"，似乎是提示读者注意叙述人故意设置的两个不同"声音"。中国学者对此也有描绘：在属于"正楔"的线索里，妖魔最终出世，发生为"王道"所不容的事情。在这里，叙述者似站在"正统"的立场。而在属于"奇楔"的线索中，叙述人向读者暗示，造成这种反常局面的原因，完全是朝臣的"矫情傲色"，叙述者又把读者带入社会批判的视角。②

---

① [美]浦安迪：《中国叙事学》，北京：北京大学出版社，1996年，第11页。
② 转引自林岗：《叙事文结构的美学观念：评清小说评点考论》，《中国古代、近代文学研究》，1997年第7期，第251页。

可见,韩南对中国白话小说叙事视角的分析是结构主义的。在西方现代叙事学中,最重要的三个因素包括叙事视角、叙事结构和叙事时间。韩南进一步发现,在这类小说中,叙述者与读者经常保持互动,让我们意识到他的存在。如在《儿女英雄传》的第六回中,有人倒下,是年轻的主人公安骥吗?说书人先是对听众们非常紧张害怕安骥送命的念头取笑了一番,然后生怕没有引起读者注意:

请放心,倒的不是安公子。怎见得不是安公子呢?他在厅柱上绑着,你想,怎的会咕咚一声倒了呢?然则这倒的是谁?①

明清白话小说中有许多叙述方式脱胎于宋元甚至更早产生的话本艺术,里面的说书人(叙述者)是完全独立于情节的。作为西方人的韩南高度评价这一现象。因为长期以来,西方小说中的作者、叙述者和人物都希望弥合与读者的距离,中国小说却时时提示他们与读者的距离。从中国文化内部来看,这一点并不难理解,儒家诗学讲究温柔敦厚,但小说里又出现了不少杀人、偷情等不够"敦厚"的情节,作者本人其实有极强的价值判断,他写这些情节并不是想真的想把读者带入其中,很可能恰恰是为了反讽。所以作者经常借叙述人之口点醒读者:哎,这可是故事,你们别太当真了!当西方人在 20 世纪发现了中国艺术中独特的"间离效果"之后,开始反思自己的艺术。韩南等人注意到,更有趣的是叙述者与作者的对话,实际上就是作者的自言自语。《儿女英雄传》的第二十二回和第二十八回中,叙述者居然跳出来指责这部书的情节太冗长了,提出不少批评后,他进一步评论作者的性格:

---

① [美]韩南:《中国近代小说的兴起》,徐侠译,上海:上海教育出版社,2004 年,第 12—13 页。

> 也不知那作书的是因当年果真有这等一桩公案,秉笔直书;也不知他闲着没的作了……这事与他何干?却累他一九墨是灭了,一枝笔是磨秃了,心血是磨枯了,眼光是磨散了……①

韩南感到这样的叙述者"声口"很神奇却又让人难以理解。事实上,作者通过叙述者来与自己对话,向读者不时地指明创作的心态与环境,是害怕读者忘记自己。众所周知,小说在中国文学史上一直算不受重视的"旁道"。中国传统文人理想中的"三不朽"是立德、立功、立言。既然这些才子们怀才不遇来写小说,立德、立功自然已无施展之处,那么流传后世的立言行为,自然成为他们唯一看重的。如何让读者记住自己而避免像话本、戏曲和传奇当中的作者最后销声匿迹呢?他们必须时时让自己作者的身份彰显出来。

因此,韩南发现,白话小说里的作者经常跳出来做道德评判,这在17世纪的白话小说中尤为明显。比如,明末清初小说家周楫的《西湖二集》有三十四个小故事,均以杭州为背景。在序言当中,叙述者首先称颂此书的作者周楫有旷世之才,但家境贫寒。同时列举了过去三个有才但同样落魄的诗人,他们最后不得不以小说来求得世人的认可,这实际上是作者在自嘲。故事开头是一首关于明初杭州著名诗人瞿佑的诗。瞿佑诗才横溢,但家道中落,只好埋怨自己命不好,"遂做《剪灯新话》,游戏文墨,以劝百而讽一,借来发抒胸中意气"。《西湖二集》的叙述者觉得这有辱一个才子的身份:

> 看官,你道一个文人才子;胸中有三千丈豪气,笔下有数百卷

---

① [美]韩南:《中国近代小说的兴起》,徐侠译,上海:上海教育出版社,2004年,第13页。

奇书，开口为阔口为古，提起这枝笔来，写得飕飕的响，真个烟云缭绕，五彩缤纷，有子建七步之才，王粲《登楼》之赋。这样的人，就该官居极品，位列三台，把他住在玉楼金屋之中，受用百味珍馐，七宝床、青玉案、琉璃钟、琥珀浓，也不为过。无耐造化小儿，苍天眼瞎，偏锻炼得他一贫如洗，衣不成衣，食不成食，有一顿，没一顿，终日拿了这几本破书，"诗云子曰"、"之乎者也"个不了，真个哭不得、笑不得、叫不得、跳不得，你道可怜不可怜！所以只得逢场作戏，没紧没要地做部小说，胡乱将来流传于世。①

这段话再次印证了明清白话小说实为才子书的观点。不过，这些所谓狂生其实同样有着传统、世俗的价值观，也都是责任感极强的道德家，从这个角度来说，韩南认为白话小说看似游戏消遣，实际上是那个时代最具讽喻力的文类。

韩南与浦安迪运用结构主义对中国白话小说加以评析的方面远不止叙事者的"声口"，还试图从文章的谋篇布局上发掘作者的"慧心"，由此提出"奇书"文体的概念。他们不赞同过去西方学界认为中国小说没有西方小说那些高超叙事技巧的论断，而强调中国小说在技巧和结构方面之"奇巧"比西方同类文体有过之而无不及。他们关注到，在中国小说评点学家的笔下，作品里的几乎每一处都深藏着"关锁"和"匠心"。金圣叹评《水浒传》说："《水浒传》章有章法，句有句法，字有字法。"毛宗岗读《三国演义》时也指出："三国一书有首尾大照应、中间大关锁处……凡若此者皆天造地设，以成全篇之结构者也。"

---

① ［美］韩南：《韩南中国小说论集》，王秋佳译，北京：北京大学出版社，2008年，第295页。

与此同时,中国古典小说在西方历来受到"缀段"的讥评,指结构过于散漫无章法。甚至中国学者自己也承认这一点:

> 至于吾国小说,则其结构远不如西洋小说之精密。在欧洲小说未经翻译为中文以前,凡吾国著名之小说,如水浒传、石头记与儒林外史等书,其结构皆甚可议。①

浦安迪经过认真考证发现,《水浒传》《西游记》和《金瓶梅》的早期版本大致均为十卷,每卷十回,共一百回。这种篇目设置几乎是当时小说的定制。《三国演义》和《红楼梦》虽是一百二十回,但也基本遵守每卷十回的结构,可看作上面结构的变体。②浦安迪推测,每十回的一个相对独立的单元中,第五回前后,尤其是第三、四回,往往是这个单元甚至整个文本的关键点,其情节往往埋下了重要伏笔,也就是评点学里常称的"关锁"。以《西游记》为例,第二十三回的"四圣试禅心"、第五十三回的"饮母子河水、入西凉女国"、第七十三回的"被蜘蛛精掳到盘丝洞"、第九十三回的"斗假天竺国公主"等虽然情节都有惊无险,但却是最考验唐僧意志的关键章节。再如《红楼梦》第十三回描述秦可卿之死、第六十四回是尤三姐的故事、第四十三回为刘姥姥进大观园等等,都是重要篇目。所以浦安迪称:

> 一言以蔽之,奇书文体的次结构,须从小说回目的逢三、五、七、九处去寻找。③

---

① 陈寅恪:《论再生缘》,见《寒柳堂集》,上海:上海古籍出版社,1980年,第60页。
② Plaks, Andrew H., *Archetype and Allegory in the Dream of the Red Chamber*, Princeton: Princeton University Press, c1976, pp.62—67.
③ Ibid., p.71.

《文心雕龙·丽辞》:

> 造化赋形，支体必双，神理为用，事不孤立。夫心生文辞，运裁百虑，高下相须，自然成对。①

在探讨文章结构的过程中，西方学者深感对偶美学在中国小说中的运用不比在律诗中少，足见小说这一文类的确有可能从诗词中脱胎而来。章回的设置便可体现出这一点。百回本大结构模式基本采用了二十回—六十回—二十回的前后照应搭配，以突出效果。比如《西游记》中第二回"悟彻菩提真妙理"与第九十八回在灵山佛祖面前的"功成行满见真如"变相地重演；第九回里抛绣球的母题在第九十三回天竺国公主招附马中也再现了一次，前后回目基本是对应的。不仅如此，浦安迪还认为，这种二十回—六十回—二十回的结构还意味着，前二十回是引子，后二十回是尾声，高潮不像我们通常所理解的那样发生在小说快结束的地方，而往往是在中间六十回偏结束的地方，也就是在全文大概四分之三处。比如百回本《金瓶梅》西门庆死在第七十九回、一百二十回《红楼梦》林黛玉殒命于第九十八回、百回本《水浒》梁山好汉排座次是在第七十回，基本都还符合这样一个判断。②

每一章里也基本上存在对偶的两条线索，比如《金瓶梅》第十五回"佳人笑赏玩灯楼，狎客帮嫖丽春院"，使两类美女形成了鲜明对比。《红楼梦》里第二十七回"滴翠亭杨妃戏彩蝶，埋香冢飞燕泣残红"也将轻快的意兴与多愁善感互为比照。中国古代评点学称其为"多项周旋"、

---

① 范文澜：《文心雕龙注》，北京：人民文学出版社，2006年，第588页。
② Plaks, Andrew H., *Archetype and Allegory in the Dream of the Red Chamber*, Princeton: Princeton University Press, c1976, pp.73—76.

"二元补衬",西方人只认识到从理性和结构方面来把握,其实中国人并不认为这有什么新奇之处,因为中国哲学里有涨必有落、有盈必有虚、有富必有贱,有祸必有福,任何事物都是相生相克的。

结构主义认定文章的内在布局、情节安排、母题元素均可以解剖分析,只是这样的手段未免太机械了一些。事实上,浦安迪说得玄而又玄的前后呼应、关锁之类的观点,明清评点学家们也都关注到了,而且,这种呼应、关锁与其说是作者精心巧制,倒不如看作是故事和人物本身发展到那个阶段的自然生成。

在对白话小说叙述技巧的探讨中,最为精彩的是韩南关于清初艾衲居士《豆棚闲话》的个案研究。有人考证艾衲居士是杭州一位名叫王梦吉的文人,他是济公传说的最早校订者。1686年,艾衲居士出版了《济癫全传》后不久又写成《豆棚闲话》。"豆棚"是讲故事的场所,朋友邻居(不少于九个)经常聚在一起讲故事。由于讲的故事与正统的酸腐之辞不同,恐怕被当成异端邪说,酿成大祸,小说的结尾,豆棚倒了,整个大故事也结束了。最表层实际上是个类似于《十日谈》的"框架故事",而具体的小故事共有十二则。韩南认为,《豆棚闲话》是中国惟一的框架故事,叙述者和作者明显的分开了,每个故事都是独立的。而且,作者透过叙述人之口,对历史典故进行了大量改编。比如,第七则《首阳山叔齐变节》记述商灭周兴后,伯夷、叔齐两人退隐首阳山。叔齐一天做梦,梦见上天的使者"齐物主"发表议论,宣扬历史本有更替,一个朝代不可能永远兴盛。叔齐于是重新思考原来的决定,离开伯夷准备出仕周朝。更有意思的是,在叔齐下山途中,被一群禽兽拦住。这群禽兽是首阳山的老住户,因被伯夷、叔齐的忠诚所感,竟与他们在山上和平相处,完全改变了过去残忍惨毒、茹毛饮血的本性。此时,叔齐下山它们反而赶来劝说。没想到叔齐开导它们:野兽改变自己的本性是没有必要的,万事万物都有它自身的命数,于是说服了禽兽们让他下山做官去了。①

韩南之所以特别关注到《豆棚闲话》可能有两个原因：其一，它的确与西方文艺复兴以来的框架故事非常类似，而在中国却是独特的案例。这说明中国在叙事技巧上并不弱于西方。其二，韩南研究中国古典小说时，正是西方后现代兴盛之时。解构主义一向强调反中心、反话语、反本质，在这种观念主导下，西方学者容易重新思考历史、重新建构一套话语和评价机制。因此，像《豆棚闲话》这样在中国属于特例，但却特别符合现代解构主义潮流的小说进入了韩南的视野。下文将谈到浦安迪对古典白话小说寓意的阐释显然也出于这样的思路。

4. "寓意式"解读与"互文"文本

20世纪30年代以来，阐释学在海外日益流行，加之同期已在西方学界占主流地位的新批评，学者们对中国古典文本出现了许多个性化的细读。阐释学强调"视域融合"与阅读的"时间距离"、"历史性"等问题，韩南与浦安迪希望从外部视角来重新解读以往或许被误解和简单化了的中国明清白话小说，提出了一系列新颖的观点。他们的解读方法大致可以归纳为"寓意式"解读法，一反前人的结论，重新定位了几部重要古典小说的主旨：

《金瓶梅》的寓意是"色空"观、即"不修其身、不齐其家"。② 韩南同意评点家张竹坡的看法，认为《金瓶梅》并不是一本淫书，事实上很多情色描写是在后来的版本中不断加进去的。而且，《金瓶梅》与《肉蒲团》这类纯粹的情色小说完全不同，即使删除里面的性爱内容，故事情

---

① [美] 韩南：《中国白话小说史》，尹慧珉译，杭州：浙江古籍出版社，1989年，第200—203页。

② Hanan, Patrick, *A Study of the Composition and the Sources of the "Chin P'ing Mei"*, London: London University Press, 1960, p.304.

节仍然完整。那么,金瓶梅到底想说什么呢?韩南和浦安迪均认为它是当时的才子狂生们对人性的讽刺。在这种讽刺中给人印象最深刻的就是人的欲望之热与人的命运之冷的暗中对比。第59回,潘金莲为了谋杀李瓶儿的孩子官哥,处心积虑地经常用一块红布包着生肉来挑逗那只大猫。这只猫变得训练有素,后来它袭击了官哥(因为他总是穿着红肚衫),官哥被害死。第51回,西门庆买了春药回来和潘金莲行床笫之欢,也有一只猫冷冷地看着。之所以在不同场景出现同样的动物,似乎预示主人公的下场是由于不择手段、毫不节制欲望导致。于是,"色"与"空"自然关联起来了。

循着这个思路,浦安迪提出《西游记》的寓意是反佛教、反信仰,即"不正其心、不诚其意"。[①] 表面看来,西游记是一部关于佛教的书,实际上里面不仅有关于佛教菩萨、罗汉和佛祖以及西天极乐界的想象,又有大量道教和民间宗教的成分,比如玉帝和三清道人都是道教的神,土地、城隍则是民间宗教中才有的。在中国民间传说中,《西游记》记述的甚至不是唐玄奘的故事,而是长春真人西行的故事。浦安迪认为,西游记中几乎所有的妖魔原本都是仙界子民,他们因思凡或过失被流放到凡间,这暗示了作者对修身、正心是否能真正实现存在质疑。不仅如此,关于唐僧的所有情节之关键都在于"试心"。让读者感到最危险的情境往往不是妖魔鬼怪而是各种诱惑。唐僧即使在马上要达成取经使命时,还差一点落入玉兔的圈套,而在西凉女国的经历更让读者觉得面对人间的荣华和真情,唐僧干巴巴的念经是没有任何说服力的。浦安迪进一步强调,在这种诱惑中,"仁爱"也成为其中的一种,佛教认为人过分仁爱也会成为参禅的障碍,然而在《西游记》中随处可见唐僧由于过分仁爱而轻信他人,以至于屡屡把自己逼入险境。

---

① [美]浦安迪:《中国叙事学》,北京:北京大学出版社,1996年,第171页。

关于《三国演义》的寓意，浦安迪认为是质疑英雄主义的历史观，即"不平天下"。①他详细分析道：刘备实际上是最不适合当领导人的，他每次亲征基本上都因其过分自信而以失败告终。他遇事犹豫不决，关羽有机会杀曹操，刘备却阻拦，说是为了皇帝的安危，他后来承认这是个严重的过失。最令人失望的是他差点儿为了女色而忘记自己的大业。浦安迪批判得最多的却是世人最为景仰的诸葛亮。他认为此书表面看来，诸葛亮与刘备君臣情投意合，实则不然。诸葛亮与其说是位智者、君子，作者实际上把他刻画成了奸诈小人。三顾茅庐实际上是诸葛亮一直在等待的人生机遇，却又"恰到好处"地把握了推辞的火候。诸葛亮对待同事庞统、张飞、关羽、黄忠等人明显带有妒意、防备或轻蔑。他曾嫌黄忠等老将年迈，不堪重任。②而在关羽放走曹操之前，诸葛亮实际上已经预料到了这个结果，却故意纵容这件事，是为了让关羽心生愧疚而臣服于自己。李卓吾的评点本在此处评诸葛亮为"贼"，毛宗岗也把这一回目由"曹操败走华容道"改为"诸葛亮智算华容"。浦安迪认为，这足以说明即使在中国文化内部，诸葛亮也是个极有争议的人物，只是后世将他作为"忠臣"和"智者"的一面过分放大了。浦安迪同意某些评点家的看法，认为《三国演义》明显表达了对历史的失望。比如毛宗岗于一百十五回"诏班师后主信谗　托屯田姜维避祸"批云：

> 又有读书至终篇，而复与最先开卷之数行相应者。……至于姜维之欲去黄皓，则明明以十常侍为比，明明以灵帝为鉴。于一百十回之后，忽然如睹一百十回以前之人，忽然重见一百十回以前之事。如此首尾连合，岂非绝世奇文！③

---

① ［美］浦安迪：《中国叙事学》，北京：北京大学出版社，1996年，第171页。
② 同上书，第179页。
③ 毛宗岗：《读三国志法》，济南：齐鲁书社，1991年，第1410页。

同样，在浦安迪看来，《水浒传》的寓意其实是要展现"英雄豪杰"们的阴暗面。① 他认为这部小说对绿林好汉的评价持有非常暧昧的态度，这些英雄有着太多常人都没有弱点和阴暗面。比如宋江绰号及时雨，浦安迪称这是典型的讽刺，因为他在谋划和指挥时往往给人犹豫不决的印象，仅仅比《三国演义》里的刘备稍好一点。过去中国评论家大多认为《水浒传》中有种明显的厌女症，宋江杀阎婆惜似乎可以作为证明之一。浦安迪却认为这些英雄们表里不一，自相矛盾，有种既想抑制又想获取的心理。他注意到《李逵负荆》的情节，李逵把传言中宋江强抢民女的事与不久前宋江到烟花巷找李师师关联起来。虽说宋江是想通过李师师面君，李逵却相信宋江不仅没有患厌女症，反而贪恋女色，于是骂他表里不一：

> 我当初敬你是个不贪色的好汉，你原来正是酒色之徒。杀了阎婆惜便是小样，去东京养李师师便是大样。

李逵此举实际上挑战了宋江寨主的地位，说明这些英雄自己都不相信他们这个群体里的人真正是顶天立地的好汉。

浦安迪为代表的"寓意式"解读，很能代表现代阐释学背景下西方学者对中国作品重读的方式，发前人之未发、提出"新见"似乎正是这类解读的灵魂和旨归。在中国文化内部，白话小说这类"小道"确曾被正统话语驯化得体无完肤，而实际上，它本身作为正统伦理道德的讽刺者甚至对立面而产生。从这个意义而言，"寓意式"解读中的"新见"或许更能接近作品的本意，同时又能发挥阐释者的权力。然而，值得回味

---

① [美]浦安迪：《明代小说四大奇书》，沈亨寿译，北京：中国和平出版社，1993年，第448—449页。

的是，既然中国白话小说的作者大多都是文人才子、落魄的士大夫，他们的写作可能完全脱离儒家正统思维而采用另一套价值体系吗？正如韩南、浦安迪均曾感觉到，哪怕讽刺性最强的三言两拍、邪狎小说，其最终的价值判断可能仍然是儒家的。或许，我们可以把明清白话小说视为介于严肃与通俗、正统与异端之间。因此，"寓意式"解读过于偏信一端的结论，大概最终也只能是一厢情愿。

在类似的阐释法和西方理论作用下，韩南还关注到另一个中国古典小说的重要文本现象"互文"。"互文性"作为结构主义和后结构主义的一个基本概念，又称之为"文本间性"。法国符号学家克里斯蒂娃（Julia Kristeva，1941— ）在《符号学》中提出：

> 任何作品的本文都像许多行文的镶嵌品那样构成的，任何本文都是其他本文的吸收和转化。①

"互文"的概念从纵向上强调一个文本与它所引用、改写、吸收、扩展的其他文本之间的关系；从横向上突出它与其他文本的对比和关联，包括与其他艺术及话语形式的交织。因此，从广义的角度，文本总是具有"互文性"的，它很难脱离历史和文化的网络而孤立地存在。解构主义思想家米勒（J. Hillis Miller，1928— ）曾谈到：

> 一个文学文本自身并不是一个"有机统一体"，而是与其他文本的关系，而其他文本反过来又是与另外文本的关系——文学研究就是

---

① [法]克里斯蒂娃：《符号学：意义分析研究》，转引自朱立元《现代西方美学史》，上海：上海文艺出版社，1993年，第947页。

对文本互涉性的研究。①

"互文性"理论在西方学界方兴未艾,韩南已发现这一现象其实在中国古典文本中早就普遍存在,他对此作了细致的考察。比如,冯梦龙有两篇小说《蒋兴哥重会珍珠衫》和《杜十娘怒沉百宝箱》,它们均来源于距此约三十年前宋懋澄的两篇传奇故事《珠衫》和《负情侬传》。只不过冯梦龙对宋懋澄的故事进行了有意的改编,从而形成很有意思的互文。从内容上看,冯作比宋作更丰富、复杂,加入了许多情节。比如《珠衫》原说的是丈夫蒋兴哥外出做生意期间,妻子被其他男子诱奸,两人过了一段同居生活。情夫临走时,妻子赠以珠衫作为信物。不巧,情人与该女子的丈夫路遇,丈夫看到珠衫知道奸情,回家后打发妻子回娘家。妻子到娘家之后,丈夫才托人带口信说要休妻。妻子问为何,丈夫托人说了"珠衫"二字,但未告诉他人内情,同时还将妻子的陪嫁和收藏共十六箱珠宝全部送还妻子。一方面保全了妻子的脸面,另一方面也象征着对妻子的宽容。后来其妻改嫁给一个做大官的,前夫蒙冤,妻子求现任丈夫帮助他得以解脱。在后来的文本包括冯著中,作者明显希望减轻妻子的罪过,认为原有传奇中十全十美的丈夫亦负有相当责任:在丈夫外出做生意前,妻子劝阻他,希望不要长久地抛下自己,丈夫却依然暗暗收拾行装走了。一场大病耽误了丈夫的行程,病好之后,这位丈夫也没有急着在许诺的期限里赶回来,于是诱奸行为正发生在这样一个时间里。为妻子与诱奸者牵线搭桥的老妇使用了许多诡计,而妻子失身之后曾经自杀过……可见,后来的文本试图重新组织原有传奇中的情节和价值判断。

再如,《金瓶梅》的故事也取材于它之前各种各样的"前文本",它们之间形成了一个复杂的蛛网。最明显的是《金瓶梅》借用了《水浒传》

---

①　[法]萨莫瓦约:《互文性研究》,邵炜译,天津:天津人民出版社,2003年,第5页。

中潘金莲等故事。两本小说在此最大的差别在于《金瓶梅》的第九回，武松出差回来，发现哥哥被害，但此时潘金莲已经在西门庆家，武松没有下手报仇的机会。为了杀西门庆，他误杀了西门庆的同伴，因此被抓发配在外，报仇故而推迟，而《金瓶梅》中的大多数关于潘金莲在西门庆家的故事情节都发生《水浒传》这个被耽搁的时空里。在《金瓶梅》中，武松虽然仍是位英雄豪杰，但他复仇时的恐怖气氛加强了，他的形象显得残酷而狰狞。而且《金瓶梅》中的武松曾经为复仇假装提出娶潘金莲为妻，当潘金莲来成亲时看到的却是亡夫的灵位，她对自己面临的厄运毫无知觉，气氛再一次显得阴冷而血腥，这种"诡计"和《水浒传》中单纯率直的武松形象也大不相符。除了《水浒传》,《金瓶梅》还与中国传统的情色故事联系紧密，比如它直接借鉴了一个短篇文言小说《如意君传》。题材取自老年的武则天与男宠薛敖曹的故事，薛氏被封如意君代表着他能满足武氏的性欲。韩南做了许多片断的考证，说明两者的关联。比如《金瓶梅》中多次提到性虐待的场面，其中一段：

　　（西门庆）慌了……于是把妇人扶坐。半日星眸惊闪，苏省过来。因向西门庆作妖泣声说道："我的达达，你今日息的这般大恶，险不丧了奴之性命。今后再不可这般所为，不是耍处。我如今头目森森，莫知所之矣。"

《如意君传》中对应的文言片断是这样的：

　　（薛敖曹）大惊……扶后起坐，久而方苏……（武后）作娇泣声曰："兹复不宜如此粗率。倘若不少息，我因而长逝矣。"①

―――――――
①　转引自韩南：《韩南中国小说论集》，王秋佳译，北京：北京大学出版社，2008年，第243—244页。

不难发现，这两个片断简直如出一辙。《金瓶梅》中许多情节还来自于《宋史》、戏曲和其他早期传奇。韩南认为，重要的不是《金瓶梅》引用了其他材料，中国古典小说旁引材料是常有的事，尽管这在西方强调个性和创新的艺术创作里并不多见。重要的是，作者引用那些材料的性质和目的。孤立地考察一个文本或许无法真正理解作者的意图，运用"互文性"理论，有助于把这些故事素材放置在一个彼此关联的场域中，作者写作时或讽刺、或批判、或戏仿、或劝世的道德立场才得以显现。

尽管韩南和浦安迪在研究风格、视角上并不相同，韩南更像老派的汉学家，重视考据、索隐，浦安迪则是在美国中国学新范式背景下成长起来的学者，更希望得出新颖的结论。但是，他们都有着比较的眼光，受西方各种理论学说的影响，以此试图对中国古典白话小说进行重新比照和诠释，给我们小说研究带来许多启发。他们均代表着当代西方中国文学研究的典型套路。这种路数在带来创见的同时，也引起了国内外的反思。正如上文谈到"寓意式"解读时已提及，中国白话古典小说固然在叙述模式、语言形态和产生背景上与其他古典文本截然不同，但它仍然脱胎于诗词曲赋，与其他古典文类有着密不可分的联系。因此，过分依赖于西方理论进行诠释，同样可能以先入为主的预设，放大其独特性而割裂其发展传统。当前中国古典白话小说研究从论证方式到结论均过于西化，难免失去我们自身的主体性。

"抒情"与"史诗":普实克的"历史意识"

普实克(Jaroslav Průšek,1906—1980),捷克汉学家,从事中国现代文学、晚清小说和民间文学的研究。他是布拉格汉学派的奠基者,捷克科学院院士,捷克后来大多数著名汉学家都是他的学生。

普实克生于布拉格,1928年毕业于布拉格查尔斯大学(Charles University)。最初修读古希腊、拜占庭与罗马帝国的历史。始于古史,再经由"近东",他的研究兴趣开始移到中国。这渐次开发的目光,应是源于一种探索人类历史发展普遍规律的渴望。随即他去瑞典、德国留学,在著名汉学家高本汉门下进修。1932年,东方研究所派普实克到中国考察,他在中国学习了两年半的时间,主要待在北京。他原本计划研究中国经济史,但在接触到中国的实际情况之后,他将兴趣转移到中国的社会生活、风土人情上来,尤其对"话本"和白话文学情有独钟。他深入集市、民居、茶馆、戏院、学校和科研机构,广交各界名流,写成《中国:我的姐妹》,于1940年出版。他的朋友包括鲁迅、郭沫若、茅盾、冰心、丁玲等人,建立了深厚的友谊。1936年6月23日,在日本的普实克用英文写了一封信给鲁迅,希望鲁迅同意他翻译《呐喊》。此时鲁迅已在病中,他请冯雪峰写了一篇介绍自己的短文《关于鲁迅在文学上的地位——1936年7月写给捷克译者的几句话》;7月21日,又抱病亲自写下了《〈呐喊〉捷克译本序言》。7月23日,鲁迅给普实克回信，寄去这两篇短文并同意翻译。1952年，在普实克的提议下，捷克东方研究所成立"鲁迅图书馆"，是当时东欧地区最大的中文图书馆。几十年后，普实克在文章《回首当年忆鲁迅》中仍然难忘这段情谊：

> 鲁迅对于我来说是一扇通向中国生活之页——中国新文学、旧诗歌与历史等等的大门，鲁迅的著作不仅为我打开了一条理解新的中国文学与文化的道路，并且使我理解了它的整个发展过程。透过令人迷惑的陌生的方块字体，我看到了一颗热情而豪放的人民的心内的感情以及中国文学与整个中国文化的深刻的慷慨悲歌之情。①

从中国回捷克后，1945年，普实克正式到母校查尔斯大学任教。不久又加入了以查尔斯大学为基地、国际知名的"布拉格语言学会"（Prague Linguistic Circle），并在学会的例会上发表学术报告，其中之一讨论中国叙事体的语意结构（"On the Semantic Structure of a Chinese Narrative"，1939），另一是研究汉语动词的不同层面（"On the Aspect of the Chinese Verb"，1948）。他和捷克结构主义的核心成员如穆卡洛夫斯基（Jan Mukařovský，1891—1975）、伏迪契卡（Felix Vodička，1909—1974）等有着相近的学术思想，开创了布拉格汉学派。与结构主义一样，这个汉学派也从语言学出发，希望以"科学"的态度来研究中国文学。正如雅各布森（Roman Jakobson，1896—1982，先是俄国形式主义学派的领袖，继为布拉格语言学会的主要成员）说："文学科学的研究目的不在文学而在'文学性'，'文'可以成'学'"。② 普实克也强调：

---

① [捷] 普实克：《回首当年忆鲁迅》，《解放日报》，1956年11月17日。
② 陈国球：《"文学批评"与"文学科学"——夏志清与普实克的"文学史"辩论》，《北京大学学报》（哲社版），2011年第1期，第53页。

每一位学者、科学家的态度和方法,都会多少受到主观因素,例如社会地位、所处时世,诸如此类的宰制,这是自然而然,可以理解的;……然而,若果研究者没有把目标订定在揭示客观真相(objective truth),没有尝试超越一己之偏私和成见,则一切科学探索的努力都是徒劳无功的。①

研究者应用科学的方法处理中国文学史,尽量以客观的立场理解作家作品成为普实克毕生的追求,也成为他与某些学者(如夏志清)的最大分歧。

主要贡献(具体出版信息见参考文献):

1. 翻译鲁迅《呐喊》为捷克文,1937年在布拉格出版。
2. 出版孔子《论语》的捷克文译本,1940年。
3. 《中国:我的姐妹》(*Sestra Moje Čína*),1940年出版,英文版2002年出版。
4. 出版捷克文译本《老残游记》,并附有长篇序言《刘鹗及其小说〈老残游记〉》,1946年。
5. 翻译茅盾的《子夜》,1950年出版。
6. 用捷克文选译《聊斋志异》51篇,1955年。
7. 《话本的起源及其作者》(*The Origins and the Authors of The Hua-pen*),东方研究所出版社(Oriental Institute in Academia),1967年。
8. 《关于中国文学的三篇散论》(*Three Sketches of Chinese Literature*),东方研究所出版社(Oriental Institute in Academia),1969年。

---

① 陈国球:《"文学批评"与"文学科学"——夏志清与普实克的"文学史"辩论》,《北京大学学报》(哲社版),2011年第1期,第53页。

9.《中国的历史与文学》(*Chinese History and Literature*),瑞德尔出版社(D. Reidel Publishing Company),1970年。

10. 编《东方文学辞典》(*Dictionary of Oriental Literatures*),贝斯克书屋(Basic Books),1974年。

11.《抒情的与史诗的——普实克的中国现代文学研究》(*The Lyrical and the Epic: Studies of Modern Chinese Literature*,1973年初版,1980年修订),印第安纳大学出版社(Indiana University Press),1980年。

12.《中国中世纪——从宋至元》(*Il Medioevo Cinese—Dalla Dinastia Sung alla Dinastia Yüan*),联合出版社(Unione Tipografico-editrice Torinese),1983年。

13.《普实克中国现代文学论文集》,李燕乔等译,长沙:湖南文艺出版社,1987年。

主要观点及方法:

1. 中国现代文学中的浪漫因素(晚清到五四):个人主义、主观主义和悲观主义

通常认为,中国现代文学的主流倾向是现实主义。自19世纪现实主义、批判现实主义和自然主义等文学思潮传入中国,加之中国文明内部亦有强大的写实传统,现代文学极其重视"真实性"。与此同时,浪漫想象和虚构则相对受到排斥,被认为是"布尔乔亚"、"空洞"的东西。而普实克却强调,中国现代文学之主潮应该是"主观主义"和"个人主义"。他倾向于从中国的古典传统,尤其是明清以来的小说中去寻求解释这种现象的原因。他对"现代文学"的定义比较广:从晚清到第二次世界大战之后的中国文学。"中国现代的革命——首先而且最重要的是

意识形态的革命——是个人和个人主义反对传统教条的革命"。①

普实克进一步强调，主观主义、个人主义和悲观主义结合在一起，再加上反抗的要求，甚至自我毁灭的倾向，就是从 1919 年五四运动直至抗日战争爆发这一时期中国文学最突出的特点。普实克举了茅盾小说《子夜》中的一个典型事例：雷参谋，一个曾经参加过五四运动、当过学生，后来又成为黄埔军校士官的主人公，同吴太太——他学生时代的情人，现为上海的资本家太太再次相逢的场景：

> 雷参谋抬起头，右手从衣袋里抽出来，手里有一本书，飞快地将这书揭开，双手捧着，就献到吴少奶奶面前。这是一本破旧的《少年维特之烦恼》，在这书的揭开的页面是一朵枯萎的白玫瑰！暴风雨似的"五卅运动"初期的学生时代的往事，突然象一片闪电飞来，从这书，从这白玫瑰，打中了吴少奶奶，使她全身发抖……雷参谋苦笑，似乎叹了口气说："……我什么东西都丢弃了，只有这朵花，这本书，我没有离开过！"②

普实克称，这一段落反映了欧洲浪漫主义的伟大作品怎样在中国的革命青年中找到了知音。《少年维特之烦恼》的译者郭沫若正是这一时期中国浪漫主义、个人主义的重要代表。他在七部自传小说中叙述了自己在大革命之前的生活，最出色的也许是 1929 年发表的《少年时代》。事实上，郭沫若的作品往往只是未加工的个人经历的素材而不是纯粹的文艺作品。闻一多在评价郭沫时说：

---

① ［捷］普实克：《普实克中国现代文学论文集》，长沙：湖南文艺出版社，1987 年，第 2 页。
② 茅盾：《子夜》，北京：人民文学出版社，2004 年，第 78 页。

只有现在的中国青年——"五四"后之中国青年,他们的烦恼悲哀真象火一样烧着,潮一样涌着,他们觉得这"冷酷如铁"、"黑暗如漆"的宇宙真一秒钟也羁留不得了。他们厌这世界,也厌他们自己。于是急躁者归于自杀,忍耐者力图革新。革新者又觉得意志总敌不住冲动,刚抖擞起来,又跌落下去了。①

而"新月派"的核心成员闻一多及这个流派里的大多数诗人,均是抒情性和主观主义的代表。不仅如此,被公认为批判现实主义领袖的鲁迅在普实克看来也是位主观主义的作家,他的作品充满忧郁色彩。正如他在《呐喊》序言里所说:

我在青年时代也曾经做过许多梦,后来大半忘却了,但自己也并不以为可惜。所谓回忆者,虽说可以使人欢乐,有时也不免使人寂寞,使精神的丝缕还牵着已逝的寂寞的时光,又有什么意味呢,而我偏苦于不能全忘却,这不能全忘却的一部分,到现在便成了《呐喊》的来由。②

这种主观性在他的《野草》中尤为明显,而《朝花夕拾》也表现了这一特点。普实克认为,大革命时期青年的悲观主义和悲剧性情调,在茅盾的小说中最为淋漓尽致。三部曲中的第一部《幻灭》,描写了一代人抱着伟大希望开始,而以彻底绝望告终。第二部《动摇》也反映了一代知识分子努力的失败。他们怀有良好意愿,但过于软弱,小说的最后,

---

① 闻一多:《闻一多全集》第三卷,武汉:湖北人民出版社,1993年,第269页。
② 鲁迅:《呐喊》,上海:上海文艺出版社,1990年,第1页。

造反的农民杀害了那些蓄起短发的姑娘,尽管她们是来帮助农民的,农民却把她们看成是自己心中所憎恨城市的象征。悲剧性最强的是最后一部《追求》——它描写了三对年轻人的绝望。地位仅次于郭沫若、同一时期同样具有强烈主观性和浪漫色彩的作家还有郁达夫,他最著名的作品是《日记九种》和一系列的私小说。另外,巴金的《家》、丁玲《莎菲女士的日记》和沈从文《八骏图》等作品都充满了主观主义的色彩。

普实克分析,这些主观性、悲观主义情调与其说深受西方现代小说的影响,还不如说更多来自于明清小说。明清小说的突出特征亦是其浓厚的主观性、内向性和个人主义色彩。夏敬渠《野叟曝言》和李汝珍《镜花缘》中,作家把自己写的小说看作是生活不得志的一种补偿,一种满足他们追求功名和不朽的手段,他们把一生的学问、追求和幻想都倾注在作品之中。晚清的谴责小说也都具有极强的个人主观基调。普实克注意到,中国现代作家,比如张爱玲就公然承认自己深受晚清谴责小说的影响,而张爱玲正是现代个人化写作的代表之一。普实克认为中国文学里浪漫色彩和主观性表现得最充分的是蒲松龄的作品,人们往往把他的写作看成异类,其实恰恰是他困顿的一种报偿:

> 然时以虚舟之触为姑罪,呶呶者竟长舌无已时。处士公曰:"此屋可久居哉!"乃析箸授田二十亩。时岁歉,收五斗,粟三斗。杂器具,皆弃朽败,争完好;而刘氏默若痴。兄弟皆得夏屋,松龄独异:居惟农场老屋三间,旷无四壁,小树丛丛,蓬蒿满之。①

同样的困窘、艰难也充斥在《浮生六记》《儒林外史》和《影梅庵忆

---

① 蒲松龄:《述刘氏行实》,路大荒整理《蒲松龄集》,上海:上海古籍出版社,1986年,第250页。

语》等作品里。在这些被称为落泊才子所撰的"闲书"中,处处是情感汹涌的暗流和对世道不公的悲愤:

> 丁亥,谚口铄金,太行千盘。横起人面,余胸坟五岳,长夏郁蟠,惟早夜焚二纸告关帝君。久拖奇疾,血下数斗,肠胃中积如石之块以千计。骤寒骤热,片时数千语,皆首尾无端,或数昼夜不知醒。医者妄投以补,病益笃,勺水不入口者二十余日,此番莫不谓其必死,余心则炯炯然,盖余之病不从境人也。姬当大火铄金时,不挥汗,不驱蚊,昼夜坐药炉旁,密伺余于枕边足畔六十昼夜,凡我意之所及与意之所未及,咸先后之。已丑秋,疽发于背,复如是百日。余五年危疾者三,而所逢者皆死疾,惟余以不死待之,微姬力,恐未必能坚以不死也。今姬先我死,而永诀时惟虑以伊死增余病,又虑余病无伊以相待也,姬之生死为余缠绵如此,痛哉痛哉!①

在正统的中国古典文学里,夫妇之爱本是"不入流"的题材,而此时这些伴有强烈抒情和个人化记录的日常琐事纷纷进入审美范畴。普实克发现,通过评论和抒情,作品避免了写实的单调。而在《红楼梦》这类作品中,抒情的成分甚至突破了叙事的框架,大量用到虚幻之境来隐射实景。《西游记》同样是抒情和幻想模式的典型。

在学界主张用西方文学来比对中国自文学革命以来的现代文学发展轨迹和倾向于从古典文学的滋养中发掘中国现代文学各种观念、手法、形态之根源的两种路径中,普实克是后者的代表。这或许与他对自话本以来的中国俗文学的熟悉和理解有极大关系。中国现代文学的母体不是

---

① 冒襄:《影梅庵忆语》,宋凝《闲书四种》,武汉:湖北辞书出版社,2004年,第60页。

单一的,它可能同时从中西方吸取资源,普实克至少提醒了人们,"现代"和"古典"文学绝不是一个自文学革命后可以被割裂的阶段。

2. 叙事模式的转变:中国现代小说中的"现代性"

普实克强调中国现代小说中的主观主义很大程度上植根于明清小说,并非旨在否认中国现代小说与西方的关联。他同样关注到,从晚清到五四的中国文学在叙事模式上确有对西方作品的明显借鉴。

比如,从叙述视角来看,中国现代作家已经开始各类尝试。鲁迅的《狂人日记》基本采用了限制视角,更逼真地反映出人物心理活动,具有奇异的震撼效果。普实克还比较了鲁迅小说典型的现代性特征,他不喜欢用全知全能视角:"故事的叙述者常常是一个确定的人物,或是作者本人……或是某个其他具体人物。"[①]丁玲的《莎菲女士的日记》则十分娴熟地在限制性叙事和全知叙事之间来回转换。郭沫若、郁达夫等人的作品里开始出现大段的心理独白,比如郭沫若的《残春》的叙事视角明显受弗洛伊德三层心理结构说的影响……总之,现代文学确实有了许多脱离中国传统文本形式的现代性因素。

在叙述时间方面,普实克亦发现,五四时期的短篇小说作者们开始主动放弃以往中规中矩、有头有尾的讲述方式,倒叙等交错叙述已经相当普遍。这在鲁迅、巴金、茅盾、丁玲等人的作品中可以找到大量实例,此处从略。

至于叙述结构,普实克认为中国现代作家不再像传统写作那样强调事件为核心,而开始关注"场景",以增强作品"渲染气氛"的效果。如鲁迅《怀旧》开头写道:

---

① [捷] 普实克:《普实克中国现代文学论文集》,长沙:湖南文艺出版社,1987年,第234页。

> 吾家门外有青桐一株，高三十尺，每岁实如繁星，儿童掷石落桐子，往往飞入书窗中，时或正击吾案，一石入，吾师秃先生辄走出斥之。桐叶径大盈尺，受夏日微瘁，得夜气而苏，如人舒其掌。家之阍人王嫂，时汲水沃地去暑热，或掇破几椅，持烟筒，与李媪谈故事，每月落参横，仅见烟斗中一星火，而谈犹弗止。①

普实克对《怀旧》评价颇高，称赞它是中国最早具有"现代性"意识的文本，是中国现代小说的"先声"。这一评价显然并非针对语体和内容而言，因为《怀旧》采用的仍为文言文，内容关于"太平天国"这一历史事件对普通山村的影响。普实克看重的是该作在叙事、修辞手段上的"现代性"——它将一个宏大的历史事件转化为个体性的人生经验，试图在细碎的日常生活中，捕捉历史的"声音"。正如上文已指出，"场景"并非只是一个外部因素，个体意识与人空间意识的觉醒有着直接关系。在这个文本中，个体化的叙述选择与富于空间感的"展示性"的修辞选择相辅相成。正如普实克在论述《怀旧》的"情节压缩"时所言：

> 作者想要不以情节为阶石而直达主题的中心。我正想从这一点注意到新文学特有的现代特征。我甚至可以把这一点总结为一个基本原则，即，新文学的特点就是削弱情节的作用，甚至完全取消了情节。我还想把这一点与现代绘画加以比较；从上世纪末印象派画家们就开始宣称他们的目的是"绘画"，而不是"说明细节"。②

---

① 鲁迅：《怀旧》，刘晓燕编《鲁迅文集·小说卷》，武汉：华中科技大学出版社，2014年，第339页。

② ［捷］普实克：《普实克中国现代文学论文集》，长沙：湖南文艺出版社，1987年，第116页。

可见，普实克已经观察到中国小说中体现出来的可与西方类比的"现代性"，尽管他在这方面的论证相对来说仍然十分粗浅。然而不可否认，他至少开启了一个思路，后来的许多西方中国学家，比如韩南和浦安迪，均循着这个思路作了进一步的探索。当然，他们走得更远，不仅在中国现代文学中发现现代性，还试图证明中国古典时代的文本中早已存在所谓的"现代性"，或者说，这类"现代性"特征在中国传统里一直存在。我们当然不能忽略中国现代作家受西方文学的影响，也不能否认普实克等汉学家并不想将文学发展的成因作简单归纳。不过，仍然值得反诘的是，为什么"现代性"可以甚至必须成为理解和定位中国文学的一个"标准"呢？这个从韦伯（Max Weber）以来就一直存在于中西文化比较研究中的挥之不去的魅影近年来也受到越来越多中外学者的警惕。

3. 关于中国文学抒情性与史诗性的讨论

谈到"抒情传统"和"叙事传统"概念的提出，美国学者陈世骧和高友工被学界广为所知。"抒情精神"（lyricism）作为中国文学一个重要考察维度，普实克可说是它的重要推动者之一。普实克与陈世骧、高友工提出"抒情传统"的侧重点是不同的。后者试图从美学本身来探讨这个问题，他们认为中国古典艺术来源于生命的感性经验，从先秦至六朝，中国抒情传统最大的表现就是"音乐性"。当时，人们将乐与礼并重，音乐与文学不可分。故而，《尚书》有言"诗言志，歌永言，声依永，律和声。八音克谐，无相夺伦，神以人和"。历代批评家均过于关注"诗言志"，实际上"歌永言"才真正触及了中国文化的美感形式。《礼记·乐记》亦有：

> 凡音之起，由人心生也。人心之动，物使之然也。感于物而动，故形于声；声相应，故生变；变成方，谓之音；……乐者，音之所由

生也,其本在人心之感于物也。

  凡音者,生人心者也。情动于中,故形于声,声成文,谓之音。

  《乐记》中反复强调"乐由中出,礼自外作",认为音乐反映了人的自然感情,而礼制是圣人、外部力量订立的。因此,音乐是"情动于中,故形于声"。张光直在研究中国青铜器时也指出,政权的巩固需要统治者与天神进行交流以取得合法性,谁能拥有贵重的乐器和乐工也就象征了他的特权。① 这种音乐性在汉代乐府和唐代的律诗中都得到流传。音乐之外,中国古代还有许多"抒情精神"的直接表述,比如"缘情说"。陆机《文赋》:"诗缘情而绮靡,赋体物而浏亮"。钟嵘在《诗品序》中指出:"气之动物,物之感人,故摇荡性情,形诸舞咏。"王昌龄《诗格》(传为伪作)强调:"夫文章兴作,先动气。气生乎心,心发乎言,闻于耳,见于目,录于纸。"王昌龄进一步提出三境(物境、情境、意境),把文学抒情与意境关联起来。五代及宋时期,绘画和书法成为主要的表情达意方式。文人山水画的"六要":气、韵、思、景、笔、墨,其中有三、四种都是重情致的。从唐代的青绿山水到宋代后期的水墨山水,可以体现出"情"的地位上升,因为人们已不再依赖颜料之类外在之"色",而更重画家所抒写的内在情境。

  普实克与以上两位学者的立足点不同,他最早将"抒情"与"史诗"并置起来讨论。因为在西方的传统里,史诗代表着叙事性。古希腊史诗生成的时代,也相对生成了琴歌(较早的抒情诗形态),这种抒情诗传统在西方文学中也一直流传下来。在 19 世纪浪漫主义、象征主义和唯美主义的诗歌体系中典型地体现出来。中国现代文学受 18 世纪末(狂飙突进运动)以来西方的浪漫主义影响很深,鲁迅《摩罗诗力说》里介

---

① 张光直:《中国青铜时代》,北京:三联书店,2013 年,第 490—494 页。

绍的西方作家大多是浪漫一派的。由于"抒情"这个词在现代文学中与西方浪漫主义的渊源颇深，后来逐渐被误解为简单的个人主义、感伤色彩、小资情调。上文已提及，普实克认为，中国抒情主义的渊源有两种，一方面是西方浪漫主义，另一方面是中国古典传统。他把中国艺术精神归纳为一种与西方主流叙事形态相对的抒情形态。他认为，中国现代文学以及文化的转变，正是从抒情的阶段转换到史诗的阶段。这里，他强调的"抒情"，指的是个人主体性的发现和欲望的解放；而所谓"史诗"，指的是集体主体的诉求和团结革命的意志。[①]

普实克对中国抒情传统的倾慕可追溯到18世纪末捷克民族复兴运动以来兴起的波希米亚浪漫精神。自19世纪末，尤其经历欧战之后，西方世界弥漫着消沉的情绪，一时间东方的智慧好似大海上的航标。位处中欧的捷克和近代以来的中国一样经历了太多民族苦难。相似的历史际遇使捷克开始大量承纳中国的诗性文化。普实克这位爱读韦庄《荷叶杯》"记得那年花下，深夜，初识谢娘时"的汉学家，对中国的抒情传统强烈地向往。[②] 从以马哈（Karel Hynek Mcha，1810—1836）为代表的浪漫主义，到二三十年代的"捷克诗性主义"（Czech Poetism），捷克民族精神的召唤就与对抒情精神的探索并存。因此，普实克会注意到欧战以来西方现代主义文艺中其实洋溢着"抒情精神"，更能意会到这种文化思潮与中国文学精神的契合。这些思考，又自然会引领他对中国新文学做相近的观察，特别关注新文学作品中"抒情的"元素如何突破

---

① Prušek, Jaroslav, *The Lyrical and the Epic: Studies of Modern Chinese Literature*, Bloomington: Indiana University Press, c1980, pp.7—9, pp.183—187.

② [捷] 普实克：《中国：我的姐妹》，丛林等译，北京：外语教学与研究出版社，2005年，第415页。

"史诗的"框套。① 当各种历史、文化因素汇聚于普实克身上时,现代文学研究的一个重要视角也由此应运而生。

然而,也有许多学者对普实克这个观点表示反对。比如台湾裔美国学者王德威就认为,中国文学史与文化史的发展,不应该像普实克所概括的那样,简单地从抒情到史诗,从个人到集体,这些都是达尔文式或马克思式的最简单化的看法。②

4. 对夏志清《中国现代小说史》的批驳

1961 年,正值冷战时期,美国耶鲁大学出版了一本后来影响很大的专著《中国现代小说史》,作者是美国华裔学者、中国现代文学研究巨擘夏志清。次年,荷兰与法国联合主办的中国学权威期刊《通报》(T'oung Pao),发表了普实克的长篇批评文章《中国现代文学史的根本问题和夏志清的中国现代小说史》,激烈反对夏志清过于主观和"意识形态"化的研究立场。夏志清不久也写了《论对中国现代文学的"科学"研究——答普实克教授》等文予以反击,从而引起两个立场、观点和方法的论争。普实克批评夏志清"武断的偏执和无视人的尊严的态度",对夏志清的鲁迅、茅盾、老舍、郁达夫、丁玲等研究均提出质疑。

> 夏志清强调,一部文学史要有价值,就必须是一种辨别的尝试,而不是一个为满足外在政治或宗教标准而进行的带偏见的概述。不

---

① Prušek, Jaroslav, "A Confrontation of Traditional Oriental Literature with Modern European Literature in the Context of the Chinese Literary Revolution," *The Lyrical and the Epic: Studies of Modern Chinese Literature*, Bloomington: Indiana University Press, c1980, pp.82−85.

② [美]王德威:《现代"抒情传统"四论》,台北:台湾大学出版中心,2011 年,第 19−20、72 页。

幸的是,正如我们将以一系列实例来表明的,夏志清此书的绝大部分内容恰恰是在满足外在的政治标准。①

按照夏志清和普实克共同的学生李欧梵描述,在不少美国学生眼中,夏志清的人文主义文学批评似乎比普实克革命的社会主义文学主张更得人心。事实上,作为现代中国文学研究的里程碑人物,两位先生的见解及其文化资源都有可供今日借鉴和反思之处。如果以二人的学风和关顾面而论,则夏氏的学术贡献应该属于美国 20 世纪中叶所发展出来的当代"中国研究"类型,而普实克更接近欧洲传统汉学,却又能焕发规模、不输新见。

普实克首先不满于《中国现代小说史》中对"左翼文学"充满偏见的描述。

比如夏志清分析萧军《八月的乡村》,认为从这部作品开始"我们将进入一个极不愉快的战时爱国宣传的阶段"。普实克认为夏志清得出这类结论是因为夏氏根本没有回到作品生成的环境之中。他举斯诺（Edgar Snow,1905—1972）为例,这位当年亲自来过中国的美国作家看到新时代的气象不由得心潮澎湃。与夏志清的贬抑不同,斯诺在为萧军《八月的乡村》英译本所写的前言中高度评价了它。普实克称:

> 使我们更为惊讶的是他的评论在语气上的不一致。谈到左翼作家时他颇带嘲讽,或至少是相当冷淡的,而对于反共作家和那些不同情左派运动的作家,他却毫不吝啬地使用了最美好的词藻。②

---

① [捷] 普实克:《中国现代文学史的根本问题和夏志清的中国现代小说史》,《普实克中国现代文学论文集》,长沙:湖南文艺出版社,1987 年,第 212 页。
② 同上书,第 224 页。

普实克对夏志清此作最大的不满在于夏志清对鲁迅评价较低，普实克对鲁迅却极为推崇：

> "寥寥数笔便刻画出鲜明的场景和揭示出中国社会根本问题的高超技艺"；"鲁迅以他真正天才的艺术手法，成功地使一个具体现象的种种特点带上了普遍性，从而创造了一幅表达普遍真理的概括性画面。与此同时，鲁迅在这幅画中保持了他从生活中临摹出的这一典型人物的准确性的真实性"。①

普实克同时也看到鲁迅的另一面：

> 鲁迅既是一个严肃的理性主义者，同时也是一个极其敏感的抒情诗人。……《野草》提供了最有力的证据。表明鲁迅与中国古典文学传统的最成熟的形式密切关联。鲁迅的作品是一种极为杰出的典范，说明现代美学准则如何丰富了本国文学的传统原则，并产生了一种新的独特的结合体。这种手法在鲁迅以其新的、现代手法处理历史题材的《故事新编》中反映出来。②

普实克认为低估鲁迅的成就除了意识形态方面的偏见之外，还因为有人习惯于西方小说的叙述模式，而无法欣赏这种近于文人写意画之小说的"异量之美"。他以《故事新编》《阿Q正传》说明此类写意小

---

① [捷] 普实克：《中国现代文学史的根本问题和夏志清的中国现代小说史》，《普实克中国现代文学论文集》，长沙：湖南文艺出版社，1987年，第236页。

② Prušek, Jaroslav, *Dictionary of Oriental Literatures*, New York: Basic Books, 1974, p.201.

说的优势：

鲁迅用概括性画面展现整个社会阶层，甚至整个民族的典型性格的天才在《阿Q正传》中得到了绝妙的体现。在这篇作品中，阿Q代表了整个民族，代表了一个特定的社会阶层，也代表了一个独特的个人；这一切全部集中在这一个角色上。

那些作家满足于对个别现象的描写，局限于从现实中得来的孤立故事和小人物，或是乐道于奇闻轶事类的事件。而鲁迅始终把无限复杂多样的现实生活经历融为一体，概括于一图，并同时以当时的进步思想观点给予一个是非的评价。①

普实克用鲁迅的创作与清末谴责小说作比较，并以鲁迅散文诗和他描写故乡的一些作品说明其文本的另一面——抒情性。

相比夏志清，普实克认为他在台湾的哥哥夏济安对中国现代文学的评价反而更公允一些。夏济安认为鲁迅早期的短篇小说和杂文最好地道出了中国在那个痛苦转折时期的道德心。普实克强调解读文学任何时候都应将它们放入具体的历史情境之中，而且同一个时代也应该允许有不同倾向、不同特色的文学。文学批评家不应出于个人喜好或政治目的就轻易褒贬那个时代不同种类的代表作品。

然而，批评家要真正抛却自己的意识形态立场却并不容易。普实克对夏志清的批驳，除了直接归因于他个人的学养及其对中国文化的深厚感情，也不可忽略他的主观偏向。普实克60多年前提出这个观点的时

---

① [捷] 普实克：《普实克中国现代文学论文集》，长沙：湖南文艺出版社，1987年，第233页。

候,的确有强烈的意识形态指称,他被视为一个"左倾"的欧洲汉学家。1968年"布拉格事件"对普实克的研究产生了很大冲击,但他克服各种困难一直坚持自己的工作,直到去世。普实克在《中国:我的姐妹》中关于鲁迅说过这样一段话:"我非常欣赏先生性格中的坚韧和力量,他清楚地看到了生活的本质,认为美好的前途只能通过斗争赢得。"① 可见,与鲁迅相似的个人境遇、捷克近现代与中国类同的历史命运,难免会触动普实克对中国文化惺惺相惜、恍如置身其中之感。他对"左翼"文学在那个大革命时代背景下的同情,以及对夏志清评论的反感,大抵不能完全摆脱这个语境。

李欧梵曾评价他这两位老师在观点和方法上的分歧,他(普)到哈佛做访问学者时,他和夏志清那场有名的论争刚刚开始。

> 一开始我还担心他(普)的"共产主义"背景,却大着胆子写了两篇"标新立异"的研讨班论文:一篇论萧红的小说艺术,我认为萧红比萧军优秀得多,而普实克由于显而易见的原因更喜欢萧军;另一篇是关于自由派的新月社。两篇文章其实都是对他意识形态立场的间接挑战。令我惊喜的是,普实克不仅喜欢我的论文,而且告诉我,他对夏济安的研究印象十分深刻,他还大度发表了夏志清反驳他的文章。从那以后,我在学术研究中努力追随两位大师:普实克的"历史意识"和夏志清的"文化批评"。②

---

① [捷]普实克:《中国:我的姐妹》,丛林等译,北京:外语教学与研究出版社,2005年,第370页。

② 李欧梵等:《光明与黑暗之门——我对夏氏兄弟的敬意和感激》,《当代作家评论》,2007年第2期,第12—13页。

5. 东欧"话本"研究第一人

普实克对话本艺术也颇感兴趣,他曾以薄伽丘《十日谈》与《古今小说》中《任孝子烈性为神》作为主要的研究对象,比较两者优劣短长。普实克发现,同样写水性杨花的妇女,前者所本通常是轶事、妙语或奇闻,故事结构基于情节高潮,缺乏细节描写,人物脸谱化,有如意大利"假面喜剧"的角色:愚蠢的绿头巾、媚人的淫妇、执著的偷情人等等;而后者则显示出中国说书人截然不同的手法:背景交代完整,情节铺展、性格刻画和心理描写均细腻而精准,而且与西方小说里普通人每每作为滑稽角色不同,在整个话本小说里,平民中的典型人物充当着作品的主角。

可见,普实克与韩南、浦安迪等人一致,同样认为中国古典小说的叙述技巧、人物形象及内心刻画并不劣于西方小说。他进一步指出:

> 职业说书人与同时代的欧洲作家不同,他们必须采取某种公认的风格。他们站在故事里面,弃当所写世界的代言人,是全体群众而非自己的代言人。在实际表演时,他们极有可能要把故事戏剧化,模拟故事人物的音容举止,以生动活泼的方式描述英雄事迹和现实场面。他们欲图或者不得不写下这些故事来时,那些千变万化的口头语言的色调、情趣和神韵,也就荡然无存了。[①]

事实上,海外许多中国研究者并不能真正理解中国话本、小说的独特性。美国学者毕晓普(J. L. Bishop, 1913—)撰文称,中国小说

[①] 转引自周发祥:《中国古典小说的作者、评者和读者——欧美汉学研究综述》,阎纯德主编《汉学研究·第7集》,北京:中华书局,2000年,第539页。

没有"富于哲理的现实主义,即藉以可明显看出作者本人对社会环境的看法,或者对特定人类问题的看法的现实主义",也没有那种"借助虚构而寻找到的作者本人对真理的见识"。①普实克不同意这种意见。他就《古今小说》中的故事解释说,我们不应认为,作者仅仅满足于用凶杀故事来刺激听众,用淫乱和劣行来警告听众,而应看到作者强调常人亦应具有英雄品质,不能屈从于非正义。这才是"作者本人的看法","作者对真理的见识"。他还认为,从巨著《水浒传》里也可找到正确解释说书人态度的关键线索。书中有许多骇人听闻的复仇故事,但它们被改装换面,成了关于人民起义的伟大英雄传奇,从而明确地传达着作者的社会观和政治理念。②

不过,在他看来,中国城市文学也的确存在着某些弱点。比如,薄伽丘和乔叟所描述的场面里,到处都荡漾着开心和爽朗的笑声。作者在笑,讲故事的人在笑,故事中的角色也在笑。而在中国话本小说的场景里,却听不到这样愉快的、直率的笑声。欧洲作家站在历史舞台的突出位置,其生活中的每一细节,都可能有人投以好奇的、羡慕的目光。中国的话本作者却默默无闻,一如他们故事中的大多数失声的主角。但这一弱点不应该全由话本的作者负责,他们作为伟大的艺术家,把周围的生活绘制成真实图画,可是创作环境却不安全,他们没有可靠的保障得以对时局开怀地讥讽、嘲笑。

尽管普实克察觉到中国小说的写作手法相比西方显得过于内敛、隐晦,但他依然对晚清谴责文学给予了高度评价。普实克指出,《老残游记》是一部寓意深刻的现实主义小说,称赞它"是古老的中国文明在其

---

① 转引自周发祥:《中国古典小说的作者、评者和读者——欧美汉学研究综述》,阎纯德主编《汉学研究·第7集》,北京:中华书局,2000年,第539-540页。

② 同上书,第540页。

衰落之前的最后一篇伟大赞歌。"同时,普实克还发现了《老残游记》的创新性。他强调此作的"现代性",在 20 世纪初的所有作品(指中国近代小说)中,"《老残游记》可能最接近于现代文学,它也可能因此备受西方读者欢迎,并不断被译为多种文字"。①

就研究方法而言,普实克仍算是一位比较传统的欧洲汉学家。然而,和大多数海外中国研究者厚古薄今的文学史观不同,普实克在中国现代文学中一方面发现了深厚的"抒情精神",这种精神扎根于古典传统;另一方面,自晚清以来,中国小说也具备了相当的"现代性"。尽管普实克的评价体系并没有完全脱离西方学界的总体话语框架,但他对中国文化深切的同情令其更容易从传统内部理解文学发展的动因和轨迹。而这种同情与理解的"内部视角"也正是他与以夏志清为代表的"局外人"立场的最大分歧。人文研究要保持绝对客观、独立的"科学"态度是十分困难的,不论基于李欧梵总结的"历史意识"还是出于"文化批评",海外中国学的视角本身即是跨文化研究不容忽视的一个入口。

---

① [捷]普实克:《普实克中国现代文学论文集》,长沙:湖南文艺出版社,1987 年,第 130 页。

从古典到现代：顾彬的文学史观

顾彬（Wolfgang Kubin，1945—　），波恩大学汉学系教授，德国翻译家协会及作家协会成员，与施舟人、施寒微并称"欧洲三大汉学家"。1966年顾彬进入明斯特大学学习神学，准备毕业后当一名牧师。但是，当22岁的他参加学校的诗歌朗诵会，无意中读到美国现代诗人庞德所译的唐代诗人李白的作品《送孟浩然之广陵》时，对中国古诗产生了深厚的兴趣。于是，顾彬于1968年转入维也纳大学改学中文及日本学，1969年至1973年又到波恩大学专攻汉学，兼修哲学、日耳曼语言文学。当时的波恩大学教授霍福民（Alfred Hoffmann，1911—1997）从事中国文学研究，曾在中国待过5年，师从胡适。顾彬拜投在霍福民门下，接受了系统的训练，并于1973年获波恩大学汉学博士学位，论文为《论杜牧的抒情诗》。1974年至1975年，顾彬相继到日本和中国访学，曾在北京语言大学进修汉语。回国后，1977年至1985年间任柏林自由大学东亚学系讲师，主要教授中国20世纪的文学及艺术。顾彬于1981年在柏林自由大学获得汉学教授资格，其教授资格论文为《空山——中国文人的自然观》。1985年起任教于波恩大学东方语言学院，1995年始任波恩大学汉学系主任。顾彬早期的研究以中国古代文学为主，上世纪80年代以来，他之所以把重点转向中国现当代文学，一个重要原因在于鲁迅对他的影响。1974年顾彬第一次来到中国时，对中

国现当代文学还完全没有概念:

> 连鲁迅是谁都不知道,直到我学习中文后,才开始对中国文学有所了解。如果我放弃了,在德国也就没有第二个人研究中国文学了。①

可如今的他,已是这方面的知名专家。早在1982年,他担任特里尔大学客座教授期间,先后以英文、法文及德文发表了长篇论文《鲁迅与中国女权运动》《鲁迅对旧社会的批判》《鲁迅的思想发展和创作道路》以及《鲁迅叙述艺术中的希望和失望》等讲稿。特别是后来主编的1994年在瑞士出版的《鲁迅选集》(共六卷),汇集了德国汉学界对鲁迅作品翻译、研究的成果,具有开创意义。

"四十年来,我把自己全部的爱奉献给了中国文学。"顾彬在《二十世纪中国文学史》序言中动情地说,他甚至借用夏志清《中国现代小说史》里的说法,即"对中国的执迷"。但是,这种"执迷"并不妨碍他对中国当代文学的语言空乏、立意浅陋等问题提出尖锐批评。尽管他的批评引来中外学者的诸多非议,但至少说明他并没有仅仅将中国当作一个被远远"礼待"却又仍然隔离的研究对象,而是将它也当作自身文化之根的一部分。他关注到中国文化对德国的巨大影响,比如布莱希特1920年读到《道德经》之后,完全改变了他的文笔和思路。"无论是西方的方法还是中国的方法,都应该在中西交流对话中完成"。②

---

① [德]顾彬:《二十世纪中国文学史》,范劲等译,上海:华东师范大学出版社,2008年,序言。
② [德] 顾彬:在国家汉办与中国人民大学主办的第二届"世界汉学大会"上题为"汉学与跨文化交流"的发言,2009年10月。

主要成果（具体出版信息见参考文献）：

编、著：

1. 《论杜牧的抒情诗》（*Das Lyrische Werk des Tu Mu*，803—852），哈拉索维茨出版社（O. Harrassowitz），1976年。

2. 与瓦格纳（Rudolf G. Wagner）合编《中国现代文学及文艺批评论集》（*Essays in Modern Chinese Literature and Literary Criticism*），布洛克迈耶尔出版社（Studien Verlag n. Brockmeyer），1982年。

3. 《猎虎：中国现代文学散论》（*The Hunt for the Tiger: Six Approaches to Modern Chinese Literature*），布洛克迈耶尔出版社（Studien Verlag n. Brockmeyer），1984年。

4. 《空山：中国文人的自然观》（*Der Durchsichtige Berg: Die Entwicklung der Naturanschauung in der Chinesischen Literatur*），韦斯巴顿出版社（F. Steiner Verlag Wiesbaden），1985年。

5. 《中国古典诗歌史》（*Die Chinesische Dichtkunst—Von den Anfängen bis Zum Ende der Kaiserzeit*），索尔出版社（K. G. Saur），2002年。

6. 《二十世纪中国文学史》（*Die Chinesische Literatur im 20. Jahrhundert*），索尔出版社（K. G. Saur），2005年。（已有中译本）

7. 《中国传统戏剧》（*Das Traditionelle Chinesische Theater—Vom Mongolendrama bis zur Pekinger Oper*），索尔出版社（K. G. Saur），2009年。

译：

1. 北岛《太阳城札记》（慕尼黑：Hanser），1991。

2. 杨炼《面具和鳄鱼》（柏林：Aufbau），1994。

3. 杨炼《大海停止之处》（斯图加特：Edition Solitude），1996。

4. 《鲁迅选集》六卷本（苏黎世：Union），1994。

5. 张枣《春秋来信》（艾辛根：Heiderhoff Verlag），1999。

6. 梁秉均《政治的蔬菜》（柏林：DAAD），2000。

7. 北岛《战后》(慕尼黑：Hanser)，2001。

8. 翟永明《咖啡馆之歌》(波恩：Weidle Verlag)，2004。

创作：

诗集：《新离骚》，2000；《愚人塔》，2002；《影舞者》，2004。

散文集：《黑色的故事》，2005。

主要观点与方法：

1. 中国古典文学中的"自然观"

中国古典文学给顾彬留下印象最深的方面是"自然观"。对此，他主要有三个论断：(1) 过去人们往往把中国唐代诗歌同20世纪初英国浪漫派的"湖畔诗社"相提并论，这种想法很荒谬。中国诗歌在上古时期，便已有了自然观的完美表露。(2) 中国文学中的自然观并非独立于社会发展而存在，它与贵族的生成密切相关。顾彬强调，没有贵族就没有在六朝时形成并为唐代文学鼎盛创造了先决条件的自然观形式。(3) 将中国文学中自然观划分为三个阶段的发展过程：作为个体和象征的自然领悟（周和汉）；作为现实之客观部分的自然领悟，对其特点和美的理解（六朝）；自然的深化（唐）。顾彬认为，这一过程正如黑格尔描绘的"精神向自身的复归"。①

波恩大学的学者麦克伦布克（Norbert Mecklenburg）曾描绘西方文学中的"自然"：

> 自然可以是一种题材范围，在爱情诗中大约被当作"自然引子"；它也可以是一个中心题材，被当作风景，当作整体的自然。前者存

---

① [德] 顾彬：《空山——中国文人的自然观》，马树德译，上海人民出版社，1990年，第13页。

在于各个时代的诗歌之中,后者自十八世纪起才出现于欧洲的抒情诗中。从中世纪起至近代某些抒情文学的自然题材是固定分类的,在有独立的自然抒情诗之前,首先出现于"描写性"诗歌的形象之中,这种形象歌德有时也把它归入自然题材一类。①

顾彬发现,在西方,自然意识是伴随着资本主义和工业社会形成而形成的。它产生了双重效果:其一,表现对象是表面上不受社会事件影响的自然,因而它表现的其实是一个业已消失的时代;其二,它把"丑恶文明中的美好"当作"世外桃源"加以表现,人可以躲避于其间。换言之,西方文学中的"自然"很大程度不是乡野间农民耕作的自然,而更多是游离于社会生产之外的市民的自然。与此不同,中国早在六朝时代,也就是大约一千五百年前,便有了自然意识的发展。人们将"天"与"人"合一,把风景看成是独立的部分,并有意识地去探求、把握它的美。因此,在中国,"风景的概念"不一定"是市民阶层文化思想的产物",因其发展并非以"市民阶层文化"为依据。这在真正的自然意识形成之前,从模式化了的、修辞华丽的自然描写中便可看出(从周到汉)。自然观最早出现在《老子》中:"人法地,地法天,天法道,道法自然。"顾彬指出,在道教处于全盛时期的魏晋,人们一般只把自然看成"自然界"和"自然物"。迄至南朝,景物当作"自然"且游离于人类社会之外的看法才过渡到"自然"构成人类环境的观点。而"风景"一词最早出现于刘勰的《文心雕龙》中,"自近代以来,文贵形似,窥情风景之上,钻貌草木之中。"

在顾彬看来,作为中国"自然"概念重要组成部分的"山"与"水",

---

① 转引自顾彬:《空山——中国文人的自然观》,马树德译,上海人民出版社,1990年,第2页。

最早见于《论语》："子曰：知者乐水，仁者乐山。知者动，仁者静。知者乐，仁者寿。"山水表现风景之意始见于左思的《招隐诗》："非必丝与竹，山水有清音。"和"山水"一样，"山川"最早见于《诗经·小雅·渐渐之石》："渐渐之石，维其高矣。山川悠远，维其劳矣。武人东征，不皇朝矣"；"江山"则最早出现在《庄子·外篇·山木》中："君曰：彼其道远而险，又有江山，我无舟车，奈何？"与欧洲先有"自然"的概念后有风景画相反，中国是先有风景画后才形成概念。

顾彬谈到，"兴"隐藏着早期自然观的宗教形态。在"兴"中显露出来的自然的双重性质，表明了自然观从客观向主观的过渡。比如《摽有梅》中，少女在春天聚集于梅树下，等待自己的恋人。梅树成为春天的象征，恰当时机的标志，韶光流逝的暗示。梅子不断落下，生动表明了姑娘们紧张的情绪，唯恐自己的愿望得不到满足而误了终身。《桃夭》则表现了自然的主观化。这首诗歌唱的新娘出嫁，虽然时间大概是在桃花盛开的时节，却能清楚地看出前两行诗中的"自然"同后两行诗中的"人"之间鲜明对比：自然，即桃树，并不是为其自身，而是作为感觉到的真实客体而出现的。这里桃树的功能主要是为那年轻女子提供一个背景，所以它是姑娘青春、美貌和丰硕成果（子女满堂）的暗喻。换言之，主观的倾向借此将自然描绘从直感和现实移到了想象之中。

顾彬通过大量例证，总结出《诗经》中自然观的五个特征：其一，早期的自然观与农业及建立在农业基础上的宗教祭礼有密切关联；其二，被描绘的自然初始时是农民的自然，它独立于被贵族占为己有的自然环境；其三，进入诗人意识的只是日常环境中的各种自然现象，通常作为"自然引子"（兴）并以质朴的形式在诗的头两句中加以表现；其四，这些自然描写并不是诗的主题，而是表现客观世界的手段，因此也就不一定有真正客观的针对物；其五，自然现象中什么能引起诗人的兴趣，且被选择来当作描写对象加以渲染，这取决于作者的"意图"，它应能表现作者对人生的看法并借助自然使其形象生动。①

如果说《诗经》中的自然现象大多反映农业劳动和农村日常生活，《楚辞》中的自然现象则更多只是标志、图腾、象征。《楚辞》中的自然很多出于幻想，这类幻想改变了诗中的景物，使它们再不是本身的自己，而成为精神之物。比如《九歌》第四篇中，巫师用各种植物为女神（湘夫人）建造了一个栖居之所："筑室兮水中，葺之兮荷盖。荪壁兮紫坛，播芳椒兮成堂。桂栋兮兰橑……"《楚辞》自然观中大量描绘了神游。在《离骚》中，诗人屈原身处腐败混浊的尘世，想去天上寻找完美的人，却不可得。为了这次远离尘世的神游，他为自己打造出一个空间，远远超越了凡人的想象力和尘世的狭窄界限。诗中描绘的并不是风景，不是通常意义上的"自然"，而是包容着巨大规模的自然的宇宙。

及至汉代，典型汉赋的主题中，如大规模游猎、宫殿、河流和山脉、美女和乐器、鸟兽和花木、云游，"自然"均占有特殊位置。汉赋中的自然既不像《诗经》中大多是农业、乡村民歌中的自然，也不似《楚辞》那样带有强烈宗教色彩，而是统治思想范围内的自然。比如汉赋中赞美汉武帝建成之上林苑，其景物之恢宏、庄严和伟大会引起人们对汉朝威严和权势的联想。②

顾彬强调，周代和汉代文学中的自然是一种标志，它或为突出作者的主观世界服务（《诗经》），或作为幻想和象征（《楚辞》），或囿于统治者意识的范围之内（赋）。

> 它从乡野的自然经民间宗教的自然而走向官僚和贵族的自然，并没有对自然美的特别发现，也缺少对自然的热爱或对其现实性的

---

① 顾彬：《空山——中国文人的自然观》，马树德译，上海人民出版社，1990年，第32页。
② 同上书，第53页。

明显关注。其原因可在与农业、宗教和宫廷的密切关联中以及当时还没有、直到汉代末期才出现的"自我意识"中找到。①

开始内化为"自我意识"、具有美学意义的"自然"始于汉末建安时代。最为典型的是诗人们在对秋季及昼夜时间的描绘中表达了强烈的情感。在当时,秋天成为忧伤的代名词。顾彬对比了《诗经》《楚辞》和建安文学中关于"秋"的描写,认为建安文学中的秋与悲形成了直接关联,甚至与衰亡或死亡的喻象有关。比如西晋诗人石崇《思归叹》:"秋风厉兮鸿雁征,蟋蟀嘈嘈兮晨夜鸣。落叶飘兮枯枝竦。百草零落兮年易尽,彼感岁暮兮怅自愍。"诗人感叹自己年华渐老,岁月流逝。曹丕的乐府诗《燕歌行》主题是丈夫北征,独留家中的妻子的悲叹。前三句以秋日景象为铺垫,后几行则抒发忧伤思恋。顾彬承认,对"悲秋意识"的类型学研究并不是由他最早发现和提炼出来的,而由一位日本汉学家在《中国的文人观》一书里提出。

> 我对汉学的研究,最早是借助于日文,日本汉学家提出的中国文人的"悲秋意识"引起了我的关注。我认为中国古典文学关于"悲秋"的概念出现得比较早,在《诗经》和《楚辞》中就出现了,它在汉朝的诗歌中比较明显。"悲秋"与四季有很大的关联,春天应该快乐,秋天令人悲伤,人们的喜怒哀乐是在一个自足的整体框架内自发产生的,那时的中国文人是自然的,还不具有主观意识,也不可能独立地表达个人思想。而"愁"的意识或概念在历史时间上出现比较晚,大概是唐朝的文人才多使用这个字,而且"愁"与四季,或者与文人

---

① [德] 顾彬:《空山——中国文人的自然观》,马树德译,上海人民出版社,1990年,第63页。

的时间意识关系不大。……虽然他们的诗歌仍是为亲朋好友而写,从今天来看,还不是主观吟咏,但是他们的写作已经不再代表一个需要歌功颂德的统治集体,而只代表一个赋诗的团体。中国古典诗歌的历史主体走向,从汉朝到唐朝发生了从代表一个统治集体到代表一个写作团体的变化。①

总的来说,从汉代起,自然再不被看成只是主观的个体,而被逐渐视为客观的整体,但仍然没有失去其作为标志(象征物)的功能。此后,在建安及魏晋时代,汉代文学中科学般的冷静,被对自然全新的感受所代替,于是客观的描绘与诗人的主观态度合为一体。顾彬认为,促成这种新观念形成的原因最主要是精神理想与社会现实存在巨大矛盾和反差,似乎只有在自然中才可得以解决,这为后世几百年间的自然观打下了基础。寻访自然和观赏风景可以使在现实中不得志的人开阔胸襟("散怀"),并达到与"道"及自我的和谐一致。对自然的理解和描绘直到南朝时期,才趋于完整和成熟。②

南朝文学中的"自然"主要体现为独居的天地和园林文化,从而"自然"向内心及个体转移,成为文人社会的一部分。从谢灵运开始,大自然之美便已凝注于诗人笔端。伴随着城市园林中人造自然的出现,对自然的爱也便从风光的整体转向了单一自然现象的细部,于是出现了咏物诗。对自然美的客观认识将风景保留在描写的偶然性之中。只有当自然向诗人的内心世界转化,情与景彼此交融,并且不失自己的特点,

---

① 薛晓源:《理解与阐释的张力——顾彬教授访谈录》,《文艺研究》,2005 年第 9 期,第 76—77 页。
② [德] 顾彬:《空山——中国文人的自然观》,马树德译,上海人民出版社,1990 年,第 136 页。

景物的排列也才结束其随意性。南朝对自然的普遍热爱不仅实现了山水诗的臻于完美,而且还加速了描写自然的非诗歌文学样式的生成。隋唐时期,自然观更加转向了内心,这受到佛教极大的影响。自然在此时也被当作精神复归之所。①

到了宋代,"自然"更成为诗人们排遣抑郁、寄托闲情野趣的最佳途径。从苏轼、范仲淹、欧阳修等人的诗词中均可见出。顾彬指出,宋代以后中国人的忧郁不是一个根本的概念,社会心态表现出一种普遍的逸乐观和世俗化。不论政治和历史如何严峻,自然观始终与新的乐观精神相联结:

> 宋朝以后,中国文人中"愁"的意识出现得不多,诗歌里很少出现"愁",散文主张快乐,不主张发愁。我质疑"愁"的意识在宋词中的真伪:辛弃疾词里所说的"为赋新词强说愁",是否只是一个写诗方法和技巧问题。总之,汉朝文人和他们的诗是悲观的,唐朝文人和他们的诗也是悲观的,而到了宋朝,文人开始乐观起来。西方文艺复兴以后,人们开始关注"忧郁"的问题,认为一个真正的学者不忧郁,不思考他的生存和有限性问题,他就不是一个严格意义的学者。很多西方文人体认到上帝和宗教的无限性,而处在有限性的现实的人,去追求上帝,去追求无限性,身处生老病死的人去追求超越,这无疑是个悲剧,不能不令人忧郁悲伤。"忧郁"慢慢变成为西方知识分子的生活常态和知识表征,忧郁与克服忧郁也是西方文学作品经常表现的主题。唐朝以后,还有一些人从季节和时间去审视"愁"的意识,他们认为"愁"就是秋和心的粘连,到宋朝、元朝、明朝还

---

① [德] 顾彬:《空山——中国文人的自然观》,马树德译,上海人民出版社,1990年,第171—172页。

有人这样说。但我认为不能这么简单地把"愁"说成是"秋"和"心"粘连。"愁"在某种意义上是与宗教体验分不开的,后来很多著名的文人想借助佛教去克服"愁",但是收效甚微,因为诗人不可能像和尚一样远离尘嚣,不可能克服生老病死。对他们来说,生活还是一件非常重要的事情,世俗化的生活对他们还是有非常大的吸引力。[①]

2. 中国现代文学的"现代性"问题

顾彬的更大贡献是对中国现当代文学的研究。与夏志清、李欧梵等人的"文化解读"相比,顾彬更愿意从思想史、政治历史语境的角度考察中国现当代文学。"拘泥于文本的内部分析并不能给中国文学赋予多少思想史的深度,而只有具备一定的思想史深度才能真正理解中国文学"。[②]他将中国现代文学的发生归为一种政治化的"对中国的执迷":

> "对中国的执迷"表示了一种整齐划一的事业,它将一切思想和行动统统纳入其中,以至于对所有不能同祖国发生关联的事情都不予考虑。作为道德性义务,这种态度昭示的不仅是一种作过艺术加工的爱国热情,而且还是某种爱国性的狭隘地方主义。政治上的这一诉求使为数不少的作家强调内容优先于形式和以现实主义为导向。于是,20世纪中国文学的文艺学探索经常被导向一个对现代中国历史的研究。[③]

---

① 薛晓源:《理解与阐释的张力——顾彬教授访谈录》,《文艺研究》,2005 年第 9 期,第 77 页。

② [德]顾彬:《二十世纪中国文学史》,范劲等译,上海:华东师范大学出版社,2008 年,第 22 页。

③ 同上书,第 30 页。

然而,与大多数海外中国研究者一致,顾彬评价中国现代文学发展过程及作家作品优劣的最根本原则依然是充满西方意味的"现代性"。这个标尺几乎贯穿了顾彬的代表作《二十世纪中国文学史》。

> 中国的现代主义1925年诞生于上海震旦大学——一所创建于1903年,由法国耶稣会士负责管理的学校,它通常来说界定在1927到1932年间,加上它的后续影响可以一直算到1937年。①

顾彬以"海派"文化为基础来探讨这个问题。因为上海不仅是"国际现代派的一个中心",而且是中国文化革新的"秘密首府"。当然,还有一点也格外引人注目,上海作为一个"异域文化之场所","现代意味着西方的现代"。戴望舒、施蛰存、李金发等现代派作家都出现于上海,所以他认为把这里作为中国文学"现代性"的起源基本上可以成立。

当然,顾彬关注到,现代写作也并非铁板一块,许多单个作家笔下呈现出不同的"现代性"因素。这个总体思路与李欧梵等人的判断十分接近。顾彬曾坦言:

> 我参考了不少美国学者的文章和作品。美国学者对中国当代文学的了解比许多中国学者还要深刻一些,他们提出的问题也更有意思。现在不少美国学者来自中国大陆,他们身上有两个传统,中国的和美国的。他们的观点非常新鲜,最有代表性的就是李欧梵。②

---

① [德]顾彬:《二十世纪中国文学史》,范劲等译,上海:华东师范大学出版社,2008年,第156页。
② 石剑峰:《顾彬:中国文学的后卫》,《东方早报》,2008年9月26日。

在诸多现代作家中，鲁迅是顾彬最为熟悉和推崇的。顾彬强调，鲁迅是中国现代文学史书写中一个不可回避的人物，对于他的创作、思想、影响等方面的论述成功与否甚至决定了一部文学史的价值。早年夏志清因为表现出对鲁迅的偏见，使得他的《中国现代小说史》成为一部具有反叛色彩的文学史。改革开放以来，学术界有人开始用一种"解构范式"俯视鲁迅，消解既成经典，不自觉从盲目崇拜走到了缺乏学术理性、偏激、随意、片面的另一端。顾彬在《二十世纪中国文学史》前言中的一段话总结了以上的现象：

> 有一种自90年代时髦起来的做法现在更演变成了普遍行为，即压低那些国内乃至国际上公认的现代中国文学代表作家，同时抬高那些过去看来不太重要或干脆属于通俗文学的人物，从现代中国文学之父鲁迅到当代武侠小说代表金庸的范式转换在这里具有典型意味。①

顾彬指出，《呐喊》"值得称赞的，是作者与自己以及他的时代的反讽性距离"。他认为鲁迅的小说是"五四"时期最重要的文学范例，标志着中国新文学的开端，其意义有三重性质："分别在于新的语言、新的形式和新的世界观领域，这已被普遍地认可为突破传统走向现代的标志。"②《狂人日记》的现代性不仅体现在采用了从西方引进的日记体，而且也体现在十三篇日记之间紧密的秩序结构，在互为衔接的情节和解释的层面上，"这种现代性扬弃了在传统中国小说中占主导地位的简单的事件串连"。

---

① [德]顾彬：《二十世纪中国文学史》，范劲等译，上海：华东师范大学出版社，2008年，前言。

② 同上书，第48页。

顾彬虽然采用"现代性"标准,但对其并非没有反思。比如,"对一切价值进行重估是现代性的一个本质特点",但是推翻传统势必以失去根源为代价,这就意味着"现代性从根本上说是暧昧的,它预示了自由和进步,但同时也在理性化过程中制造了'钢壳'(Staahlharte Gehaure,马克斯·韦伯语)"[①]。顾彬认为韦伯的"钢壳",在中国语境恰巧与鲁迅的"铁屋子"相对应。"铁屋子"及鲁迅笔下的"旷野"意象,皆属苦闷的启蒙者之隐喻,"铁屋子"是"旷野"的人际外化,"旷野"是"铁屋子"的人格内化。由此,顾彬断言,"现代性"和"苦闷"最紧密地结合在一起。鲁迅已陷落到一个难以自拔的"现代性"悖论:一方面,"现代性的前提""迫切地需要一个作为活动者和希望承载者的个体。能够实现变革的只有那些力量充沛者,而非对自己和世界都感到绝望的人";另一方面,矢志唤醒国魂的鲁迅在"呐喊"之后,却偏偏苦于前驱之孤,看不到前方有曙光,近乎绝望,但又不甘心止步,只是以绝望"反抗绝望"。[②]

同样基于对孤独与苦闷的认知,顾彬对郁达夫也十分看重,认为他才气过人,世界文学通过他这个渠道大量进入了中国;他笔下的题材——忧郁少年——源于由歌德的维特所开启而至今不绝的西方现代精神史。顾彬分析说,在郁达夫的作品中,有对黑暗的强调,他的主人公总是处于无聊、空虚、感伤、痛苦之中,时常还有沉沦与颓废,他的那些主人公被称之为"多余人"和"零余者",正是作者敏感的艺术感受力才体验到时代内心深处的困扰,这本身就是"现代性"的体现。顾彬还

---

① [德]顾彬:《二十世纪中国文学史》,范劲等译,上海:华东师范大学出版社,2008年,第25页。

② Kubin, Wolfgang & Wagner, Rudolf G. ed., *Essays in Modern Chinese Literature and Literary Criticism: Papers of the Berlin Conference*, 1978, Bochum: Studien Verlag n. Brockmeyer, 1982, p.279.

列举了托尔斯泰(Leo Nikolayevich Tolstoy, 1828—1910)的《活尸》和邓南遮(Gabriele d'Annunzio, 1863—1938)的《死城》同郁达夫作品中的"死城"意象加以比较,论述了郁达夫笔下人物那些"现代病症"的典型意义,纠正了有些中国学者简单地将郁达夫归为"颓废派"的说法。与普实克等人以及中国主流文学史叙述将郁达夫归入"主观主义"者不同,顾彬将他归入了理性的代表。他认为郁达夫笔下的无聊、伤感实际上贯穿着清醒的分析和批判态度。他采用同样的视角分析茅盾。近年来,茅盾创作的"现代性"因素也越来越得到学界的共识。顾彬指出,茅盾关于女性的描写早在上世纪三四十年代就颇遭非议,但恰恰这一点是他超出同代作家的现代意识的最重要体现。[1] 他认为茅盾小说开辟了一个大都市的和资产阶级的空间,他的小说里聚居了如此多"资产阶级"阶层的青年人物,这些都显现了茅盾对中国现代的独特贡献。

仍然从"现代性"的角度,顾彬肯定了五六十年代因为"极左"而被中国知识界长期以来视为道德有缺失的郭沫若。顾彬认为郭沫若的许多早期文本,如《天狗》具有极强的"现代性"特征,其作为自我提升、自我指涉、自我褒扬和自我庆典与世界的"现代性"联系在一起。他从郭沫若的"我是……"中看到《旧约》的渊源。郭沫若作为最早的尼采《查拉图斯特拉如是说》的中国译者,从尼采那里找到一种反福音的"新福音主义"的精神资源,那是对"新人类"的赞颂。从《女神》赞颂民众到后来赞颂新中国缔造者毛泽东,这里面有着一脉相承的精神联系。顾彬在这里并不拘泥于政治上的评判,而是从西方精神史来看

---

[1] Kubin, Wolfgang & Wagner, Rudolf G. ed., *Essays in Modern Chinese Literature and Literary Criticism: Papers of the Berlin Conference*, 1978, Bochum: studien verlag n. brockmeyer, 1982, p.279.

其所具有的现代普遍有效性。① 顾彬提出，郭沫若的思想发生了前后的复杂变异，如果试图用一种整合的方式去概括郭沫若的全部作品，只会忽略了他笔下的"现代性"。

除了"现代性"的维度，评价中国现代文学，顾彬总是希望抛开意识形态，而主要从作品的流传程度来考察。比如他评价丁玲是个了不起的作家，尽管她的文字表达力很差，但思想丰富而深刻。特别是延安时代的那些作品，到现在还没有人敢研究她对延安的批判，她提出的好多问题到现在都不敢被讨论，因为她对理想的社会存在怀疑。顾彬提到丁玲的许多早期作品在德国卖得很好，知识分子和女性都喜欢看。可惜丁玲在一九四二年受到毛泽东批判后，走上了另外一条路。她的《太阳照在桑干河上》尽管客观地描写了农民生活，但艺术品质远远不及她以前的作品了。②

在论及现代作家的创作源泉时，顾彬很自然地会将他们放置到整个"世界文学"的大背景中去，属于典型的跨文化研究。顾彬认为真正的"世界文学"就是一种不论在何时何地、以何种语言写就，但是通过它可以了解"我是谁"的作品，它应该是超越民族的。比如他注意到冯至上世纪 30 年代师从德国哲学家雅斯贝尔斯（Karl Theodor Jaspers，1883—1969），雅斯贝尔斯代表德国诗歌的存在主义；冯至还学习歌德和里尔克，1940 年前后冯至写十四行诗时候，深受这些作家的影响。又比如，茅盾创作《子夜》以前，介绍和翻译过北欧神话的一些作品，所以如果不从北欧神话来分析《子夜》的话，也许我们就没有办法了解

---

① 陈晓明：《对中国的执迷：放逐与皈依——评顾彬的〈二十世纪中国文学史〉》，《文艺研究》，2009 年第 5 期，第 157 页。

② 转引自王彬彬：《漫议顾彬》，《读书》，2010 年第 4 期，第 133—134 页。

这部作品在德国为什么那么受欢迎。再比如戴望舒的《雨巷》，一个女子经过又离去，这个创意是从哪儿来的呢？欧洲18世纪末以后，女人不再依恋男人，她们美丽的身体从男人面前经过又离开，让男人非常痛苦，所以《雨巷》这样的诗在欧洲并不鲜见，但是不能说戴望舒盗用了这些灵感，这是一首结合中国传统文学语境而再创作的诗。[①] 还比如他从鲁迅"要画出这样沉默的国民的灵魂"即中国人的"国民性"问题，联系到鲁迅曾受过梁启超以及西方政治哲学家赫尔德、史密斯、罗素的影响，一下子把中国近现代文学中某些"母题"的研究拓宽，大大加深了读者的理解。

3. 中国文学"衰落论"

近年来，顾彬在中国迅速受到关注缘于他的"中国文学衰落论"，尤其是他对中国当代文学的批评深深触动了国人的神经。尽管顾彬在很多场合强调"当代文学垃圾论"既不是他本人的发明（他是听一位中国学者说的），也不能代表他的本意（他承认中国当代也有些不错的作家）。照顾彬自己的说法，他并不尖锐，只是更"坦率"而已。从根本上来说，顾彬与许多海外中国研究者一样，对中国文化的基本判定与列文森的"悲观"论调相符。比如他认为鲁迅使我们看到法国革命以后，欧洲社会灵魂、精神上的各种变化起伏，但是苏童、格非、虹影等人的作品，却从未令人深省。"在他们那里，找不到任何问题意识，如果有，也不值得我们去思考。"[②]

[①] Kubin, Wolfgang & Wagner, Rudolf G. ed., *Essays in Modern Chinese Literature and Literary Criticism: Papers of the Berlin Conference*, 1978, Bochum: studien verlag n. brockmeyer, 1982, p.277.

[②] 季进、余夏云：《我并不尖锐，只是更坦率——顾彬教授访谈录》，《书城》，2011年第7期。

顾彬最推崇的是中国宋代以前的文学。在一次访谈中,他感叹:

> 中国宋朝以后,尤其是到了明清,没有像唐朝那样伟大的诗歌。中国到了元朝以后,戏曲、散文、小说蓬勃发展,而古典诗走向衰落。对我来说,古典诗的终点是唐朝,而唐朝属于中国的中世纪,这个世纪是贵族的时代,它与汉朝、宋朝都不一样。①

不仅对于古典文学的发展顾彬持有悲观的衰落论,中国现当代文学在他看来也是如此。在《二十世纪中国文学史》中,相对于现代文学234页的篇幅,当代近六十年的历史只有其一半(117页)。顾彬阅读"文革"后的新时期文学,不再有激情,更多的是失望和厌倦。他认为当代史一直在崩塌,这是一个颓败的文学史神话,其最后可悲的定位是"20世纪末中国文学的商业化"趋向。2006年12月11日的《重庆晨报》刊登了《德国汉学教授称中国当代文学是垃圾》一文,文章披露顾彬公然批评卫慧、棉棉的作品是"垃圾"。这则报道引起众人关注,国内一些作家、学者纷纷撰文发表自己的看法和评论,最终制造出所谓"顾彬事件"。尽管"顾彬事件"媒体炒作的成分太大,但顾彬对中国当代文学不满是无可置疑的。2007年在北京召开的世界汉学大会上,顾彬再次以1949年为界,把中国文学分为现代文学和当代文学,并用"五粮液"比喻现代文学而用"二锅头"比喻当代文学。从"五粮液"和"二锅头"的反差中可以看出,顾彬认为中国当代文学与现代文学之间存在千里之遥,中国现代文学属于"世界文学",而"中国当代小说,在德国根本不

---

① 薛晓源:《理解与阐释的张力——顾彬教授访谈录》,《文艺研究》,2005年第9期,第74—75页。

属于严肃文学"。①

顾彬指出中国当代小说存在几大根本问题：语言的问题，形式的问题，意识的问题。语言是顾彬谈论最多，也是他评价中国小说的第一标准，他认为中国当代作家一方面由于外语能力有限而不可能有真正的国际视野，很难成为"世界文学"的组成部分；另一方面，当代作家的母语水平也不高，许多作家滥用语言，不重视语言的提炼和升华。在此，顾彬将当代作家与现代作家做了比较，明确指出后者强于前者。在一次讲座中，顾彬谈到：

> 基本上1949年以前中国的有名的作家至少需要懂得一种外语，有的时候是两种，有时候甚至是三种外语等等。大部分中国现代作家都是在国外待过一段时间的，包括鲁迅、郭沫若、茅盾等等……1949年以后，除了张枣很好的德文，高行健很好的法语，西川很好的英语之外，别的作家基本上不会什么外语。②

顾彬进一步讽刺：

> 北岛、杨炼、多多之类的作家在国外，在英语国家待了十几二十年，他们会英文吗？如果会那也是broken English。翟永明，成都的一个很优秀的翻译德文的学者，他告诉我如果他学外语，会破坏他的中文；顾城，一个很优秀的诗人，他告诉我如果他学外语，

---

① 参考顾彬于2007年3月26日在国家汉办与中国人民大学联合主办的第一届世界汉学大会的发言。

② [德]顾彬：《比较文学视野下的当代中国文学》，《世界文学评论》，2012年第2期，第16页。

那么他的中国的灵魂就不高兴。那么鲁迅他学过日语,他学过德文,他中国的灵魂也难过了吗?冯至,伟大的诗人,他德文说得很漂亮,也有说很好的英语,他的灵魂有受伤吗?那么为什么要提出这个语言的问题呢?①

为了形成鲜明对照,顾彬举了林语堂和张爱玲的例子,这二人的作品在海外引起巨大反响。林语堂在1935年开始用英语写作后,好像就不再用中文出版了。他这样做有政治原因,但更重要的是他可以用非常漂亮的英语来翻译中国传统小说并重写他用中文出版过的小说。张爱玲的英文也很漂亮,英文版《秧歌》完成以后,1955年出版了中文版的《秧歌》,但是她没有翻译,她重新写了一部,英文版的秧歌与中文版的秧歌区别非常大。如果有人研究中文版《秧歌》,而不对照阅读用英文《秧歌》,恐怕会谬以千里。另如戴望舒,他把自己的作品翻译成法语,并曾直接用法语写作。如果研究戴望舒,我们不能不看他用法语写的和翻译成法语的诗歌。②

顾彬感叹,尽管中国当代作家远不如现代作家那样在语言和文化上融汇西方文学,因为他们大多没有能力阅读原著。但在形式技巧上,他们甚至比现代作家更为西化而缺乏本土意识。顾彬分析:

如果我要翻译张枣,我需要一个月;如果我要翻译翟永明,我需要十几天;如果要翻译杨炼,我需要一个星期;如果要翻译北岛,我只需要一个小时。为什么这样说呢,我在16岁开始写作时,受到

---

① [德] 顾彬:《比较文学视野下的当代中国文学》,《世界文学评论》,2012年第2期,第17页。

② 同上。

西班牙、法国、意大利朦胧诗派的影响。北岛通过戴望舒在七十年代初也受了西班牙朦胧诗派的影响,特别是洛尔迦(Federico Garcia Lorca)的影响。所以我知道他怎么写诗,因为他的写诗方式跟我差不多,我们经常用同样的技巧,但是我们的风格和内容不一样。①

顾彬对许多中国当代作家都有微词。比如莫言,德国汉学界早在1987年已经把莫言的作品翻译成德文,也有不少人在研究他。所以当莫言获得诺贝尔文学奖以后,他们并不觉得陌生。然而顾彬觉得很多当代作家,比如王安忆都比莫言好,莫言在英语国家只有一个译者,但王安忆在国外有好几个译者,翻译的好坏也是作品在国外是否能够成功的关键所在。顾彬发现,莫言特别喜欢拉丁美洲的魔幻现实主义,他"剽窃"了《百年孤独》许多写法。所以从根本上来说,他的作品实际上缺乏本土意识和现代性。顾彬进一步批评了与莫言风格相似的苏童:

苏童的主人公们是已定型了的人物。生物性完全支配了他们,以致情节进程带有一种必然性。无论男女,生活仅仅演出于厕所和床铺之间。苏童追随着世界范围的"粪便和精液的艺术"潮流。在此以外,则又悄悄地潜入了程式化的东西:乡村是好的;女人是坏的而且是一切堕落的原因;邪恶以帮会黑手党的形式组织起来;一个多余的"闹鬼"故事和一个乏味的寻宝过程最终圆满地达成了这个印象:这里其实是为一部卖座影片编制电影脚本。②

---

① [德] 顾彬:《比较文学视野下的当代中国文学》,《世界文学评论》,2012年第2期,第19页。
② [德] 顾彬:《二十世纪中国文学史》,范劲等译,华东师大出版社2008年版,第356页。

顾彬更不满的是中国当代文学过于商业化的倾向。他指出,

> 莫言、余华如今在世界上的成功有好几个原因,其中之一就是他们都有自己的经纪人。①

在谈到作品的内涵和意识时,顾彬认为中国当代文学太缺乏个体精神或独立风格了。在顾彬看来,文学史不只是文学史,还是思想史,不但要从语言形式来看文学史,还要从思想角度来看文学史,所谓"个体性精神的穿透力"。他认为,直至今天,中国的作家胆子仍然特别小,不敢直面现实问题,中国当代的某些流行作品吸引读者不是靠它的思想深度和现实关怀,而是依赖于故事情节。1945年后,欧洲的小说家不再写什么真正的故事,他们更关注心灵。然而中国的当代作家如莫言、格非、余华等都还在讲故事,所以这些作品是落后的。顾彬还重点举了金庸的例子,指出他并不是具有"现代性"和个人化创作的作家,因为他太中国、太国粹了。在德国,成功的作品不一定语言很优美,也可能没有什么故事情节,并且善与恶都不会分得太清楚。但是金庸的小说故事性强,跟中国的明清小说关系很密切,他主张传统道德,善恶观念分明。金庸在中国受读者欢迎的原因是他的小说代表了中国的传统精神,令读者们充满认同感。然而金庸的作品没有德文译本,在西方国家的读者也不多,原因是他的作品太注重娱乐读者,故事性太强,造成"现代性"不足。顾彬更尖锐地批评了某些"美女作家"的小说"不是文学,而是垃圾"。这些所谓的"美女作家"本身没有什么文学素养,语言能力也很差,以"用身体写作"的方式来吸引读者的眼球。顾彬认为这些现象值得反思,同

---

① [德]顾彬:《从语言角度看中国当代文学》,《南京大学学报》(人文社会科学版),2009年第2期,第72页。

样印证了中国当代文学已陷入美学衰竭的困境和商业化的误区。

4. 关于顾彬的争论

顾彬对于中国文学的总体判断并非他单个人的发明。许多海外中国学家实际上都持有类似的观点，只不过顾彬的表达更为直率、批评更为犀利。顾彬的看法有道理，但不少中国学者敏感的神经深受触动。于是，在顾彬走红的同时，对他的反驳和指责也越来越多，主要体现在以下几个方面：

首先，顾彬以"现代性"作为衡量中国现当代文学优劣的最大标准引起许多人的质疑。从上文看出，在顾彬这里，"现代性"是非常典型的西方概念。他的"世界文学"观实际上是以西方为标尺的文学现代观。它总是要在与西方的同质化的重构中，才给中国文学一席之地。从语言到意识到形式，顾彬都认为现代作家真正接受的西方资源多，而当代作家因为语言等局限接受的西方资源少，生硬浮浅的模仿多，这样现代和当代的优劣自然就区分出来。蔡翔对顾彬所提到的"外语"和"世界文学"进行了细致的分析，认为顾彬实际是在用"西方语言／西方文学"的标准去衡量中国的当代文学。他进一步指出，如果是"世界文学"，那么就应该不仅包括"西方"还包括第三世界在内的全世界文学，这个"世界文学"应建立在差异性的基础之上，应该包容全世界各个不同民族的表达方式，在这样的基础上，中国当代文学应充分珍惜自己的文学传统。①

张清华对顾彬的西方标准也提出了严肃的反驳：

国际化靠什么实现？是靠作家的"双语"或者"多语"写作能力

---

① 蔡翔：《谁的"世界"，谁的"世界文学"——与德国汉学家顾彬先生商榷》，《文汇报》，2007年4月22日。

吗？在欧洲可能会有这种情况，但不会是通例；在世界上其他地方则基本不太可能。对于大多数写作者来说，一生只使用一种语言是很正常和必然的，至于阅读其他民族的文学，能够使用外语阅读"原著"当然是最好的，但如果不能，像歌德那样读翻译作品也未尝不可。"国际化"本身事实上也是一个悖反性的命题——否则"越是民族的就越是世界的"该怎么解释？从中国当代文学的历史看，正是中国作家逐渐获得"国际性视野"的时候，他们的本土意识才逐渐增强起来；反过来，也正是他们渐渐学会了表达"本土经验"之时，也才获得了一些国际性的关注和承认。很显然，无论在任何时代，文学的"国际化"特质与世界性意义的获得，是靠了两种不同的途径：一是作品中所包含的超越种族和地域限制的"人类性"共同价值的含量；二是其包含的民族文化与本土经验的多少。对于中国作家来说，两种例子都存在，比如我本人就曾询问过包括德国人在内的很多西方学者：他们最喜欢的中国作家是谁？回答最多的是余华和莫言。因为余华与他们西方人的经验"最接近"；而莫言的小说则最富有"中国文化"的色彩，我相信这个说法有一定程度上的代表性。[①]

其次，有些学者批评顾彬误读并且疏忽了许多中国现当代作品，以至于陷入片面的判断。比如顾彬对中国先锋派小说的偏见让人难以理解。在顾彬看来，苏童"追随着世界范围的'粪便和精液的艺术'潮流"，并且"敌视女性表现了先锋小说的一个基调"……这类观点，已经有些荒谬了。他认为《罂粟之家》是部"绿林小说"更让人匪夷所思。严家炎

---

① 张清华：《关于文学性与中国经验的问题——从德国汉学教授顾彬的讲话说开去》，《文艺争鸣》，2007年第10期。

在肯定了顾彬具有跨文化的视野、艺术感觉敏锐的同时，也指出他遗漏或误读了现当代中国的许多作品。

> 如果从现代性角度以及艺术成就看，韩邦庆的《海上花列传》值得重视。如果论写农村合作化，那么柳青的《创业史》远高于周立波的《山乡巨变》，成就和问题都更有代表性。说到姚雪垠的《李自成》，"左"的影响并非绝对没有，但其成就在于对历史包括野史的深刻把握以及艺术上获得的多方面的成功，我是在读了明末清初的十多种野史之后才有此体会的。……
>
> 较大的问题，则是对五四新文化运动的看法，明显受了林毓生教授《中国意识的危机》的影响。其实，《新青年》成员虽然不免幼稚，却从来没有提出过"打倒孔家店"的口号。相反，在发刊词《敬告青年》中还曾要求中国青年在人生态度上应该以孔子、墨子为榜样。……我已发表过《"五四""全盘反传统"问题之考辨》等文章作了批评，这里就不赘述了。①

最后，顾彬以中国古典文学为基准来展开对当代文学的批判，这对于后者或许不公平。毕竟，中国古典文学赖以存在的历史背景和话语体系不可能在当代复原了，当代文学一定会有它自己的面貌。对此，有学者分析了顾彬对当代文学评价不高的原因：

> 顾彬在叙述中国当代文学时找不到方向，找不到理解的参照系，这完全是异质性的中国当代文学，令他困惑不解。他一开始就试图

---

① 严家炎：《交流，方能进步——顾彬〈二十世纪中国文学史〉给我的启示》，《中国现代文学研究丛刊》，2009 年第 2 期，第 198 页。

把握的三个面向（语言、形式和个体精神），现在再也俘获不住中国当代文学。50、60 年代的那些"红色经典"，如《太阳照在桑乾河上》、《暴风骤雨》、《红日》、《红旗谱》、《青春之歌》、《野火春风斗古城》、《三家巷》、《铁木前传》等，顾彬几乎没有论述到……顾彬在叙述到当代中国文学时，就有些局促，显得力不从心。根本缘由在于，在顾彬的现代性谱系中，中国当代文学无法找到安置的处所。他所理解的中国当代，在与中国现代断裂的同时，也与世界现代脱离，它是被区隔的异质性的文学。一个现代的中国，最终演变为一个"红色的中国"，在民族国家层面上，这当然是西方资本主义世界不得不接受的事实。……在理解这种"现代性的激进化"时，也要看到它在世界资本主义文化体系之外所具有的独特性。它无疑有太多的不成熟、片面或荒谬，但它具有一种创造的冲动和想象。它何以就不是一种异质性的现代性呢？何以就不是现代性的文学呢？①

顾彬的言论在中国引起大量质疑的同时，也有些学者为其立场和方法辩护。比较有代表性的是王彬彬。王彬彬对顾彬明显采取了宽容和赞赏的态度：

> 要从顾彬关于中国当代小说的言论中找到破绽、疏漏和自相矛盾之处，那太容易了。我如果写一篇质疑和驳斥顾彬的文章，一定比现在这篇文章精彩得多。但我以为，写那样的文章，对中国文学并没有益处。②

---

① 陈晓明：《对中国的执迷：放逐与皈依——评顾彬〈二十世纪中国文学史〉》，《文艺研究》，2009 年第 5 期，第 159—161 页。
② 王彬彬：《我所理解的顾彬》，《南京大学学报》（人文社会科学版），2009 年第 2 期，第 76 页。

王彬彬也从几个方面具体分析了顾彬对中国当代文学所下的结论是否公允。

第一,顾彬并未整体性地否定中国当代文学。实际上,他对最近几十年的中国诗歌,评价极高。他甚至不惜用"世界一流"来赞许欧阳江河、翟永明、王家新、西川这些当代中国诗人。顾彬所推崇的这些诗人,与他所鄙夷的那些小说家,是生活在同一时空的,是在同样的政治、经济、文化条件下进行文学创作的,他们面临的困境和诱惑是相同的。顾彬对这两类人一褒一贬,这就意味着,当顾彬激烈地否定中国当代文学时,最近几十年的诗歌并不包括在内。实际上,顾彬激烈否定的,主要是一九四九年后的中国小说。①

第二,顾彬在评价和否定某些中国当代小说时最关键的因素是"语言"。即中国当代小说家外语不好,中文也不好。顾彬认为,以鲁迅为代表的中国现代作家,在语言能力上,远远强于中国当代作家。这方面的一个很重要标志是:现代作家往往懂一门或数门外语;而当代作家则几乎都是"单语作家"。在顾彬看来,一个作家是否能以多种语言阅读,对他自己的文学创作很重要。中国现代作家中,许多人就是创作与翻译一身而二任的。顾彬显然认为,以原文阅读外国文学和以母语翻译外国文学,对提高一个作家的语言表现能力至关重要。在理论上,顾彬的这种观点既不新奇,也完全能成立。

> 坦率地说,对域外的中国现当代文学研究者,我一向是不太看重的。但当这个叫顾彬的德国人以语言的名义说许多当代中国小说是垃圾时,我不禁对他刮目相看。一个快三十岁才开始学习现代汉

---

① 王彬彬:《我所理解的顾彬》,《南京大学学报》(人文社会科学版),2009年第2期,第77—78页。

语的外国人,一个以汉语为外语的欧洲人,居然敢以"中文不好"为由否定中国当代小说,岂非咄咄怪事?如果顾彬的判断与我的感觉相背离,如果我并不认为语言不好是中国当代小说普遍存在的问题,我一定会对顾彬的观点嗤之以鼻。但要命的是,顾彬对中国当代小说家的这种指责,与我长期以来对中国当代小说的感觉一致。我曾说,许多当代小说家,采取的是一种"水龙头"式写作法,即写作就像是拧开了水龙头,语言水一般哗哗地流出。而从水龙头里流出的语言,当然也如水一般寡淡乏味。这样,顾彬以语言的名义对中国当代小说家的指责,就很自然地引起我的共鸣。①

第三,顾彬对中国现当代文学的感觉敏锐和细致,总能一语中的,大胆地把自己的喜恶和中国文学的问题道明。这一点不仅王彬彬,其他学者也观察到。比如严家炎认为顾彬之所以有不错的艺术判断力,与他本人也写诗有关。严家炎举例说:

> 一般现代中国文学史教材不大提到叶圣陶的《马铃瓜》,可能认为它描写得过于琐细,但顾彬却指出这是叶圣陶"一篇了不起的短篇小说,肯定也是世纪中国最好的短篇小说之一"。对于丁玲和萧红两位极有才华的女作家的成就以及曹禺话剧特别是《北京人》的贡献,顾彬也作了很出色的分析。我还特别欣赏顾彬对《李顺大造屋》那种开放性处理,它显示了评论者的智慧。顾彬自己也是一位诗人,他在论述一些诗人时更显得精彩,如对冯至,对九叶集的郑敏、陈敬

---

① 王彬彬:《我所理解的顾彬》,《南京大学学报》(人文社会科学版),2009年第2期,第77—78页。

容,对北岛、顾城、杨炼、欧阳江河等一批年轻诗人诗歌的评点都证明了这一点。①

由于中国现当代文学与西方文学的深厚渊源,顾彬的研究也往往具有比较的眼光。中国古典文学相对更为自觉,而敏感且独到的文化比较眼光或许成为他从中国古典文学转向现当代文学研究的最主要原因。据顾彬本人介绍,普实克的学生、斯洛伐克学者高利克(Marián Gálik,1933—)对此也产生了一定的作用。他多年前在德国波恩大学时曾提醒顾彬,如果不从比较文学来研究中国现当代文学的话,我们可能会忽视好多中国现当代文学的特点。②既然有比较,就免不了下判断。顾彬的逻辑是,中国古典文学有自身的美学特点,与西方传统固然是不分优劣的;中国现代作家既接受了来自中国古典文学的熏陶,又熟稔西方近代价值和文学范式,因此他们是真正的一代"世界型"作家。中国当代文学的一部分作品是好的,既反映了时代风貌,又有中国特色;而另一部分作品则不中不西,连自己的母语都使用不好,是中国文学衰落的典型例证。

总体而言,顾彬对中国文学的评判中肯而严肃,尽管他的表达方式不够"圆滑"。加之媒体过度炒作,从而他的观点似乎伤害了中国批评界的"自尊心",使之成为一个公众事件而非纯粹学理讨论。然而,我们不得不承认,中国古典文学的特质十分明显,它有自己的美学范式和价值追求。但是,中国现当代文学在与西方文化合流之后,到底想要或者是否能够建立一个自身独立的审美标准和创作特色之问题,始终未能

---

① 严家炎:《交流,方能进步——顾彬〈二十世纪中国文学史〉给我的启示》,《中国现代文学研究丛刊》,2009年第2期,第197页。
② [德] 顾彬:《比较文学视野下的当代中国文学》,《世界文学评论》,2012年第2期,第16页。

得到很好的解决。尤其中国当代文学,传统的文体形式和语言优势失去了,出现明显的"无根"之感;而西方文学的"现代性"因素又借鉴得不那么到位,以至于确曾像顾彬所指出那样,过于依赖故事情节,缺少对西方创作理念和话语背景的深刻理解。当然,"传统性"和"现代性"均不该作为当前时代创作的根本标准,但是顾彬"直率"的批评,或许可以成为我们反思的起点,却远远不是终点。

3

第三部分 结语

结　语

多少年前，中国并无"国学"一说，因为传统"经史子集"诸学似乎已能涵盖中国人对世界、自然与人类社会的全部认知。"国学"的提出恰恰说明国人发现了别家自成谱系的学问，这些学问中除了与自己全然不同的"西学"，竟还有"他者"眼中的中国学。因此，从本质而言，"国学"不仅不排斥外缘的知识体系，反而相信"旁观"者自有清醒、独到之处。正如亚非拉不少原始社群被世人所知乃得益于西方近代人类学的兴起；而《论美国的民主》却出自法国史家之手；无产阶级理论的诞生得追溯到许多出身于资产阶级的领袖人物一样。于是，在这个"学术全球化"的时代，围绕"中国"这个特定的思考对象，就分化出了两种同样合法的研究，只不过其合法性的来源不大相同。

转换一种自我观察的方式，自近代以来便是中国学界的孜孜所求。王国维宣称：

> 我朝三百年间，学术三变：国初一变也，乾嘉一变也，道咸以降一变也……国初之学大，乾嘉之学精，道咸以降之学新。①

---

① 王国维：《沈乙庵先生七十寿序》，《王国维遗书》第8册，上海：上海古籍出版社，1983年，第47页。

这个"新"里，既包括当时东渐之西学，也包括海外的中国学。1914年，蔡元培在法国留学时，深为欧洲人在中国研究方面的成就而感动，他在《学风》发刊词中感叹：

> 中国之地质，吾人未之绘测也，而德人李希和为之；中国之宗教，吾人未之博考也，而荷兰人格罗为之；中国之古物，吾人未能有系统之研究也，而法人沙望、英人劳斐为之；中国之美术史，吾人未之试为也，而英人布绥尔、爱铿、法人白罗克、德人孟德堡为之；中国古代之饰文，吾人未之疏正也，而德人贺斯曼及瑞士人谟脱为之；中国之地理，吾人未能准科学之律贯以记录之也，而法人若可侣为之；西藏之地理风俗及古物，吾人未之详考也，而瑞典人海丁竭二十余年之力考察而记录之……疡人不治疡，尸祝越俎而代之，使吾人而自命为世界之分子者，宁得不自愧乎？①

蔡元培对域外中国学成就的叹服固然诚心诚意，然而，"自愧"的重心却在于欧洲人"越俎代庖"，这多少透露出中国学界对待他者之"外观"的矛盾心态。对于蔡元培这样深受传统学术熏染的学者而言，谁为主谁为客是相当清楚的。直至今天，国内研究者对汉学家翻译之错谬、成果之疏漏、方法之"水土不融"、立场之偏颇的指摘仍比比皆是。"土老师是检验洋学生的标准"、"汉学无学"、域外中国研究终不过隔靴搔痒、"话都说不利索，字都认不全，做什么学问"②的观念根深蒂固。

---

① 转引自任大援：《东西文化互动与近代汉学研究》，《江西社会科学》，2010年第4期，第14页。

② 李零：《学术科索沃——一场围绕巫鸿新作的讨论》，《中国学术》，2000年第2期。

然而，基于上文所析数的文学研究方面的案例，我们又不得不承认，域外的中国研究的确不乏新见、新法。中国中古音韵体系的复原是汉学家实现的；敦煌学初创于境外；宋代美学地位的提高源于海外中国学；明清俗文学研究日本和欧美学界功不可没；重新阐释《诗经》和上古民歌得益于西方人类学；对当代中国文学缺乏美感和原创性的最严厉、大胆的批评也来自"他者"……

故此，傅斯年曾评价两种不同"中国学"之短长：

> 中国学在中国与在西洋原有不同的凭借，自当有不同的趋势。中国学人，经籍之训练本精，故治纯粹中国之问题易于制胜，而谈及所谓四裔，每以无较材料而隔膜。外国学人，能使用西方的比较材料，故善谈中国之四裔。而纯粹的汉学题目，或不易捉住。①

胡适亦称：

> 西人之治汉学者，名 Sinologists or Sinoloques，其用功甚苦，而成效殊微。然其人多不为吾国古代成见陋说所拘束，故其所著书往往有启发吾人思想之处，不可一笔抹煞也。②

---

① 傅斯年：《法国汉学家伯希和莅平》，《北京晨报》1933年1月15日。
② 胡适：《胡适留学日记》，合肥：安徽教育出版社，2006年，第860—861页。

第一章
域外中国文学研究的新趋向

在传统汉学阶段,海外中国文学研究天然地与哲学、历史学、考古学、文献学结合在一起,因为中国自身的传统学问中文史哲不分家。进入现代中国学阶段后,汉学家们很重视跨学科研究。"跨学科"无疑有助于打破学科的樊篱,带来新思路、新视角,因此国外很多院校纷纷开设专门的东亚系,原因之一就是想整合不同学科的资源来提升某区域研究的水平。不过,近年来,此种思路亦受到质疑。毕竟每个学科有各自的特性、关注点和研究方法,比如文学研究更注重的是美感、经典文本的研读等,而社会学角度的中国研究则更关心组织结构和下层文化实践,大家深感"一锅烩"未必在任何时候均能得其要领,反而有可能使每个学科的研究浮于浅表。同时,"区域研究"的模式也日益受到人们的质疑。如果将中国学归入"东亚研究"的范畴,无异于承认"中国模式"只是东亚地区的一个特例,那么讨论它的传统价值、文化理念、发展道路和社会结构对于世界其他"区域"又有多少借鉴意义呢?在学术全球化的今天,只将中国作为一个区域个案显然偏离了中国学的最终目的。安乐哲与郝大维在《通过孔子而思》一书中说:

我们要做的不只是研究中国传统,更是要设法使之成为丰富和改造我们自己世界的一种文化资源。儒家从社会的角度来定义"人",这是否可用来修正和加强西方的自由主义模式?在一个以"礼"建构的社会中,我们能否发现可利用的资源,以帮助我们更好理解哲学根基不足却颇富实际价值的人权观念?①

可见,汉学家们并不满足于研究本身,而希望从中寻求某些具有"普世价值"的思想资源。尤其在西方后现代主义兴起后的自我批判潮流中,思想家们更加关注到"中国文化"的补充效应。"如果说第一次启蒙的口号是解放自我,那么第二次启蒙的口号就是尊重他者"。②

在这种背景下,欧美一些院校开始强调中国研究的专业化和纵深化。在耶鲁大学任教的汉学家孙康宜回顾自己的求学和工作经历时谈到,她在普林斯顿大学读书时念的是东亚系,当时哈佛大学、哥伦比亚大学等名校均将中国研究笼统纳入一个"区域研究"的系中。所以刚到耶鲁时,孙康宜很"不习惯",因为在这里,中国研究仍在传统的系科体制当中,比如教东亚语言和文学的她和傅汉思在"语言文学系";对中国历史感兴趣的人,如史景迁及余英时属于历史系;从事中国社会研究的学者,如人类学家萧凤霞(Helen Siu)也仍然在人类学系。③表面上各不相干,但有定期的学术讨论会和沙龙可以交换彼此的成果。在耶鲁待得久了,孙康宜才逐渐发现这种以"学科"为主的方式也有意想不到的好处。萧公权(1897—1981)也谈到:

---

① [美]安乐哲、郝大维:《通过孔子而思》中译本序,何金俐译,北京:北京大学出版社,2005年,第5页。
② 王治河:《后现代呼唤第二次启蒙》,《世界文化论坛》,2007年第1期。
③ [美]孙康宜:《谈谈美国汉学的新方向》,《书屋》,2007年第12期,第35页。

现在的欧美，至少在美国，相当普遍的做法是高级学位不再乐于授予那些专事中国研究的学生，而倾向于以中国为研究对象的各个具体学科。这个过程可被描为"学科化"，因而中国研究也变得制度化。①

中国研究的专业化和制度化从侧面说明了它在海外地位的上升。尽管至今仍然属于边缘学科，但中国研究能融入到美国的主流院系之中，而不再被单独分出去的趋势预示着中国学正从边缘走向主流。不过，这种学科的专业化并不意味着排斥跨学科方法的运用。事实上，社会科学被大量引入人文学在西方中国学中已相当普遍。建立一种"整一的汉学"之呼声仍然很高，没有人否认中国研究必须从多维来进行。②上文已述，近代中国的许多学者曾试图大力将西方社会科学的理论和方法引入中国学领域。西方中国学，尤其是美国的中国研究进入现代阶段的一个重要标志也是对跨学科方法的重视。比如，费正清的中国史研究结合了大量海关档案，他在自传中也特别强人类学的田野调查的方法，认为研究中国历史应该接触中国的政治与下层百姓的实际生活。③为了摆脱古典传教士汉学的旧有范式，费正清还特别邀请国际区域研究专家委员会（Faculty Committee on International and Regional Studies）的三位成员费里德里奇（Carl Friedrich）、梅森（Edward S. Mason）和帕森斯（Talcott Parsons）牵头，选择一些政治、经济和社会学的原理用于解释中国的问

---

① Hsiao, Kung-Chuan, "Chinese Studies and the Disciplines... the Twins Shall Meet", *The Journal of Asian Studies*, Vol. 24, No. 1 (Nov., 1964), p.113.

② *Ibid.*, pp.113–114.

③ Fairbank, John King, *Chinabound: A Fifty-Year Memoir*, New York: Harper & Row Publishers, c1982, pp.315–325.

题。^①而到了六七十年代所谓"中国中心观"（China-Centered Approach）兴起的时期，以柯文（Paul A. Cohen，1934— ）为代表的中国专家更是不遗余力地推进跨学科研究。^②具体到中国文学领域，从上文的经典案例中也不难发现，人文学的传统路数与社会科学及西方各种现代、后现代理论相结合早已成为一大潮流。

对于社会学方法大量引入传统人文领域，人们各有看法。在中国国内，人文研究领域实际上仍以传统的研究方法为主。^③上文所描述的葛兰言在欧美日以及在中国大陆截然不同的接受命运就是明证。一个重要的原因在于中国自近代以来的"以西革中"的焦虑。按照人类学家施坚雅（G. William Skinner，1925—2008）的分析，社会科学家们却总希望创立一套普世的、全人类通行的理论框架。而这些经济学、社会学、政治学的所谓"普世"理念大多只是根据西方世界的经验，甚至是在书斋中推演出来的，与中国的情况相差甚远。他坦言：

> 我在阅读1958—1963年的大量政治、社会学文献时惊讶地发现，几乎没有非西方的实证考察……我们现在所谓的社会科学学者实际上只是欧美区域专家，只是我们没有意识到这一点。太多的社会科学理论局限并只探究西方社会。^④

---

① Fairbank, John King, *Chinabound: A Fifty-Year Memoir*, New York: Harper & Row Publishers, c1982, p.326.
② [美] 柯文：《在中国发现历史：中国中心观在美国的兴起》，林同奇译，北京：中华书局，2002年，第17页。
③ Sangreen, P. Steven, "Cultural Anthropology and Sinology in the United States: An Informal Assessment", *Revue Européenne des Sciences Sociales*, No. 76 (1987), p.117.
④ Skinner, G. William, "What the Study of China Can Do for Social Science", *The Journal of Asian Studies*, Vol. 23, No. 4 (Aug., 1964), p.518.

施坚雅进一步指出,与其说社会科学有助于我们理解中国,还不如说中国的经验可以帮助西方补充、反观自己的理论。

> 不是社会科学主宰中国研究,相反,中国社会将脱颖而出,在某些方面有效地改变社会科学的发展趋向。①

除了中国学逐渐进入欧美主流学科分支以及区域研究色彩逐渐淡化之外,再度重视对中国原始经典的阐释可以说是当今中国文学研究的第二大特点。各种当代的后学、文化研究理论以及以加州学派为代表的经济学阐释等路数曾极大影响过海外中国学界,但从史华慈等人的"逆其道而行",我们发现,思想史和传统经学、训诂学的维度重新成为汉学家们解读经典文本特别是古代文献所青睐的视角。韩南、浦安迪对中国明清小说的考察,也大量借鉴了传统小说评点学的方法和评价口吻。加之近年来,由于某些重要的出土文献在中国被相继发掘出来,更增添了西方学者对重新定位中国古代文本的兴趣。汤一介先生曾举例说,"五经"虽在19世纪已有些零星的译本,但多已过时且并不完整,大大妨碍了海外对中国文化原始经典的研究。但是,自20世纪末至今,随着新简帛材料的面世,欧美和日本的汉学家重新关注经典的翻译、辨读工作。汉学家们深知,惟有"反本",才能"开新"。② 正所谓:

> 一时代之学术,必有其新材料与新问题。取此材料,以研求问题,则为此时代学术之潮流。③

---

① Skinner, G. William, "What the Study of China Can Do for Social Science", *The Journal of Asian Studies*, Vol. 23, No. 4 (Aug., 1964), p.520.
② 汤一介:《"海外中国学"研究的新视角》,《学术月刊》,2010年5月,第7—8页。
③ 陈寅恪:《金明馆丛稿二编》,北京:三联书店,2009年,第299页。

与此同时，国内也有不少机构和学者与海外合作，主动对经典进行"新译"、"新校"。

当代域外中国文学研究的第三个趋向即"中国"的文化传统不再仅仅作为一个研究对象，而日益成为西方世界反思自身的参照物和精神资源。18世纪以来，中国曾成为启蒙欧洲的文化乌托邦；19世纪末20世纪初美国意象派的文学家们从中国古典文学中吸取了"新诗运动"的灵感；20世纪的欧美现代派艺术亦深受中国传统美学的启发；而在当代，如上文已详细讨论，以于连为代表的欧洲学者再次主张从中国返回西方。尽管受到很多质疑，这一趋势却表明，中国的确已经构成了与西方"对话"的主体，而不仅仅是被观看的客体。于连强调，西方人研究自身不应该绕开中国：

> 我们选择出发，也就是选择离开，以创造远景的思维空间。在一切异国情调的远处，这种迂回有条不紊。人们穿过中国是为了更好地阅读希腊……①

众所周知，列文森在上世纪60年代曾悲剧式地宣称以儒家传统为代表的中国文明已经被"博物馆化"（museumization）了。当时中国所经历的"文化大革命"正以西方人都不可理解的方式摧毁和漠视传统，谁能料到这一传统还可能焕发出新的活力？更难以预想的是，中国作为几大轴心文明之一，其传统的当代激活很大程度上由西方的中国学界完成。

中国并不是一个死去的传统，而是一个可以分析当下的重要参

---

① [法]于连：《我们西方人研究哲学不能绕过中国？》，《跨文化对话》，上海：上海文化出版社，2001年第5期。

照物。……中国社会如此与众不同,它表现出来的特性是社会科学理论发展中不得不比较和研读的范例。"①

既然西方人重视将中国作为参照,为何中国要拒斥来自于西方的资源呢?中国文学在海外的传播和接受,尤其是外国人基于这些文本所产生的关于中国或真切或荒诞的形象和观念,从比较文学的眼光来看,都是值得借鉴和反思的"他山之石"。有学者提出,我们当代的"国学",也不该再闭门造车,不妨效法于连的态度。

> 于连的"迂回与进入"或"迂回—回归"新的"中国学"研究模式,对我们的"国学"研究应有所启示。我们是不是可以同样以"迂回"的道路,从相异的西方传统那里,经过反思回归我们自己的文化传统,这是为了"了解它,也是为了发展它"。②

既然互为主体、互为参照,那么学会对话、掌握沟通的技巧便变得格外重要。学术共同体的建立以及对话机制的逐步完善成为当今域外中国学的第四大发展趋向。这个趋向有三个表现:其一,中外学界的合作与交流空前增强;其二,并非铁板一块、各有特色的海外中国学界之间的相互学习、讨论日益频繁;最后,华裔汉学家在域外中国学中发挥越来越显著的作用,他们独特的跨文化身份使其研究本身天然具备"对话"属性。限于篇幅,此处不展开例证。

不过,我们不能回避,学术共同体和对话机制建立的前提在于学

---

① Skinner, G. William, "What the Study of China Can Do for Social Science", *The Journal of Asian Studies*, Vol. 23, No. 4 (Aug., 1964), p.522.

② 汤一介:《"海外中国学"研究的新视角》,《学术月刊》,2010年5月,第8页。

术全球化，大家都有共享的学术资源、理论方法和话语模式。如果是在纯粹的社会科学领域，情况可能要好些。毕竟社会科学本来就兴起于欧洲，工具、标准原本就是西方中心的。但是如果把这些标准套用到中国的传统人文学，尤其是文学领域，似乎就令人堪忧了。不少学者担心学术共同体和西学的滥用会加速我们的"失语症"：传统话语的失落、文化身份的模糊、诗性表达方式的褪色……这种忧虑不无道理，于是近年来，在中外学界掀起了关于"汉学主义"的大讨论。

第二章
"汉学主义":思考与论争

"汉学主义"(Sinologism)由来已久,无论近代"西学东渐"还是20世纪六七十年代"中国中心观"的提出,中外学者一直有对海外中国研究视角和文化立场的反思。上世纪八九十年代,不少学者曾对中国学术界过度依赖于西学的状况有所感叹:

> "西方"很长时间以来是中国现代认同的核心部分,比较有影响力的近代中国知识分子似乎都不承认自己的文化传统还能在民族的认同中发挥什么积极作用。……在本世纪60年代以前,西方学人也自以为西方现代文化代表着"普遍性价值",一切落后的民族都只有依照西方的模式进行变革,才能进入"现代化"阶段,民族文化的传统仅仅代表"特殊的事实",并没有自我转化的能力。甚至民族主义在19世纪中叶至20世纪前半叶的西方思想中也不受重视,马克思主义是一个最显著的例子。思想史家伯林和人类学家格尔茨都要到70年代初才真正认识到民族主义的强大的生命力。①

---

① [美]余英时:《中国现代的文化危机与民族认同》,参见《文化评论与中国情怀(上)》,《余英时文集》,桂林:广西师范大学出版社,2006年,第267页。

这一担忧到本世纪初则表现得更为明显了。

2004年,周宁在《厦门大学学报》上刊出文章《汉学或"汉学主义"》,率先发起挑战。他发挥了一贯坚持的敏锐问题意识和意识形态批判之立场,指出西方的中国研究是后殖民理论、利奥塔的"宏大叙事"学说、福柯的话语观以及萨义德"东方学"等理论聚焦的结果。中国研究与其说是一门学问,毋宁说是西方对中国的"想象"、"神话"和"意识形态"。它所塑造的"文化他者",不仅表述知识,更显示着权力,体现出海外中国学与殖民扩张之间的实际联系。因此,"汉学主义"从思维逻辑上来源于"东方主义":

> 如果中国属于"东方",汉学属于"东方学",那么《东方学》的文化批判,就同样适用于汉学,西方汉学在东方主义话语中表述中国,包含着虚构与权力,那么汉学就有可能带有"汉学主义"的意义,西方有关中国的表述,就可能与权力"合谋",成为帝国主义殖民主义的意识形态。①

周宁进一步指出,在后现代主义文化批判语境中反思"汉学主义"与西方中国研究的观念,不得不承认近年来缺乏本土意识及学科批判精神的"汉学热"终将带来"学术殖民"和自我被"汉学化"的后果。海外中国研究的合法性出现危机,它本质上已成为一种西方话语。

归纳起来,"汉学主义"有两个范畴:

> 一个与中国相关联,另一个与世界相关联。其一为西方学者从西方的角度、用西方的价值观去观察、建构中国文化。这一核心决定了

---

① 周宁:《汉学或"汉学主义"》,《厦门大学学报》(哲社版),2004年第1期,第10页。

该概念范畴中一种固有的存在意识,即拒绝或不愿意从中国自身的角度去研究中国及资料。这种看待问题的方式生产出来的中国知识经常大大偏离中国现实……另一范畴表现在中国知识分子看待中国与西方之关系的看法中。这一范畴是前一范畴的反映或折射,其核心在于中国知识分子习惯性地用西方的观察、构想来评价自己的价值。①

周宁的想法提出之后,引来热议。一方对周宁的观点表示赞同,比如社会学家周晓虹即认为,国际视野的形成,有赖于在不同的研究主体甚至在研究主体和客体之间实现"视域融合"。这首先需要重视沟口雄三所倡导的以中国为"方法",在"中国研究"中"确立中国学术的主体性,改变长期以来唯西方马首是瞻,以舶来的概念、框架和西方经验套用中国社会的基本路径。"②与周宁有着同样抱怨的亦不在少数:

> 这些年来,有些现当代文学研究者和评论家,甚至包括某些颇有名气的学者,对汉学、特别是美国汉学有些过分崇拜,他们对汉学的"跟进",真是亦步亦趋。他们有些人已经不是一般的借鉴,而是把汉学作为追赶的学术标准,形成了一种乐此不疲的风尚……许多研究在美国那边可能很寂寞,很边缘的,来到这里却"豁然开朗",拥有那么多的"粉丝"和模仿者。结果是"跟风"太甚,美国打个喷嚏,我们这边好像就要伤风感冒了。③

---

① 张西平:《关于"汉学主义"之辨》,《上海师范大学学报》(哲社版),2015年第2期,第22页。
② 周晓虹:《"中国研究"的国际视野与本土意义》,《学术月刊》,2010年9月,第12页。
③ 温儒敏:《文学研究中的"汉学心态"》,《文艺争鸣》,2007年7月,第52页。

还有些学者关注到"汉学主义"与"现代性"的内在关系:

> 从中国研究发展史来看,"汉学主义"的成形正是西方现代化导致的结果。现代性证明了汉学知识生成体制的合法性,而同时又促成了这一机制所牵涉的文化强权和意识形态的不合理性。现代性在此表现为一种西方化的言说方式,同时也代表了一整套逻各斯中心主义影响下的思维观念。但面对东方文化形态的时候,现代性所可能带来的负面效应被遮蔽了……现代性首先掌握了超越地域性的话语权,渗透到中国文化内部,然后从被转化的本土思想观念中反过来又提取新一轮的话语生成方式,从而造成一种恶性循环。在这种情况下,由西方学术体制所建构的"汉学主义"将深刻地影响和改变中国本土文化体系。这种危险既来自外部环境,更表现为一种自我消解。①

总体而言,周宁等人对海外中国研究中"东方学"式思维及表达模式的批评是相当中肯的。在上文的案例中,从于连的以中国为参照、以西方为旨归到宇文所安各种从解构主义、女性主义、大众文化理论为出发点的文本阐释再到顾彬以"现代性"作为衡量中国文学优劣的重要尺度,我们确能从中深切感受到"汉学主义"的真实存在。但是,"汉学主义"的提法是否妥当,论证思路是否全然合理呢?很多学者持保留意见。一部分反驳性的观点认为,萨义德《东方学》主要涉及的是伊斯兰世界,且以19世纪的情况为主,将之用于"汉学在西方属于东方学"时,应该极为谨慎。中国研究在欧洲的学术体制中,无论过去还是现在,基本上

---

① 曹顺庆、黄文虎:《中西比较中的求同趋势与汉学主义之根源》,《社会科学战线》,2011年第4期,第124—125页。

都不设立在"东方学"之内。① 还有些文章强调,简单用"汉学主义"将西方中国研究的客观性和在知识上的进步抹杀掉,这不符合历史事实。② 我们不可否认,大量的域外中国学成果,尤其是文学领域的研究成果并未带有那么强烈的功利色彩和意识形态目的。即使同样存在意识形态的偏见,既有夏志清"偏右",也有普实克"偏左",对同一作家和作品的判断可能截然相反。怎可以"汉学主义"去笼统概括复杂的海外中国学界呢?所以一旦某种观点形成理论框架,都会有挂一漏万之嫌,"汉学主义"也无法免俗。

关于"汉学主义"的争论,美国达拉斯大学比较文学教授顾明栋于 2013 年出版专著《汉学主义:东方主义与后殖民主义的化身》(*Sinologism: An Alternative to Orientalism and Postcolonialism*)对这一概念的来源、内涵、相关论评进行了较为全面的解析。他在大致认同周宁观点的基础上,同样对"汉学主义"提法的绝对化、准确性等问题进行了反思。顾明栋的讨论基本可以代表美国学界对这一产生于当代中国内部、对西方中国学发难的回应。③ 不过,他的反思是比较温和的,不少海外学者作出过更为尖锐的分析。有人指出,"汉学主义"与中国现代对"中国性"的强调一样,与西方曾带来的创伤记忆和急需建立民族认同有关。或者说,对于"中国性"和"中国模式"的过分强调恰恰是缺乏文化自信的表现。随着 20 世纪末期以来中国蓄势待发地想成为世界强国,民族主义不可避免地成为现代中国社会认同的核心之一。对西方理论与方法的警惕中正充满着这类民族主义,希望把他者强大的"话语霸权"系统

---

① 方维规:《"汉学"与"汉学主义"刍议》,《读书》,2012 年第 2 期,第 12 页。
② 顾明栋:《汉学主义:中国知识生产中的认识论意识形态》,《文学评论》,2010 年第 4 期,第 88 页。
③ Gu, Mingdong, *Sinologism: An Alternative to Orientalism and Postcolonialism*, London, New York: Routledge, 2013.

地排除出去，从而中国在很大程度上成为了一个文化本质主义的案例。它界定的是中国和世界其他地区之间的假想边界，甚至变为一种偏执的自恋。① 更有书评批评顾明栋的口吻过于专断，因为"汉学主义"实际上基于一个"假设"，即西方各种理论、方法以及它们对中国的态度从不曾自我改进和完善；西方的认识论并未努力尝试从平等的态度来对待非西方的文明。然而事实绝非如此。②

这些批评道出了"汉学主义"滋生于当代中国强大的"文化自觉"呼声中的事实，它实际上也是当代中国学界极度缺乏理论创新的一种防御性"反弹"。换言之，如果中国自身有足够与西方争夺话语权的方法、理论以及原创性成果，又怎会"过度"依赖西学呢？反过来讲，既用了人家的范式、标准，却又将"被动"之责推诿他人，似乎汉学家们一开始都怀有"文化殖民"的不良动机，从而将自己的"偷懒"全算在没有"话语权"的头上，这种做法显然是不明智的。

因此，"文化自觉"首先要建立在对自我和他者深刻的理解基础上。从跨文化交流和接受美学的角度而言，没有哪一种跨界的阐释可以完全"客观"、不掺杂任何个人情感或文化预设。如果"汉学"与"国学"完全采用同一个角度、同一种声音，那恰恰将是海外中国研究的价值消殆之时。

---

① Chow, Rey, "On Chineseness as a Theoretical Problem", Boundary 2. Vol. 25, No. 3, *Modern Chinese Literary and Cultural Studies in the Age of Theory: Reimaging a Field* (Autumn, 1998), p.3, p.6.

② Powers, Martin J., "Book Review: Sinologism: An Alternative to Orientalism and Postcolonialism", *Journal of Asian Studies*, Vol. 73, No. 4 (Nov., 2014), p.1095.

第三章
超越"中国中心观"

上文提到,对于中国研究中的"西方中心"倾向,海外学者们也一直在努力反思,他们对自身的批判并不亚于"汉学主义"在中国的提出。最明显的例子即学界所熟知的"中国中心观"的兴起。

上世纪六七十年代,正当各种后现代理论如火如荼登上历史舞台之时,针对多年盘绕在海外中国学界,以韦伯、费正清为代表的"传统—现代"及"冲击—回应"模式,大批学者纷纷提出应该进行范式革新,这场革新后来被称之为"中国中心观"。"中国中心观"的主张主要包括从细部研究中国、跨学科方法的运用、从横向将中国分为几大区域、从纵向将中国社会细分出几个层次等。① 之所以要用各种社会科学的方法将中国的社会、历史进行细分,原本是想打破韦伯、费正清模式将中国和西方作为两个笼统对立物进行"先进与落后"的二元划分的做法,规避"西方中心论"的思维定势,超越中西方简单的比较,从而更真实地进入、更细致地解剖中国。

"中国中心观"曾为上世纪中后期的欧美中国研究界吹入一股新风,

---

① [美]柯文:《在中国发现历史:中国中心观在美国的兴起》,林同奇译,北京:中华书局,2002年8月,第12—17页。

不少学者纷纷效仿。在文学研究领域，这种潮流主要体现在以下几个方面：其一，强调中国文学发展自主性的论著多了起来。比如陈世骧于70年代初提出"中国抒情传统"的概念，尽管后来被批评者指责过于简单化，但其原意本想说明中国文学有自己独特美学形态和发展路径，不能用西方文学的发展模式来套用中国。其二，分析具体文本时避免采用西方的理论体系和评价标准。比如韩南、浦安迪等人认为中国传统小说在结构和叙事技巧上并非不如西方，它有自己的特征，其谋篇布局之精细（处处有"关锁"），时空转换之自然，叙述人、作者和人物之间"声口"变换的巧妙高超，不同种类"楔子"的使用，框架结构小说的存在等等都表明中国明清小说的艺术成就丝毫不亚于西方小说。其三，中国文学中"女性"身份与视角愈加受到重视。过去国外学者认为，在中国漫长的宗法制历史中，除了《红楼梦》等极个别的文本，不仅女性作为角色在作品中是"失声"的，其作为创作和阅读的主体也总是"蔽而不见"。这一点与西方文学相比显然成为不足之一。"中国中心观"兴起后，很多学者试图证明女性在中国文学里亦占有重要分量。上文提到的孙康宜与苏源熙合编的《中国历代女作家选集：诗歌与评论》、伊维德和管佩达合编的《彤管：中国帝制时代妇女写作》等都是这方面的代表成果，试图突出女性的主体意识。其四，城市文学成为海外中国文学研究的热门话题，这些成果普遍认为中国的城市文学在16至19世纪上半叶时就已经相当发达，并非因受到西方"现代化"洗礼才呈现出后世之面貌。比如高彦颐的《闺塾师：明末清初江南的才女文化》、安东篱《说扬州：一个中国城市（1550—1850）》（*Speaking of Yangzhou: A Chinese City 1550—1850*，2004）以大量的文学素材考察了中国传统城市文化变迁与发展。

"中国中心观"在国内外流行了一段时间之后，学界又展开了对它合理性的讨论。① 19 世纪以来,"西方中心观"随着西方的全球殖民扩张而逐渐统治思想领域的根深蒂固的学说。西方在全球化格局中的强势地位不变,光靠中国研究领域的一次范式革新来彻底替代它是不可能的。基于这一前提而提出的"中国中心观"颇有欧美社会"弱者先行"的道德"施舍"意味在其中。同时,它还可能陷入逻辑上的悖论:这一观点并未真正消除中国与西方世界的笼统二分,仍然没有摆脱"中心—边缘"的既成思路,反而加剧了这一趋势。既然不能以西方为中心,中国为什么又能成为新一轮理论潮流的"中心"和"尺度"呢?在后现代学说看来,西方模式在当今已显露出后劲的不足甚至已经破产,那么"中国模式"就一定能替代它成为全球经济和社会秩序的拯救者吗?

"中国中心观"和"汉学主义"有着相同本质和动机。一方面,域外中国研究需要不断反思、改进自身;另一方面,中国学者产生越来越强烈的"文化自觉"和民族主义情结,比如曾甚嚣尘上的"中国可以说'不'"。然而,任何范式的提出都值得警惕,想以某种单一的"中心论"来统摄研究视角都会带来局限。学者坎大拉(Ana Maria Candela)提醒人们:

> 中国研究领域正在经历着重要的范式变迁,尽管以往的方法论和意识形态的遗产并未完全退场。总的来说,这些著作共同致力于将中国研究领域推向其时间和空间的边界之外,从而置疑了"中国中心论"。近来许多学者则试图通过将中国全球化来克服中国中心主义,特别将中国放置于欧亚现代性展开的更广阔的语境当中。总的来说,这些学者都致力于将清看做一个高度扩张的帝国,并将其兴起放置

---

① Freedman, Maurice, *Main Trends in Social and Cultural Anthropology*. New York: Holmes & mwier Publishers, 1979, pp.339—343.

于现代早期的欧亚史之中。这一方法论假定,在现代早期,由于跨越欧亚大陆广阔空间中公开的信息、商业和技术交换,加之共同的朝圣和战争路线,这一时期欧亚大陆的国家都经历了相同的社会与经济发展。在十八世纪与十九世纪之交的英国工业革命之前,没有一个国家对于其他国家占有绝对的竞争优势。然而,这些著作对于早期现代的比较仍然停留于表面,不过是想证明在欧洲存在的一定政治的、社会的和经济的要素同时也存在于中国。帝国主义、殖民主义、合理化/标准化、普遍主义,以及"族群",这些重要特征都定义了欧洲和中国的早期现代性,其潜在含义是在全球化现代性的展开中(至少对于欧亚大陆来说是全球的),中国与欧洲是平等的竞争者。这样,学者们不仅解决了后殖民主义所关心的问题——避免宏大叙事,并且,通过证明中国具有欧洲的所有现代品质,学者们得以保存现代早期清帝国的中国性(Chineseness)。正因为他们缺少逃避欧洲中心主义的能力,在这些推理论证中的矛盾显示了学者们努力逃避'中国中心论'的局限性。我的意思并不是要回到"从内部出发的中国历史",而是不仅要将中国放置到欧亚大陆甚至更广的历史语境中,并且,我们需要对社会范式的历史性(historicity)给以更多的留意。①

那么,如何才能走出"中国中心观"的对抗逻辑,又避免重新陷入"西方中心主义"的旧套路中去呢?德国哲学家雅斯贝尔斯(Karl Theodor Jaspers,1883—1969)的思路或许值得我们参考。"悲剧"曾被

---

① [美]坎大拉:《美国中国研究中的边疆范式》,李冠南译,《中国学术》,2008年第2期。

认为是西方古典文学的经典类型,经过亚里斯多德、黑格尔、尼采等人的阐释,更成为了西方美学的最高范式。众所周知,很多中外批评家都曾经将中国缺乏"真正意义上的悲剧"作为中国文学低人一等的证据。雅斯贝尔斯在《悲剧的超越》中却逆其道而行,提出了为什么中国应该有"悲剧",以及为什么"悲剧"的价值具有绝对性的问题。雅斯贝尔斯指出,西方的历史实际上被"悲剧人物"拦腰阻断了,人们习惯于以焦虑不安来面对他的终极限制,无法容忍任何一种四平八稳的事物,恐惧与痛苦始终萦绕于心。正因为人们画地为牢地确信人类必须"回到归宿",才使得对悲剧的宿命感与虔诚成为绝对真理。对于西方人而言,要么生活且犯下过失,要么掌握真理并为其而死。这一认识其实遮蔽了人类的智慧,使他们对历史的情境变得漠然。他进一步提出了"悲剧前知识",这种认知论在他看来是圆融、完整、自足的。悲哀与毁灭只不过是其无限循环中一个部分而已,并不是终极目标。雅斯贝尔斯强调,中国没有"悲剧",恰恰因为它的认识论体系和西方本来就不同,中国人对于宇宙和人事的理解更具完整性,更加舒缓、智慧。雅斯贝尔斯认为,"悲剧"不是终结,"超越"才具有更大的意义。西方人万万难以完成的超越,对中国人而言却是常态,那么中国又为何要拥有"悲剧"呢?[①]

雅斯贝尔斯关于悲剧的探讨固然只是一家之言,然而,他借中国文化试图超越西方价值绝对性、冲破既成思维困局的勇气和眼光可嘉。我们为什么不能有同样的胆识超越"中国中心观"和一切既成范式呢?超越自身最为艰难,借道"他者"也未必要对人家的思路、方法亦步亦趋。一门成熟的学科,一个成熟的文明,应该懂得既理性又宽容地对待"自我"与"他者"的关系。

---

① [德]雅斯贝尔斯:《悲剧的超越》,亦春译,北京:工人出版社,1988年。

附录　海外中国文学研究的代表作品

海外中国文学研究的代表作品

Allinson, Robert Eed. (爱莲心), *Chuang-tzu for Spiritual Transformation—An Analysis of the Inner Chapters*, Albany: State University of New York Press, c1989.

Allinson, Robert Eed., *Understanding the Chinese Mind—The Philosophical Roots*, Hong Kong; New York: Oxford University Press, 1989.

Amiot, Joseph Marie (钱德明), *Mémoires Concernant l'histoire, Les Sciences, Les Arts, Les Mœurs, Les Usages, & c. des Chinois: Par Les Missionnaires de Pékin* (中国的历史、科学、艺术、伦理), Paris: Nyon, 1776—1814.

Amiot, Joseph Marie, *Mémoire de La Musique des Chinois, tant Anciens que Modernes* (中国古今音乐考), Vol. VI des Mémoires, publié par l'abbé Roussier, 1779.

Amiot, Joseph Marie, *Abrégé Historique des Principaux Traits de La Vie de Confucius* (孔子传), Paris: Chez L'auteur et chez M. Ponce, 1785.

Anderson, Marston (安敏成), *Narrative and Critique—the Construction of Social Reality in Modern Chinese Literature*, PhD thesis, Berkeley: University of California Press, 1985.

Anderson, Marston, *The Limits of Realism: Chinese Fiction in the Revolutionary Period*, Berkeley: University of California Press, 1990.

Ashmore, Robert (阿什莫尔), *The Transport of Reading: Text and Understanding in the World of Tao Qian (365—427)*, Cambridge: Harvard University Asia Center: Distributed by Harvard University Press, 2010.

Васильев, Л. С. (瓦西里耶夫), *История и Культура Китая: сборник памяти академика В. П. Васильева* (中国历史与文化), Москва: Наука, 1974.

Васильев, Л. С., *Дао и Даосизм в Китае,* Москва: Наука, 1982.

[俄]瓦西里耶夫：《中国文明的起源问题》，郝镇华等译，北京：文物出版社，1989年。

[俄]瓦西里耶夫：《中国文献史》，赵春梅译，郑州：大象出版社，2014年。

Bagchi, Prabodh Chandra（师觉月）, *India and China: A Thousand Years of Cultural Relations*, 1951.

Bagchi, Prabodh Chandra, *India and Central Asia*, Calcutta, National Council of Education, Bengal, 1955.

Bazin, Antoine Pierre Louis（巴赞）, *Théâtre Chinois—Ou, Choix de Pièces de Théâtre, Composées sous les Empereurs Mongols, Traduites pour La Première Fois sur le Texte Original, Précédées d'une Introduction et Accompagnées de Notes*（中国戏剧）, Paris, Imprimerie royale, 1838.

Bazin, Antoine Pierre Louis, *Grammaire Mandarine—Ou, Principes Généraux de La Langue Chinoise Parlée*（官话语法）, Paris: Imprimerie Impériale, 1856.

Berkowitz, Alan J.（柏士隐）, *Patterns of Disengagement: The Practice and Portrayal of Reclusion in Early Medieval China*, Stanford: Stanford University Press, c2000.

Birch, Cyril（白之）, *Chinese Myths and Fantasies*, Oxford: Oxford University Press, 1961.

Birch, Cyril, *Anthology of Chinese Literature*, New York: Grove Press, 1965.

Birch, Cyril, *Scenes for Mandarins: The Elite Theater of the Ming*, New York: Columbia University Press, c1995.

Bishop, John Lyman.（毕晓普）, *The Colloquial Short Story in China*, Cambridge, Harvard University Press, 1956.

Bishop, John Lyman. ed., *Studies in Chinese literature*, Cambridge, Mass., Harvard University Press, 1965.

Chang, Kang-i Sun（孙康宜）, *The Evolution of Chinese tz'u Poetry: From Late T'ang to Northern Sung*, Princeton: Princeton University Press, c1980.

Chang, Kang-i Sun, *Six Dynasties Poetry*, Princeton: Princeton University Press, c1986.

Chang, Kang-i Sun, *The Late-Ming Poet Ch'en Tzu-lung—Crises of Love and Loyalism*, New Haven: Yale University Press, c1991.

Chang, Kang-i San and Haun Saussy; Charles Kwong; Anthony C. Yu and Yu-kung Kao ed., *Women Writers of Traditional China—An Anthology of Poetry and Criticism*, Stanford, Calif.: Stanford University Press, 1999.

Chavannes, Edouard（沙畹）, *Mission Archéologique dans La Chine Septentrionale*（中国考

古记), Paris, E. Leroux, 1909.

Chavannes, Edouard, *Les Documents Chinois Découverts par Aurel Stein dans les Sables du Turkestan Oriental* (斯坦因在新疆沙漠发现的汉文文书), Oxford, Imprimerie: de l'Université, 1913.

Chavannes, Edouard, *The Five Happinesses: Symbolism in Chinese Popular Art*, Elaine Spaulding Atwood trans., New York: Weatherhill, 1973.

[法国] 沙畹：《沙畹汉学论著选译》，邢克超等编译，北京：中华书局，2014 年。

[法国] 沙畹：《摩尼教中国考》，冯承钧译，上海：商务印书馆，1931 年。

Chaves, Jonathan (齐皎翰), *Mei Yao-ch'en and the Development of Early Sung Poetry*, New York: Columbia University Press, 1976.

Chaves, Jonathan, "'Not the Way of Poetry': The Poetics of Experience in the Sung Dynasty", *Chinese Literature: Essays, Articles, Reviews (CLEAR)*, Vol. 4, No. 2 (Jul., 1982), pp.199－212.

Chen Shih-hsiang (陈世骧), "The Shih-ching: Its Generic Significance in Chinese Literary History and Poetics."*Academia Sinica*, Vol.39, No.1 (1969), 371－413.

Chen Shih-hsiang, "On Chinese Lyrical Tradition: Opening Address to Panel on Comparative Literature", AASMeeting, 197, *Tamkan Review*, 2.2－3.1 (1971.10－1972.4): 17－24.

陈世骧：《陈世骧文存》，沈阳：辽宁教育出版社，1998 年。

陈世骧：《中国文学的抒情传统：陈世骧古典文学论集》，张晖编，北京：三联书店，2015 年。

Chow, Rey (周蕾), *Writing Diaspora: Tactics of Intervention in Contemporary Cultural Studies*, Bloomington : Indiana University Press, c1993.

Chow, Rey, "On Chineseness as a Theoretical Problem", *Boundary 2*, Vol. 25, No. 3, (Autumn, 1998), pp.1－24.

Chow, Rey, *Ethics after Idealism—Theory, Culture, Ethnicity, Reading*, Bloomington: Indiana University Press,1998.

Chow, Rey, *The Age of the World Target: Self-Referentiality in War, Theory, and Comparative Work*, Durham : Duke University Press, 2006.

Chow, Rey, *Sentimental Fabulations, Contemporary Chinese Films—Attachment in the Age of Global Visibility*, New York: Columbia University Press, 2007.

Chow, Rey, *Not Like a Native Speaker—on Languaging as a Postcolonial Experience*, New York: Columbia University Press, 2014.

Cordier, Henri (考狄), *Half a Decade of Chinese Studies (1886—1891)*, Leiden: E. J. Brill, 1892.

Cordier, Henri, *L'imprimerie Sino-européenne en Chine—Bibliographie des Ouvrages Publiés en Chine par les Européens au XVIIe et au XVIIIe Siècle* (十七、十八世纪西人在华所刻中文书目录), Paris: E. Leroux, 1901.

Crump, J. I. (柯润璞) and William P. Malm ed., *Chinese and Japanese Music-Dramas*, Ann Arbor: Center for Chinese Studies, University of Michigan, 1975.

Crump, J. I., *Chinese Theater in The Days of Kublai Khan*, Tucson: University of Arizona Press, c1980.

Davies, Gloria (戴维斯), Theory, "Professionalism, and Chinese Studies", *Modern Chinese Literature and Culture*: Vol. 12, No. 1 (SPRING, 2000), pp.1–42.

Davis, John Francis (德庇时), *Chinese Novels, Translated from the originals; to Which are Added Proverbs and Moral Maxims, Collected from Their Classical Books and Other Sources. The Whole Prefaced by Observations on the Language and Literature of China*, London: J. Murray, 1822.

Davis, John Francis, *Sketches of China—Partly during an Inland Journey of Four Months, between Peking, Nanking, and Canton; with Notices and Observations Relative to the Present War*, London: C. Knight & Co., 1841.

Davis, John Francis, *Poeseos Sinicae Commentarii: The Poetry of the Chinese* (汉文诗解), London: Asher, 1870.

Diény, Jean-Pierre (桀溺), *Aux Origines de La Poésie Classique en Chine—Étude sur La Poésie Lyrique à l'époque des Han* (中国古典诗学的起源：汉魏时期的抒情诗), Leiden: E. J. Brill, 1968.

Diény, Jean-Pierre, *Pastourelles et Magnanarelles—Essai sur un Thème Littéraire Chinois* (牧女与蚕娘：中国文学的主题研究), DIÉNY, J.-P. Edité par Date d'édition: 1977.

Diény, Jean-Pierre, *Le Symbolisme du Dragon dans La Chine Antique* (龙在中国古代的象征义), Paris: Collège de France, Institut des hautes études chinoises: En vente, De Boccard, 1987.

Diény, Jean-Pierre, *Portrait Anecdotique d'un Gentilhomme Chinois: Xie An, 320–385, d'après le Shishuo Xinyu,* (名士谢安) Paris: College de France, Institut des hautes etudes chinoises, 1993.

Diény, Jean-Pierre, *Les Poèmes de Cao Cao (155–220),* (曹操的诗) Paris: Collège de France, Institut des Hautes études Chinoises, 2000.

Dobson, W. A. C. H (杜森), *Late Archaic Chinese, A Grammatical Study*, Toronto: University of Toronto Press, 1959.

Dobson, W. A. C. H, *Early Archaic Chinese: A Descriptive Grammar*, Ontario: University of Toronto Press, c1962.

Dobson, W. A. C. H, *Mencius: A New Translation Arranged and Annotated for the General Reader*, Toronto: University of Toronto Press, c1963.

Dobson, W. A. C. H, *The Language of the Book of Songs*, Toronto: University of Toronto Press, 1966.

M. Dolezelova-Velingerova (米列娜) and J. I. Crump trans&ed., *Ballad of the Hidden Dragon*, Oxford, Clarendon Press, 1971.

Doleželová-Velingerová, Milena ed., *The Chinese Novel at the Turn of the Century*, Toronto; Buffalo: University of Toronto Press, c1980.

Doleželová-Velingerová, Milena ed., *Understanding Chinese Literature*, Recorded in Ithaca, NY by Cornell University, 1982.

Doleželová-Velingerová, Milena, *A Selective Guide to Chinese Literature, 1900—1949*, Leiden; New York: E. J. Brill, 1988—1990.

Doleželová-Velingerová, Milena, *Poetics East and West*, Toronto: Victoria College in the University of Toronto, 1989.

Doleželová-Velingerová, Milena, *The Appropriation of Cultural Capital: China's May Fourth Project*, Cambridge, Mass: Harvard University Asia Center, Distributed by Harvard University Press, c2001.

Doleželová-Velingerová, Milena,"Fiction from the End of the Empire to the Beginning of the Republic: 1897—1916", In Victor H. Mair, ed. *The Columbia History of Chinese Literature*, New York: Columbia University Press, 2001.

Doleželová-Velingerová, Milena, *Chinese Encyclopaedias of New Global Knowledge (1870—1930): Changing Ways of Thought*, Berlin, Heidelberg: Springer Berlin Heidelberg, 2014.

Dudbridge, Glen (杜德桥), *The Hsi-yu chi; A Study of Antecedents to the Sixteenth-century Chinese Novel*, Cambridge: Cambridge University Press, 1970.

Dudbridge, Glen, *The Tale of Li Wa: Study and Critical Edition of a Chinese Story from the Ninth Century*, London: Published by Ithaca Press for the Board of the Faculty of Oriental Studies, Oxford University, 1983.

Dudbridge, Glen, "A Pilgrimage in Seventeenth-Century Fiction: T'ai-shan and the 'Hsing-shih yin-yüan chuan'", *T'oung Pao*, Second Series, Vol. 77, Livr. 4/5 (1991), pp.226—252.

Dudbridge, Glen, *Religious Experience and Lay Society in T'ang China—A Reading of Tai Fu's Kuang-i chi*, Cambridge: Cambridge University Press, 1995.

Dudbridge, Glen, *China's Vernacular Cultures: An Inaugural Lecture Delivered before the University of Oxford on 1 June 1995*, Oxford: Clarendon, 1996.

Dudbridge, Glen, *Lost Books of Medieval China*, London: British Library, 2000.
Dudbridge, Glen, *The Legend of Miaoshan*, Oxford; New York: Oxford University Press, 2004.

Durrant, Stephen W. (杜润德), *An Examination of Textual and Grammatical Problems in Mo tzu*, Washington: University of Washington, 1975.
Durrant, Stephen W., *The Cloudy Mirror: Tension and Conflict in the Writings of Sima Qian*, Albany: State University of New York Press, c1995.

Duke, Michael S (杜迈可), *Lu You*, Boston: Twayne Pubishers, c1977.
Duke, Michael S, *Blooming and Contending—Chinese Literature in the Post-Mao Era*, Bloomington: Indiana University Press, c1985.
Duke, Michael S, *Worlds of Modern Chinese Fiction: Short Stories & Novellas from the People's Republic, Taiwan & Hong Kong*, Armonk, N. Y.: Sharpe, c1991.

Ebrey, Patricia Buckley (伊沛霞), *The Inner Quarters: Marriage and the Lives of Chinese Women in the Sung Period*, Oakland: University of California Press, 1993.

Egan, Charles H. (易彻理), "Reconsidering the Role of Folk Songs in Pre-T'ang" Yüeh-Fu "Development", *T'oung Pao*, Vol. 86, Fasc. 1/3 (2000), pp.47－99.

Egan, Ronald C. (艾朗诺), *The Literary Works of Ou-yang Hsiu* (1007－72), Cambridge; New York: Cambridge University Press, 1984.
Egan, Ronald C., *Word, Image, and Deed in the Life of Su Shi*, Cambridge: Council on East Asian Studies, Harvard University: Harvard-Yenching Institute: Distributed by the Harvard University Press, 1994.
Egan, Ronald C., *The Problem of Beauty—Aesthetic Thought and Pursuits in Northern Song Dynasty China, Cambridge*, Mass.: Harvard University Asia Center: Distributed by Harvard University Press, 2006.
Egan, Ronald C., *The Burden of Female Talent: The Poet Li Qingzhao and Her history in China*, Cambridge, Massachusetts: Harvard University Asia Center, 2013.

Franke, Otto (福兰阁), "Li Tschi und Matteo Ricci", *Abhandlungen der Preussischen Akademie der Wissenschaften*, Phil.-hist. Klasse. Jahrg. 1938, no. 5., pp.473－484.
Franke, Otto, *Aus Kultur und Geschichte Chinas—Vorträge und Abhandlungen aus den Jahren 1902－1942* (1902－1942 年中国历史文化演讲录), Peking: Deutschland-Institut, 1945.

Franke, Wolfgang (傅吾刚), *Preliminary Notes on the Important Chinese Literary Sources for the History of the Ming Dynasty (1368－1644)*, Chengtu, China：Chinese Cultural

Studies, Research Institute, West China Union University, 1948.
Franke, Wolfgang, *China and the West*, R. A. Wilson. trans., Columbia: University of South Carolina Press, 1967.
Franke, Wolfgang, *The Reform and Abolition of the Traditional Chinese Examination System*, Cambridge: Center for East Asian Studies, Harvard University; distributed by Harvard University Press, 1960.

Frankel, Hans H. (傅汉思), *Biographies of Meng Hao-jan*, Berkeley: University of California Press, 1952.
Frankel, Hans H., *The Contemplation of the Past in T'ang Poetry*, Conference on T'ang Studies, Cambridge University, 1969.
Frankel, Hans H., *The Flowering Plum and the Palace Lady: Interpretations of Chinese Poetry*, New Haven: Yale University Press, 1976.

Freedman, Maurice (弗里德曼), "What Social Science Can Do for Chinese Studies", *The Journal of Asian Studies*, Vol. 23, No. 4 (Aug., 1964), pp.523−529.

Gabelentz, Georg von der (甲柏连), *Anfangsgründe der Chinesischen Grammatik—Mit Übungsstücken* (中国文言语法), New York: F. Ungar, 1954.

Gálik, Marián. (高利克), *Mao Tun and Modern Chinese Literary Criticism*, Wiesbaden, F. Steiner, 1969.
Gálik, Marián., *The Genesis of Modern Chinese Literary Criticism (1917−1930)*, Peter Tkáč trans., London: Curzon Press; Totowa, N. J.: Rowman and Littlefield, 1980.
Gálik, Marián., *Milestones in Sino-Western Literary Confrontation (1898−1979)*, Wiesbaden: O. Harrassowitz, 1986.
Gálik, Marián., *Influence, Translation, and Parallels: Selected Studies on the Bible in China*, Sankt Augustin: Monumenta Serica Institute; Nettetal: Steyler, 2004.
高利克:《中国现代文学批评发生史》,陈圣生等译,北京:社会科学文献出版社,1997年。
高利克:《捷克和斯洛伐克汉学研究》,李玲等译,北京:学苑出版社,2009年。

Giles, Herbert Allen (翟理斯), *Chinese Poetry in English Verse*, London: B. Quaritch, 1898.
Giles, Herbert Allen, *A Chinese Biographical Dictionary*, London: B. Quaritch; Shanghai: Kelly & Walsh, 1898.
Giles, Herbert Allen, *A Glossary of Reference on Subjects Connected with the Far East*, Shanghai: Kelly & Walsh, 1900.
Giles, Herbert Allen, *A History of Chinese Literature*, London: W. Heinemann, 1901.
Giles, Herbert Allen, *The Civilization of China*, New York: H. Holt, 1911.

Giles, Herbert Allen, *Gems of Chinese Literature: Verse*, Shanghai: Kelly & Walsh, 1923.

Goh, Meow Hui (吴妙慧), *Sound and Sight—Poetry and Courtier Culture in the Yongming Era (483–493)*, Stanford, Calif.: Stanford University Press, c2010.

Graham, A. C. (葛瑞汉), *Poems of the Late T'ang*, Baltimore, Penguin Books, 1965.

Graham, A. C., *Later Mohist Logic, Ethics and Science*, Hong Kong: The Chinese University Press; London: School of Oriental and African Studies, University of London, c1978.

Graham, A. C., *Chuang-tzǔ: Textual Notes to A Partial Translation*, Winchester, Mass.: Allen & Unwin, 1981.

Graham, A. C., *Disputers of the Tao: Philosophical Argument in Ancient China*, La Salle, Ill.: Open Court, c1989.

Graham, A. C., *Studies in Chinese Philosophy and Philosophical Literature*, Albany, N. Y.: State University of New York Press, c1990.

Graham, A. C., *Two Chinese Philosophers: The Metaphysics of the Brothers Ch'êng*, La Salle, Ill.: Open Court, c1992.

Granet, Marcel (葛兰言), Fêtes et Chansons Anciennes de la Chine (中国古代的节庆与歌谣), Paris: E. Leroux, 1919.

Granet, Marcel, *La Polygynie Sororale et Le Sororat dans La Chine Féodale; étude sur Les Formes Anciennes de La Polygamie Chinoise* (中国古代媵妾制度), Paris: E. Leroux, 1920.

Granet, Marcel, *La Religion des Chinois*, Paris: Gauthier-Villars et Cie, 1922.

Granet, Marcel, *Danses et Legendes de La Chine Ancienne* (中国古代的舞蹈与传说), Paris: Presses Universitaires de France, 1994, c1926.

Granet, Marcel, *Chinese Civilization* (中国文明), London: K. Paul, Trench, Trubner & Co., ltd., New York: A. A. Knopf, 1930.

Granet, Marcel, *La Pensée Chinoise* (中国思想), Paris: La Renaissance du Livre, 1934.

Granet, Marcel, *Catégories Matrimoniales et Relations de Proximité dans La Chine Ancienne* (中国古代婚姻制度及亲缘关系), Paris: F. Alcan, 1939.

Granet, Marcel, *The Religion of the Chinese People*, Oxford: Blackwell, 1975.

Grant, Beata (管佩达), *Mount Lu Revisited: Buddhism in the Life and Writings of Su Shih*, Honolulu: University of Hawaii Press, c1994.

Groot, J. J. M. de (格鲁特), *The Religious System of China, Its Ancient Forms, Evolution, History and Present Aspect, Manners, Customs and Social Institutions Connected Therewith*, Leiden: E. J. Brill, 1892–1910.

Groot, J. J. M. de, *The Religion of the Chinese*, New York, Macmillan, 1910.

Grube, Wilhelm (葛鲁贝), *Geschichte der Chinesischen Litteratur* (中国文学史), Leipzig: C. F. Amelangs Verlag, 1902.

Gulik, Robert Hans van (高罗佩), *The Lore of the Chinese Lute: An Essay in Ch'in Ideology*, Tokyo: Sophia University, 1940.

Gulik, Robert Hans van, *Chinese Pictorial Art as Viewed by the Connoisseur; Notes on the Means and Methods of Traditional Chinese Connoisseurship of Pictorial Art, Based upon a Study of the Art of Mounting Scrolls in China and Japan*, Roma: Lstituto Italiano per il Medio ed Estremo Oriente, 1958.

Gulik, Robert Hans van, *The Emperor's Pearl: A Chinese Detective Story*, London: Heinemann, 1963.

Gulik, Robert Hans van, *Erotic Colour prints of the Ming Period—With an Essay on Chinese Sex Life from the Han to the Ch'ing Dynasty, B. C. 206—A. D. 1644*, Leiden: Brill, 2004.

Halperin, Mark (何复平), *Out of the Cloister: Literati Perspectives on Buddhism in Sung China, 960—1279*, Cambridge, Mass.: Harvard University Asia Center: Distributed by Harvard University Press, 2006.

Hanan, Patrick (韩南), *A Study of the Composition and the Sources of the "Chin P'ing Mei"*, London: London University Press, 1960.

Hanan, Patrick, *The Chinese Short Story: Studies in Dating, Authorship, and Composition*, Cambridge, Mass.: Harvard University Press, 1973.

Hanan, Patrick, *The Chinese Vernacular Story*, Cambridge, Mass.: Harvard University Press, 1981.

Hanan, Patrick, *The Invention of Li Yu*, Cambridge, Mass.: Harvard University Press, 1988.

Hanan, Patrick, *The Rise of Modern Chinese Novel*, Oxford University Press, c1990.

Hanan, Patrick, *Chinese Fiction of the Nineteenth and Early Twentieth Centuries: Essays*, New York: Columbia University Press, 2004.

Hardy, Grant (侯格睿), *Worlds of Bronze and Bamboo: Sima Qian's Conquest History*, New York: Columbia University Press, c1999.

Hegel, Robert E. (何谷理), *The Novel in Seventeenth-century China*, New York: Columbia University Press, 1981.

Hegel, Robert E., *Reading Illustrated Fiction in Late Imperial China*, Stanford: Stanford University Press, c1998.

Henricks, Robert G. (韩禄伯), *The Poetry of Han-shan—A Complete, Annotated Translation of Cold Mountain*, Albany: State University of New York Press, c1990.

Henricks, Robert G., *Te-tao ching—A New Translation Based on the Recently Discovered Ma-wang-tui Texts*, New York: Ballantine Books, 1992.

Hightower, James Robert (海陶玮), *The Fu of T'ao Ch'ien*, Offprint from the Harvard journal of Asiatic studies, vol. 17, nos. 1 and 2, June, 1954.

Hightower, James Robert., *Yüan Chen and "The Story of Ying-ying"*, Cambridge, Mass.: Harvard-Yenching Institute, 1973.

Hightower, James Robert and Florence Yeh, Chia-ying (叶嘉莹), *Studies in Chinese Poetry*, Cambridge, Mass. : Harvard University Press, 1998.

Holzman, Donald (侯思孟), *La vie et La Pensée de Hi K'ang (223—262 AP. J.-C.)*, Leiden: E. J. Brill, 1957.

Holzman, Donald, *Poetry and Politics: The Life and Works of Juan Chi (A. D. 210—263)*, Cambridge; New York: Cambridge University Press, 1976.

Holzman, Donald, *Immortals, Festivals, and Poetry in Medieval China—Studies in Social and Intellectual History*, Aldershot, Great Britain ; Brookfield, Vt., USA : Ashgate, 1998.

Holzman, Donald, *Chinese Literature in Transition from Antiquity to the Middle Ages*, Aldershot, Great Britain ; Brookfield, Vt., USA : Ashgate, c1998.

Hsia, Chih-tsing (夏志清), *A History of Modern Chinese Fiction*, 1917—1957, New Haven: Yale University Press, 1961.

Hsia, Chih-tsing, *The Classic Chinese Novel: A Critical Introduction*, New York: Columbia University Press, 1968.

Hsia, Chih-tsing ed., *Twentieth-century Chinese Stories*, New York: Columbia University Press, 1971.

夏志清：《爱情、社会、小说》，台北：纯文学出版社，1970 年。

夏志清：《人的文学》，台北：纯文学出版社，1977 年。

夏志清：《新文学的传统》，台北：时报文化出版社公司，1979 年。

Hsiao, Kung-Chuan (萧公权), "Chinese Studies and the Disciplines—the Twins Shall Meet", *The Journal of Asian Studies*, Vol. 24, No. 1 (Nov., 1964), pp.112—114.

Huang, Martin W. (黄卫总), *Literati and Self-re/Presentation: Autobiographical Sensibility in the Eighteenth-century Chinese Novel*, Stanford, Calif.: Stanford University Press, c1995.

Huang, Martin W., *Desire and Fictional Narrative in Late Imperial China*, Cambridge,

Mass.: Harvard University Asia Center: Distributed by Harvard University Press, 2001.

Huang, Martin W., *Snakes' Legs: Sequels, Continuations, Rewritings, and Chinese Fiction*, Honolulu: University of Hawai'i Press, c2004.

Huang, Martin W., *Negotiating Masculinities in Late Imperial China*, Honolulu: University of Hawai'i Press, c2006.

Huters, Theodore (胡志德), *Traditional Innovation—Qian Zhong-shu and Modern Chinese Letters*, Microfilm of typescript. Ann Arbor, Mich.: Xerox University Microfilms, 1978.

Huters, Theodore, *Chinese Literature and the West—The Trauma of Realism; The Challenge of the Postmodern*, Durham: Duke University, 1991.

Huters, Theodore, Bin Wong and Pauline Yu ed., *Culture and State in Chinese History: Conventions, Accommodations, and Critiques*, Stanford: Stanford Unversity Press, 1997.

Huters, Theodore, *Bringing the World Home: Appropriating the West in Late Qing and Early Republican China*, Honolulu: University of Hawai'i. Press, 2005.

Idema, W. L. (伊维德), *Chinese Vernacular Fiction: The Formative Period*, Leiden: Brill, 1974.

Idema, W. L., *Chinese Theater, 1100—1450: A Source Book*, Wiesbaden: Steiner, 1982.

Idema, W. L., *The Dramatic Oeuvre of Chu Yu-tun (1379—1439)*, Leiden: E. J. Brill, 1985.

Idema, W. L., *A Guide to Chinese Literature*, Ann Arbor: Center for Chinese Studies, University of Michigan, 1997.

Idema, W. L., *The Red Brush* (彤管) — *Writing Women of Imperial China*, Harvard: Harvard University Press, 2004.

Idema, W. L., *Meng Jiangnü Brings Down the Great Wall: Ten Versions of A Chinese Legend*, Seattle: University of Washington Press, c2008.

Idema, W. L., *Heroines of Jiangyong: Chinese Narrative Ballads in Women's Script*, Seattle: University of Washington Press, 2009.

Idema, W. L. ed. and trans., *Filial Piety and Its Divine Rewards: The Legend of Dong Yong and Weaving Maiden with Related Texts*, Indianapolis: Hackett Pub. Co., c2009.

Idema, W. L. ed. and trans., *The White Snake and Her Son: A Translation of The Precious Scroll of Thunder Peak with Related Texts*, Indianapolis: Hackett Pub. Co., c2009.

Idema, W. L. and Stephen H. West ed., *Monks, Bandits, Lovers, and Immortals: Eleven Early Chinese Plays*, Indianapolis: Hackett Pub. Co., 2010.

Idema, W. L., *The Butterfly Lovers: The Legend of Liang Shanbo and Zhu Yingtai; Four Versions, with Related Texts*, Indianapolis: Hackett Pub. Co., c2010.

Idema, W. L and Stephen H. West ed., *Battles, Betrayals, and Brotherhood—Early Chinese Plays on the Three Kingdoms*, Indianapolis: Hackett Pub. Co., 2012.

Idema, W. L. and Stephen H. West ed., *The Generals of the Yang Family: Four Early Plays*,

New Jersey: World Century/World Scientific, 2013.

Idema, W. L. and Stephen H. West ed., *The Orphan of Zhao and Other Yuan Plays: The Earliest Known Versions*, New York: Columbia University Press, 2015.

Jullien, François（于连）, *Lu Xun, écriture et Révolution*（鲁迅：写作与革命）, Paris: Presses de l'École Normale Supérieure, 1979.

Jullien, François, *La Valeur Allusive des Catégories Originales de l'interprétation Poétique dans La Tradition Chinoise—Contribution à une Réflexion sur l'altérité Interculturelle*（隐喻的价值——中国传统诗歌阐释的原始范畴）, Paris: École française d'Extrême-Orient, 1985.

Jullien, François, *Procès ou Création—une Introduction à la Pensée des Lettrés Chinois: Essai de Problématique Interculturelle*（过程还是创造——中国文人思想概论）, Paris: Seuil, 1989.

Jullien, François, *Eloge de La Fadeur—à Partir de La Pensée et de l'esthétique de La Chine*（平淡颂）, Paris: Philippe picquier, 1991.

Jullien, François, *La Propension des Choses: Pour une Histoire de l'efficacité en Chine*（势：中国的效力观）, Paris: Seuil, c1992.

Jullien, François, *Le Détour et l'accès—Stratégies du sens en Chine, en Grèce*（迂回与进入：作为策略的中国和希腊之意义）, Paris: Grasset, c1995.

Jullien, François, *Fonder La Morale: Dialogue de Mencius Avec un Philosophe des Lumières*（道德奠基：孟子与启蒙哲人的对话）, Paris: B. Grasset, c1995.

Jullien, François, *Traité de l'efficacité*（效力论）, Paris: B. Grasset, c1996.

Jullien, François, *Un Sage est Sans Idée, ou, L'autre de La Philosophie*（圣人无意，或哲学的他者）, Paris: Seuil, c1998.

Jullien, François, *Penser d'un Dehors (La Chine): Entretiens d'Extrême-Orient*（经由中国从外部反思欧洲——远西对话）, Paris: Seuil, c2000.

Jullien, François, *De l'essence ou du Nu*（本质或裸体）, Paris: Seuil, c2000.

Jullien, François, *La Grande Image n'a pas de Forme, ou, Du Non-objet par La Peinture*（大象无形）, Paris: Seuil, 2003.

Jullien, François, *The Impossible Nude: Chinese Art and Western Aesthetics*, Maev de la Guardia trans., Chicago: University of Chicago Press, 2007.

Jullien, François, *Vital Nourishment: Departing from Happiness*, Arthur Goldhammer trans., Brooklyn: Zone Books; Cambridge, Mass. : Distributed by the MIT Press, c2007.

Jullien, François, *Philosophie du Vivre*（生活哲学）, Paris: Gallimard, c2011.

Karlgren, Bernhard（高本汉）, *A Mandarin Phonetic Reader in the Pekinese Dialect*, Stockholm: K. B. Norstedt & Söner, 1918.

Karlgren, Bernhard, *Analytic Dictionary of Chinese and Sino-Japanese*, Paris: P. Geuthner,

1923.

Karlgren, Bernhard, *Philology and Ancient China*, Oslo: H. Aschehoug& co.; Cambridge, Mass.: Harvard university press, 1926.

Karlgren, Bernhard, *The Romanization of Chinese*, London: China Society, 1928.

Karlgren, Bernhard, *The Rimes in the Sung Section of the Shi king*, Göteborg: Elanders boktryckeri aktiebolag, 1935.

Karlgren, Bernhard, *The Chinese Language: An Essay on Its Nature and History*, New York: Ronald Press Co., c1949.

Karlgren, Bernhard, *The Transcription of Literary Chinese*, Stockholm: Reprinted from the Museum of Far Eastern Antiquities, 1951.

Karlgren, Bernhard, *Easy Lessons in Chinese Writing*, Stockholm: Naturmetodens sprakinstitut, 1958.

Karlgren, Bernhard, *Sound and Symbol in Chinese*, Hong Kong: Hong Kong University Press, 1962.

Karlgren, Bernhard, *On the Authenticity and Nature of the Tso chuan*, Taipei: Ch'eng-Wen, 1968.

[瑞典] 高本汉：《高本汉诗经注释》，董同龢译，上海：中西书局，2012 年。

Kern, Martin (柯马丁), *The Stele Inscriptions of Ch'in Shih-huang—Text and Ritual in Early Chinese Imperial Representation*, New Haven：American Oriental Society, 2000.

Kern, Martin, *Text and Ritual in Early China*, Seattle: University of Washington Press, 2008.

Knechtges, David R. (康达维), *Two Studies on the Han Fu*, Seattle: Far Eastern and Russian Institute, University of Washington, 1968.

Knechtges, David R., *The Han Rhapsody—A Study of the Fu of Yang Hsiung (53 B. C.-A. D. 18)*, Cambridge& New York: Cambridge University Press, 1976.

Knechtges, David R., *Court Culture and Literature in Early China*, Aldershot : Ashgate, 2002.

Knechtges, David R. and Chang, Taiping ed., *Ancient and Early Medieval Chinese Literature: A Reference Guide*，Leiden& Boston: Brill, 2010.

Knight, Sabina (桑禀华), *The Heart of Time: Moral Agency in Twentieth-century Chinese Fiction*, Cambridge: Harvard University Asia Center: Distributed by Harvard University Press, 2006.

Knight, Sabina, *Chinese Literature: A Very Short Introduction*, Oxford; New York: Oxford University Press, 2012.

Ko, Dorothy (高彦颐), *Teachers of the Inner Chambers: Women and Culture in*

Seventeenth-century China, Stanford: Stanford University Press, c1994.

Ko, Dorothy, *Every Step a Lotus—Shoes for Bound Feet*, Berkeley: University of California Press, c2001.

Kroll, Paul W. (柯睿), *Meng Hao-Jan*, Boston: Twayne, 1981.

Kroll, Paul W., *Portraits of Ts'ao Ts'ao—Literary Studies on the Man and the Myth*, Ann Arbor: University Microfilms International, 1983.

Kroll, Paul W. & Knechtges, David R ed. (康达维), *Studies in Early Medieval Chinese Literature and Cultural History: In Honor of Richard B. Mather & Donald Holzman*, Provo, Utah: T'ang Studies Society, 2003.

Kroll, Paul W., *Essays in Medieval Chinese Literature and Cultural History*, Farnham: Ashgate, c2009.

Kroll, Paul W., *Studies in Medieval Taoism and the Poetry of Li Po*, Farnham: Ashgate, c2009.

Kubin, Wolfgang (顾彬), *Das Lyrische Werk des Tu Mu, 803—852: Versuch einer Deutung* (论杜牧的抒情诗), Wiesbaden: O. Harrassowitz, 1976.

Kubin, Wolfgang & Wagner, Rudolf G. ed., *Essays in Modern Chinese Literature and Literary Criticism: Papers of the Berlin Conference, 1978*, Bochum: studien verlag n. brockmeyer, 1982.

Kubin, Wolfgang, *Die Jagd nach dem Tiger: Sechs Versuche zur Modernen Chinesischen Literatur=The Hunt for the Tiger: Six Approaches to Modern Chinese Literature* (猎虎：中国现代文学六论), Bochum: N. Brockmeyer, 1984.

Kubin, Wolfgang, *Der Durchsichtige Berg: Die Entwicklung der Naturanschauung in der Chinesischen Literatur* (空山：中国文学中的自然观), Stuttgart: F. Steiner Verlag Wiesbaden, 1985.

Kubin, Wolfgang, *Die Stimme des Schattens: Kunst und Handwerk des Übersetzens* (影子的声音：翻译的技巧与艺术), München: Edition Global, 2001.

Kubin, Wolfgang, *Die Chinesische Dichtkunst—Von den Anfängen bis Zum Ende der Kaiserzeit* (中国诗歌史), München: K. G. Saur, 2002.

Kubin, Wolfgang, *Die Chinesische Literatur im 20. Jahrhundert* (二十世纪中国文学史), München: K. G. Saur, 2005.

Kubin, Wolfgang, *Das Traditionelle Chinesische Theater—Vom Mongolendrama bis zur Pekinger Oper* (中国传统戏剧), München: K. G. Saur, 2009.

Kubin, Wolfgang, "The Language of Poetry, the Language of the World: World Poetry and World Language", *Chinese Literature Today*, Vol.1, No.2 (2011), pp.31—35.

顾彬《德国与中国：历史中的相遇》，李雪涛、张欣编，桂林：广西师范大学出版社，

2015 年。

Lee, Leo Ou-fan, *Shanghai Modern—The Flowering of a New Urban Culture in China, 1930—1945*, Cambridge, London: Harvard University Press, c1999.
李欧梵:《铁屋中的呐喊》,长沙:岳麓书社,1999 年。
李欧梵:《现代性的追求》,北京:三联书店,2000 年。
李欧梵:《徘徊在现代和后现代之间》,上海:三联书店,2000 年。
李欧梵:《重读张爱玲》,上海:上海书店出版社,2008 年。

Legge, James (理雅各), *The Life and Works of Mencius: with Essays and Notes*, London: Trübner, 1875.
Legge, James, *The Religions of China: Confucianism and Taoism Described and Compared with Christianity*, New York: C. Scribner's Sons, 1881.
Legge, James, *The Chinese Classics; with a Translation, Critical and Exegetical Notes, Prolegomena, and Copious Indexes*, Oxford: Clarendon Press, 1893—95.
Legge, James, *Ancient Chinese Odes—From James Legge's She King*, Calcutta: Writers Workshop, 1979.

Levenson, Joseph R. (列文森), "The Humanistic Disciplines: Will Sinology Do?" *The Journal of Asian Studies*, Vol. 23, No. 4 (Aug., 1964), pp.507—512.

Li, Wai-yee (李惠仪), *The Readability of the Past in Early Chinese Historiography*, Cambridge, Mass.: Harvard University Asia Center : distributed by Harvard University Press, 2007.
Li, Wai-yee, *Women and National Trauma in Late Imperial Chinese Literature*, Cambridge, Mass.: Harvard University Asia Center, 2014.

Lin, Shuen-fu (林顺夫), *The Transformation of A Chinese Lyrical Tradition—Chiang K'uei and Southern Sung tz'u Poetry*, Princeton: Princeton University Press, c1978.
Lin, Shuen-fu and Stephen Owen ed., *The Vitality of the Lyric Voice: Shih Poetry from the Late Han to the T'ang*, Princeton: Princeton University Press, c1986.

Liu, Cunren (柳存仁), *Buddhist and Taoist Influences on Chinese Novels*, O. Harrassowitz, Wiesbaden: Kommissionsverlag, 1962.
Liu, Cunren, *Selected Papers from the Hall of Harmonious Wind*, Leiden: E. J. Brill, 1976.
Liu, Cunren, *Confucianism in Modern Times*, Singapore: National University of Singapore, 1984.
柳存仁:《明清中国通俗小说版本研究》,香港:孟氏图书公司,1972 年。

柳存仁:《伦敦所见中国小说书目提要》,台北:凤凰出版社,1974年。

Liu, James J. Y. (刘若愚), *The Art of Chinese Poetry*, Chicago: University of Chicago Press, 1962.

Liu, James J. Y., *The Poetry of Li Shang-yin—Ninth-century Baroque Chinese Poet*, Chicago, University of Chicago Press, 1969.

Liu, James J. Y., *Major Lyricists of the Northern Sung (A. D. 960—1126)*, Princeton: Princeton University Press, 1974.

Liu, James J. Y., *Chinese Theories of Literature*, Chicago: University of Chicago Press, 1975.

Liu, James J. Y., *The Interlingual Critic: Interpreting Chinese Poetry*, Bloomington: Indiana University Press, c1982.

Liu, James J. Y., *Language—Paradox—Poetics: A Chinese Perspective*, Princeton: Princeton University Press, c1988.

Liu, Kang (刘康) and Tang, Xiaobing (唐小兵)ed., *Politics, Ideology, and Literary Discourse in Modern China: Theoretical Interventions and Cultural Critique*, Durham: Duke University Press, 1993.

Liu, Kang, "Politics, Critical Paradigms: Reflections on Modern Chinese Literature Studies", *Modern China*, Vol. 19, No. 1, (Jan., 1993), pp.13—40.

Liu, Lydia He (刘禾), *Translingual Practice: Literature, National Culture, and Translated Modernity—China, 1900—1937*, Stanford: Stanford University Press, 1995.

Liu, Lydia He, *What's Happened to Ideology?—Transnationalism, Postsocialism, and the Study of Global Media Culture*, Durham, N. C: Asian/Pacific Studies Institute, Duke University, 1998.

Liu, Lydia He, *The Clash of Empires—The Invention of China in Modern World Making*, Cambridge, Mass.: Harvard University Press, 2004.

Liu, Lydia He, Rebecca E. Karl and Dorothy Ko ed., *The Birth of Chinese Feminism: Essential Texts in Transnational Theory*, New York: Columbia University Press, c2013.

Lodén, Torbjörn (罗多弼), *Debatten om Proletär Litteratur i Kina 1928—1929* (1928—1930 年左翼文学之争), Stockholm: orientaliska språk, Stockholms university, 1980.

Lodén, Torbjörn, *Swedish China Studies on the Threshold of the 21st Century*, Stockholm: Center for Pacific Asia Studies, Stockholm University, 1999.

Lodén, Torbjörn, *Rediscovering Confucianism: A Major Philosophy of Life in East Asia*, Folkestone : Global Oriental, 2006.

Lodén, Torbjörn ed., *Chinese Culture and Globalization—History and Challenges for the 21st Century*, Stockholm: Stockholm University, Dept. of Oriental Languages; Uppsala:

Uppsala University, Dept. of Linguistics and Philology, 2009.

Loewe, Michael (鲁惟一), *Divination, Mythology and Monarchy in Han China*, Cambridge: University of Cambridge Oriental Publications, 1994.
Loewe, Michael, *Chinese Ideas of Life and Death—Faith, Myth, and Reason in the Han Period (202 BC-AD 220)*, Cambridge, MA: Hackett Publishing Company, Inc., 2005.
Loewe, Michael, *Dong Zhongshu, A "Confucian" Heritage and the Chunqiu Fanlu*, Leiden: Brill, 2011.

Lynn, Richard John (林理彰), *Tradition and Synthesis—Wang Shih-chen as Poet and Critic*, Ann Arbor, Mich.: University Microfilms, 1974.
Lynn, Richard John, *Kuan Yün Shih*, Boston: Twayne Publishers, 1980.
Lynn, Richard John, *Guide to Chinese Poetry and Drama*, Boston, Mass.: G. K. Hall, 1984.

Lu, Tonglin (吕彤邻), *Rose and Lotus: Narrative of Desire in France and China*, Albany: State University of New York Press, c1991.
Lu, Tonglin, *Gender and Sexuality in Twentieth-century Chinese Literature and Society*, Albany: State University of New York Press, c1993.
Lu, Tonglin, Misogyny, *Cultural Nihilism& Oppositional Politics: Contemporary Chinese Experimental Fiction*, Stanford, Calif. : Stanford University Press, 1995.
Lu, Tonglin, *Confronting Modernity in the Cinemas of Taiwan and Mainland China*, Cambridge, UK; New York: Cambridge University Press, 2002.

Mair, Victor H. (梅维恒), *T'ang Transformation Texts: A Study of the Buddhist Contribution to the Rise of Vernacular Fiction and Drama in China*, Cambridge, Mass.: Council on East Asian Studies, Distributed by Harvard University Press, 1989.
Mair, Victor H., *Tao Te Ching: The Classic Book of Integrity and the Way*, New York: Bantam Books, 1990.

Malmqvist, N. G. D (马悦然), *Han Phonology & Textual Criticism*, Canberra: Australian National University, 1963.
Malmqvist, N. G. D, *Problems and Methods in Chinese Linguistics*, Canberra: Australian National University, 1964.
Malmqvist, N. G. D, *Literary Fragments from the Tang Period*, Stockholm: Skrifter Utgivna Av Foreningen for Orientaliska Studier, 1974.
Malmqvist, N. G. D ed., *Modern Chinese Literature and Its Social Context*, Stockholm: Nobel Symposium No. 32, 1977.
Malmqvist, N. G. D ed., *A Selective Guide to Chinese Literature, 1900—1949*, Leiden: Brill

Academic Pub., 1997.

Malmqvist, N. G. D, *Bernhard Karlgren: Portrait of A Scholar, Bethlehem*, Pa.: Lehigh University Press; Lanham, Md.: Rowman & Littlefield Pub. Group, c2011.

Mann, Susan (曼素恩), *Precious Records: Women in China's Long Eighteenth Century*, Stanford, Calif.: Stanford University Press, c1997.

Mann, Susan, *The Talented Women of the Zhang Family*, Berkeley: University of California Press, c2007.

Mann, Susan, *Gender and Sexuality in Modern Chinese History*, New York: Cambridge University Press, 2011.

Maspero, Henri (马伯乐), *La Chine Antique* (古代中国), Paris: E. de Boccard, 1927.

Maspero, Henri, *Taoism and Chinese Religion*, Amherst: University of Massachusetts Press, 1981.

[法国] 马伯乐:《书经中的神话》,冯沅君译,长沙:国立北平研究院史学研究会,1939年。

[法国] 马伯乐:《唐代长安方言考》,聂鸿音译,北京:中华书局,2005年。

Mather, Richard B. (马瑞志), *The Poet Shen Yüeh (441–513): The Reticent Marquis*, Princeton: Princeton University Press, c1988.

Mather, Richard B., *The Age of Eternal Brilliance—Three Lyric Poets of the Yung-ming Era (483–493)*, Leiden & Boston: Brill, 2003.

McCraw, David R. (麦大伟), *Chinese Lyricists of the Seventeenth Century*, Honolulu: University of Hawaii Press, c1990.

McCraw, David R., *How the Chinawoman Lost Her Voice*, Philadelphia: University of Pennsylvania, 1992.

McDonald, Edward (马爱德), "Getting over the Walls of Discourse: 'Character Fetishization' in Chinese Studies", *The Journal of Asian Studies*, Vol. 68, No. 4 (Nov., 2009), pp.1189–1213.

McDougall, Bonnie S (杜博妮); Kam Louie (雷金庆), *The Literature of China in the Twentieth Century*, London: Hurst & Company, c1997.

McDougall, Bonnie S, *Love-letters and Privacy in Modern China: The Intimate Lives of Lu Xun and Xu Guangping*, Oxford; New York: Oxford University Press, 2002.

McDougall, Bonnie S. & Anders Hansson, *Chinese Concepts of Privacy*, Leiden; Boston: Brill, 2002.

McDougall, Bonnie S, *Fictional Authors, Imaginary Audiences: Modern Chinese Literature in the Twentieth Century*, Hong Kong: Chinese University Press, c2003.

McDougall, Bonnie S, *Translation Zones in Modern China: Authoritarian Command versus Gift Exchange*, Amherst, N. Y. : Cambria Press, c2011.

McMahon, Keith (马克梦), *Causality and Containment in Seventeenth-century Chinese Fiction*, Leiden; New York: E. J. Brill, 1988.

McMahon, Keith, *Misers, Shrews, and Polygamists: Sexuality and Male-Female Relations in Eighteenth-century Chinese Fiction*, Durham: Duke University Press, 1995.

Mote, Frederick W (牟复礼), *The Poet Kao Ch'i, 1336—1374*, Princeton: Princeton University Press, 1962.

Mote, Frederick W., *Intellectual Foundations of China*, New York: Alfred A. Knopf, 1971.

Munro, Stanley R. (穆思礼), *The Function of Satire in the Works of Lao She*, Singapore: Chinese Language Centre, Nanyang University, 1977.

Ng, On Cho (伍安祖) and Wang Q. Edward (王晴佳), *Mirroring the Past: the Writing and Use of History in Imperial China*, Honolulu: University of Hawai'i Press, c2005.

Owen, Stephen (宇文所安), *The Poetry of Meng Chiao and Han Yü*, New Haven: Yale University Press, 1975.

Owen, Stephen, *The Poetry of the Early T'ang*, New Haven: Yale University Press, 1977.

Owen, Stephen, *The Great Age of Chinese Poetry: The High T'ang*, New Haven: Yale University Press, c1981.

Owen, Stephen, *Traditional Chinese Poetry and Poetics: Omen of the World*, Madison: University of Wisconsin Press, 1985.

Owen, Stephen, *Remembrances: The Experience of the Past in Classical Chinese Literature*, Cambridge, Mass.: Harvard University Press, 1986.

Owen, Stephen, *Mi-Lou: Poetry and the Labyrinth of Desire, Cambridge*, Mass.: Harvard University Press, 1989.

Owen, Stephen ed., *Readings in Chinese Literary Thought, Cambridge*, Mass.: Council on East Asian Studies, Harvard University : Distributed by Harvard University Press, 1992.

Owen, Stephen, *The End of the Chinese 'Middle Ages': Essays in Mid-Tang Literary Culture*, Stanford, Calif.: Stanford University Press, c1996.

Owen, Stephen ed& trans., *An Anthology of Chinese Literature—Beginnings to 1911*, New York: W. W. Norton & Company, 1997.

Owen, Stephen, *The Late Tang: Chinese Poetry of the Mid-Ninth Century (827—860)*,

Cambridge, Mass.: Harvard University Asia Center: Distributed by Harvard University Press, 2006.

Owen, Stephen, *The Making of Early Chinese Classical Poetry*, Cambridge, Mass.: Published by the Harvard University Asia Center: Distributed by Harvard University Press, 2006.

Owen, Stephen& Kang-i Sun Chang ed., *The Cambridge History of Chinese Literature, Volume 2: From 1375*, Cambridge: Cambridge University Press, 2010.

宇文所安:《他山的石头记》,田晓菲译,南京:江苏人民出版社,2006年。

Pelliot, Paul (伯希和), *Notes on Marco Polo*, Paris: Imprimerie Nationale, 1959.

Pelliot, Paul, *Les Routes de La Région de La Turfan sous Les T'ang: Suivi de l'histoire et La Géographie Anciennes de l'Asie Centrale dans Innermost Asia* (唐代吐鲁蕃地区的道路:论古代中亚史地), Paris: Institut des Hautes Etudes Chinoises du Collège de France, 2002.

[法国] 伯希和:《伯希和敦煌石窟笔记》,耿升译,兰州:甘肃人民出版社,2007年。

[法国] 伯希和:《伯希和西域探险记》,耿升译,北京:人民出版社,2011年。

Plaks, Andrew H. (浦安迪), *Archetype and Allegory in the Dream of the Red Chamber*, Princeton: Princeton University Press, c1976.

Plaks, Andrew H., *Chinese Narrative: Critical and Theoretical Essays*, Princeton: Princeton University Press, c1977.

Plaks, Andrew H., *The Four Masterworks of the Ming Novel*, Princeton: Princeton University Press, c1987.

Porter, Deborah Lynn. (裴碧兰), *From Deluge to Discourse: Myth, History, and the Generation of Chinese Fiction*, Albany: State University of New York Press, 1996.

Puett, Michael J. (普鸣), *The Ambivalence of Creation—Debates Concerning Innovation and Artifice in Early China*, Stanford: Stanford University Press, 2001.

Průšek, Jaroslav. (普实克), *Sestra Moje Čína* (中国:我的姐妹), Družstevní práce, 1940.

Průšek, Jaroslav., *Literatura Osvobozené Číny a Její Lidové Tradice* (中国的文学革命及其民间传统), Praha, Nakl. Československé akademie věd, 1953.

Průšek, Jaroslav., *Studien zur Modernen Chinesischen Literatur—Studies in Modern Chinese Literature* (中国现代文学研究), Berlin : Akademie Verlag, 1964.

Průšek, Jaroslav., *The Origins and the Authors of The Hua-pen*, Prague: Oriental Institute in Academia, 1967.

Průšek, Jaroslav., *Three Sketches of Chinese Literature*, Prague: Oriental Institute in Academia, 1969.

Průšek, Jaroslav., *Chinese History and Literature: Collection of Studies*, D. Reidel publishing company, 1970.

Prušek, Jaroslav., *Chinese Statelets and the Northern Barbarians in the Period 1400—300 B. C*, Dordrecht: D. Reidel publishing company, 1971.

Prušek, Jaroslav. ed., *Dictionary of Oriental Literatures*, New York: Basic Books, 1974.

Prušek, Jaroslav., *The Lyrical and the Epic: Studies of Modern Chinese Literature*, Bloomington: Indiana University Press, c1980.

Prušek, Jaroslav., *Il Medioevo Cinese—Dalla Dinastia Sung alla Dinastia Yüan* (中世纪中国：宋元时代), Torino: Unione tipografico-editrice torinese, c1983.

Rémusat, Jean Pierre Abel (雷慕沙), *Essai sur la Langue et La Littérature Chinoises— Avec Cinq Planches, Contenant des Textes Chinois, Accompagnés de Traductions, de Remarques et D'un Commentaire Littéraire et Grammatical.* (中国语文启蒙) *Suivi de Notes et D'une Table Alphabétique des Mots Chinois*, Treuttel et Wurtz, 1811.

Rémusat, Jean Pierre Abel trans., *Foe Koue Ki, ou, Relation des Royaumes Bouddhiques: Voyage dans La Tartarie, Dans l'Afghanistan et Dans l'Inde, Execute, A La fin du IVe Siecle* (法显佛国游记), Paris: Imprimerie royale, 1836.

Roth, Harold David (罗浩), *The Textual History of the Huai-nan tzu*, Ann Arbor: Association for Asian Studies, 1992.

Roth, Harold David, *Original Tao—Inward Training (nei-yeh) and the Foundations of Taoist Mysticism*, New York: Columbia University Press, 1999.

Roth, Harold David, *Daoist Identity—History, Lineage, and Ritual*, Honolulu: University of Hawai'i Press, c2002.

Rouzer, Paul F. (劳泽), *Writing Another's Dream: The Poetry of Wen Tingyun*, Stanford: Stanford University Press, 1993.

Rouzer, Paul F., *Articulated Ladies: Gender and the Male Community in Early Chinese Texts*, Cambridge, Mass.: Published by the Harvard University Asia Center for the Harvard-Yenching Institute: Distributed by Harvard University Press, 2001.

Rouzer, Paul F., *A New Practical Primer of Literary Chinese*, Cambridge, Mass.: Harvard University Asia Center: Distributed by Harvard University Press, 2007.

Sanders, Graham Martin (孙广仁), *Poetry in Narrative—Meng Ch'i (fl. 841—886) and True Stories of Poems (Pen-shih shih)*, PhD Thesis, Harvard University, 1996.

Sanders, Graham Martin, *Words Well Put: Visions of Poetic Competence in the Chinese Tradition*, Cambridge, Mass.: Published by Harvard University Asia Center for Harvard-Yenching Institute : Distributed by Harvard University Press, 2006.

Sargent, Stuart Howard (萨进德), "Can Latecomers Get There First? Sung Poets and T'ang Poetry", *Chinese Literature: Essays, Articles, Reviews (CLEAR)* , Vol. 4, No. 2 (Jul., 1982), pp.165—198.

Sargent, Stuart Howard, *The Poetry of He Zhu (1052—1125): Genres, Contexts, and Creativity*, Leiden ; Boston: Brill, 2007.

Saussy, Haun (苏源熙), *The Problem of A Chinese Aesthetic*, Stanford: Stanford University Press, 1993.

Saussy, Haun, *Great Walls of Discourse and Other Adventures in Cultural China*, Cambridge, Mass. : Harvard University Press, c2001.

Saussy, Haun, *Comparative Literature in an Age of Globalization*, Baltimore, Md.: Johns Hopkins University Press, 2006.

Schlegel, Gustaaf (薛力赫), *Die Chinesische Inschrift auf dem Uigurischen Denkmal in Kara Balgassun* (哈喇巴尔噶逊回鹘碑汉文碑铭译释), Helsingfors: Société finnoougrienne, 1896.

Schlepp, Wayne (施文林), *Translating Chinese: A Poem by Ts'ui Hao*, North Harrow, Middlesex: P. Ward, c1963.

Schlepp, Wayne, *Technique and Imagery of Yüan San-ch'a*, Ph. D Thesis, University of London, 1964.

Schmidt-Glintzer, Helwig (施寒微), *Das Hung-ming chi und die Aufnahme des Buddhismus in China* (《鸿明集》与佛教在中国的接受), Wiesbaden: F. Steiner, 1976.

Schmidt-Glintzer, Helwig, *Chinesische Manichaica: Mit Textkritischen Anmerkungen und einem Glossar* (汉文摩尼教文献: 附校勘、索引), Wiesbaden: O. Harrassowitz, 1987.

Schmidt-Glintzer, Helwig, *Lebenswelt und Weltanschauung im Frühneuzeitlichen China* (早期近代中国的社会和信仰), Stuttgart: F. Steiner, 1990.

Schmidt-Glintzer, Helwig, *Geschichte der Chinesischen Literatur: Die 3000jährige Entiwicklung der poetischen, Erzählenden und Philosophisch-religiösen Literatur Chinas von den Anfängen bis zur Gegenwart* (中国文学史), Bern: Scherz, 1990.

Schmidt-Glintzer, Helwig, *Das Alte China: Von den Anfängen bis zum 19. Jahrhundert* (古代中国), München: Beck, 1995.

Schmidt-Glintzer, Helwig; Achim Mittag and Jörn Rüsen ed., *Historical Truth, Historical Criticism, and Ideology—Chinese Historiography and Historical Culture from a New Comparative Perspective*, Leiden: Brill Academic Pub, 2005.

Schott, Wilhelm (晓特), *Über den Buddhaismus in Hochasien und in China—Eine in der*

Königl. Preuss. Akademie der Wissenschaften am 1. Februar 1844 Gelesene und Nachmals weiter Ausgeführte Abhandlung (佛教在中国), Berlin: Veit & Comp., 1846.

Schott, Wilhelm, Entwurf einer Beschreibung der Chinesischen Litteratur—Eine in der Königl, Preuss. Akademie der Wissenschaften am 7. Februar 1850 Gelesene Abhandlung (中国文学论纲), Berlin: Ferd. Dümmler 1854.

Schott, Wilhelm, *Chinesische Sprachlehre—Zum Gebrauche bei Vorlesungen und zur Selbstunterweisung* (中国语文), Berlin: F erd. Dümmler, 1857.

Schott, Wilhelm, *Über die chinesische Verskunst* (中国诗律), Berlin: Druckerei der K. Akademie der Wissenschaften, 1857.

Schwartz, Benjamin I. (史华慈), *Chinese Communism and The Rise of Mao*, Cambridge, MA: Harvard University Press, 1951.

Schwartz, Benjamin I., *In Search of Wealth and Power: Yen Fu and the West*, Cambridge, MA: Harvard University Press, 1964.

Schwartz, Benjamin I., *China and Other Matters*, Cambridge, MA: Harvard University Press, 1996.

Schwartz, Benjamin I. (ed.), *Reflections on the May Fourth Movement*, Cambridge, MA: East Asian Research Center, Harvard University; distributed by Harvard University Press, 1972.

Schwartz, Benjamin I.& Rosemont, Henry ed., *Studies in Classical Chinese Thought*, Cambridge, MA: Harvard University Press, 1979.

Schwartz, Benjamin I., *The World of Thought in Ancient China*, Cambridge, MA: Belknap Press of Harvard University Press, 1985.

Shaughnessy, Edward L. (夏含夷), *Sources of Western Zhou History: Inscribed Bronze Vessels*, Berkeley: University of California Press, c1991.

Shaughnessy, Edward L., *Before Confucius: Studies in the Creation of the Chinese Classics*, Albany: State University of New York Press, c1997.

Shaughnessy, Edward L., *Ancient China: Life, Myth and Art*, London: Duncan Baird, 2005.

Shaughnessy, Edward L., *Rewriting Early Chinese Texts*, Albany: State University of New York Press, c2006.

Shaughnessy, Edward L., *The Cambridge History of Ancient China: From the Origins of Civilization to 221 B. C*, Cambridge: Cambridge University Press, c2008.

Skinner, G. William (施坚雅), "What the Study of China Can Do for Social Science", *The Journal of Asian Studies*, Vol. 23, No. 4 (Aug., 1964), pp.517−522.

Starr, Chloë F. (司马懿), *Red-light Novels of the Late Qing*, Leiden: Brill Academic

Publishers, 2006.

Starr, Chloë F. and Berg, Daria ed., *The Quest for Gentility in China: Negotiations beyond Gender and Class*, London; New York: Routledge, 2007.

Swartz, Wendy (田菱), Reclusion, *Personality and Poetry—Tao Yuanming's Reception in the Chinese Literary Tradition*, Los Angeles: University of California, 2003.

Swartz, Wendy, *Reading Tao Yuanming: Shifting Paradigms of Historical Reception (427—1900)*, Cambridge, Mass.: published by the Harvard University Asia Center: distributed by Harvard University Press, c2008.

Swartz, Wendy, Robert Ford Campany, Yang Lu, and Jessey J. C. Choo ed., *Early Medieval China: A Sourcebook*, New York: Columbia University Press, 2014.

Tang, Xiaobing (唐小兵), *Chinese Modern: The Heroic and Quotidian*, Durham: Duke University Press, 2000.

Tang, Xiaobing, *Visual Culture in Contemporary China: Paradigms and Shifts*, Cambridge: Cambridge University Press, 2015.

Tian, Xiaofei (田晓菲), *Tao Yuanming & Manuscript Culture: The Record of A Dusty Table*, Seattle: University of Washington Press, c2005.

Tian, Xiaofei, *Visionary Journeys—Travel Writings from Early Medieval and Nineteenth-Century China*, Cambridge, Mass.: Harvard University Asia Center, Distributed by Harvard University Press, 2011.

田晓菲：《秋水堂评金瓶梅》，天津：天津人民出版社，2003 年。

田晓菲：《烽火与流星》，新竹：国立清华大学出版社，2009 年。

Tillman, Hoyt Cleveland (田浩) and West, Stephen H. (奚若谷) ed., *China under Jurchen Rule: Essays on Chin Intellectual and Cultural History*, Albany: State University of New York Press, c1995.

Van Zoeren, Steven Jay. (范左仑), *Poetry and Personality: Reading, Exegesis, and Hermeneutics in Traditional China*, Stanford: Stanford University Press, 1991.

Wagner, Rudolf G (瓦格纳), *Approaches to Soviet-type Literature, Russian, Chinese, East German*, New York: Cornell University, 1982.

Wagner, Rudolf G, *Reenacting the Heavenly Vision: The Role of Religion in the Taiping Rebellion*, Berkeley: Institute of East Asian Studies, University of California, Berkeley, c1982.

Wagner, Rudolf G, *The Contemporary Chinese Historical Drama—Four Studies*, Okaland:

University of California Press, 1990.

Wagner, Rudolf G, *Inside a Service Trade—Studies in Contemporary Chinese Prose*, Cambridge, Mass.: Council on East Asian Studies, Harvard University: Distributed by Harvard University Press, 1991.

Wagner, Rudolf G, *Language, Ontology, and Political Philosophy in China—Wang Bi's Scholarly Exploration of the Dark (xuanxue)*, New York: State University of New York Press, 2003.

Wagner, Rudolf G, *A Chinese Reading of the Daodejing—Wang Bi's Commentary on the Laozi with Critical Text and Translation*, Albany, NY: State University of New York Press, 2003.

Wagner, Rudolf G ed., *Joining the Global Public: Word, Image, and City in Early Chinese Newspapers, 1870–1910*, Albany, NY: State University of New York Press, c2007.

Wagner, Rudolf G; Melina Doleželová-Velingerová ed., *Chinese Encyclopaedias of New Global Knowledge (1870–1930): Changing Ways of Thought*, Heidelberg; New York: Springer, c2014.

［德国］瓦格纳：《王弼"老子注"研究》，杨立华译，南京：江苏人民出版社，2008年。

Waley, Arthur (韦利) trans., *A Hundred and Seventy Chinese Poems*, London: Constable and company, ltd., 1918.

Waley, Arthur, *The Poetry and Career of Li Po, 701–762 A. D*, London: East and West, 1919.

Waley, Arthur, *Three Ways of Thought in Ancient China*, New York: Macmillan, 1940.

Waley, Arthur, *The Life and Times of Po Chü-i, 772–846 A. D*, London: G. Allen & Unwin, 1949.

Waley, Arthur, *The Nine Songs; A Study of Shamanism in Ancient China*, London: G. Allen and Unwin, 1955.

Waley, Arthur, *Yuan Mei—Eighteenth Century Chinese Poet*, New York: Grove Press, 1956.

Waley, Arthur, *The Way and Its Power: A Study of the Tao Tê Ching and Its Place in Chinese Thought*, New York: Grove Press, 1958.

Waley, Arthur ed and trans., *Ballads and Stories from Tun-huang: An Anthology*, London: G. Allen & Unwin, 1960.

Wang Ching-hsien (王靖献), *The Bell and the Drum: Shih Ching as Formulaic Poetry in an Oral Tradition*, Berkeley: University of California Press, 1974.

Wang Ching-hsien, *From Ritual to Allegory: Seven Essays in Early Chinese Poetry*, Hong Kong：The Chinese University Press, 1988.

Wang, Dewei (王德威), *Fictional Realism in Twentieth-century China: Mao Dun, Lao She,*

Shen Congwen, New York: Columbia University Press, c1992.

Wang, David Der-wei & Widmer, Ellen ed., *From May Fourth to June Fourth: Fiction and Film in Twentieth-century China*, Cambridge, Mass.: Harvard University Press, 1993.

Wang, Dewei, *Fin-de-siècle Splendor: Repressed Modernities of Late Qing Fiction, 1849—1911*, Stanford, Calif.: Stanford University Press, 1997.

Wang, David Der-wei and Chi, Pang-yuan ed., *Chinese Literature in the Second Half of A Modern Century: A Critical Survey*, Bloomington: Indiana University Press, c2000.

Wang, Dewei, *The Monster That is History: History, Violence, and Fictional Writing in Twentieth-century China*, Berkeley: University of California Press, 2004.

Wang, David Der-wei & Carlos Rojas ed., *Writing Taiwan: A New Literary History*, Durham: Duke University Press, 2007.

Wang, Dewei, *The Lyrical in Epic Time: Modern Chinese Intellectuals and Artists through the 1949 Crisis*, New York: Columbia University Press, 2015.

Wang, David Der-wei and Shang, Wei ed., *Dynastic Crisis and Cultural Innovation: From the Late Ming to the Late Qing and Beyond*, Cambridge: Harvard University Press, 2005.

王德威：《从刘鹗到王祯和：中国现代写实小说散论》，台北：时报出版社公司，1986年。

王德威：《小说中国：晚清到当代的中文小说》，台北：麦田出版公司，1993年。

王德威：《想象中国的方法：历史、小说、叙事》，北京：三联书店，1998年。

王德威：《典律的生成：小说尔雅三十年》，台北市：尔雅出版有限公司，1998年。

王德威：《落地的麦子不死：张爱玲与"张派"传人》，济南：山东画报出版社，2004年。

王德威：《如此繁华：王德威自选集》，香港：天地图书有限公司，2005年。

王德威：《想像的本邦：现代文学十五论》，台北：麦田出版公司，2005年。

王德威：《中国现代小说的史与学：向夏志清先生致敬》，台北：联经出版事业股份有限公司，2010年。

王德威：《现当代文学新论：义理·伦理·地理》，北京：三联书店，2014年。

Wang, Yugen (王宇根), *Ten Thousand Scrolls: Reading and Writing in The Poetics of Huang Tingjian and The Late Northern Song*, Cambridge, Mass.: Harvard University Asia Center: Distributed by Harvard University Press, 2011.

Watson, Burton (华兹生), *Early Chinese Literature*, New York: Columbia University Press, 1962.

Watson, Burton, *Chinese Lyricism: Shih Poetry from the Second to the Twelfth Century*, New York: Columbia University Press, 1971.

Watson, Burton, *Chinese Rhyme-Prose: Poems in the Fu Form from the Han and Six Dynasties Periods*, New York: Columbia University Press, 1971.

Watson, Burton, *Chinese lyricism: Shih Poetry from the Second to the Twelfth Century*, New York: Columbia University Press, 1971.

Weber, Max (韦伯), *The Religion of China: Confucianism and Taoism*, Hans H. Gerth trans&ed., Glencoe, Illinois: Free Press, 1968.

West, Stephen H. (奚若谷), *Studies in Chin Dynasty (1115–1234) Literature*, Microfilm of typescript. Ann Arbor, Mich.: University Microfilms, 1973.

West, Stephen H., *Vaudeville and Narrative: Aspects of Chin Theater*, Wiesbaden: Steiner, 1977.

Westbrook, Francis Abeken (韦斯布鲁克), *Landscape Description in the Lyric Poetry and "Fuh on Dwelling in the Mountains" of Shieh Ling-Yunn*, Ph. D diss., Yale University, 1972.

Wilhelm, Richard (卫礼贤), *Lao-tse und der Taoismus* (老子与道教), Stuttgart: F. Frommann, c1925.

Wilhelm, Richard, *A Short History of Chinese Civilization*, London: G. G. Harrap, 1929.

Wilhelm, Richard, *Lectures on the I Ching: Constancy and Change*, Irene Eber trans., Princeton, N. J.: Princeton University Press, c1979.

卫礼贤：《中国心灵》，王宇洁等译，北京：国际文化出版公司，1998 年。

William H. Nienhauser, Jr. (倪豪士)ed., *Critical essays on Chinese literature*, Hong Kong: Chinese University of Hong Kong; Honolulu: distributed by the University Press of Hawaii, c1976.

William H. Nienhauser, Jr., *Bibliography of Selected Western Works on T'ang Dynasty Literature*, Taibei: Center for Chinese Studies, 1988.

William H. Nienhauser, Jr., *Tang Dynasty Tales—A Guided Reader*, Singapore: World Scientific, c2010.

Wixted, John Timothy (魏世德), *Poems on Poetry: Literary Criticism by Yuan Hao-wen, 1190–1257*, Wiesbaden: Steiner, 1982.

Yang, Xiaobin (杨小滨), *The Chinese Postmodern—Trauma and Irony in Chinese Avant-garde Fiction*, Ann Arbor: University of Michigan Press, c2002.

Yang, Xiaoshan (杨晓山), *Metamorphosis of the Private Sphere: Gardens and Objects in Tang-Song Poetry*, Cambridge, Mass.: Harvard University Asia Center: Distributed by Harvard University Press, 2003.

Yeh, Chia-ying (叶嘉莹), *Ode to the Lotus: Selected Poems of Florence Chia-ying Yeh*, Vancouver, BC: Success, 2007.

叶嘉莹:《叶嘉莹说词》,上海:上海古籍出版社,1999年。
叶嘉莹:《迦陵谈诗》,台北:东大图书公司,2005年。
叶嘉莹:《叶嘉莹说汉魏六朝诗》,北京:中华书局,2007年。
叶嘉莹:《词之美感特质的形成与演进》,北京:北京大学出版社,2007年。

Yu, Anthony C. (余国藩), *Rereading the Stone—Desire and the Making of Fiction in Dream of the Red Chamber*, Princeton: Princeton University Press, c1997.

Yu, Anthony C., *Literature, Religion, and East/West Comparison—Essays in Honor of Anthony C. Yu*, Newark: University of Delaware Press, c2005.

Yu, Pauline (余宝琳), *The World of Wang Wei's Poetry—An Illumination of Symbolist Poetics*, Ann Arbor: Xerox University Microfilms, 1977.

Yu, Pauline, *The Reading of Imagery in the Chinese Poetic Tradition*, Princeton: Princeton University Press, c1987.

Yu, Pauline ed., *Voices of The Song Lyric in China*, Berkeley: University of California Press, c1994.

Zhang, Xudong (张旭东), *The Politics of Aestheticization—Zhou Zuoren and the Crisis of the Chinese New Culture (1927–1937)*, Ph. D. dissertation, Duke University, 1995.

Zhang, Xudong, *Chinese Modernism in the Era of Reforms: Cultural Fever, Avant-garde Fiction, and the New Chinese Cinema*, Durham: Duke University Press, 1997.

Zhang, Xudong, *Postsocialism and Cultural Politics: China in the Last Decade of the Twentieth Century*, Durham: Duke University Press, 2008.

Zhou, Cezong (周策纵), *The May Fourth Movement: Intellectual Revolution in Modern China*, Cambridge: Harvard University Press, 1960.

周策纵:《"破斧"新诂:〈诗经〉研究之一》,新加坡:新社,1969年。
周策纵:《红楼梦案:弃园红楼论文集》,香港:中文大学出版社,2000年。
周策纵:《周策纵文集》,香港:商务印书馆,2010年。

其他:

[日] 儿岛献吉郎:《中国文学概论》,张铭慈译,上海:商务印书馆,1930年。
[日] 儿岛献吉郎:《诸子百家考》,陈清泉译,上海:商务印书馆,1933年。
[日] 儿岛献吉郎:《毛诗楚辞考》,隋树森译,上海:商务印书馆,1936年。

[日] 古城贞吉:《中国五千年文学史》,王灿译,台湾:广文书局有限公司,1976年。

[日] 吉川幸次郎:《元杂剧研究》,郑清茂译,台北:艺文印书馆,1960年。
[日] 吉川幸次郎:《宋诗概说》,东京:岩波书店,1962年。
[日] 吉川幸次郎:《中国诗史》,东京:筑摩书房,1967年。
[日] 吉川幸次郎:《宋诗概说》,台北:联经出版公司,1977年。
[日] 吉川幸次郎:《中国文学杂谈:吉川幸次郎对谈集》,东京:朝日新闻社,1977。
[日] 吉川幸次郎:《文明的三极》,东京:筑摩书房,1978年。
[日] 吉川幸次郎:《中国文学史》,陈顺智、徐少舟译,成都:四川人民出版社,1987年。

[俄] 李福清:(Riftin, B. L.)《中国神话故事论集》,马昌仪编,台北:台湾学生书局,1991年。
[俄] 李福清:《中国古典文学研究在苏联:小说、戏曲》,田大畏译,台北:台湾学生书局,1991年。
[俄] 李福清:《海外孤本晚明戏剧选集三种》,李平编,上海:上海古籍出版社,1993年。
[俄] 李福清:《李福清论中国古典小说》,台北:洪叶文化事业有限公司,1997年。
[俄] 李福清:《三国演义与民间文学传统》,尹锡康、田大畏译,上海:上海古籍出版社,1997年。
[俄] 李福清:《从神话到鬼话:台湾原住民神话故事比较研究》,台北:晨星出版社,1998年。
[俄] 李福清:《古典小说与传说》,李明滨编选,北京:中华书局,2003年。
[俄] 李福清:《中国各民族神话研究外文论著目录:1839-1990,包括跨境民族神话》,北京:北京图书馆出版社,2007年。

[日] 铃木虎雄:《中国诗论史》,京都:弘文堂书房,1925年。
[日] 铃木虎雄:《支那文学研究》,京都:弘文堂书房,1925年。
[日] 铃木虎雄:《白乐天诗解》,京都:弘文堂书房,1927年。
[日] 铃木虎雄:《业间录》,京都:弘文堂书房,1928年。
[日] 铃木虎雄:《赋诗大要》,东京:富山房,1936年。
[日] 铃木虎雄:《禹域战乱诗解》,京都:弘文堂书房,1945年。
[日] 铃木虎雄:《陶渊明诗解》,东京:弘文堂书房,1948年。
[日] 铃木虎雄:《陆放翁诗解》,京都:弘文堂书房,1948年。
[日] 铃木虎雄:《骈文史序说》,东京:研文出版社,1961年。
[日] 铃木虎雄:《中国诗论史》,洪顺隆译,台北:商务印书馆,1979年。

[日] 木山英雄:《文学复古与文学革命——木山英雄中国现代文学思想论集》,赵京华编译,北京:北京大学出版社,2004年。
[日] 木山英雄:《北京苦住庵记:日中战争时代的周作人》,赵京华译,北京:三联书店,2008年。

［日］内藤湖南：《新支那论》，东京：博文堂，1924年。

［日］青木正儿：《中国文学概说》，隋树森译，上海：开明书店，1938年。
［日］青木正儿：《南北戏曲源流考》，江侠庵译，上海：商务印书馆，1939年。
［日］青木正儿：《元人杂剧序说》，隋树森译，上海：开明书店，1941年。
［日］青木正儿：《支那文学艺术考》，东京：弘文堂书房，1942年。
［日］青木正儿：《中国文学与日本文学》，梁盛志译，北京：国立华北编译馆，1942年。
［日］青木正儿：《中国近世戏曲史》，王古鲁译，北京：中华书局，1954年。
［日］青木正儿：《清代文学评论史》，陈淑女译，台北：台湾开明书店，1969年。
［日］青木正儿：《中国文学思想史》，孟庆文译，沈阳：春风文艺出版社，1985年。

［日］狩野直喜：《中国学文薮》，周先民译，北京：中华书局，2011年。

［日］丸山升：《上海物语：国际都市上海与日中文化人》，东京：讲谈社，2004年。
［日］丸山升：《鲁迅·革命·历史：丸山升现代中国文学论集》，王俊文译，北京：北京大学出版社，2005年。

［日］盐谷温：《元曲概说》，隋树森译，上海：商务印书馆，1947年。
［日］盐谷温：《中国文学概论》，孙俍工译，台湾：开明书店，1979年。

［日］伊藤虎丸（Toramaru Itō）：《鲁迅、创造社与日本文学：中日近现代比较文学初探》，孙猛等译，北京：北京大学出版社，1995年。
［日］伊藤虎丸编：《日本学者研究中国现代文学论文选粹》，长春：吉林大学出版社，1987年。
［日］伊藤虎丸：《鲁迅与日本人：亚洲的近代与"个"的思想》，李冬木译，石家庄：河北教育出版社，2000年。
［日］伊藤虎丸：《鲁迅与终末论：近世现实主义的成立》，李冬木译，北京：三联书店，2008年。

［日］竹内好：《鲁迅》，李心峰译，杭州：浙江文艺出版社，1986年。
［日］竹内好：《近代的超克》，孙歌编，李冬木等译，北京：三联书店，2005年。
［日］竹内好：《新编现代中国论》，东京：筑摩书房，1966年。
［日］竹内好：《现代中国的文学》，东京：筑摩书房，1981年。

参考文献

外文文献（按姓氏音序，同一作者按作品出版时间）：

Bagchi, Prabodh Chandra. *India and China: A Thousand Years of Cultural Relations*, New York: Philosophical Library, 1951.

Birch, Cyril, *Chinese Myths and Fantasies*, Oxford: Oxford University Press, 1961.

Capra, Fritj, *The Tao of Physics*, Boston: Shambhala Publications, 1991.

Cohen, Paul A. & Goldman, Merle ed., *Ideas Across Cultures: Essays on Chinese Thought in Honor of Benjamin I. Schwartz*, Cambridge, Mass: Harvard University Press, 1990.

Dudbridge, Glen, *Religious Experience and Lay Society in T'ang China: A Reading of Tai Fu's Kuang-i chi*, Cambridge: Cambridge University press, 1995.

Duke, Michael S., *Lu You*, Boston: Twayne Pubishers, c1977.

Duke, Michael S., *Blooming and Contending—Chinese Literature in the Post-Mao Era*, Bloomington: Indiana University Press, c1985.

Egan, Ronald C., *The Literary Works of Ou-yang Hsiu (1007—72)*, Cambridge; New York: Cambridge University Press, 1984.

Evans, Paul M., *John Fairbank and the American Understanding of Modern China*. New York: Basil Blackwell Inc, 1988.

Fairbank, John King, *Chinabound: A Fifty-Year Memoir*, New York: Harper& Row Publishers, c1982.

Freedman, Maurice, *Main Trends in Social and Cultural Anthropology*. New York: Holmes& mwier Publishers, 1979.

Granet, Marcel, *The Religion of the Chinese People*, Oxford: Blackwell, 1975.

Gu, Mingdong, *Sinologism: an Alternative to Orientalism and Postcolonialism,* London, New York: Routledge, 2013.

Hanan, Patrick, *A Study of the Composition and the Sources of the " Chin P'ing Mei"*, London: London University Press, 1960.

Huang, Yunte, *Transpacific Displacement: Ethnography, Translation, and Intertextual Travel *in Twentieth-Century American Literature*. Berkeley, Los Angeles& London: University of California Press, 2002.

Idema, W. L., *Chinese Vernacular Fiction: The Formative Period*, Leiden: Brill, 1974.

Idema, W. L., *Chinese Theater, 1100—1450: A Source Book*, Wiesbaden: Steiner, 1982.

Idema, W. L., *The Red Brush—Writing Women of Imperial China*, Harvard: Harvard University Press, 2004.

Idema, W. L., *Heroines of Jiangyong: Chinese Narrative Ballads in Women's Script*, Seattle: University of Washington Press, 2009.

Jullien, François, *Detour and Access: Strategies of Meaning in China and Greece*, Sophie Hawkes trans., New York: Zone Books; Cambridge, Mass.: Distributed by the MIT Press, 2000.

Jullien, François, *A Treatise on Efficacy: Between Western and Chinese Thinking*, Janet Lloyd trans., Honolulu: University of Hawai'i Press, c2004.

Kroll, Paul W., *Meng Hao-Jan*, Boston: Twayne, 1981.

Kubin, Wolfgang& Wagner, Rudolf G. ed., *Essays in Modern Chinese Literature and Literary Criticism: Papers of the Berlin Conference, 1978,* Bochum: studien verlag n. brockmeyer, 1982.

Liu, James J. Y., *Chinese Theories of Literature*, Chicago: University of Chicago Press, 1975.

Liu, James J. Y., *Language- Paradox- Poetics: A Chinese Perspective*. Princeton: Princeton University Press. 1988.

Mather, Richard B., *The Poet Shen Yüeh (441—513): The Reticent Marquis*, Princeton: Princeton University Press, c1988.

May, Ernest R. and Fairbank, John K. ed., *American's China Trade in Historical Perspective: The Chinese and American Performance*, Cambridge & London: Harvard University Press, 1986.

Meng, Chi, *Chinese American Understanding: A Sixty-Year Search*, New York: China Institute in America, 1981.

Morris, Ivan. *Madly Singing in the Mountains: An Appreciation and Anthology of Arthur Waley,* New York: Walker and Company, 1970.

Nienhauser, William H. Jr., *Tang Dynasty Tales—A Guided Reader*, Singapore: World Scientific, c2010.

Ouyang, Eugene Chen, *The Transparent Eye: Reflections on Translation, Chinese Literature, and Comparative Poetics*. Honolulu: University of Hawaii press, c1993.

Owen, Stephen ed., *Readings in Chinese Literary Thought,* Cambridge, Mass.: Council on East Asian Studies, Harvard University : Distributed by Harvard University Press, 1992.

Owen, Stephen ed& trans., *An Anthology of Chinese Literature: Beginnings to 1911*, New York: W. W. Norton & Company, 1997.

Plaks, Andrew H., *Archetype and Allegory in the Dream of the Red Chamber*, Princeton:

Princeton University Press, c1976.

Prušek, Jaroslav, *Dictionary of Oriental Literatures,* New York: Basic Books, 1974.

Prušek, Jaroslav, *The Lyrical and the Epic: Studies of Modern Chinese Literature,* Bloomington: Indiana University Press, c1980.

Ray, Haraprasad ed., *Contribution of P. C. Bagchi on Sino-Indo Tibetology,* Kolkata: Asiatic Society, 2002.

Roth, Harold David, *The Textual History of the Huai-nan tzu,* Ann Arbor: Association for Asian Studies, 1992.

Sargent, Stuart Howard, *The Poetry of He Zhu (1052—1125): Genres, Contexts, and Creativity,* Leiden ; Boston: Brill, 2007.

Schwartz, Benjamin I., *China and Other Matters,* Cambridge, MA: Harvard University Press, 1996.

Schwartz, Benjamin I.& Rosemont, Henry ed., *Studies in Classical Chinese Thought,* Cambridge, MA: Harvard University Press, 1979.

Shaughnessy, Edward L., *Before Confucius: Studies in the Creation of the Chinese Classics,* Albany: State University of New York Press, c1997.

Waley, Arthur, *Three Ways of Thought in Ancient China,* New York: Macmillan, 1940.

Waley, Arthur ed. and trans., *Ballads and Stories from Tun-huang: An Anthology,* London: G. Allen & Unwin, 1960.

Wang, Ching-hsien, *The Bell and the Drum: Shih Ching as Formulaic Poetry in an Oral Tradition,* Berkeley: University of California Press, 1974.

Weber, Max, *The Religion of China: Confucianism and Taoism,* Hans H. Gerth trans&ed., Glencoe, Illinois: Free Press, 1968.

Yu, Pauline, *The Reading of Imagery in the Chinese Poetic Tradition,* Princeton: Princeton University Press, c1987.

Zhang, Xudong, *The Politics of Aestheticization—Zhou Zuoren and the Crisis of the Chinese New Culture (1927—1937),* Ph. D. dissertation, Duke University, 1995.

* * *

Chaves, Jonathan, "'Not the Way of Poetry': The Poetics of Experience in the Sung Dynasty", *Chinese Literature: Essays, Articles, Reviews (CLEAR),* Vol. 4, No. 2 (Jul., 1982).

Chen, Shih-hsiang, "The Shih-ching: Its Generic Significance in Chinese Literary History and Poetics."*Bulletin of the Institute of History and Philology*, 1969.

Chen, Shih-hsiang, "On Chinese Lyrical Tradition: Opening Address to Panel on Comparative Literature, AAS Meeting, 1971", *Tamkan Review*, (Nov., 1971) — (Apr., 1972).

Chen, Shih-Hsiang, "The Shih-ching: Its Generic Significance in Chinese Literary History and Poetics", *Studies in Chinese Literary Genres,* ed by Cyril Birch, Los Angeles: University of California Press, 1974.

Chow, Rey, "On Chineseness as a Theoretical Problem", *Boundary 2. Vol. 25, No. 3, Modern Chinese Literary and Cultural Studies in the Age of Theory: Reimaging a Field*, (Aug., 1998).

Doleželová-Velingerová, Milena, "An Early Chinese Confessional Prose: Shen Fu's Six Chapters of a Floating Life", *T'oung Pao*, LVII, 1972.

Doleželová-Velingerová, Milena, "Fiction from the End of the Empire to the Beginning of the Republic: 1897—1916", In Victor H. Mair, ed. *The Columbia History of Chinese Literature*. New York: Columbia University Press, 2001.

Egan, Ronald C., "The Tso chuan: Selections from China's Oldest Narrative History. Translated by Burton Watson", *The Journal of Asian Studies*, No. 49, 1990(2).

Gu, Zuzhao, "Five Kinds of Imaginary", *Social Sciences in China*, 1996 (Autumn).

Hightower, James Robert, "The Fu of T'ao Ch'ien", Offprint from the *Harvard journal of Asiatic studies*, vol. 17, No. 1, (Jun., 1954).

Hsiao, Kung-Chuan, "Chinese Studies and the Disciplines—the Twins Shall Meet", *The Journal of Asian Studies*, Vol. 24, No. 1 (Nov., 1964).

Powers, Martin J., "Book Review: Sinologism: An Alternative to Orientalism and Postcolonialism", *The Journal of Asian Studies,* Vol. 73, No. 4, (Nov., 2014).

Sargent, Stuart Howard, "Can Latecomers Get There First? Sung Poets and T'ang Poetry", *Chinese Literature: Essays, Articles, Reviews (CLEAR)* , Vol. 4, No. 2, (Jul., 1982).

Sangreen, P. Steven, "Cultural Anthropology and Sinology in the United States: An Informal Assessment", *Revue européenne des sciences sociales,* No. 76 (Oct., 1987).

Skinner, G. William, "What the Study of China Can Do for Social Science", *The Journal of Asian Studies*, Vol. 23, No. 4, (Aug., 1964).

中文文献（按姓氏音序，同一作者按作品出版时间）：

［意］艾柯：《诠释与过度诠释》，王宇根译，北京：三联书店，1997年。

［美］安乐哲、郝大维：《通过孔子而思》中译本序，何金俐译，北京：北京大学出版社，2005年。

［荷］巴克曼、德弗里斯：《大汉学家高罗佩传》，施辉业译，海口：海南出版社，2011年。

［日］白川静：《中国古代民俗》，何乃英译，西安：陕西人民美术出版社，1988年。

［日］白川静：《诗经的世界》，杜正胜译，台北：东大图书公司，2001年。

陈平原：《追忆王国维》，北京：中国广播电视出版社，1997年。

陈寅恪：《金明馆丛稿二编》，北京：三联书店，2009年。

［法］陈艳霞：《华乐西传法兰西》，耿升译，北京：商务印书馆，1998年。

陈智超编著：《陈垣来往书信集》，上海：上海古籍出版社，1990年。

［法］德里达：《论文字学》，汪堂家译，上海：上海译文出版社，2015年。

[美] 杜维明：《杜维明文集》第一卷，武汉：武汉出版社，2002年。
杜小真：《远去与归来：希腊与中国的对话——关于法国哲学家于连的研究》，北京：中国人民大学出版社，2004年。
高本汉：《高本汉〈诗经〉注释》（上），董同龢译，上海，中西书局，2012年。
[法] 葛兰言：《古代中国的节庆与歌谣》，赵丙祥、张宏明译，桂林：广西师范大学出版社，2005年。
[德] 顾彬：《中国文人的自然观》，马树德译，上海：上海人民出版社，1990年。
[德] 顾彬：《二十世纪中国文学史》，范劲等译，上海：华东师范大学出版社，2008年。
[英] 葛瑞汉：《论道者》，张海晏译，北京：中国社会科学出版社，2003年。
[德] 海德格尔：《诗、语言、思》，彭富春译，北京：文化艺术出版社，1990年。
[美] 韩南：《中国白话小说史》，尹慧珉译，杭州：浙江古籍出版社，1989年。
[美] 韩南：《中国近代小说的兴起》，徐侠译，上海：上海教育出版社，2004年。
[美] 韩南：《韩南中国小说论集》，王秋佳译，北京：北京大学出版社，2008年。
[美] 郝大维（David L. Hall）、安乐哲（Roger T. Ames）：《孔子哲学思微》，蒋弋为、李志林译，南京：江苏人民出版社，1996年。
胡适：《胡适文存》，合肥：黄山书社，1996年。
[英] 霍布斯鲍姆、兰格：《传统的发明》，庞冠群译，南京：译林出版社，2004年。
[美] 柯文：《在中国发现历史：中国中心观在美国的兴起》，林同奇译，北京：中华书局，2002年。
孔颖达：《十三经注疏》（上册），北京：中华书局，1998年。
李明滨：《中国文学俄罗斯传播史》，北京：学苑出版社，2011年。
李庆：《日本汉学史》（第三部），上海：上海教育出版社，2002年。
李伟丽：《尼·雅·比丘林及其汉学研究》，北京：学苑出版社，2007年。
[日] 铃木虎雄、青木正儿：《中国文学论集》，汪馥泉译，上海：神州国光出版社，1930年。
[日] 铃木虎雄：《赋史大要》，殷石臞译，台北：正中书局，1976年。
[日] 铃木虎雄：《中国诗论史》，许总译，南宁：广西人民出版社，1989年。
[美] 刘禾：《跨语际实践：文学，民族文化与被译介的现代性》，北京：三联书店，2014年。
刘勰：《文心雕龙》，北京：人民文学出版社，1958年。
龙云：《钱德明研究——18世纪一位处于中法文化交汇处的传教士》，北京：北京大学博士学位论文，2010年。
鲁迅：《而已集》，《鲁迅全集》第三卷，北京：人民文学出版社，2005年。
鲁迅：《中国小说史略》，北京：北京大学出版社，2009年。
[瑞] 马悦然：《我的老师高本汉——一位学者的肖像》，李之义译，长春：吉林出版集团，2009年。

毛宗岗:《读三国志法》,济南:齐鲁书社,1991年。
[美]浦安迪:《明代小说四大奇书》,沈亨寿译,北京:中国和平出版社,1993年。
[美]浦安迪:《中国叙事学》,北京:北京大学出版社,1995年。
[捷]普实克:《普实克中国现代文学论文集》,长沙:湖南文艺出版社,1987年。
[捷]普实克:《中国:我的姐妹》,丛林等译,北京:外语教学与研究出版社,2005年。
钱穆:《中国文化史导论》,北京:商务印书馆,2001年。
钱穆:《中国学术思想史论丛》,合肥:安徽教育出版社,2004年。
钱婉约:《内藤湖南研究》,北京:中华书局,2004年。
[日]青木正儿:《中国近世戏曲史》,王古鲁译,北京:中华书局,1954年。
[日]青木正儿:《南北戏曲源流考》,江侠庵译,北京:商务印书馆,1967年。
[日]青木正儿:《中国文学概论》,隋树森译,重庆:重庆出版社,1982年。
[日]青木正儿:《中国文学思想史纲》,孟庆文译,沈阳:春风文艺出版社,1985年。
[日]青木正儿:《清代文学评论史》,杨铁婴译,北京:中国社会科学出版社,1988年。
[日]青木正儿:《中华名物考》(外一种),范建明译,北京:中华书局,2005年。
[法]萨莫瓦约:《互文性研究》,邵炜译,天津:天津人民出版社,2003年。
桑兵《国学与汉学》,杭州:浙江人民出版社,1999年。
[美]史华兹:《寻求富强:严复与西方》,叶美凤译,南京:江苏人民出版社,2010年。
[美]史华慈:《古代中国的思想世界》,程钢译,南京:江苏人民出版社,2008年。
孙景强:《从笛卡尔的方法到于连的策略》,《法国研究》,2009年第2期。
[俄]什克洛夫斯基:《散文理论》,刘宗次译,南昌:百花洲文艺出版社,1997年。
[美]梯利:《西方哲学史》,葛力译,北京:商务印书馆,2004年。
仝婉澄:《日本明治大正时期(1868-1926)的中国戏曲研究》,中山大学博士学位论文,2009年。
[美]王德威:《现代"抒情传统"四论》,台北:台湾大学出版中心,2011年。
王国维:《王国维遗书》第8册,上海:上海古籍出版社,1983年。
王国维:《宋元戏曲史》,北京:东方出版社,1996年。
王海龙:《哥大与现代中国》,上海:上海文艺出版社,1998年。
王栻编:《严复集》第一册,北京:中华书局,1986年。
吴咏慧:《哈佛琐记》,西安:陕西师范大学出版社,1998年。
许结、郭维森:《中国辞赋发展史》,南京:江苏教育出版社,1996年。
[德]雅斯贝尔斯:《悲剧的超越》,亦春译,北京:工人出版社,1988年。
严绍璗:《日本中国学史稿》,北京:学苑出版社,2009年。
杨堃:《葛兰言研究导论》,《社会学与民俗学》,成都:四川民族出版社,1997年。
[法]于连:《迂回与进入》,杜小真译,北京:三联书店,1998年。
[法]于连:《道德奠基:孟子与启蒙哲人的对话》,北京:北京大学出版社,2002年。
[法]于连、马尔塞斯:《(经由中国)从外部反思欧洲——远西对话》,张放译,郑州:

大象出版社，2005 年。
[法] 于连：《圣人无意——或哲学的他者》，闫素伟译，北京：商务印书馆，2006 年。
[法] 于连：《论本质或裸体》，林志明等译，天津：百花文艺出版社，2007 年。
[美] 余英时：《士与中国文化》，上海：上海人民出版社，2006 年。
[美] 宇文所安：《迷楼：诗与欲望的迷宫》，程章灿译，北京：三联书店，2003 年。
[美] 宇文所安：《追忆：中国古典文学中的往事再现》，郑学勤译，北京：三联书店，2004 年。
[美] 宇文所安：《初唐诗》，贾晋华译，北京：三联书店，2004 年。
[美] 宇文所安：《他山的石头记》，田晓菲译，南京：江苏人民出版社，2006 年。
[美] 宇文所安：《盛唐诗》，贾晋华译，台北：联经出版公司，2007 年。
张冰：《李福清汉学研究》，北京大学博士学位论文，2012 年。
张光直：《中国青铜时代》，北京：三联书店，2013 年。
张世响：《日本对中国文化的接受——从绳文时代后期到平安时代前期》，山东大学博士论文，2006 年。
张晓钢编：《青木正儿家藏中国近代名人尺牍》，郑州：大象出版社，2011 年。
[美] 詹姆逊：《语言的牢笼》，李自修、钱佼汝译，南昌：百花文艺出版社，1997 年。
郑振铎：《插图本中国文学史》，长沙：岳麓书社，2013 年。
周蕾：《写在家国以外》，香港：牛津大学出版社，1995 年。
周勋初：《周勋初文集》第六卷，南京：江苏古籍出版社，2000 年。
周作人：《自己的园地》，石家庄：河北教育出版社，2002 年。

* * *

[美] 安乐哲：《通变：一条开辟中西方比较哲学新方向的道路》，《中国图书评论》，2008 年第 8 期。
[意] 艾柯：《开放性作品》，见伊夫·塔迪埃《20 世纪的文学批评》，史忠义译，天津：百花文艺出版社，1998 年。
[法] 毕来德：《驳弗朗索瓦·于连》，郭宏安译，《中国图书评论》，2008 年第 1 期。
[美] 布鲁克斯：《新批评》，赵毅衡：《"新批评"文集》，天津：百花文艺出版社，2001 年。
[法] 巴迪约：《发明中国》，[法] 皮埃尔·夏蒂埃等主编《中欧思想的碰撞：从弗朗索瓦·于连的研究说开去》，闫素伟译，北京：中国人民大学出版社，2011 年。
[德] 巴佩兰：《〈华裔学志〉及其研究所对西方汉学的贡献》，《世界汉学》，2005 年第 1 期。
常惠：《歌谣研究会复伊凤阁信》，见《歌谣》周刊第 26 号，1923 年 9 月 30 日。
陈来：《跨文化研究的视角——关于〈迂回与进入〉》，载《跨文化对话》，上海：三联书店，1999 年第 2 辑。
陈国球：《"文学批评"与"文学科学"——夏志清与普实克的"文学史"辩论》，《北京大学学报》（哲社版），2011 年第 1 期。

陈晓明:《对中国的执迷:放逐与皈依——评顾彬的〈二十世纪中国文学史〉》,《文艺研究》,2009 年第 5 期。

陈友冰:《日本近百年来中国古典文学研究历程及相关特征》,《汕头大学学报》,2007 年第 3 期。

方维规:《"汉学"与"汉学主义"刍议》,《读书》,2012 年第 2 期。

方维规:《西方"文学"概念考略及订误》,《读书》,2014 年第 5 期。

葛夫平:《巴黎中国学院述略》,《中国社会科学院近代史研究所青年学术论坛 2002 卷》,北京:社会科学文献出版社,2004 年。

[德] 顾彬:《从语言角度看中国当代文学》,《南京大学学报》(人文社会科学版),2009 年第 2 期。

[德] 顾彬:《比较文学视野下的当代中国文学》,《世界文学评论》,2012 年第 2 期。

顾明栋:《汉学主义:中国知识生产中的认识论意识形态》,《文学评论》,2010 年第 4 期。

顾钧:《美国东方学会及其汉学研究》,《中华读书报》,2012 年 4 月 4 日。

胡适:《文学改良刍议》,姜义华主编《胡适学术文集·新文学运动》,北京:中华书局,1993 年。

黄仕忠:《借鉴与创新——日本明治时期中国戏曲研究对王国维的影响》,《文学遗产》,2009 年第 6 期。

姜其煌:《访莱顿大学汉学研究院》,《国外社会科学》,1988 年第 4 期。

[美] 坎大拉:《美国中国研究中的边疆范式》,李冠南译,《中国学术》,2008 年第 2 期。

[澳] 雷金庆:(Kam Louie)《澳大利亚中国文学研究 50 年》,刘霓摘译,《国外社会科学》,2004 年第 4 期。

李零:《学术科索沃——一场围绕巫鸿新作的讨论》,《中国学术》,2000 年第 2 期。

李强:《严复与中国近代思想的转型——兼评史华兹〈寻求富强:严复与西方〉》,《中国书评》第 9 期,1996 年 2 月。

李欧梵等:《光明与黑暗之门——我对夏氏兄弟的敬意和感激》,《当代作家评论》,2007 年第 2 期。

刘锡诚:《中国民俗学的滥觞与外来文化的影响》,吴同瑞等编《中国俗文学七十年》,北京:北京大学出版社,1994 年。

刘岳兵:《叶德辉的两个日本弟子》,《读书》,2007 年第 5 期。

刘震:《中印古代交流其实是中国单向学习印度》,《上海书评》,2015 年 5 月 31 日。

刘尊明:《二十世纪敦煌曲子词整理研究的回顾与反思》,《文学评论》,1999 年第 4 期。

孟庆波:《来华美国人对美国东方学会早期汉学研究的贡献》,《西部学刊》,2015 年第 3 期。

钱志熙:《赋体起源考》,《北京大学学报》(哲社版),2006 年第 3 期。

任大援:《东西文化互动与近代汉学研究》,《江西社会科学》,2010 年第 4 期。

荣新江:《惊沙撼大漠——向达的敦煌考察及其学术意义》,载《向达学记》,北京:三联书店,2010 年。

[美] 史华慈：《评〈论道者〉》，程钢、王铭译，载王中江主编《新哲学》第 6 辑，郑州：大象出版社，2006 年。

[美] 史华慈：《关于中国思想史的若干初步考察》，王中江编《思想的跨度与张力：中国思想史论集》，郑州：中州古籍出版社，2009 年。

苏桂枝：《荷兰莱顿大学汉学院图书馆近况介绍》，台湾《国家图书馆馆讯》，2008 年 5 月。

孙歌：《日本汉学的临界点》，《世界汉学》，1998 年第 1 期。

[美] 孙康宜：《谈谈美国汉学的新方向》，《书屋》，2007 年第 12 期。

汤一介：《"海外中国学"研究的新视角》，《学术月刊》，2010 年 5 月。

童岭：《汉唐经学传统与日本京都学派戏曲研究刍议》，《中央戏剧学院学报》，2009 年第 2 期。

王彬彬：《漫议顾彬》，《读书》，2010 年第 4 期。

魏思齐：《不列颠（英国）汉学研究的概况》，台湾《汉学研究通讯》，2009 年 5 月。

温儒敏：《文学研究中的"汉学心态"》，《文艺争鸣》，2007 年 7 月。

吴涛、杨翔鸥：《〈史记〉研究三君子——美国汉学家华兹生、候格睿、杜润德〈史记〉研究著作简论》，《学术探索》，2012 年第 9 期。

夏传才：《国外〈诗经〉研究新方法论的得失》，《文学遗产》，2000 年第 6 期。

[美] 夏含夷：《从西周礼制改革看〈诗经·周颂〉的演变》，《河北师院学报》（哲社版）1996 年第 3 期。

薛晓源：《理解与阐释的张力——顾彬教授访谈录》，《文艺研究》，2005 年第 9 期。

严家炎：《交流，方能进步——顾彬〈二十世纪中国文学史〉给我的启示》，《中国现代文学研究丛刊》，2009 年第 2 期。

严绍璗：《对海外中国学研究的反思》，《探索与争鸣》，2007 年第 2 期。

严绍璗：《狩野直喜和中国俗文学的研究》，《学林漫步》第 7 集，北京：中华书局，1983 年。

尹锡南、陈小萍：《二十世纪以来印度中国研究的脉络和基本特征》，《南亚研究季刊》2011 年第 1 期。

[法] 于连：《我们西方人研究哲学不能绕过中国？》，《跨文化对话》，上海：上海文化出版社，2001 年第 5 期。

[法] 于连：《建议或关于弗洛伊德与鲁迅的假想对话》，张晓明、方琳琳译，《跨文化对话》第 7 辑，上海：三联书店，2005 年。

岳宗伟：《古代中国思想的史华兹阐释》，《二十一世纪》，2004 年 10 月号。

张凤：《哈佛燕京学社 75 年的汉学贡献》，《文史哲》，2004 年第 3 期。

张杰：《王国维和日本的戏曲研究家》，《杭州大学学报》，1983 年第 4 期。

张宽：《欧美人眼中的"非我族类"——从"东方主义"到"西方主义"》，《读书》，1993 年 9 月。

张清华：《关于文学性与中国经验的问题——从德国汉学教授顾彬的讲话说开去》，《文艺争鸣》，2007年第10期。
张少康：《论文学的独立和自觉非自魏晋始》，《北京大学学报》(哲社版)，1996年第2期。
张西平：《关于"汉学主义"之辨》，《上海师范大学学报》(哲社版)，2015年第2期。
郑成宏：《当代韩国的中国文学研究》，《当代韩国》，2004年第3期。
郑家栋：《走出虚无主义的幽谷——中国传统哲学与西方后现代主义的辩异》，《中国社会科学》，1995年第1期。
郑清茂：《他山之石：日本汉学对华人的意义》，杨儒宾、张宝三编《日本汉学研究初探》，上海：华东师范大学出版社，2008年。
赵敏俐：《"魏晋文学自觉说"反思》，《新华文摘》，2005年第10期。
赵毅衡：《争夺孔子》，《中国图书评论》，2008年第1期。
周宁：《汉学或"汉学主义"》，《厦门大学学报》(哲社版)，2004年第1期。
周阅：《青木正儿与盐谷温的中国戏曲研究》，《中国文化研究》，2012年夏之卷。
周晓虹：《"中国研究"的国际视野与本土意义》，《学术月刊》，2010年9月。
朱维铮：《史华兹的"思想世界"》，《文汇报》，2007年1月4日。